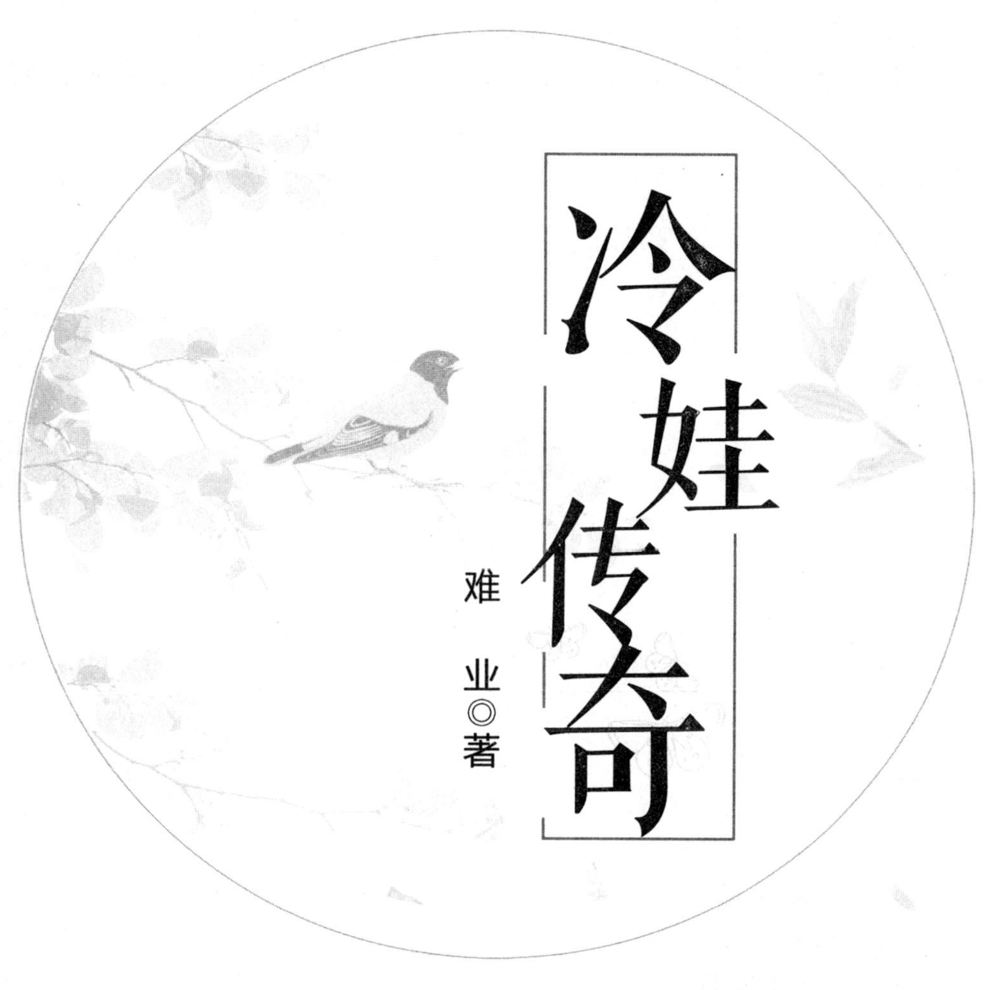

冷娃传奇

难　业◎著

九州出版社
JIUZHOUPRESS

图书在版编目（CIP）数据

冷娃传奇 / 难业著．-- 北京：九州出版社，2017.7
ISBN 978 - 7 - 5108 - 5670 - 9

Ⅰ. ①冷… Ⅱ. ①难… Ⅲ. ①长篇小说—中国—当代
Ⅳ. ①I247.5

中国版本图书馆 CIP 数据核字（2017）第 174382 号

冷娃传奇

作　　者　难　业　著
出版发行　九州出版社
地　　址　北京市西城区阜外大街甲 35 号（100037）
发行电话　（010）68992190/3/5/6
网　　址　www.jiuzhoupress.com
电子信箱　jiuzhou@jiuzhoupress.com
印　　刷　三河市华东印刷有限公司
开　　本　710 毫米 ×1000 毫米　16 开
印　　张　16
字　　数　261 千字
版　　次　2017 年 8 月第 1 版
印　　次　2017 年 8 月第 1 次印刷
书　　号　ISBN 978 - 7 - 5108 - 5670 - 9
定　　价　46.00 元

故事梗概

20 世纪七八十年代，在华山脚下的华阴县。几个青年农民在赵镇平、难业为核心的带领下，因农村艰难困苦的生活所迫，毅然投入“社会江湖”这个大熔炉，他们通过耍“三张牌”行走在违法犯罪的边沿，最后在派出所指导员的教育下退出江湖。本故事在跌宕起伏的人生历程中，通过几个主人翁和华县胡强、西安魏振海、道北二狗门的较量让你看到陕西冷娃们正义的一面。期间又插入与大荔赵渡船工、西安小偷西山挠、渭南河源村村民的冲突，紧扣心弦……所有紧张激烈的争斗，以退出江湖修身成道的难业以第一人称娓娓讲来。期间又不乏内心反思和情感的跌宕起伏，可谓是西北冷娃面冷心热的血性人生的真实写照。

序

一部真实粗砺的民间写实故事

齐雅丽

由于担任省作协网络文学专业委员会主任工作的需要,常常会留意省内网络作家的创作情况,一次偶然的机会,华阴市文联主席关宁向我推荐了他们西岳华山的一位网络作家难业,并说他虽然是个农民身份,但热爱文学,长期在网络上发表作品,且有一定的影响力。说实话当时我听了关主席的话,自己脑子里对农民朴实厚道的传统印象与网络时尚前卫弄潮儿的概念之间形成了巨大反差,使我对这个作家多了一份期待和特别关注,于是主动要来他在网上发表的二十余万字的《冷娃传奇》书稿,认真品读。

看完书稿,我的心中久久不能平静。难业在书中叙述的故事跌宕起伏惊险万分,扣人心弦的情节让人欲罢不能、欲歇不得,一口儿气看完了。这是一群生活在底层青年农民在闯"江湖",实际上是步入社会寻求出路的过程中,既保留着内心的善良、仗义,又因主观和客观因素的制约,失去对未来前途的自我掌控和选择,一直在生活的浪潮中无力地漂泊着,这样一群"非主流"的,却又是生活中被边缘化了的真实存在的小人物形象颠覆了以往自己所看到的所有农民形象的塑造,这样直面生活的写作,让我吃惊。我想,或许正是其如此纪实的、粗砺的、原生态的写作风格,才在网络上引起了共鸣和关注。

作者以第一人称的真实故事架构,描述了在改革开放初期,华山脚下的几个青年农村在劳动之余苦闷、徘徊、寻找出路,在偶然的机会里走进了"江湖"(即离开本土的外面的世界)，每天都经历很多惊心动魄的事情，后来在国家专政机关的教育下醒悟，返回本土，退出“江湖”的故事。小说语言平实简洁，人物形象生动鲜活，从社会的一个侧面勾勒出社会转型时期青年农民的生存状态和精神状态，令人忧思和警醒。

据关主席说作者难业本人很崇拜大作家路遥，我看后这部作品确实是按照《平凡的世界》的叙述方式，突出真实，亲密的紧接地气。当然《平凡的世界》讲的是陕北青年农民的故事，他讲的就是关中青年农民的故事了。他就是想让每个读者感觉所发生的事情都是真实的，都是在自己身边发生的事情，是真正的生活。他在处理人物对话上书中又体现了美国著名作家欧内斯·海明威惜字如金的做派，对话多，描述少。让故事以更加快速的进度发展蔓延。

当然，因为是网络文学快餐化需要的缘故，在故事铺垫、语言表述，以及时空转换等方面还存在一些问题，但是，对于一个有着文学梦想，既坚守理想，又在生活的浪潮中积极生活的农民作者来说，我想说的是赞叹，想表达的是敬意，最终要祝愿的是他未来生活和创作的圆满和幸福！

无论你的梦想有多远，路在每一个人脚下，只要迈步，就能到达！

2017年3月6日

楔　子

去年冬天的一个晚上。夜半时分，我在床上翻来覆去睡不着觉。拉开灯随手拿本书看了看，心里乱糟糟地看不进去。扭头看看窗外，只见月光如洗，田野的蛙虫奏着优美动听的乐曲，很是宁静。就这会儿，突然我看到我的院墙上面有个黑影一闪，我急忙往外看看，只见一个人形的黑影飘动着来到我的窗前。我的心为之一紧，不知道这是盗贼还是怎么回事，就急忙厉声问："是谁？你是谁？干啥的？"很快从窗外传来一个浑厚的声音回答说："我！难业。"难业是谁？我依稀觉得挺熟悉，但是一下子想不起来是谁。我疑惑地朝外看看，那个人影穿了一身灰色的道袍，头上高高盘起一个发髻。只见他也不说话，只是撩起衣服，回身来到我窗外的墙根下背对着我，盘腿坐在我的窗前，他头上那个高高的发髻对着我，再也没有一点动静。

我想起来了，他是我儿时的一个好伙伴，他的小名叫难业，但是他这几十年没踪没影的，大家传说他早死在外面了，现在他倒是深更半夜地来到我的窗前？我惊恐地看着盘腿坐在窗外的那个人的高高的发髻问："难业，你是人是鬼？你不敢吓唬我啊！"窗外那个人并不回答我的问话，却很自信地背对我平静地回答说："近来我要搬回前山来住，就是西岳华山西麓竹峪内的迷魂台上，那儿是张果老得道成仙的地方，这有个书单子放在这儿，你有时间了把书带上来。"我一边急急忙忙穿衣服，一边回答说："能行，我给你开门，叫我媳妇给你弄些吃的，来！进来再说！"他在外面并没有回答我一句话。我听着没有动静，就急急忙忙穿上毛衣，匆忙中扭头看看窗外，窗台下面已经没有了人。

我顾不得穿鞋，光着脚丫子翻身下床跑到门外，来到院子四处寻找，外面月光明朗如昼，已不见了难业。打开前门，透过夜幕向远处瞭望，也是不见他的踪迹。他就好像没有来过一样，我这不是在做梦吧？我纳闷地来到他刚才盘坐的窗台前，看见一张纸放到地上，上面秀气地写着几行字。这时从很远的村外传来一声响亮的长啸，一定是他，他这是给我打招呼，不要我挂念。难业他这成了出家人，来了也不说说话，就这么走了，完了走远了还要喊一嗓子，他这就是和平常人不一样。

这难业是我儿时特别要好的一个伙伴。我在十七岁的时候，也就是改革开放的先一年，我的家里有了变故，需要搬迁到遥远的地方去了。我和难业从小就一直非常要好，上学的时候，他常常晚上住到我家里和我睡一块。家长给我说我们就要搬走了，我就给难业说了，他和我都非常难过。我们难分难舍地分开，我随着家人搬到了海南。刚开始我们也有书信联系，后来我就没有了他的消息，我给他的信人家邮电局总是打回来，上面说查无此人。就这样失去了联系。这一晃已经三十多年没有见过面，早些年里我也曾四处打听他的情况，有人说他早都不在人世了。有人说他经历了很多残酷的变故，把世事看通了出家当了道士。有人说他出家做了隐士，专门研究玄学。这回我见到他是由衷的高兴和快乐。这趟我从海南回华阴老家，就是专门来打听他的情况。好奇心是人类的天性。今天他突然来这里，出乎我的意料，我太高兴、太兴奋了，终于见到儿时的伙伴。虽然只是一个背影，但是我很满足，心里感觉特别厚实。回到房内，我打开他写的书单子看看，刚好这些书我的家里都有珍藏，不用到处去购买。但是也怪怪的，我想不明白他这上面要《毛主席选集》五卷、《马恩列斯选集》，他学习这些书是为什么？他说过了元旦去找他，我想了想等不到那个时间，我要抓紧睡觉，明天，对！就是明天就去找他，他太神秘了，我太渴望见到他，问问他这些年到底都发生了什么？我怕！怕时间长了见不着他。明天必须上山去找他。

去年冬天八百里秦川连续下了几场大雪，白雪皑皑的，到处一片苍茫。我问了村中老人去迷魂台的路径，备了些食盐和一些生活必需品，按他的书单子备齐了打了包，弄个大背包背在身上就向他说的地方走去。

进峪走几里路便到了当地人称为“匣口”的地方，只见两边拔地而起的悬崖直入云霄，一丈多宽的谷底有流水经过，发出潺潺的声响。我顺着左边的踏步向上登去，爬上匣口眼前豁然开朗起来，靠右边的大沟内静卧一大水潭，潭上边几十丈高的悬崖上落下瀑布倾入潭中，激起水花四溅。那水花儿溅在潭边的崖石或树枝上，凝结成冰，晶莹剔透像是水晶宫一样。坐于潭上小息，四面空谷环绕，一些不知名的小鸟叫着、唱着、盘旋着。此情此景会让你的心情无比愉悦。

我不敢休息时间长了，刚坐一会儿身上就感觉有些凉飕飕的。站起身来顿了顿行李，抬头向四周的山上看看，我抬脚往左边的沟内拐去。这里就是通向迷魂台的小路，往前爬没几步就不见了路径的踪迹，到处都是蔓藤乱石。我艰难地向上攀爬着，气喘如牛。等到向右拐过山弯没走多远，一条一丈多宽的深沟横在眼前，靠左边的崖陂上棚了两根用藤条捆在一起有些腐朽的木椽。我上去试了试，这情况就是宽一点，人走在上面都胆战心惊，何况这两根锈得不知道什么时间就会断掉的椽子。我凑起眉毛向下看看深不见底的沟槽，不知道是走过去还是另想办法。我犯怵地抬头看看对面，突然发现难业微笑着站在小木桥的对面，我像看到了救星，急忙向难业喊道："还不快点过来接我，走不动了！"难业微微向我笑着说："我掐指知你今儿来，给这棚了个桥，平时别人是过不来的。"他说着走过桥来，接过行李背在身上，走过木桥向上攀去。我看了看难业走过的小木桥，胆战心惊地抓住一边光滑的石壁，哆哆嗦嗦挪了过去，完了赶紧向前赶去。

道路向上更是陡峭难行。我空着手都赶不上难业，双腿酸困无力实在走不动了，只能不时坐在这条崎岖的小路边的石头上面喘息，稍微多坐一下身上就发冷，不多坐双腿又酸痛无力。远远地向上看看，难业也不管我，慢悠悠地只管往前走。这里静极了，满世界一片白色，难业走过的路上一串脚印孤独地向上蔓延开去。

我歇一会，双手撑住一双膝盖站起来，懒洋洋地咬咬牙坚持着向上面赶去，爬过了一道硬梁，终于上了迷魂台。这里的视野一下子开阔起来，一片郁郁葱葱落满了白雪的竹林呈现在眼前，透过竹林是一些桃树、杏树类的果林，果林的尽头是难业的菜园子。再往前就是一处大崖壁，崖壁上有两个自然形成的大石洞紧挨着出现在眼前，左边的洞口有石块和土坯砌成的墙，上面安了扇柴门，右边没墙，一眼望去有一樽大石碾横卧其中。探望里面还有一大石磨。转身回望来处，一片白雪皑皑是那么壮观。我不由得惊叹，此地真乃世外桃源。

这时听到难业叫我，走进住人的石洞，里面有些昏暗，他点起了油灯。透过昏暗的光线看见洞的尽头是一个不大的火坑，火坑的一头放着一叠码放很整齐的书籍。洞内也没什么物件，只有难业自己烧的几只土瓦罐。虽然我和难业几十年没见过面，但是我和他没有一丝陌生感，心里还是那么亲切和温暖。我翻了翻里面放的是豆子、菜种子一类的东西。“我给你说件事,刚来这里那会,有天早上起来,看见洞口卧了只金钱豹,吓了我一跳,后来看这畜生并无恶意,我就没惊动它。处熟了,昨天晚上回来时给我叼了个野猪腿,我不吃荤腥,这畜生就知道你要来。看来你们有缘分,你先歇着,我去弄些干柴,待会晚上给你烤了吃。”

“豹子在哪?”我惊讶地问。“今天出去了,还没有回来”,他回答说。“好家伙,我看见狗都害怕哩!豹子还和我有缘分?你这弄了个豹子,下回我不来了!”我慌乱地站起来,在房子里四处看看给他说。他笑了笑淡淡地说:“这畜生灵醒着呢。它不害人你甭怕,现在它出去了。”我心里嘀咕着不怕是假话,任谁见了都害怕。

山里面的天色黑得快,没经意间已暗了下来,我们来到隔壁洞内的石碾旁生起篝火。这些干木材都是难业平日里捡来放到石崖洞口的,里面柏木占多数,点起篝火周围一丝丝柏木的香味飘动。我两个围坐在火堆旁边,一边烤着野猪腿一边闲聊。我抬眼看了看他,这些年也不知怎么过来的。这会儿他脱去道袍,里面我看见几十几年前我的老母亲给他做的对襟黑棉袄还穿在身上,颜色已退成灰白色,好些地方已露出了棉絮,补丁摞补丁的,补的地方比那原来的地方面积还大得多。他的脚上一双棉布鞋摞着补丁,脚上打了绑腿,完全一副老山民的样子。一把长胡须飘在胸前,那长长的眉毛下一双眼睛还是那么炯炯有神,温和红润的脸色看起来神闲气定,卓然一副超然世外的神情。看着他的样子,我的心情顿时也从物欲横流的滚滚红尘中恬淡安然下来。

洞内一会便飘起了野猪肉的香味,猪腿在篝火上面被烤得往出冒热气,吱吱啦啦直响。那肉里面的油一滴一滴往下掉,掉一点油下来,篝火就撕拉响起,冒出一团火苗,洞内交织漂浮着松香和野味的异香。那野猪腿随着时间的蔓延,看起来金黄金黄的,让人不由得嘴里直冒酣水。难业看到我的样子,笑笑拿起串在野猪腿里面的木棍,嘴里念叨着先敬了山里的各路神明然后递给我。我拿在手里尽情吸气,仿佛要把所有的香味都吸进腹内。看着我贪婪的样子,难业还是那么微微笑着,我从木棍上面用手撕下一块滚烫的肉递给难业,他摇摇头笑笑回答说:“我不吃肉食!”我看到他说不吃,就把撕下的那块肉用力咬了一口,含混不清地对他说:“你……你这修炼的……还不到一定的境界,到了一定的高度吃啥都……没关系了,你……看样子还要……努力啊!”他微微笑着,淡淡地说:“五谷杂粮我现在是几个月都也没吃了。”我放下手中的肉块,诧异地问:“你几个月不吃能行吗?

普通人几天都给饿毙了，你一下子几个月不吃？”难业微微笑着说：“你看我这不是好好的吗！”我更加好奇地说：“能不能给我看一下你学的‘鬼八卦’”？难业一脸平静地说：“满足一下你的好奇心，你上来还拿了瓶酒。”我点点头，他说完坐着没动，放下手中的拨火棍搓搓手向外扬了扬，只见他的手中便多了瓶西凤酒，我看得目瞪口呆。好家伙，隔空取物，这瓶酒在我的背包里我都没告诉他，他这手一扬就来了。他启开瓶盖倒了些酒说：“这实际很简单，不过是魔术里的至高境界——幻术。”他好像无所谓的样子，给我说你再看看，只见他顺手抓起火堆里的几块炭火向四周一扬，顿时洞内亮如白昼。我扭头看见洞的四角各一个火把亮在那儿，我看得目瞪口呆，没想到他能弄这么壮观的景象，真不可思议！在我还没有缓过神来，我又发现不知什么时候又恢复原来的样子，几块炭火也回到他的手中，他轻轻放回火堆。我吃惊得急忙抓起他的手，看有没有让火灼伤，可是上面连一点灰烬都没有，更不要说一丁点痕迹。“怎么样？很简单吧？觉得惊奇吗？”“咋弄的？我能不能学两招？”我脱口就问。“当然能教给你，但是你的欲望太盛，这恐怕没办法。有欲望的人学不了，你首先要做到清净无欲，你能做到我便教给你。”我迫切想学，眼睛死死盯着他说：“我以为可以做到的。”难业微笑着摇摇头说：“那么你这些天就住在这，先不要忙着回去。”听到这，我由衷地高兴，心情一下子轻松愉快起来，吃饱喝足点了支烟，悠然地吸着，炭火暖洋洋地照在我俩身上。

这回我见到他是由衷地高兴和快乐。他的身上一定有很多离奇的事情发生。我就是要专门问问他，早年都发生了什么事情，把他逼到这个路上来了。想到这里，我就对难业笑了笑说：“我当年走后，你们都干什么事情了？”难业开口就说：“我知道你是要问这些事情，我给你说，老伙计，人活着都怕死，每个人都是这样的。但是你不知道，我当年遇到好多事情比死都可怕，我想一死了之，不能啊！我要死都没法去死，没发交代的事情太多了，你无法去死。说起这些事情来话就长了。”

第一章

你家刚搬走那两年,国家就土地改革了,大家都积极把生产队分的田地弄好,你知道那时候我就是二十岁。咱们农村哞,大家娶媳妇都早,我也就拼着自己盖好的三间瓦房早早把媳妇娶回家了。你别说伙计,我媳妇长得那叫个好看,她一双水汪汪的大眼睛,像会说话一样,皮肤细白娇嫩,面如桃花,一双胖乎乎的手脚像小草一样柔软。这事搁到城里或家里条件好的,不美死了才怪!成天颠鸾倒凤地过那甜蜜的月子和日子。没事了常常偷着乐,晚上睡觉都给笑醒来了。

但是,咱不成么。没钱,没事干。就这,我当时已经是泥瓦大工了,就是给别人下苦也常常找不到活干。闲呀!闲得腮帮子疼。没钱急!急得都不和新媳妇暖和暖和了。到了秋天的一个晚上,我家里来了咱那一帮子朋友,我们就商量起怎样弄钱快的办法。

这回闲聊到后来谝出来了的办法,彻底改变了我们大家的命运。让我们把这不值钱的命拿到手里扔来扔去,有的朋友就这样扔没了,挂了!挂到南墙上去了!成了装着黑纱的相框了。有的就起家了。

我家在座的一个叫孙青的朋友,是邻村的,他近些年跑江湖,学了一套骗人的技术叫“三张牌”。成天在一些马路口或大市场的边上蒙人。常常是五六个人搭帮,这些人里面有人扮演的是老农、工人、学生,反正让看到的陌生人不认为他们是一伙的。

孙青看到我们没个正经营生,便对我们大家伙说:“你们现在弄不来钱,干脆跟我跑去,每天咋地都比给建队干活强,你看难业哥,每天勤快得跟牛一样,还是大工！弄的钱咋啦？你们这样弄，最后把你们自己的智慧和身手都糟蹋了。人活一辈子就应该是手拿菜刀砍电线——一路火花带闪电，这样才不枉到世上走一遭，磨磨唧唧活有啥意思嘛！”

他说完大家统一了意见，说：“跑江湖就跑江湖！反正这样磨磨唧唧活着也累，去他娘的，没准还是一条向太阳奔跑的道路。”

谁知道这第一回跑江湖就翻船了。

那天晚上，我们在孙青的指导下，演习了好多回怎样设套、布套，怎样让围观的人乖乖把自己口袋里的钱掏出来。如果人家压住真的了，他怎样偷偷换牌，大家谁和谁怎样配合他等等。学习技术这样的事是这样的，有的人三年五载学不会，有的人看一眼就会了。我们好像天生就是干这个的，孙青就那么说完，他要求大家演习一回，每个人都合格得了满分。

等大家熟悉了套路，就商量去什么地方玩，最后商议骑自行车，去我们当地和西面邻县交界的地方去扎庄。那里熟人和公安都少，毕竟我们都知道这玩意不是正事。到第二天赶早起来，我们一行六个人就骑了三辆自行车，来到我们华阴县和华县交界的一个叫双山桥的地方停了下来，休息了一会，看看过路的人慢慢多了就准备开始。当然是孙青蹲庄，只见他蹲在桥面一边的地上，面对过路的行人，他的面前铺了一张报纸，报纸上面放了三张扑克牌，它们是两张黑桃尖和一张红桃尖。

用眼角瞄见有过路的人来往，孙青就大声喊了起来：“走南闯北的啊！没见过还有压黑的，骑车的跑步的不知有这样捡漏的。黑的不赢啊！红的赢！狼胆大，虎胆小，不压钱赢不了。舍不得孩子，套不住狼，舍不得媳妇抓不住流氓！听一听啊！看一看！不压三百三赢不了六百六。压了！压了！赢了钱好赶集，干吃净拿热油糕啊！”

孙青在喊叫的同时，两只手缓慢地换着报纸上面的几张牌，他嘴里不停地喊着。我们大家围在孙青的周围，每个人手里都拿着几十块钱压着，过路的人有喜欢看热闹的就围拢过来，他们看着我们各自扮演的角色都是笨拙的样子，总是压不住，他们想着自己聪明这要压钱绝对能赢。有些人就从口袋里摸索开了，掏出来钱就压上去。当然拿出来就再也装不进去，他那钱压到孙青的报纸上面，打开牌就变了。没一会我们就骗了一百多块。周围几个压钱的看看压不住就再也不敢压。

孙青一边慢慢换着地上的牌,一边放开嗓子又大喊着:"黑的不赢,红的赢!啊!斗你的眼尖,赌我的手快,啊!眼睛是个马虎灯,看你瞅清瞅不清,压了……压……压了!"

这个时候,我看见从西面来了一位骑自行车的长毛贼,他看见桥边围了一堆人就把自行车撑在桥面上,一走三摇地踱了过来。我们当地把留长发穿喇叭裤的小青年叫长毛贼。这个人看样子也就二十多岁,和我们同龄,他穿了一件西服外套,里面空落落没有套什么内衣,就晾着个大肚皮,那肚皮上纹了一尊弥勒佛,张开大嘴笑着。脸上戴了一个大号墨眼镜,把半个脸面都遮住,他脚下拖拉着一双拖鞋。来到我们跟前,他就歪着脑袋,大不咧咧地喊道:"吃出没看出,嗯!在咱洒家地面还来了几个小毛团,来,来来,洒家陪几个娃娃要要!"

也不知道是他那肚子上的弥勒喊的,还是他那张大嘴喊的。只见他从裤子口袋里摸出一百多块钱拿在手里,蹲在孙青的对面就说:"来!要!要!看我怎么收拾你几个碎怂捣蛋锤锤子!"

我们几个互相递了眼神。大家都明白这个家伙不是善茬,但是我们没人怕这家伙,他要压钱我们照样收拾,看到他手里拿的那一百多块钱,我们更加卖力地演了起来。

这个家伙分开手里的钱,压到报纸上就没有赢过一回,孙青手法利索地把他的钱一会儿就撸光了,这个家伙红了眼,摸了摸身上的口袋再也拿不出一毛钱。就对孙青说:"妈妈的几个㞗,今天看样子翻到阴沟里了,洒家豁出去了!"完了他扬起手臂,指指身后的自行车对孙青继续说:"我这辆新自行车你给准两百块钱,要不要?老子把它压上。"

孙青说:"要!只值一百块,但是要周围的人作证,大家要愿意作证我们就玩。"我们知道这是孙青和我们商量要不要自行车。老孙用东北普通话说:"我们愿意给你俩作证,愿赌服输,是不是?要要大家就要尽兴。不要弄那磨叽事!""你看大家都说能行,那我一次全压上,两百块行不行?"孙青知道那当然好,但是表情好像有点不愿意的样子,嘴里说:"压少点,压少点,开始压了!现在就可以压了。谁压都可以,谁玩都能行!狼胆大、虎胆小、不压钱赢不了!压了!压了!"

长毛贼的钱狠狠地压到他瞅准的一张牌上。孙青翻开牌,黑的!完了长毛贼输了。我看看这个家伙,霎时他的脸色憋得通红,脖子上的板筋暴起老高,他左右看了看没有可以再押的东西了,就犯横咬咬牙,恶狠狠地抬起一只脚踏在报纸上说:“贼、贼贼、贼!我压这条腿。对着你娃娃手中的那些钱,我输了你拿刀剁了,拿回去,想炒着吃或煮着吃由你们。这条腿算一千元,压了。”孙青看到这个家伙犯浑就说:“不要。我不要你的腿。”长毛贼卸下他那个遮住半拉脸的墨镜挂在腰上,伸出一只手抓起孙青的领口。孙青微笑着不理会,不慌不忙把手中的钱装到口袋里说:“愿赌服输,提前说好的,再说我们要你这腿干啥?又不是猪腿。你!你放开手,不要耍赖。”这长毛贼放开了手说:“你骂谁?想死哩!敢说你爷爷的腿是猪腿。看我今天把你这碎怂,打碎捏扁塞到尿眼一泡冲出多远。”

说着他愤怒地抡起拳头,一下砸在孙青的右眼上,孙青让人家抓住了领口无法躲避,一双眼睛直生生地看着那个拳头砸向自己的一只眼睛,他只有像常人受到突然的打那样‘嗷’地惨叫一声。长毛贼在挥出拳头的时候,放掉了抓住孙青的领口,这一下孙青失去重心,直接就翻下身后两米多深的桥下去了。这桥没护栏,孙青没注意吃了这亏。这回麻烦大了,长毛贼打了孙青后张狂得手舞脚蹈地喊叫着要追下桥去,他这里还没下去,只听见孙青从河底嗷嗷叫着,连爬带滚地一只手捂住眼睛,急急往河堤上跑,他一边往上爬一边喊着谁都不要动手,这玩意是我的,叫他知道马王爷是几只眼,他这都让人把一盏灯拍灭了,还要人家知道马王爷几只眼。我们几个知道孙青完全对付得了这个家伙,所以没有人对长毛贼下手,大家都等着孙青上来报仇。

孙青那年十七岁,小伙子长得是眉清目秀,精干麻利,两条弯弯的眉毛下那双乌黑的眼睛特别亮,任谁看了都觉得这是一个能干的人。今天他吃了这亏有些急了,跑上桥面瞪着那一只眼睛也不说话,走到长毛贼跟前,放下捂住一只眼的手,双手化掌猛地向长毛贼的腰部那个肋条和软肉结合的地方击去,长毛贼没挡住,“啊”地叫了一声,顿时蹲在地上。软肋这个地方受到猛力打击会产生剧烈疼痛,人会自然而然地用手抱住肚子蹲在地上,一般人都这样,当然这个长毛贼也免不了俗。孙青一记得手,看到长毛贼蹲在地上,他又猛地出手用右勾拳打在长毛贼的腮帮子上,长毛贼又嗷地叫了一声爬在了地上,孙青紧接着连踢带踏,狠整了一绷子。长毛贼在地上翻滚着没有还手的机会,孙青每踢他一下,他都要嘴里咕哝一阵:“哎呀!把你爷往死里打,哎呀!你打。敢打你爷,把你爷往死里打。”孙青听了更加生气,这样连踢带打很不解气,干脆脱下鞋来,用他那半高跟鞋跟狠狠击打长毛贼的脑袋。

也怪得很,这长毛贼的脑袋反应也特别快,当下孙青击打完,那脑袋上面就起了好多包，和给上面种土豆一样。长毛贼的样子，马上就和我们看到《西游记》里面的那个叫叭呠楞磴嘣的妖怪像极了。围观的人真多，老孙看看差不多了就对孙青说："对了，对了！回！"我怕这长毛贼就是这附近人，待会他们村的人见了回去叫人，那麻烦就大了。听了老孙的话，我就上去一句话都不说地拉起孙青，我们几个推起自行车向东慢慢往回赶，临走长毛贼还有气无力地对我们喊："今儿……今儿你们几个……小心点，今儿你们走不了，等着看！"

我们大家笑了笑，没人搭理这玩意，让他那肚子上面纹的弥勒佛哭去吧。我用自行车带上孙青就往回慢慢骑行。我们没有想着今天的打仗，大家心里都在盘算着今天的成绩，还行，今天第一回就弄了两百多块，最少一个人还能分三十块，妈妈的！我一个大工给建筑队干活，累死累活一天下来才给三块五毛钱，这一下就顶十天。我们大家伙非常开心，弄到了钱，仗还打赢了，美哞！这时孙青对大家喊道："哎！都不要高兴得早了，我估计这家伙一定要追咱们的！"

没有人害怕这个家伙来追，就是来十几个人我们都不怕，在我们村子南边那条叫死人沟的地方，我们度过了少年期，在那里我们每天都练习拳脚，还没真正打过架，也就是人们说的初生牛犊不怕虎。当然除了女子，我们六个人里面有一个姑娘，我忘了告诉大家，这种骗术里面最好还得有女人，陌生人看女娃娃都敢压钱，自己有什么可怕的！不上去压几把那就是傻子，这样上钱快。她叫范柯玲，她不愿意跟我们来，但是家里没有一个人赚钱，每天盐都吃不起。后来在孙青的连哄带劝的说和下，她来了。

过后我们才知道，孙青打的这个长毛贼是华县东部的一个恶霸，叫胡强。他在当地人脉很旺，有盘根错节的关系，可以说是一呼百应。

我们骑了自行车还没走多远，忽闻身后有追兵。

不怕归不怕，出门在外尽量减少麻烦，这个理大家都是知道的，抓紧赶回去了还是好。所以大家猛力往回赶，路上没有一个人说话，那是骑自行车，累呀！孙青说的对，弄不好人家要追。多赶一段路就离家近一截，就安全一截。怕鬼的时候那鬼就该来了，我们猛力脚踏自行车，一股劲跑出四五里路了，忽然听到后面传来柴油三轮车的突突声和呼喊声。回过头去一看，好家伙！来了满满一车人。他们隐隐呼呼地对我们狂喊着，我们骑自行车的几个脚下赶紧更加了力，当时的路面还是土路，他们的三轮车在坑坑洼洼的路上行使，那玩意上下颠簸着开不快。我们骑的自行车还可以快点。我们几个不怕他们，反正到了这一折子。但是大家都知道人的力气是有限的，而三轮车的发动机只要有油，那玩意根本就不需要休息。

我们已经弄到钱，不想与这些家伙打架，毕竟我们干的事情是不道德的，这打开架了没深没浅的，谁知道后果是个什么样子，所以能开溜最好。但是没多长时间，后面的追兵还是与我们慢慢拉近了距离，我们可以听见他们对我们的喊叫声："停住！你们给我停住！"有的喊："站住！你们给我站住！"我们凭什么就给他们站住，他们也不是公安局。我们几个已经互相换着骑了好几茬了，一个个骑得气喘吁吁地，再这样下去，我们累得就没一点劲了。这些家伙追上那麻烦大了去了，正在这个节骨眼上，温三军的自行车咔嚓一声停住了，掉了链子。温三军急得大声呼喊："链子掉了，我的链子掉了。我的鬼呀！链子掉了！"何福厚坐在他的车后座上，看到这个样子，赶忙蹦下来扶住自行车骂道："赶紧搭链子，你害人哩！赶紧！"何福厚扭头看看越来越近的三轮车，又低头催温三军说："来了！人家来了！你快点！我嗯！嗯！"

大概人们常常口前话说的掉链了，就是这么回事，越到紧要关头，越玩不转的事就说是掉链子。晚上你一个人骑自行车路过坟地，"咔嚓"掉了链子，你吓得毛骨悚然，浑身冒冷汗，早不掉，晚不掉，专捡到了阴森恐怖的地方掉。实际上你到火葬场门口掉链子那还不要紧，那不过是虚惊一场。但是温三军的链子掉了，后面有追兵，赶上了他们绝对不会给你好果子吃。这时我们一伙里的赵镇平对大家说："停下！大家都停下，等等三军！"

我们几个骑车的都停下来呼哧、呼哧地喘着粗气，一边把自行车往路边蹲，一边回头向后面的追兵望去。温三军慌乱搭着自行车链子，人在忙乱中干不好活，温三军的链子搭了几下没搭好，差点把手还给夹住，弄了一手的黑机油。温三军这家伙长得魁梧高大，留着平头，四方脸上一对大圆环眼睛炯炯有神，浓黑的眉毛，眉宇间透出一股任谁都不好惹的横劲。他挺直的鼻子下两道法令纹长长地分向两边，更是显出一股坚毅刚强的气概。这会儿他听到赵镇平的喊声，把满手的黑机油往那憋得通红的脸上挠了挠，一下子就像人家美国海军陆战队员脸上画了油彩。他看看卷在一起的链条摆弄不上去，焦躁泼烦，一脸怒气地喊道："不走了，看他们能咋的？跟他们拼了。不走了！"赵镇平用眼睛看了看大家轻轻说道："人家人太多，待会看我眼色，上去就下狠手，争取一出手就打倒对方一两个，剩下的就不敢放肆了！"。温三军低头看看满手的油污，把那个叫链条夹了的手指头往嘴里呵呵气，咬住牙嚷嚷道："我先上！把冲在前面的先叫我给收拾了。狗东西害我把手都给夹了!”

就在说话的这会,三轮车已经离我们十多米了。那个三轮车司机就放松油门准备慢慢停车,好几个家伙迫不及待地还没等车停住就往下跳,一个个下来就张牙舞爪地扑了过来,他们嘴里恶狠狠地喊道:“跑到我们这里撒野来了,今天你们一个都别想走,非得整死不可!整!整!整!大家一伙上!”我看看来的追兵大约就是十几个人,扭头就对范可玲说:“你看住车子,不要怕,他们人多也不行!打不过咱们。”

我们几个迎了上去,跑在最前面的几个首先碰到了温三军,只见温三军上去挥手就向对方的脸上打去,对方迈过脑袋避让,对方不知道他这招是假的。用手打脸那是分开对方的视线,在对方让开脑袋,温三军脚下突然发力踢向对方的小腿迎面骨才是真的。对方小腿突然剧痛,按平常人的反应就是想往地下蹲,他这还没蹲下去,温三军的右勾拳就招呼到这家伙的左腮帮子上,他这回打出去的拳头是真的,但是对方没防住,这也就是几秒钟的时间。走在最前面这个家伙顿时“嗷”地叫了一嗓子,仰面摔了下去,脑袋重重地在马路上磕了一下,躺在地上不知是捂脸还是揉腿,还是装残废。这也就是眨眼间的工夫,温三军又依葫芦画瓢收拾了第二个。第三个看见对面来的这个瘟神就和《三国演义》里面的夏侯惇一样彪悍,自忖不是对手,反身就往回跑,嘴中大喊:“拿家伙,哎呀!要拿……拿家……呀!”还没喊出最后一个字,就让温三军从后面来了个扫堂腿扔到地上了,弄了个狗吃屎。

三轮车上没有下来的家伙们,看见自己车上的人一个个热情似火地欢腾腾跑过去,他们不是倒在地上,就是又被打跑到地里去了,急忙把车里的铁锹、铁叉往下扔,跳下车的几个家伙顺手拿起就扑了过来。这时赵镇平已越过温三军迎住第一个拿铁锹的人,那家伙迎面猛力抡起铁锨就照赵镇平的脑袋上拍下来。赵镇平忙往后一躲,铁锨头落了空,重重地砸在马路上,咣的一声寒碜地冒起火星子,锹头和锹把顿时断为两截。我赶忙捡起了那节带一点锨把的锨头拿在手中,赵镇平飞起一脚踢在对方手上,这家伙扔了铁锨把反身就跑,第二个拿铁叉的又迎面狠力叉向赵镇平,我慌忙挥起铁锨头隔开了刺向赵镇平的铁叉,赵镇平一手抓住铁叉把,一拳打向对方的眼睛,对方受到这么一下子,当下一声不响就捂住脸倒在了地。

这两队人马混乱地大打在一起。我们几个大都抢过了工具,张牙舞爪地作势要杀他个干干净净。对方的人虽然多,但没见过这样的阵势,一下子就作鸟兽散,连开车的都跑了。我们装作要狠追的样子,哇哇大叫着挥舞着捡来的农具追了一大截。他们没命地都跑远了。看看他们远去的身影,我们几个互相看看,大家都笑笑返回身往三轮车跟前走,三轮车跟前刚才打倒的那几个家伙,看见我们追他们的同伙去了,一个个连爬带拐地跑向路边的庄稼地里,往他们来的方向去了。

这时不知谁说三军受伤了,我们大家一看温三军的脑后有血往下流的样子,后袄领都让血沁湿了一大片。温三军用手摸摸后脖领嘴里嘟囔道:"狗东西从我后面打了一棍,没事,不要紧。"我们几个走到三轮车跟前,温三军说:"都上车,我给咱们把这玩意弄回去!"我们把自行车装到三轮车上,温三军骑上三轮车的座子,脱下衬衣包在头上,光着膀子加起油门,一路颠簸着把我们拉了回来。

一路上我们有说有笑地评论着刚才的胜利。只听范柯玲说:"我看你们打架怕怕得很,以后可不敢这样,挺怕怕的!咋没见桥上孙青打的那个肚子上面画个像的人?"是的,我们这时才想起就是没见到那个家伙,估计是让孙青打坏了,起不来。

到了我们村大家都先回了家,孙青和范柯玲不和我们是一个村的,孙青因为一只眼睛让长毛贼打成乌青,成了熊猫眼,他不愿意让自己村的人看到,怕人们笑话,就和温三军去了,待在三军家。范柯玲是孙青用自行车带来的,孙青不回去她自己就要走回去,赵镇平要骑自行车送她,范柯玲坚决不要送。反正她村子离我们也不远,那就不送了。临走赵镇平掏出三十块钱给范柯玲,范柯玲说什么都不要。一边走一边回头说:"现在还不知道后边怎么样呢?以后再说!"

看着范柯玲走远了,赵镇平对大家说:"大家都知道今天这事没完,不要乱跑等我的消息。"到了天黑的时候,来了消息说是华县的一个红头来到我村,拜会了我们当地的红头。红头在我们这里是指那些八十年代横行乡里,喜欢惹是生非,经常打架斗殴弄得很血腥的人,当然也指经常打架总是让人家打得头破血流,满脑袋让血浆酱得红哈哈的,当然是红头了,黑头换成红头。我们知道被打的人叫胡强,他的三姨夫在当地的公安局当干部,胡强叫人来表达了两个意思,看我们接受哪个条件。

一、归还三轮车,看病花的钱要报销,追的时候有朋友也受伤,总共一千块,然后去他家赔情道歉。

二、报案,让华县公安局来抓人。

我们几个坐在一起，听到赵镇平的话脑袋大了，一千块他奶奶的可不少，那会儿娶媳妇定亲才花一千块。就是我们几个除过范柯玲，人家是女娃不能摊钱，就是有钱也不让她掏钱的，我们几个分摊也真不少。让华县公安局来抓那更麻烦，每天东躲西藏不是办法，也没法过日子。没准哪一天让抓住了，华县的公安局整得狠我们知道。华县的看守所对外来的人犯那整得更厉害，叫你进来的人死不了也要脱层皮。那时候就和现在一样有了地方保护主义。

最后大家统一口径，掏钱，掏钱！

赵镇平说："大家愿意拿钱，那我就给人家说说看，能不能少点。如果定了后，我就不来见大家了，我从亲戚家已经借了钱，看望长毛贼胡强你们就不要去了，我一个人去！"我说："行！你先记住，后面大家给你凑，那你现在就去找人看能不能少给点。"

赵镇平走后，我们大家傻到那了，没弄到钱反而赔进去了。大家急了！最后商议的结果还是继续玩三张牌，要么这紧欠账咋还呀！我们继续玩牌，公安局抓住也没什么大不了，关几天罚些钱就没事了，干别的没门路，不过要等这件事平息了再说。

没过几天，赵镇平来我家告诉我们完事了，最后给了人家五百块，一共花了七百块。我给他说大家没事情可干，都想着还要去玩这玩意，要么待在家里都给急疯了。他说不干这干啥？反正就是这样子了，真应了现代人的话："要挣钱先发疯，脑袋简单往前冲！"

"大家总是说想不下办法挣钱，依我看是你们不想钱，不爱钱，难业你要是爱钱把你媳妇卖了，拼媪姿色咋哩都卖几万元！"平息了华县的事后，我们第一回聚到一起，大家先胡侃乱说开起了玩笑。赵镇平说完我接口说："我舍不得！"

"看看，还是不爱钱，人要爱钱啥都舍得卖！我今天好好给你们说说钱！马克思的《资本论》上面说得好，咱们一般人要挣大钱首先要完成原始积累，啥是原始积累？原始积累是多少？我针对咱们当下的情况给说说，简单说，要赚钱做生意比打工快，做官比做生意来钱快。做生意是要资本的，这个大家都知道，只要有资本，生意就多的是，资本越大挣钱就越大和越快，资本小挣钱就少而且慢，要做差不多大一点的生意，除了借还得有自己的一大部分，这个就是原始积累。当然像我们几个，有个一万块钱做资本就可以，就不用胡折腾，但是像现在这个样子，要攒够一万块要好多年，家里还不敢发生啥事情，当然有的人说可以去银行贷款，但是人家银行是救富不救贫，你没钱人家就不贷给你，你玩的大了，人家银行看你有实力才借贷给你，像咱们几个你到银行说得水能点着灯，人家都不会给你的，怕打了水漂。所以就得自己先积攒够一万块。我想了，咱们几个要弄到这一万块就要冒险，就要擦法律的边球。咱们这玩三张牌让公安局抓住，大不了罚几个钱，关几天打一顿。这是违反了治安条例，是违法了不是犯罪。我们冒这个险是值得的。"

赵镇平说完好像言犹未尽，又补充说："当然还有别的路子可以完成原始积累，比如说你看人家南方人在咱们这里补鞋钉鞋、修伞、修气管子，收破烂。这样弄几年也不错，也完成了积累，改头换面当起了老板。但是咱们北方人爱面子，低不下头。做小生意个性也不好，成天和人家吵架也不行。你像咱几个要干这个，没几天准和顾客打架把东西都扔了，咱们还要寻找适合自己干的事情。可不敢像咱村那几个，急了，没钱了，去抢！难免坐牢吃枪子。难美！"

"人们口前有句话说得好叫'争权夺利'，那权是斗争得来的，那利益是抢夺来的。咱们几个都爱看书，做人讲道理，叫孔孟之道给绑住了手脚，你不夺利它永远没利，永远是穷鬼。现在就是谁说的首先要解放思想。以后我们几个坚决不要到外面充什么文化人，我们要做连一个字都不认识的纯粹文盲才能放开手脚。"

"什么样的人有钱？依我看首先是'坏人'。你想想你讨饭的时候，饿了手中拿起一个讨来的馒头，来一个人眼巴巴地看着你吃，在那流酣水。你给他分一半你是好人，你没吃够，下一顿找不下吃的，你就得饿死。再说你饿得昏头了，讨要到一块馒头正要吃时，来一个人夺了你手里的馒头，他是坏人你是好人，他吃了你的馒头活着，你没力气再去讨要饿死了，结果坏人活着，好人就死了。这就是咱们几个没想过的道德问题和发家致富问题的矛盾。这个问题想不好就要穷一辈子。但是咱们毕竟是在孔家店毕业出来的人，要学坏也坏不到哪里去，是不是？就是那谁说的，本质是好的。"

赵镇平长篇大论侃了大半天，都说得是实话，我们几个听完后陷入沉默之中。我想这现实太残酷了，理想主义的方法是完成不原始积累的，也就是说起不了家，没准一辈子就跟狗一样卧着没有风光的那么一天，狗急了还猛跑一阵子，带起一股风，人要成天让油盐酱醋把自己腌下去，你们见过腌黄瓜蔫里吧唧的那个样子，但是你不知道那腌黄瓜只腌了三个月，一个人要腌几年甚至半辈子，你说你成啥了，成了啥了？

温三军首先想通了接口说："镇平说的对，不要想那么多，就一个字：整！整！

该是罐罐成不了瓮,天生啥命是啥命！东贩萝卜西贩葱,官鬼持世成大亨。就这么干!”老孙猛吸了口香烟,把烟头在空中弹弹,看了我们一圈低下头说:“还是孙青说的对,年轻的时候就应该是手拿菜刀砍电线——一路火花带闪电,这样才有意思。”

大家也觉得反正活得不好,不如冒冒险,要死要活凭天由命。于是决定明天出去骗人,至于到什么地方去,经过大家讨论,西边的华县是不能去了,去北边大荔县。那里也是一个和我县交界的地方,那里有个渡口,天天人来人往的,选一个每个过路的必须经过的地方绝对不错,那些个过路的路程远,他们口袋里都离不了钱。说到这里,孙青说不知道范柯玲还去不去,没她不行,我回去给她说说看能不能说动。

第二天一大早,我们几个来到昨晚上说好见面的地方,孙青和范柯玲已经在那里等我们了。看到范柯玲来了,我们几个都非常高兴地和她打招呼:“还以为你不来了?”“我咋能不来,上一次咱们几个赔了钱你们不让我掏钱,我心里总觉得不美。孙青说这回要捞本,我要不来那就说不过去,咱们走!”范柯玲高兴地用手拢了拢散在前额的头发对我们说。她说完又闪着那对大眼睛,乐呵呵地对我们补充道:“不过尽量不要和人家再打架了!”

我们经过敷水镇的街道,大家每人吃了两包甑糕,这东西特别好吃还顶硬,吃饱了可以顶到下午。骑上自行车,大家急忙忙往大荔县赶,来到渭河南岸。我看着这浑浊的渭水由西往东缓缓流淌,不由得想起几千年前那个叫姜子牙的老同志曾经在这儿钓过鱼,人家姜子牙同志钓到了一个大王,最后自己还弄了个封神榜玩玩。我们这帮子人为了生活,只想钓到几两碎碎的银子花花,没有人家老同志的远大志向。人和人不能比啊！差距就这么大,但愿他这老同志保佑我们这些草木之人平平安安的。

我们当地人常说黄河无底、渭河无岸。就是说黄河里面的泥沙大,河底高低变化大,渭河的水量变化大,河岸变化也大。我放眼向渭河看去,几百米宽的河水上面漂着一个大木船,来来回回轮渡着来往两岸的人们。孙青这会已经开始选择一块地方蹲了下来,低着头手中缓慢移动着地上的三张牌,我们几个充当诱子,他用眼角的余光偷偷瞅着,但凡有人经过就卖力大喊:“南来的,北往的！走一走嘞,看一看,黑的不赢红的赢,东贩珍珠南贩盐,你没见过压牌能赢钱,老汉活了九十九,没见过长虫立立走。压一压来看一看啊！黑的不赢、红的赢……”

忙碌的人们匆匆忙忙一闪而过，胆小的人知道这热闹看不得，脚下加了力显得更加匆忙，他们眼睛都不往这边看一下。那些自以为走南闯北见过世面的人喜欢看个稀奇，回去了好给邻居们吹嘘自己今天又见到了什么新鲜玩意，有这样想法的人就停住脚步围上来。还有些附近的人依仗是自己的地盘，胆气正得很，理所当然也就停了下来围到孙青面前看了起来。慢慢地围观的人就多了起来，为了让围观的、想压钱的人胆气壮，首先是范柯玲哆嗦地掏出十元钱压了上去。

赢了！她赢了。一个弱小的姑娘她压了十块钱就赢了。这十块钱不是可以给家里买些油盐酱醋，而是可以到集市上给自己买一件像样的夏装，这个多好啊！围观的人看到赚钱这么容易，一个个慢慢就心动了。

在这个时候，为了给观看的人加一把力，让他们把钱快一点掏出来，边上我们另一个诱子为了给大家壮胆，让他们发自内心快快掏腰包，这个二十多岁穿得破破烂烂，不修边幅，一脸络腮胡子的小伙子，任谁看去都像四十多岁的刚从地里回家的老农何福厚，只见他嘴里咕哝着，手哆哆嗦嗦掏出了皱皱巴巴的十元钱，要和学生打扮的范柯玲和着一块压，范柯玲随手接过十块钱和自己的十块钱合到一块压下去。

又赢了！

这时边上看的人就有眼热的，想想这么笨的老实人和一个出门的小姑娘都赢了钱。这！这要不玩不是犯傻是啥，简直就是脑残到家了。那些口袋里有闲钱的，就急急忙忙掏出来拿在手上，眼睛紧紧盯住地下的几张牌。待孙青把牌倒完说可以压了，他们就毫不犹豫地把钱压了上去。不过一般他们是肉包子打狗——一去永不回头了。孙青知道有的人想着只压一下，赢了就走，再也不玩了，所以他不给任何人机会，谁把钱压下来他就要吃了它。他一边倒腾着地下的几张牌一边不停喊着："游戏，游戏，游来游去，大家盯好了，黑的不赢，红的赢。眼睛是个马虎灯，大家千万要瞅清。压了、压了！不压三百三，赢不了六百六，天有黑忽明、赌博有输有赢。君子输赢不脸红，小人胡缠不是怂。云彩罩山顶，想赢就要整，云彩对空气，输了不生气……"

就这样孙青满嘴胡乱编着顺口溜喊叫，不时有一阵阵的笑声爆了开来。温三军主要的任务是装作一个过路的正直的社会青年，主持公道，让大家不要怕孙青，有他主持公道，只要你赢了就会让你一定会拿到钱。他这会儿看着围观的人群没人压钱了就喊道："不行，那天我妹子在这里都赢了八十多块，今天我输了三十块，让人笑话我哩！你，你这牌一定有问题，换牌，你小子把牌换了，你要不换小心着。换牌！要不换打不死你！怂货俺些！”

那些输了钱的也想着换了牌，没准能赢回刚才输的钱，看着这个莽撞大汉的机灵心眼儿，大家心中暗暗赞许。那些没有压钱的围观者，看着这个二愣子给大家做主，心中也顿时跃跃欲试，梦想着赢几十块钱够吃饭或买东西。

温三军的行为让大家感觉到近乎捣孙青的乱，孙青假装生气还不敢发作的样子，唯唯诺诺赶忙换了牌。你看温三军这回又瞅准了那张红桃尖，用那只是穿了一双烂黄胶鞋的黑么污垢的臭脚踩在那张牌上，双手满身胡乱翻口袋找钱。下面的孙青知道他踩住脚是虚的，趁他找钱不注意偷偷换了他脚下踏住的那张牌，孙青嘴里没闲着还嘟囔着：“端上对端下，谁捣乱问候他妈！”

大家都听清楚了，看着温三军一阵哄堂大笑，温三军装作没明白，一脸茫然地也跟着大家傻笑，把从内衣里找到的几十块钱作势就要压脚下的扑克牌。大家看这是个直肠子的好人，都好心给他说，“换了，他把牌换了！耍牌的把牌换了。”

孙青抬了一下头，匆忙看了一圈低下头大声说：“大家莫插言，插言输了我的钱。观棋不语真君子，观牌不说好男儿。”

温三军装得就像赵本山影视里那些傻家伙们一样，把脑袋摇得像个拨浪鼓，他不信大家说的。他瞪起他那迷茫的眼睛说：“不可能的，我拿脚踩住牌了他小伙还能换了，看把他娃能的？不可能！绝对不可能！把他娃能的。”

说完作势又要把手里的钱全压上去。围观的人们吓坏了，他们担心这个老实娃娃把钱输了，有个善良的中年人急忙拦挡温三军，告诉他真的是换了。温三军任他怎么说都不相信，作势还是要把手中的钱全部压下去，大家也急了，不能让这好小伙子吃亏。有几个热心肠非常仗义的硬硬挡住温三军，不让他把手中的钱全压下去，温三军妥协了，但是他还是固执地说大家帮我是好人，我明明看好的牌我用脚踩住了他换不了，我还要压十块钱。孙青看钱压到牌上，就急忙翻开牌，孙青换牌是大家看明白了的，果然换了，成黑的了，输了。这个过程就是把围观的人的脑子搞乱，让他们进入聪明人和明白人的角色，一会儿把自己卖了还要帮骗子数钱，你看这会儿他们还替温三军一片惋惜。

在这档口，温三军就动起歪脑子看了周围的谁最有钱，看准了就把这个家伙拉到跟前，给他说好话戴高帽子：“我看今天这些人里就是你公道、正直，就是你这人最好。你这回给我把牌用手抓住，不要再让这小子换了，我赢到钱给你分。我谁都不相信，就是相信你。来！给我帮帮忙，我看准了你用手给我抓紧。”

孙青缓慢倒完地下的三张牌，温三军立即让他看中的人用手压住这张红桃尖。温三军这回把钱在空中舞了一下，张牙舞爪地作势狠狠压了下去。孙青翻开牌，红尖，是红桃尖，温三军赢了。温三军高兴得眉飞彩舞，好是张狂。第二把又大喊大叫地那么来一下，又赢了。

到了第三把，给他抓牌的人就急了。自己给别人抓牌，不，那是抓银子。为什么自己不让这白花花的银子流进自己的口袋，倒让这个二百五拿了去。哎呀！拿了去！想到这里，他把身上的钱全部拿了出来，等孙青倒完牌，一下子全和温三军的放到一起，那些围观的也纷纷掏钱往温三军看好的牌上压。没有人再往下压钱的时候，孙青对温三军说：“这一把压的钱大，为了公道，这回让这位大哥翻牌，大哥你帮忙把这张牌翻开吧！”

温三军神情庄重又神秘，慢慢抓住牌的一角全神贯注地看。最后他翻开牌大家全都傻眼了，黑的，是黑尖。这回轮到压钱的大家伙们傻眼了。变了！不是红尖，是黑尖了，输了。温三军瞪起那双圆环眼，铁青着脸，倒埋怨起这个抓牌的：“让你给我抓牌你不抓，自己要压钱把牌放到地下，看见没，换了，这家伙手快得很，大家看不见他换牌，只有把牌抓住才能行，你看看你，让大家都跟上你带灾了。嗨！你这人是尿尿不抓鸡巴——大撒机啊！”

这今天压得最多的人翻开牌看见自己输了，瞅准红的变成黑的了，这没压住，当下脑袋轰地一下，不知所以然了，傻愣到那不断搓手，完了还让自己心中的这个二百五数落一顿。想出出气收拾这个环眼贼，看看这家伙满身的肌肉劲块，只有嗨！嗨的晦气！自认倒霉！围观的大部分人这看了好半天都没下注，这一下子盯住了赶紧把手中的钱压下去，不知道咋回事、咋地就输了。好几个不甘心输了钱的人往前凑了凑，围在孙青跟前瞪起眼睛，紧盯住地下的那张红桃尖想翻本。还有好几个过路的围拢进来看热闹，看了半天也不由得掏出口袋里那几个零碎票子慢慢压了去。

就这样的好生意，没一顿饭工夫便稀稀拉拉没人压了，他们手中的钱让孙青拿走又转手输给了温三军。围观的人倒认为这个二百五运气好。实际是我们提前商量好的，待孙青手中的钱多了的时候，为了安全他要把多余的钱输出去，让温三军拿着。

人世间的悲喜剧是每个时间都在发生的。在这嘻嘻闹闹的骗人牌局中输了钱的人，一个个灰头灰脑地没有一点声息离开了。剩下今天出来没带钱的，一直还坚守着，等待着看谁是下一个倒霉鬼，反正自己没钱就是看热闹。

我的主要工作是盯住南边和北边的车辆，看有没有警车，远处来往的人有没有穿警服的。当那些输了钱的人都陆陆续续离开的时候，我的心不由得松了一口气，庆幸今天是个艳阳天，顺溜。可就在我们收拾东西准备往回走的时候，我看见一个穿一双手工做的圆口布鞋，那条裤子明显短一大截的一位姑娘满面泪水抽噎着不肯离开。一个好像和她相干的人把她往回拉，她就是不走，一会儿坐在地上号啕大哭起来，嘴中含混不清说着要跳河，妈妈没法活什么的？范柯玲走了过去问她什么情况，那个姑娘断断续续给大家说清了事情的经过。原来她是渭河北边大荔县的人，妈妈病了，自己到河南面她三姨家借钱去了，她姨家也没钱，总共只借到一百块钱。过路的时候看到大家玩这个，她想着要赢了钱妈妈就有救了，谁知道连借到的这一百块钱都输了，姑娘哭哭啼啼说个没完。我看见范柯玲那双大眼睛也水汪汪地要哭的样子，她用祈求的眼光看着赵镇平，她知道赵镇平是我们这伙人中说话最有分量的人。她的意思是要把骗人家姑娘的钱退给人家女娃娃，赵镇平当然明白她的意思，用眼睛看了看温三军示意退了。温三军挠挠头，看了看周围没走的围观的那几个人说："我看这娃可怜，我今天赢了，给你一百五十块，给你妈看病，以后可不敢再胡闹了，这钱你能赢，不可能的吗？"

那个姑娘闻言高兴得破涕而笑，不断对温三军说："哥！哥！哥哥是好人。可我只输了一百块，这五十元钱我不要。"

温三军说："拿着，我赢了。赶紧回去！回去给你妈看病去，不敢再胡闹了，啊！"

我看看也到了时间，大家也都饿了。就对赵镇平朝南挑了挑眼神，赵镇平明白了我的意思，走到自行车跟前推起自行车慢慢向南走去。我们大家陆陆续续分开，也慢慢跟着往回走。

回家的路上，大家心情都是特别好，温三军一路放开喉咙唱起了自己编排的歌子：

我无枪亦无剑
我无权亦无钱
我有石块和黑砖
你说我有一片蓝蓝的天

心情好，人赶路也觉得快得多，马路两边是农垦的土地，一望无际的大片小麦绿油油地延伸出去，马路两旁的白杨树光秃秃的还没有一点绿色。偶然那个树上一个寒噤老鸦叫一声，扑啦着翅膀不高不低地飞走了，也不知道预示着什么吉凶。我们不知忧愁地热闹聊天和骂笑，没觉得就来到了我们早上经过的这个古老的镇子敷水街。这里有一家叫一品香的羊肉泡馍馆，弄的羊肉泡馍吃起来美得很，看到这个招牌我们几个人就都走不动了，大家在门口放好自行车进去占了一张桌子坐下来。温三军喊叫着"每人来一碗，多加一个饼子"，热腾腾一大碗羊肉泡端上来，一个个狼吞虎咽美滋滋地吃了个痛快，地道得很！就是美。吃完饭温三军掏出今天的钱数了数，好家伙，连本带利一千多。每个人看着温三军手里拿的钱，都感到了无比满足和兴奋。大家都知道有这些钱就可以娶一房媳妇啊！

温三军数完钱算了算说："除去本钱和饭钱，今天我们一共还剩了九百二十块钱。大家说美不美，美不美！美哞！今天我们赚的钱，我觉得先给赵镇平拿住，上次打架花的钱是他借别人的，你们看行不行？"

大家都说温三军说得对，应该这样。赵镇平对大家说："是这，今天把钱先分了，我知道大家家里都急着用呢！把生活先安排好，大家干事也有劲，就这样。三军你给大家把钱分了。以后每天抽两百，慢慢来，我借的钱不急，来日方长，不在乎这几天，就这样了。你们不要再说了！"他说的是实情，我们每个家里都急需有几十块钱，让生活先正常下去。

看着三军还没动，赵镇平又说："给你说话，没听见！赶紧分了，大家家里都紧张我知道，分了！分了大家急地回家。明天早上还在今天那地方玩，大家不要来晚了。"

我们每个人怀揣今天的不义果实，心中没有丝毫的愧疚，高高兴兴回家了。但是大家都不知道这是一条不归路，因为明天是什么结果没有人知道。今天这样不明不白忽悠过去了，更不知道这条道还能走多长时间。没人知道这样实际也是忽悠自己。

到了第二天，我们早早地就来到渭河边，来到昨天选中的场子玩了起来，大清早来来往往的人比中午更多，但是他们没有时间停下来，一个个匆匆赶路没有闲心看孙青的表演。我们就这样磨叽着，到了中午昨天那个盛况又出现了，围观的人是里三层外三层。大家唯恐自己占不上便宜，赢不上钱，一个个把孙青围得密不透风，孙青热得直冒汗，外围的看客一个个伸长脖子踮起脚尖，脑袋钻进人群聚精会神地看着。这个时候孙青对面只留下温三军和老孙,剩下的人都要撤出来给想占便宜的人留下机会。我兴奋地看看周围的情况,高兴地感叹又是一个艳阳天。

就在我心情愉悦的时候,围住孙青的人群哄闹起来,一个穿了一身绿军装的小伙子输了钱,手舞足蹈地想用武力要回输掉的钱。温三军喊了起来,他像是一个特别公正的人那样,跳出来主持正义和小伙子冲突起来,几个回合言语冲撞便动起手来。谁知道这个家伙是有两下子,温三军那强力进攻、打脸、猛踢小腿迎面骨、旋风腿,没一下搁到对方实处。轮到那小伙子进攻,只见他用肘和膝盖猛力几下,温三军就趴到地上起不起来了。看样子真是个硬茬,在这当口,我们当然要保护劳动果实了,可不能让这个家伙摘了桃子。只见装作老实巴交的何福厚偷偷从这家伙后面围上去,用胳膊盘住了这家伙的脖子,用力地把这家伙往死地勒,孙青和温三军分别抓住他的两只胳膊,使他动弹不得。看看勒得这家伙眼睛向上翻快要断气了,何福厚这才放手。这个家伙躺在地上,愤怒地用眼睛瞪着孙青和温三军,准备积蓄力量再和他们拼命。

到了这个时候我该出手了,我慢慢来到这个家伙跟前偷偷对他说:“朋友,我看你是英雄会武功,但是你不知道这一群人,他们都是一伙的,都是骗子。你虽然有武功,但是你打不过一群人,好汉不敌三只手,你看他们好像也是练家子。身上没准还藏着刀子,你这里好汉不吃眼前亏,要报仇下午把人叫多了来。我给你把他们盯住。他们天天都在这里骗人,你要替大家除害。但是今天不要和他们打了,他们人多,你如果要动手,绝对还要吃亏。”

可怜的小伙子用疑惑的眼神看看我,不知往下怎么办。我把他拉了起来,帮他拍拍身上的土说:“走吧!下次多带几个人过来。”

说完我连拉带扯地,拥着不情愿离开的他向船上走去。中国人喜好热闹,刚才打架的时候,船上的船夫们看见了,有两个就走了下来看热闹,看见我扶住小伙子上船迎住就问:“不打了,咋不打了!我们专门下来看打架来了,你看不打了!咋不打了?没意思!往死里打!”

我听到这个话后很是厌恶,这是一些专门爱看别人遭罪看别人受痛苦的人,他们天天期盼着能看到火车离道或是汽车放炮。我不由得对他们说:“那伙子人还在那,看样子没准还要打起来,你们要看就赶紧去!”

这两个船夫听到后高兴地向孙青那奔去,我知道他们去了只要身上有钱就是

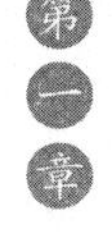

送钱的。他们没看到演出,但是这高价门票他们绝对不能少。

当我把受伤的小伙子送走,慢慢返回的时候,那两个船夫已经把身上的两百多块送了出去,临走他们还没明白怎么回事,很是客气地对孙青说:“愿赌服输,咱不是那赖皮子。你们在这里人少,明天来船上那边玩,来回都有人。比在这里好多了!”

这表面看当然是个好主意,孙青满口答应下来。没多一会,天气起了变化刮起了风。俗语说得好,有风刮滩地,有雨下山里。渭河滩里的风说来就来,孙青手底下倒换的扑克牌和地底下铺的报纸总是叫风给吹走了,没法再表演了,没多会风更大了,把报纸和扑克牌都给吹走了。路上的行人也都缩起脖子快步赶路,他们没有人会停下来玩那么一下子。我们大家也都蜷缩起脖子袖起手,刚才还热得很,这会儿刮起风就冷得不行。但是我们心里还做梦地期望有人再来送几个小钱,虽然已经是春天了,但是料峭的春风吹来让人还是难以抵挡。

“回!”不知谁喊了一声,大家急忙一个个推起自行车猫着腰急忙往回赶。到了昨天那个一品香羊肉煮馍馆,又是每个人一大份吃了起来,吃完饭温三军清点了一下战况,一共收入七百五十元整。看到今天的情况我对大家说道:“今天大家不要分钱了,直接给赵镇平把帐先还了,我看咱们干这行当危险性就是大,鬼知道明天会发生啥事情?先把账还了。我看今天那两个船夫输了钱,他们叫我们去他那船上玩就没安好心,咱们尽量不去的好。就这情况,咱们还没和警察照过面,不知道警察抓住是什么过程和结果。反正大家小心为好,明天继续。”

我说完大家同意给赵镇平把钱先还上,但是对我说的不要上船去玩,他们好像商量好了似的都抱反对态度。温三军还说:“难业,你上辈子是吊死鬼变的,这辈子不喜欢绳子倒罢了,连吃粉条都害怕!太胆小了!怕啥?大不了和那些船工开打,谁怕谁!”

我笑了笑,那好,大家都这么说我也就不说啥了。反正是同进同退,去他奶奶的,明天再看。

第二章

到了第二天漫天的狂风小了，大路上像清洁工清扫过一样很是干净。我们骑着自行车快乐地向渭河边赶去，到了渭河滩上那风真叫大，我们彻底明白了什么叫“有风刮滩里，有雨下山里”的关中农谚。这还能玩，没法整嘛！大家快快地赶了回来。没弄到钱，回家路过敷水街那个羊肉泡馍馆的时候也就吃不成了。一个个眼巴巴地望着羊肉泡馍馆的牌子恋恋不舍。一个人吃一碗羊肉泡馍那叫暖和舒服，这玩意咋就那么好吃呢？但是，没有成绩弄不来钱，那嘴巴来到这里只有流哈喇子的份，大家祈求着明天狂风赶紧停住，起码每个人能吃碗泡馍。

回到家里，我们像一个虔诚的老农那样，每天关注起天气预报，得知明天风力减小为二三级，我们高兴得互相奔告，天色麻麻亮，大家早早就聚到一起，急急忙忙往渭河滩赶去。弄到钱了就是美，想买啥就买啥？想吃啥就吃啥？可是这钱就是难弄得很。这个天气坐在自家小院，手中拿本书、泡杯茶、晒着温暖的太阳，弄几个什么好句子：暮春天气，迟迟丽日，拂拂和风，那有多好啊，但是就是为了钱，骑辆破自行车还要带个人，跑二十多公里路，还不知道到那怎么样？谁创造了钱？真真害人不浅！

到了目的地，我们还是围在前几天玩的地方开始了新的骗局，孙青看着过路的人又卖力地喊了起来：“黑的不赢、红的赢……压了……压了啊！同行不来，师父不来。怕婆娘的不来！啊！狼胆大虎胆小，不压钱赢不了！老汉活了八十八，没见过有人专压黑疙瘩，老汉活了八十七，没见过压红的赚钱坐飞机。压十元赔十元，全当路上捡十元，压三千赔三千，发家致富在跟前。”

没过多会就有想发家致富的几个人扔了几十块钱走了。这个时候，我看见那一天输了钱的船夫看着我们又在这里玩牌，就从船上下来，他来到我们玩牌的地方对大家喊："哎，叫你们到船上来玩，你们咋不来？在这能玩个啥嘛？在船上能不停地玩，那上钱多快，不看的人都要看，有人看就有人玩，有人玩你们的收入就大。哪一天你们不弄个几千块钱。嗯！走吧！到我们船上去发大财吧！我给我们船老大都说了，他愿意你们几个去玩。谁敢捣乱看我不收拾他才怪，走！我们船上玩走，怂式子看个子！"

大家看这个船夫邀请都想着是好事，看看现在也没过路的人围观，孙青就收拾了摊子准备去船上。我总觉得这个船夫没安好心，为了安全我对赵镇平说："叫范柯玲就不要上去了，把自行车放到河滩上不用上船，叫她给咱看住。"

赵镇平笑了笑回答我说："没事，你太小心了！十几个船工能把咱们咋哩？不过也行，按你说的让范柯玲留下。"

大家来到船上，首先好奇地在船上转了几圈，这个船虽然是木船，但是真不小。来往的卡车都能停放三四辆，那些农用车、自行车，以及南来北往的商贩摆放的货物堆得满船都是。孙青找了一块宽敞的地方蹲下来，给上面铺上报纸开始吆喝，没多一会船上的乘客都围拢过来，一个个脖子伸得老长，争相观看，我们的几个诱子更加卖力地表演起来。孙青看到观众多了嗓音更加亮清了，那个江湖口语更加顺口，引得围观的人一阵阵大笑。大家伙儿你压十块他压二十，唯恐自己的钱扔不出去，船从南岸到北岸也就是半个钟头，我从外围看着好像就弄了五百多块。

他奶奶的这要发大财了，照这样下去一天一个人还不弄七八百才怪哩！这一天就顶我当瓦工一个月的工资。我做开了美梦，心里盘算着像这样有两个月，就可以弄到一万块钱了，只要够一万块，从别人那在借一点钱，就可以在我们当地开一家小门脸做个小本生意，最好开一家卖生产工具的小百货店。我认识好多搞建筑的小老板，生意一定不错。等赚到钱后就可以继续上学，读那我最爱的汉语言文学专业。就这样当我憧憬着我的美好未来时，船已经来来回回走过了大半天。到了下午三点多，我看着来往过路的人少了，也没有车辆过往需要摆渡，肚子饿得前心贴后心了，差不多该收场了。

见好就该收了。我给赵镇平向南挑个眼色，赵镇平明白了我的意思。当摆渡船就要停靠在南岸，赵镇平对孙青使个眼色意思该收了。孙青看看也没几个人围观就收拾了报纸和扑克,他站起来活动活动蹲得酸痛的腿脚,抬起他那乌黑浓眉笼罩下明亮的眼睛看了满船一把,当看见那个把我们叫到船上来的船夫时,他满面快乐地向他走去。到了船夫跟前,孙青掏出香烟客气地给对方递上,然后自己也叼了一根,摸出火柴先给对方点上,他们热情地聊了起来。待船靠住南岸,那些旅客都下去了,孙青从口袋里掏出刚才偷偷数好的两百块钱递给对方说:“谢谢你的照顾,这个拿去吃顿饭给弟兄们买盒烟,不成敬意。”

那个家伙把钱拿到手里后,谁知道脸色顿时掉了下来,把那一沓子钱捏在手里慢慢磕打着另一个手说:“咋啦！哄小孩呢！我们他妈的没见过钱。就这几个泡子,我给你说！你们今天在船上弄的钱全部拿来,我给你们分,要么你们谁也走不了!”

孙青听到这话气坏了,顺手夺过那二百元钱说:“太霸道了,你做梦哩！你他妈屎壳郎戴铜铃——装哪一国战马?”

那家伙看到孙青敢和他硬顶硬,顺手就抓住了孙青的脖领子,我心里本来就感觉不会这么顺溜的。最后孙青给船夫的钱是按江湖规矩走的,这个我们虽然刚出道,但是都知道这个道理,这叫鬼不走干路。我看这个家伙闹腾就赶紧上去想拉开劝架。谁知道我一拉他们,这个船夫就抬腿猛力蹬了我一脚,我没注意,一下子让他蹬出几步远,摔了个仰八叉。顿时我也恼羞成怒地要拼命了。这个家伙在蹬我一脚的同时也大喊一声:“大家都来,这些家伙不听说！都给我往死头打！打!”

船上的总共有十多个人,听到这个家伙的呼喊都顾不得固定船揽,忽地一下围拢上来,有的家伙顺手拿起船桨和木棒,吆喝喊叫着:“打！打！敢在这里闹事,活腻歪了。不听话就往死打!”

过去有句古语说得好,车夫船夫无罪都该杀头。他们常常是欺辱软的怕硬的,他们仗着自己人多,一个个又都是肥吃海喝地腰圆体壮。看着我们总共也就六个人,我们因为“工作”的需要,一个个看起来比那顺民还顺民,脑子比景德镇的瓷器还“瓷”,比傻瓜还傻,简直就是窝囊傻瓜集团。所以这些世俗的船夫就没把我们往眼里去,心里光想着今天发个小财,下了我们今天的不正当收入,就没有想过我们会抵抗。

他们不知道我们哪一个不是着急的,今天到手的这些钱用处大了去了,打不过这些船工都要打。我让这充满阴谋的家伙踹这么一脚也窝火,拼了。慌忙爬起身来准备报复，一个家伙手拿木棒冲到我的跟前，他看我急忙往起爬，就高高抡起木棒朝我的脑袋上砸了下来，我慌忙用胳膊挡了一下，顿时胳膊一阵火烧火燎的剧痛。我气坏了，真倒霉，还没开仗我先吃了一脚，就这还不够再吃一大棒。你亲爹难道是美国人，咋就那么横。我也够倒霉的，没碰到对手的身体先让人家打得废了武功，明显的就要没还手的劲儿了。说时迟那时快，这个家伙又抡起棒子，第二下又要砸来，我急忙翻滚着飞起一脚向对方的裤裆踢去，管他出手黑不黑的，顾不得道义了。这个家伙顿时扔了棒子，脸色发白，双手捂住命根子，痛苦地蹲在了地上，我又气又恨，爬起来挥起右拳就招呼到这丫的腮帮子上。

放倒这个家伙，我抬头向船上看看，好家伙，我们的人每个对面都是两三个，我顺手操起对手掉在地上的木棒扑向孙青对面的那几个，这木棒要么打脑袋要么打小腿的迎面骨，我恼急了，扑上去就照面对孙青的那个家伙脑袋上砸了一下，他受到我的偷袭，只那么一下就歪歪扭扭地躺倒在船上。那两个看到同伙倒地，满脑袋流血，回头惊恐地看我，孙青没有错过这个机会，用起了摔跤里的办法，抓住一个船工用胳膊勒住脖子，一下给扔到几米远的货物堆里。那一个反应也不赖，看看剩下自己一个人对付我两个，就慌忙哇哇叫着跑了。我两个赶紧去帮其他几个，就在这档口，一个船夫突然对打在一起的我们狂喊起来：

“都不要打啦！船跑了，船跑了！赶紧摇船。赶紧控制船！船跑了！”

我向水面一看，哎呀！忙着打架船跑到河心了。渭河的水面看起来缓缓流淌风平浪静的。实际我们知道这平静的水面下水流可急了，就像我们关中人的个性一般，让外地人看起来也就这样的，外表麻麻的暮暮的傻傻的笨笨的，但是你如果把他惹急了，结果就会让你一辈子都会记住这个愣头青，弄不好连你的小命都要难保。

一般会水性的人在这渭河里面玩水注定要玩完。大家停住手向四周一看坏了，船颠簸着失去控制，顺流而下慢慢增加了速度，它越来越快。一会儿撞一下南岸，一会儿撞一下北岸。我们知道这回麻烦闯大了。这里往东的下游有军队修的一座浮桥，那里每天都有坦克来来往往经过，还有大卡车拉着大炮来来往往，如果这条船失去控制撞向那个浮桥，把解放军的坦克撞到水里面去了，或者把几门大炮撞到水里面去了。你想想，那个后果你想想，不用说我们哪个都跑不掉。就是跑到石头缝里，最后也要全部抓回来，都给枪毙了，这些船工也别想好，一辈子都要蹲大狱那是没的说的，领头的一准也得让政府给毙了这是必须的。这会儿船工都停止了打架,一个个慌里慌张地抓起自己该干的事情忙乎起来。我们几个傻傻地站在船上不知道该怎么办。船工们奋力地划橹还是控制不住船,船老大急了向我们喊道:“赶紧帮忙摇橹! 你们几个赶紧来帮忙啊!”

他们几个船工虽然受了伤,但是还昏头昏脑,有气无力地抓住撸子摇着,因为刚打完架好多人都有伤,那橹子上面红红的全是血。我们这边受伤的三个,就孙青和赵镇平看着好好的,我们忍着痛去帮忙,就这会儿大船已经跑出有几里路了。船老大看到前面河流有拐弯的地方,就招呼全船的人用力往北面河湾里靠。靠近河湾,船停留了下来,船老大忙喊着谁上岸去固定绳索,这时候还没有人下去固定,慢慢地船又动了起来,冲进了河道中间继续向东跑去。它在水力的自然推动下又加速了。前面又看见一个拐弯的地方,船老大指挥大家又往南岸靠。这一下子,不知道船速过快还是别的什么原因,船首一下子翘了起来就要翻过去。我们死死抓住脚下的木板不敢松手。船尾在水的冲击下又慢慢地翘平了,但是慢慢地,船尾在前,船头在后,又向下游飘去。船老大声嘶力竭地对大家喊着:“不要慌,站稳了不要掉河里去了。听我指挥!”

前面又有一个大的河湾,船老大指挥大家慌忙使劲摇橹,想把船停进湾内,经过大家努力船终于停在湾内。船老大指挥一个船工拿一条绳子拴在腰上去岸上想固定住船。那个船工慢慢抓住船帮,下到水里向边上的嫩滩游去。到了嫩滩他想站起来走过去,他摇摇晃晃还没站好,我们就看见他陷进黄泥里,差点把他让黄泥淹没了,一双手满是泥巴在空中乱舞。大家急忙抓住绳子狠命往回拽,大家这一拉没有把他从稀泥里拉出来,反而他在那里妈妈老子地狠命喊叫说疼,说腰要拉断了,把腰拉断了。船老大急忙派另一名船工给腰上系上绳子,让他过去帮忙。这个家伙下了水急忙游过去抱住就要沉到稀泥里的家伙,这时候船老大让我们每条绳子五个人,他一喊大家就用力往回拉绳子。这一拉那个先前沉到泥里的家伙还是拼命地喊叫说疼。船老大说顾不得了,大家拉。就这样我们用力一起拉动绳子,把那个家伙生生地拉了出来。回到船上,大家看到他光着屁股,穿的裤子不见了,一定是刚才嘬到泥里了。他躺在船上有气无力地呻吟着,还要给船老大说:“嫩……滩! 太嫩下不去……脚……差点,差点……把我埋了!”完了看看腰部让绳子拉的红印子,他嘴里丝丝地出气继续说:“看把我差点给拉成两截了,差点就把腰给拉断了,现在腰疼得很!”

船老大看着他那个样子,生气地骂道:“嫩滩不嫩,跟了我几年白跟了! 就是吃饭比人强，上嫩滩都不知道咋走？腰拉断了就给世上除去一个饭桶。”说到这里，这个船老大回过头来，对刚才下水救人的这个家伙喊道：“黄几升这回你去。你到那嫩滩小心点，不敢跟那家伙一样，天天给你们教的咋样上嫩滩、咋样上嫩滩，都学到鼻子上去了。把绳子绑在腰上绑好，小心点。”

那个叫黄几升的把腰上的绳子紧了紧，抓住船帮慢慢下到水里向嫩滩游去。到了嫩滩，他这回像电影里的工兵排雷一样，慢慢地向前爬着滚着，好像生怕把地雷引爆了似的那么小心谨慎。爬滚了有十几米远，他慢慢试着往起站，能站起来了，但是他的大腿一下还是陷进泥里，看样子他费了半天劲才把那条腿拉出来，他又往前爬出了几米。站起来陷的只有小腿了。船老大大声地喊道：“去两个人，拿上大锤和木桩。你！你！抓住绳子下去！”他指着两个身上没有血渍的船工说。

这船是固定住了，也把我们固定到这船上了，这可怎么办？我看着下到水里的两个家伙向岸边游去，抬头看看赵镇平给他使了个眼神。我走到船的另一边，赵镇平跟了过来，我压低声音给他说：“你看我们被困在船上了，那个嫩滩我们过不去。船漂流这么远，明天把船拖回去要花很多费用，我们拿不起。明天他们一定会叫很多人来，我们只有束手就擒，赔人家的损失了。赔不起就等公安局抓去坐牢，这可能就是我们的结果。”

赵镇平看着远处的河面，好像就没有听我说话。他回过头来问我说：“孙西往会游泳不？”“你想泅水过去。我给你说咱这个险不能冒，嫩滩那么危险大家都没经验，你刚才看见了，这陷住就完了，谁也救不了谁。再说这个水下面急得很，我们能有几人脱险。不能这么做，大不了赔些钱坐过牢，你这不能拿大家的命冒险。不行！”我急切地说。“难业，你看咱们这个水湾前面那片芦苇地了吗？这段水是死水，不那么急，也没有漩涡。”赵镇平说。

我看了看心中一亮，是的，游到芦苇滩上去，从那里爬上去能安全些，极有可能全身而退。我回过身来去那边给船扎桩的地方，看了看他们已经打好一个桩，我给孙西往使了个眼色。孙西往跟着我转向一边，大家也都跟了过来。我不敢去赵镇平站的地方，怕船上的人发现意图，踱步转向了船另一边小声问孙西往：“孙哥，你游泳咋样？”孙西往说：“没问题，我老家有条河，我们夏天常常去河里玩水。”我喊了赵镇平一嗓子，赵镇平慢慢踱了过来。我说：“没问题，咱们游泳最差的就是孙青，但是游过去没问题。”

赵镇平示意大家坐下来，然后说：“我们被困在船上了，想不给他们钱，现在唯一的办法就是游出去，我看了一下情况，我身后那边有块芦苇地，我们向芦苇地那块游过去，可以上北岸。关键是游到芦苇地那块大家千万不能随便往起站，一站就陷进去了，谁也救不了你。必须感觉河边的泥地硬了才能走。刚才上去那个家伙的方式你们必须记住，如果谁像第一个那样绝对必死无疑，他能活着是因为命大，还有那条绳子，我们没有绳子，大家必须小心谨慎才能上岸。一会你们大家跟着难业就行了。再是下水的时候，千万记住不能钻水，要一下子钻进泥里就毙了。要脚蹬住船身，手抓住船帮，屁股挨住水的时候松手后背扑下水，往前奋力游。还有一条你们要记住，没有人追，必须保持体能。再给你们说一下，老孙一会把鞋子脱下来放进腰带里，把上衣下面的扣子解开，下摆绑住绑死减少阻力，不懂的看着难业怎么办，你们跟上学就行了。一会看我的手势大家就下水，难业打头，我断后。大家先都在船上散开转，完了就都到我和难业跟前来！去吧！"

温三军知道断后这个人最为危险，弄不好就走不成了，大家都下水了，剩一个人对付这些船夫，最后肯定要加力猛钻进水的，这水下面一米多全是软泥，人从船上蹿进水里是非常危险的，如果掌握不好角度，一下子蹿进泥里就再也见不到阳光了。那些船夫不会让我们轻易溜走的，我们走了谁来赔损失，他们必然会全力阻挡的。想到这里温三军说："镇平你先走吧！我断后。"

赵镇平压低声音咬住牙道："废话！滚一边去。滚！"

温三军怏怏不乐地走开去，我和赵镇平装作若无其事的样子，走到我们刚才看望地形的地方坐了下来。赵镇平低着头点起一根烟淡淡地说："难业，你看一下前面那片芦苇荡，给咱们定一个明显的目标点，一会下了水目标就不容易看到，现在一定要看好。那个目标离岸边的距离你也要看好。你的胳膊碍事不碍？"

我给他要了一根香烟点着说："知道，我的责任重大。胳膊没事，你知道咱们的水性。只是水一定很冷！"

"很冷是必然的，就是这二三百米长的路程，时间不会过长，不碍事！你到芦苇荡后要尽快带领大家爬出去，不能过多地停留，以防体温过低出现危险。"赵镇平说。

我的一支烟还没有抽完，同伙们就都转来了，大家围住我坐了下来。没有人看船工们干活。就好像他们不存在似的。赵镇平一个人坐的方向是对着他们的。我慢慢脱了鞋子攥在皮带里，把上衣的下摆两片布互相系死。大家也都按我的方式做着。然后我几下爬到船边手抓住船帮，屁股朝下松开手一下子就仰面躺倒水面上，冰冷的水刺激得打了个寒战，急忙转身奋力向我看好的那个目标游去。同伙们也都看着我的样子下了水。大家游出五六米了我回头仰泳看见赵镇平还没下来就大喊："镇平下来！"

赵镇平走到船边也下了水游过来。船上的船工们反应还是慢，我们游出十多米了，他们好像欢送我们一样站在船舷边喊叫，眼睁睁看着我们游向芦苇荡。他们想不到我们都会游泳。再说水这么冷不要命了，刚才那个下水给船打桩是没办法。他们没人会想到我们下水，再说前面的嫩滩我们一定过不去。这也就是和将军们打仗一样的，看你想到了没有，没想到就得输。我们这里想不到就是跑不了，跑不了就是死。

在水里游泳的时候，芦苇荡的那个点就是赵镇平刚才说的不容易盯住，我尽力向看着的那个方向游去。我受伤的那条胳膊很不给力，甚至还有些捣乱，它让冰凉的水一刺激痛得厉害，理所当然地罢工不干了。我也管不了它了，剩下的那条胳膊承揽了全部的吃力活，谁让他们是兄弟呢！回头看看我的伙计们都正常追赶着我，我的心里安宁了许多，第一步我们成功了。

游了不知道多长时间，我来到刚才看好的那个点，可以看见水好像就是一尺深的样子，我一边用一只手抓住芦苇往前拉，一边用那只捣蛋的坏胳膊划水。继续往前游着没多一会就没一点水了，全是稀泥。我稍微等了一下弟兄们，对他们喊道："只能爬，抓住芦苇往前爬！不敢四肢用力。"

说完我抓住前面的几根芦苇使劲拉，身子在稀泥里磨过就是一个小沟，把河里的水引了过来，他们跟在我爬过的小沟里，阻力还小了点，大家就像鳄鱼一样的往前爬。我的那一条胳膊彻底罢工了，它也不向前伸去抓芦苇，倒贴着我的身子拉在水里了。温三军跟在我的后面，看见我吃力的样子对我喊道："难业，你歇一会，我走你前面开路。"我回答他说："不要！我怕你急！慌张！""我不急，我小心着呢！你歇歇不要动，我过来了。"我趴在冰凉的泥水里歇一会，温三军从后面抓住我的裤子爬了过来，又引了一条小水沟从我的左边经过。何福厚紧跟温三军后面也爬了过来，他满脸泥水和着还往出渗的血液黑一道红一道地，给我笑笑露出那雪白的牙齿。温三军还开玩笑给我们说："我的鬼呀！也没有鱼顺着游过来，在后面看着有鱼了一定要抓住啊！"我苦笑着说："是美人鱼了给你抓回去做媳妇！还能轮到何福厚，我的神呀！"

就这样又往前爬了几十米，我们到了芦苇荡的边缘，温三军回过头对我大声说:“难业,我摸着这里的泥有些硬了,我想试一下。”“不敢!你觉得泥硬了用手撑一下,看能不能陷进去。”我趴在地上着急地给他说。

温三军做了试验,见还有些软不说话了,又慢慢向前爬去!我们就这样爬一段歇一会艰难前行,浑身冻得直打战。我估计大多数人一辈子也和我们走过的这片芦苇荡一样困难。如果放弃就会沉下去,想往前爬力气没有了,一个个在烂泥里挣扎。但是如果你有足够的信心,干净坚硬的土地就在前面。我看见温三军站了起来。他不停换脚对大家大声说:“你们不要站起来,我这里的地都软。你们爬到我这里才能起来,弟兄们加油!”

我实在爬不动了,我向边上让了让,叫后面的先爬。孙西往满脸满身的泥,像一条泥鳅哆嗦着爬过我的身边,我开玩笑地对他说:“后……后面没有人追你,你……你哆嗦啥哩?”孙西往用标准的东北话说:“真……真他妈的冷……啊!你……不……哆嗦。”

孙青跟了上来给我说:“难业……哥,咋像?再坚持一下就到了。我爬前面你拉住我的……腿。走!”“你……走吧,我还……行!哎呀!”

我冷得说话都说不利索了,说完我的牙齿咯噔噔地咬着,跟上孙青艰难地向前爬去。到了温三军跟前,他赶忙拉了我一把。我爬了起来,觉得地还是软的,温三军拉了我一把就把小腿陷进泥里去了,半天拔不出来,他又坐下用手剥开围住他脚脖子的黄泥才弄出那条腿来。温三军惊叹道:“我的鬼呀!这黄泥巴太厉害了,吸劲是大。你们赶紧爬,不敢往起站。必须爬到我这里才能站起来,快!”

我不敢停住脚继续往前赶紧走,走到河堤上我像抽了筋的癞皮狗一样躺在地上不动了。真他妈要命!很快大家都聚到一起。我们每个人都让泥巴裹满了全身,大家苦笑着庆祝逃出来,我们稍微歇了一下,一个个冷得直打哆嗦。在这个荒无人烟的地方,大家干脆都脱下衣服,互相帮忙把衣服里面的水往出拧。拧干了衣服,大家一个个咬牙切齿地把冰冷刺激的湿衣服往身上套。谁先套完衣服就抓紧翻起身子顺着河堤向东跑去,一跑就不冷了。

大家一溜烟地一个跟一个跑在河堤上,跑了有一里多路每个人身上都热了,头顶往出冒热气。河堤的两岸很是荒凉,一眼望不到边,我们往南眺望范柯玲和那几辆自行车几乎就看不见了,隐隐呼呼只有一个小黑点。这里是北岸,我们只能往下游走,从前面那个军队的浮桥上过去再绕回来。范柯玲和那几辆自行车还在南岸那里。我们必须绕过去。

刚才的激战中何福厚的脑袋上挨了一棍，可能被打了一个口子，脖子上流了好多血，这会儿和着泥已经干了。温三军的一条腿吃了一摇橹，走起路来一瘸一跛的。但是我们没人说受伤的事，大家最关心的是今天弄了多少钱。再往前走了几里路，大家实在跑不动了坐在河堤上说是休息会。孙青和温三军就赶忙掏出让水沁湿了的钱数了起来，真不少，三千七百块，我们受伤的几个黑眼睛看见黄钱，身上的伤都不觉得痛了。

数完钱我们大家站在渭河的北岸，向西南看看那艘船，它还安然停在那里，它已经遥远地成了一个小黑点。赶紧起身赶路，大家心里明白最是怕那些船工们报案，待会大荔县的公安追上来那就全完了。大家已经跑不动了，脚下加力快步向东方匆匆忙忙赶路，等过了河，到南岸就不怕大荔县的公安局了。我们几个虽然受了伤，但是脚下一点也不慢。你看大家脚下那么给力，别以为是精神大，呵呵！那是因为弄到了钱啊！实际上我的脚一步都不想走了，像灌了铅一样沉重。这从大清早吃了东西到现在已经一天了，一个个肚子饿得咕咕直叫。我们这个团伙里年龄最大的孙西往跟不上大家，我们走一段就等他一会。他觉得总是跟不上便对大家说:“你们先走，不要管我，我没事，待会你们在南岸等我！”

我们听到孙西往的话，想想他后面来没事，就不等他了，要让公安局全都抓住不得了，所以我们脚下更加快了，经过两个多小时的疾奔我们来到浮桥上。这个浮桥是由几十条小船拼到一起的，这里的渭河有一百多米宽，站在浮桥上我上气不接下气地对同伙们说:“刚才那条大船如果真的靠不住岸，撞过来你们说这桥能拦住不能，绝对给撞散了。我们大家伙这辈子就只能当逃犯，人家公安局抓住一个毙一个，连船老大他都别想活，也要毙了。”

大家伙纷纷点头，一个个连说话的力气都没有，大家爬在浮桥上面用手舀水洗洗那陆战队的泥彩脸，慢慢爬起来一个个歪歪扭扭地，顺着浮桥继续往南走去。过了桥大家立即又向西拐去，这会儿每个人的心里总算歇下了。到了这里就没有一点危险了。我们回头看着河对岸的黑点知道孙西往离我们没多远，何福厚躺倒在岸边的河堤上，我们几个不用说一个个也都躺在地上，到了这里大家的心里歇了下来。我躺在地上觉得胳膊疼得厉害，翻起身在河堤上折了根木棍，简单地做了个夹棍，把受伤的胳膊保护起来，脱掉上衣的左面袖子在胳膊上绑住，简单地先架住。这又要走成十公里，弄得像急行军。胳膊甩来甩去不好受，痛得厉害，用木棍架住好像一下子就轻松了许多。当我弄完胳膊赶紧也躺在冰凉的地上歇歇，这地下太冷了，我翻身又爬了起来，眼睛四处看看那里有蒿草，找个草多的地方躺下来，真舒服。没多会儿孙西往赶了上来。我对孙青和赵镇平他们两个说："你们两个歇歇抓紧去，范柯玲在那里一个人不太安全。剩下我们几个现在不急了，大家慢慢走，孙青你们接住范柯玲了骑上自行车回来接我们。"

他两个应声去了。看着远去的身影，我们几个就像残兵游勇一样耷拉着脑袋，慢慢爬起来又往西赶。就这样摇摇晃晃地走了能有两个小时左右，我们远远看见有几个人骑着自行车从西往东而来，是赵镇平他们。我们几个干脆就不走了，等着他们的到来。

到了跟前，范柯玲见着我们几个急忙问："他们说你几个受伤了，要紧不要紧。"孙西往摇摇头说："不要紧，不要紧，一点事都没有，就像蚊子咬了一样，你吓坏了吧？""我在河南岸地上看到你们几个和人家打架，人家人多都是好几个打你们一个，我吓坏了，后来那船没人管都跑了。再后来大老远地看见那个大船停在北岸，我的妈呀！这咋办呀！又看见好像是你们又往东去了，我不知道东面有个桥，把我担心的，我看你们走了，我一个人把自行车一辆一辆地往南挪，离开那个是非之地，我感觉才能安全些。"

范柯玲一口气说完，脸上露出了笑容。我们都快乐地笑起来。大家这会儿都饿坏了。温三军喊道："赶紧往回走，吃饭！都饿得快要毙了，我的鬼呀！"

几个精神大的骑自行车，受伤的坐上去，范柯玲很勇敢，要求驮着我。我们这回不用回敷水镇了，直接去华阴县城，这里离县城不算远。到了县城大家讨论吃什么，一时还说不到一块，有的要吃我们当地很有特色的大刀面，有的要吃羊肉泡，有的要吃麻食菜，赵镇平看大家说不到一块，就问范可玲说吃什么。范可玲笑了笑，咬咬嘴唇说我看大家去吃张记烩饼，既好吃又好消化，你们看怎么样？大家听说去吃张记烩饼都说美，我们来到张记烩饼店每人来了一大一小两份子，这东西就是美，端上桌来一股酱香味扑鼻而来，太香了！

第三章

到了第二天晚上,他们陆陆续续都来到我家,我们要研究一下以后还去不干这亏人的勾当,这玩意太危险,天天打架。关键是非正义的打架,就像山姆大叔手拿大棒追打萨达姆老爷子一样,全世界人民都反对的事情。何西往和孙青来得早,我和他们先聊了起来。到现在我才知道,原来我们玩的这个玩意叫三张牌!是何西往引进到关中道上来的。他的原籍是东北辽宁省,以前去过苏联打工,跟老毛子学的这门手艺。你说他啊!没法说,不跟老毛子学军事,学导弹技术,不为国效力,竟学了三张牌回国专门骗人,放着为人民做贡献的事不做,专门学了捣乱社会的玩意回来。他回国后家里遭了变故无法立足,挥霍了出国几年辛苦打拼赚来的钱流落江湖。他混到这里也该!这就是不学好的下场。到了我们陕西,和他一块出国的朋友给介绍个老女人,他就嫁到我们当地做了上门女婿。现在家里娃娃多,他身单力薄的,年龄也大了,弄不来钱,他不怕种庄稼辛苦,就是换不来钱,几个娃娃穿得像乞丐一样。他和孙青是一个生产队的,看这娃娃精明,就给孙青传授了这个骗人的把戏,想着和大家弄几个零花钱花花。

我对孙青说:“这个玩意虽然来钱快,但是你们看就是太危险,每一天都要打架,公安局还要盯紧了,一不小心让抓住,丢人挨打不要紧,还要罚钱。”何西往操着标准的东北话接住我的话说:“你骗人家的钱,人家明白过来当然就想给你要,你不给就要打架。公安局不种地、不做工、主要工作就是抓坏人,当然要抓我们,人家是专门维护社会治安,我们是专门扰乱社会秩序聚众赌博,你两个说不罚我们钱罚谁,但是我们以后记住,打架的时候不要把人打残或打死就没事,公安局抓住算倒霉,活该!他们要打就打,要罚钱就罚钱,但是罚的多了当然不行,一个是我们没有,另一个是到处借将来没法还,所以多了就不给,他们爱关多久就关多久,反正没钱。我们是违反治安管理,不是犯罪,他们给判不了刑。”

好家伙这理论还一套一套的,讲的都是现实。不玩这玩意玩啥?就这会儿大家都来了,就是范柯玲没来,一般她不参加我们的商讨会,大家决定后孙青叫她。赵镇平最后一个来,这就像你们单位一样,一般情况都是同志们先来,最后领导才出场。他进门就对大家说:“我看大荔县这个渡口不能再去了,再去他们一定报案。往下孙青、老孙,你们看还有啥办法?”

孙西往说:“办法倒是有,比我们前几天玩的地方上钱还快,就是风险更大一些。在公共车上、长途车上玩,那容易叫公安堵住,打架的时候更多。”

“危险?有的人吃饭还让饭给噎死呢!大家把伤养好了就去,范柯玲暂时就不要去了,等将来顺溜了再去。孙西往和孙青把在车上怎么玩好好再研究研究,然后教给大家,一个礼拜内出发。”赵镇平说。

过了十多天,我们的伤养得也差不多了,大家都急得想出去捞几个钱,一商量都愿意明天出发。到了第二天,我们就来到华山脚下的华山汽车站,大家伙都装作互相不认识的样子鱼贯而入,上了华山至渭南的长途车。汽车开动没多远,坐在车门子跟前的孙青站了起来拍拍手说:“我给大家耍个把戏,我在地板上放三张扑克牌,一张是红桃尖,两张是黑桃尖,我慢慢倒换,谁压住红桃尖算谁赢。压多少钱赔多少钱,压的多赔的多。”

孙青说完,孙西住在后面说:“要不要我来陪你玩玩,你这一次可以压多少钱?”孙青接口说:“谁玩都中,谁看都行,压多少算多少。”孙西往站起来往前挪了挪,说:“小伙子,不要光说不练,开始玩嘛!”

孙青就在车门口玩了起来,“黑的不赢啊!红的赢,玩你的眼尖,斗我的手快。不压三百三,赢不得六百六。押一百赢一百,就当地上捡一百。压!”

孙西往让边上一个看的旅客帮忙给自己盯住玩牌的,他告诉这个旅客,自己知道哪一张牌能赢钱的窍门。只那么两下孙西往就赢了两百多块。那个帮忙的坐不住了,那只不争气的手就去了口袋里拿出钱夹子,掏出一摞子钱十元几十元的压了下去。和温三军拉客人压钱一样,孙西往的行为更让旅客放心。明明白白的东北口音,打死谁都不信他和孙青是一伙的。没多会,这个旅客的一千多元就转到孙青手里,孙青当然不能拿太多的钱,又把它输了,转到孙西往手里。孙西往又把大多数钱输给温三军。这个旅客理所当然地又让孙西往数落一顿，耷拉着脑袋不言语了。

人啊！出门在外任何时候都不要有贪心，这贪念一动不知道会给自己带来多大的麻烦和灾难。

孙青看到上钱这么快，更加卖力地吆喝起来。这时正在行驶的客车停了下来，不知不觉已经驶出十多公里了，来到华阴西部一个叫罗敷的地方。车停住后上来了几个小伙子，他们上到车上就东瞅西看的，直往各个旅客的口袋张望，好像谁欠他们钱似的。旅客们看着他们的情况，每个人都知道来了一大帮子扒手，一个个都看紧了自己的腰包，个个打起精神。这几个贼娃子看着这个样子没有机会了，那个领头的就喊道："谁刚才在这玩牌，是不是你，来给老子玩玩，老子陪你玩。"

孙青说："不玩了，玩够了。""玩够了？你小子是看见老子上来就不玩了，咋的，看不起老子，停车，走，陪老子到地下玩玩。"这个不知深浅的家伙喊叫着。

司机恨不得这些人下去永远都不再来，当下踩住刹车停了下来。小偷口喊老子、老子的，抓起孙青的领口就拉了下去，我们几个赶紧也下了车。长途车看见我们下了车就加速扬长而去。到了地下，孙青猛力用右拳向对方眼睛打去，对方扬头躲过却实实地搁到脸上。我们几个不用废话上去就对这几个家伙猛揍一顿，打得这几个家伙没有一个敢还手了大家才停住，看这几个家伙像死狗一样躺在地上不起来，这更让人生气。

赵镇平对他们说："走，不要在路边丢人。"说完给我们几个挑个眼神，他抓起那个领头的家伙，连拉带拖地把这个家伙弄到庄稼地里，离开马路这家伙乖了许多，也不用赵镇平拉了，自己乖乖地走。我们后面的这两个看见前面领头的都乖乖的，自己也不敢造次。来到田间地头的一棵柿子树下，赵镇平选了一块石头坐到上面，看看这几个小偷，对这个小头目厉声喝道："跪下！"

这几个贼，顿时像抽了筋的癞皮狗一样，扑通扑通就跪到地上，刚才那股横劲一点都没有了，好像就不是一帮子人似的。一个个嘴里求饶道："哥几个饶了我们，我们有眼不识泰山，冒犯几个大哥，请高抬贵手饶了我们。""挺会说人话嘛！"赵镇平说："你们今天搅了我们生意，还骂骂咧咧的，不行！我要砸烂你的嘴，叫你以后再也不敢骂人。马王爷不发威，你不知道马王爷长三只眼，嗯？"

这几个家伙赶忙一起说："以后再也不敢了，今天我们请哥几个吃饭，吃饭！"

赵镇平看看我们几个,大家都点点头,是的!我们以后还要经常碰到这帮子家伙,不能做得太绝了。赵镇平看见我们都没有反对,就对这几个家伙说:“走,罗敷牛云通饺子馆。”

这几个家伙听到后赶紧站了起来,拍拍身上的土说:“吃啥都行,走!走!”我们和这几个家伙沿乡间一路聊着走到了罗敷,这个罗敷镇就是汉朝乐府诗《陌上桑》“日出东南隅,照我秦氏楼。秦氏有好女,自名为罗敷”的那个罗敷。后来这里修了个火力发电厂,就自然成为一个当地的镇点。来到牛云通饺子馆,每人一盘饺子,两个凉菜,一荤一素,再来两瓶西凤酒。今天反正没什么事,大家放开地喝、吃。大家先吃了饺子,温三军扭开西凤酒的盖子,给每个人面前倒上酒,说:“我当酒官,整!《红楼梦》里说酒令大如军令,不论尊卑,唯我是主,违了我的话,是要受罚的。我先喝三杯,不猜不热闹,你们说是不是。但是我们今天不用押令了,今天划拳,你们看行不行?”

大家都说整。说完他斟满面前的酒杯连饮三杯,然后给下手的何福厚说你开始打关,何福厚吃完最后一个饺子,高兴地抹抹嘴说能行,打关就打关。说完他举起手指就和下手的孙青哥俩好、五魁首、三星照地吆喝着猜起来。何福厚这平常焉里吧唧的样子,开始划拳了整个人就变了模样,那声音震得桌子都摇晃,精神得很。

何福厚打完关就轮下面的孙青,我们是一边应着他们猜拳,一边聊着,很快就和这几个贼娃子成了好朋友,聊得热火朝天,好像八百年前就是好朋友,那叫个亲密。他们说这叫不打不相识,江湖朋友大多数大概都是这样认识的,他们觉得很自然,刚才的打斗好像根本就没发生过一样。

通过聊天,我们知道他们是专门偷长途车或公交车的,江湖上暗语叫“蹬大轮”。这个领头的叫王岱山,专门偷华山至渭南这趟车。不过不是全程,只是罗敷至华县段,剩下的各司其职都有人跟着。任何班组不得越界偷人,谁要违反,各班组就会联合执法,不但非得开除出境,永不录用,还见到一回打一回。

好家伙,比韩国的海洋警察都厉害。王岱山说这一段就他一个人,今天俩朋友没事跟自己来玩,谁知道认识了几位大哥,缘分啊!缘分。真是三生有幸。来、来,我再敬几位哥哥一杯。

妈妈呀!这就是江湖,也太悬。王岱山带的兄弟一个叫邓小健,专门偷城里人的住房,他们江湖上叫“查户口”。特殊手艺就是撬门扭锁翻高楼。那个叫易正军的专门偷政府机关或办公机构，特殊手艺是专门开办公桌抽屉锁和保险柜，江湖上叫“考勤员”。

何福厚听到这里很是纳闷，不由得问：“你偷人家政府办公室，那些地方人多你不怕？”

这个叫易正军的听到后哈哈大笑，说：“当然人家上班时间不敢去，去就让打死了！你像夏天他们中午都回去休息，那里就没人了，有的门都不锁、抽屉不锁。就像拿自家东西一样。晚上去了麻烦，要开锁的。我的风险比他两个少多了。你问他两个我让人家揍多少回？他俩个让人家揍多少回？”

王岱山听到后笑了笑说；“我们俩隔三岔五就要挨那么一饱顿，习惯了。这哈怂命好，选的工作比我们好。”

哎哟！他把这叫“选工作”。我们哥几个和这些小偷喝这顿酒真算长见识了。我忍不住笑得扭头调侃说易正军，“那你们这单位有没有党支部？”大家听了都大笑起来。

酒足饭饱我们要走了，王岱山像电影里年长的上级首长一样，拉住赵镇平的手交代我们以后的路应该怎么走，以及注意事项，要注意安全等等。完了他继续交代我们，我知道你们刚出来，虽然你们个个身怀绝技，能打能闹能踢踏，但是公安局不会叫我们这些人舒服。上到车上后，先要看看有没有穿制服的，有没有穿便衣的，穿便衣的警察常常裤子不换是警裤，有穿警察裤子的，就坚决不要玩，这绝对就是便衣。最是要注意的，就是渭南的站南派出所，那里不管谁进去了出来非得脱层皮，他们主要管交通。我们这些人常常掉进去。你们最好从西安往北的线路上跑，那里的人有钱，公安抓得不紧，我去了几回真不错，但是那里的地头蛇厉害，我弄不过他们。你们去了他们奈何不了你们。但是要注意他们手黑得很，上来就拿刀子捅。

人常说听人劝吃饱饭。我们听了王岱山的话觉得是有几分道理，在以后的行骗过程中要多加注意。当然我们自己当时可不是说我们是骗人的，我们叫挣钱，叫靠本事挣饭吃。我们不会净听王岱山说的，路线的选择还要我们自己拿主意，一般人都喜欢本土作战，就是人们说的扒住锅沿子弄事，在自家门口弄事，一个个横行霸道，心里有底有靠山。但是真正有本事的走到哪里都胆子正，尤其出门在外方显英雄本色。我们想着以后的行程全部都是离开家乡弄事，再也不敢在家门口成本事了。当然离开根据地每个人的心里都是空虚的，更别说我们每天经历的不是打架斗殴就是面对政法机关的无产阶级专政。虽然我们知道干我们这个行当,面对我们的绝对没有好结果,但是确实当下没什么事情可干,大家最后商议,出征,整!从我们华阴市出发往北几个县开始。以后路上碰到小偷就要赶下去,不听话就扁他们狗东西。反正每天的麻烦就是打架,和小偷打架我们心里还会有"正义感"。打了一了百了!不打白不打,再说这小偷生来就是给人打的玩意。

到了第二天,我们天还没亮就走了十五公里来到华山汽车站,候车室里大家各自买了票,又鱼贯而上,孙青上去首先占了个好位置,以待后面好展开"工作"。

昨天我们的计划是从华山上车,刚到车上不能开始玩。等过了罗敷地段就可以开整了,因为罗敷有警察。尽量不吵架、不打架,顺顺利利地,不管弄多少钱见好就收,坐到大荔县城就下车。在那里吃过饭,继续往北去合阳县、澄县、韩城一带转悠。

按计划我们坐的车子过了罗敷,孙青又开始了他的老把戏,又是孙西往拉一个人帮忙,又是好多看客禁不住红红绿绿钞票的诱惑,又是孙青赢了,又是孙青输给了孙西往,为了更安全孙西往一把把又是输给了温三军。

平安极了,比平安夜都平安。我们顺利到达大荔县城。该吃吃、该喝喝,就那么几下——汉奸走狗银钱到手。一千多块,你不要羡慕,嘿嘿、美!"吃过犯",不好!我的日记把吃饭的饭弄成了犯人的犯,以后看样子非得坐牢不可。这可不是什么好征兆啊!

吃过饭看看还不到十一点,大家统一说:"往北,闪!"

大家来到大荔汽车站,坐上了往北去的一趟长途车。坐在这样的车上,我们的心里还是有变化的,这里已经离家越来越远了,离开根据地,我们的底气稍嫌不足。但是没有退路了,弓在弦上不得不发。整!孙青没改进他的上台贺词,依旧用他那陈词滥调拍拍手拿出三张扑克牌喊道:"我给大家要个把戏,这个红的赢,这个黑的不赢……"

孙西往年龄大了,更不爱改动台词和戏份内容,用他那东北话不厌其烦地拉起了赌局。车上的乘客都不全是些高尚的和尚和高尚的道士,利益这玩意谁看到不捡那叫傻子。没多会儿孙青就给孙西往的手里倒了一部分钱,那压钱的好像谁压得晚就不让压了,纷纷飘下。我们几个一人压一下,都赢了,那是分开孙青和孙西往手里的大钱。但是乘客们认为自己输了是没看清,要么人家怎么好几个人都赢了。倒霉催的!

可是没多长时间，我看出来非得有大麻烦不可。为什么？原来一个见钱眼开的脑子叫门板夹了成了死脑筋的家伙身上装了好多现钱，就他一个人都输了一千多。这会已经输急了，闹着要翻本，要捞回输掉的钱。他能捞回去，那不太阳从西边出来了，他这绝对是越捞越深输得越多。没多会就他一个家伙就已经输了两千多。那会儿钱可值钱，他这顺顺当当的几年都弄不来这么多钱，这回要全让我们白白拿走，这家伙非得像那老牛突然听到爆仗一样，一下子不给疯了才怪。疯了都不知道谁把自己的钱弄去了，迷糊了。孙青面对一个疯了的家伙，你想想这麻烦还会少。果然这满脸通红往出冒汗的家伙，又看准了那张是红色的老尖要压钱，但是他这回浑身上下摸完没有一点钱了，这可急坏了，眼睛都差点要爆出来地空嘴报数，他用手狠狠压在自己认为看准的那一张牌上面，嘴里连续地喊："我压五百，压五百，我这回压五百块。"他这回空手套白狼了。完了他还改了空口报的数目，收回压在牌上的一只手，抹了一把脸上淌下的汗珠："两千！这回我压两千元，这张我压两千。"他想这一把就把自己刚才输的钱全部捞回来，嘴里不停重复压了多少钱。

你压两千，我还压个万元户呢！我赶忙像乘客一样"公平"地给他解释人家要现钱，刚才说过不压现钱不行，这就是你压住了赢了也不算。这个家伙急眼了，在车上东瞅瞅西看看没有了主意，他急得像丢了孩子一样烦躁慌张地不知作何主张。突然这个家伙把牌往脚下一踩，大声对司机说："司机师父，到前面经过街道注意一下，那家门口人多，麻烦你给停一下，我今天给儿子娶媳妇，家里过事门口人多。"然后他就扭过头对孙青说："走，到我家玩去，这把我压了两千块，你胆敢不给钱把你娃打不成粉末才怪。"

我知道天大的麻烦来了。越往前越危险，情急之下我大声对司机说："到了，司机我到了，停车！赶紧停车！"

司机听到有人急着喊停车，慌忙刹住车打开车门，在车门打开的这一瞬间，孙青便忽地一下扑了下去。下了车他撒腿就往长途车的反方向猛跑。输钱的这个家伙反应过来，便猛追了过去，还有一个和这个家伙一起的，也下了车向南跑去，一边跑一边喊："有贼，贼把钱抢去了！大家快来。"

我急忙也赶紧跑下车追了过去，妈妈呀！这么一来怎一个乱字了得。我前面是俩人互相追，我后面是赵镇平和温三军，后来知道何福厚和孙西往没有下来，他们觉得自己没暴露，在这下来危险，藏在车上比较保险。温三军的后面是村里的人，他们有拿铁锹的，有拿铁叉的，反正没一个拿正经果子孝敬我们。

孙青顺着马路跑了一段，看见有个小路口便向东面拐去，上了小路，那个追他的家伙也拐了过去。就在前面这两个家伙拐弯时回头看了看，他们见后面还有几个追的人，这两个家伙动起来脑筋：他们为什么追？他们追什么？他们赢了还追？啊！这个家伙豁然开悟，原来他们是一伙的。他明白后停下来不追了，反过身迎住我想把我拦下来。他张开两个胳膊像吆鸡一样地对我吆喝："你停下，不要走，你把我的钱还给我。"我一边跑着冲向他一边喊："你……你不要拦我，我是……好人。"人急了嘴里喊的词一定有意思。是好人！什么是好人？好人跑什么？

"你们是一伙的，我知道，你停住！你不许跑！"

我看跑不了，停住就停住。到了他跟前我不慌不忙推开他张开的双臂，瞅准他张开的左手，我顺手抓住两根手指握紧了猛力往上掰去，他嘴里顿时喊叫："妈呀，断了！哎呀！妈呀，我的手指头断了！"

他一边喊着一边顺势蹲在地上，我用另一只手叉开手指瞄准他的眼睛轻轻戳过去，他又喊道："哎呀，妈呀！眼睛瞎了！我的眼睛看不见了！""没事瞎不了，待会儿就好了，你不追我们自动就好了。"我柔声细语地对他说。后面的赵镇平和温三军到了跟前，准备抬腿再踢打这家伙一顿，我对他们说："不用打了，他不反抗了，赶紧跑！"

回头看看我们后面的追兵真不少，他们呼喊着追了上来。我几个知道这要追上谁，谁今天就挂到南墙去了。到了村子外面一看更糟了，这里的地形是一马平川，一下子看出好几里地，这和打仗一样，地形对己方首先不利，还不要说天时、人和什么的。今天好像全没占住。我们不敢在小路上逃跑，他们后面有骑自行车的来了，拐到地里，更糟。这里的土地全是沙子土，踩上去软绵绵的不得力。怪不得这些地都慌着不种庄稼，原来都是沙土。我们几个放缓了速度，今天看样子好像是马拉松，最少要跑十几公里都没准。

后面的追兵不停喊叫着要我们停下来。我心里想着你们又不是电影里的公安局凭什么叫我们"你给我站住，不许动！"我们不但不停，还要避开大路小道乱跑，看见难跑的地就往上拐，大老远地要辟开看见的村庄。这里的村庄不能进，那里面我们进去无处藏身，还增添危险。我们只有这样跑呀跑，你别说大荔县的人韧劲也就是大，跑了大约两个小时左右，还那么不远不近地追着。我不由得心中感叹，可惜啊！可惜！国家体工队不知道，知道了来这里选几个选手一定能夺得奥运金牌。你看看这民间的自由竞赛都这么拼命，到了国际上，你想想他们把腿扛到肩膀上都赢了，是吧！

我们一边气喘吁吁地跑命，一边回过头四处看看，再坚持会儿天就要黑了，天一黑就是贼和政治家的天下。谁也把我们怎样不了了，这样慢跑着天色也仿佛知道我们实在跑不动了，不一会儿就暗定下来，后面的追兵也打道回府了。我们三个躺在沙地上好好歇歇，这歇了一会，我就觉得不得劲，刚才逃命的时候满身出汗把衣服都湿透了，现在躺坐在沙窝里面对天上的繁星，真是皓月当空、凉风习习，但是咋样都觉得没有一点诗意。

我有气无力地对温三军说："三军，你看这月色多美，来给咱们作首诗。""我的鬼呀！我把你叫爷哩！难业！我的肚子饿得都扁扁了，浑身冷得打战都不停，身上困得要死，你还说风凉话，叫我给你作诗哩！你看看天都黑了，我们都不知道跑到哪里了，东西南北都不知道，今天晚上的罪咋受呀，还作诗哩！我的鬼呀！"

我笑了笑安慰他说："你看这样行不行，我们坐车是从南面往北来的，我们下车的时候，车子开出大约就是十多公里，现在我们就往县城走，就是只管往南走，不知道路不要紧，我们看见哪里有灯光就去问，你们看行不行？"

赵镇平说："走！再坐一会非冻出来病不可。"

就这样，我们懵懵懂懂地往前走着，终于找见了灯光，来到跟前一看，原来是一座水井，水泵正在浇地，亮了一盏灯，我们围着井房转了几圈没见到一个人。太冷了，浇地的人打开水泵就回家了，反正是闷地，不怕浇多了。我们几个就着这奇寒的水每个人喝了几口，把牙齿都渗地疼哩。找不见人，我们又顺着小路去找村子，来到一座村子，风呼呼地刮着，凉风裹住人就不离身，巷道里一个人都没有，家家户户大门紧闭。想去叫开人家的门，给人家要几个馒头问问路什么的又觉得不妥，我们只有并排坐在墙根下面等，等等看谁家有什么事他绝对要出来，就这样我们坐在人家这个陌生村子的巷道里，等了有半个小时，这时我听见前面不远的一家的门吱哼响了一下，我赶忙爬起来跑了过去，到跟前一看一问，是一个人家里的小孩感冒了发烧，要去医疗站给娃娃看病。我这不能再打搅人家，就赶忙问了人家到县城去怎么走，那家人抱着孩子，热情地给我说清了道路。

原来我们是偏离了去县城的方向，不过问题不大，我们不是反方向而是偏东了许多。我知道了情况就把身上的衣服裹了裹向那两个人喊了一声，向南面走去。他们两个也不问我得到的是什么情况，我前面走他们跟在后面。

饥饿、寒冷、困乏让我们几个连一句话都懒得说。温三军走出村子，紧跟了几步埋怨我说："难业，你也不给咱们要几个馒头，你就把大家往死地饿。"人在疲惫饥饿的时候火气特别大，我听了温三军的牢骚很是恼火，回敬他说："你咋不要去吗？你的嘴哑了？"他再也不说话了，我们每个人都袖住手抱住腰低着脑袋往前走，我们走了一个多小时来到往南去大荔县城的大路上。那时候的大路还没有铺柏油，土路面上铺了一层小石子，到处坑坑洼洼。到了晚上不像现在车来车往的，我们顺着往南的马路走着，断断续续地，我们几个总是有一个人不小心摔那么一跤，没多会又一个摔了下，我们谁也不扶谁，跌倒了自己往起爬。这一路上我们走的这半宿，一台车都没见经过。大约晚上三四点的样子，我跌跌撞撞地实在走不动了，浑身也冷得受不住，扭头看见乌黑的马路边依稀是个农民的打麦场，场面子上还有几座麦秸垛子。我回过头对他俩说："我走不动了，咱们在这睡一觉，明天早上搭车去县城。"他们两个黑暗中传来一个字说："行！"

我来到打麦场上的一座麦秸垛子跟前，伸开两手抓住麦秸往出扯，要掏出一个洞子好钻进去。没几下我就完成了，也顾不得尘土呛人便直接往里钻了进去，真暖和，他们两个也和我一样掏了个狗窝钻了进去。我们一人一个麦秸垛子大睡起来。

这睡一觉就到了第二天的中午十点多，我爬出麦草洞，看见太阳红彤彤地照在身上，暖洋洋的舒服极了，回头又想再睡它一觉。坐在柔软的麦草上，身后紧靠麦草垛子，那叫美。如果每天都能这样懒懒地靠在这里晒太阳，那就叫幸福。听到我爬出来的动静，他俩也爬了出来躺坐在我的旁边不说一句话。我们的肚子咕咕叫得震天响，但是已经不怎么饿了，所以都躺在这麦草上就不想起来，尽情享受这温暖的阳光。

后来这里来了附近村里的人，他们用奇怪的眼神看我们，我们知道该走了。我们三个懒洋洋地站起来，拍拍身上沾的麦草和尘土，迈步向马路边去。来到向县城去的路上我回头看看，后面没有车辆来往，我们向南继续走着。不久听到后面有车辆的响动，我回过头去看见来了辆农用手扶车，到了跟前我向司机打了个招呼，司机没停车我们几个翻身就扒上车去。

到了大荔县城看到一个饭馆，温三军招呼了一声，我们跳下车去直奔饭馆。这是一家水盆羊肉馆，我们每人一份汤，两个烧饼。没几下两个饼子就下去了，温三军叫服务员又拿来十五个放到了桌子上，后来我知道那天是我这一辈子吃得最多的一回，每人七个烧饼两份羊肉汤。

吃饱喝足我们三个也无心看街边的风景，忙忙地向大荔县汽车站赶去，刚到汽车站门口就碰见了何福厚和孙西往，他们两个专门在这里等我们几个，只见孙西往对我们说："往南先走，昨天打架的那个家伙带了好多人在汽车站里面找你们。"

我几个慌忙加大步伐向南走去，拐过弯走在前面的何福厚说："我们走出县城，到回家的公共车必须经过的地方等车。"说完返身继续向城外走去。到了城外的一个拐弯处，何福厚坐到马路边的一块石头上不走了。我们大家聚到一起很是高兴。谁知道孙西往耷拉着脸对我们说："昨天你们跑后我两个继续坐到了下一站，然后等来了返回县城的公交车，在车上我们碰到了……唉……唉！我放了一辈子鹰，到头来反而让鹰啄了眼睛。"

孙西往吞吞吐吐地说完我才明白，原来他返回城里的时候车上来了一帮子"扎麻片"的。孙西往看着人家这个骗子团伙赢了几百块钱心想自己会他们这个把戏，知道这个游戏的关键窍门。这自己要压绝对不会错的，这个玩'扎麻片'的手中拿了两根大钉子，用一根绳子缠住钉子，看谁能抓住缠钉子的绳子的那个绳头。这技术的关键在大拇指上，你明明看见绳子缠住的是这根钉子，可是拉开绳子它就变了，如果看清绳子缠住那个钉子，你抓住他的大拇指然后拉绳子它就跑不了，一定抓得住。孙西往上去就压了个准，一下就压一千块。谁知他是压住了，也赢了。但是人家叫司机停住了车，把他这个人也都给拉下去了，到了下面不用说，吃了顿暴打，钱乖乖让他们拿去了。

听到这里赵镇平愁蹙眉头说："现在不说这些，大家都能平安回去最为重要，不要再提这事。回到家再说！"赵镇平说完只见公共车就来到了跟前，何福厚摇手挡住长途车，我们上了车各自买了车票，车子摇摇晃晃就向华阴开去。坐在车上我和赵镇平、温三军因为昨天晚上没睡好，这会儿坐在这软软的地方不一会儿就进入了梦乡。也不知道睡了多长时间，我被一阵叫喊声惊了醒来。抬眼一看，原来车上来了几个孙西往说的"扎麻片"的。那个扎庄的比孙青壮实，他也不外乎就是孙青开场的那几下，拍拍手惊醒了我，然后说押韵的趣味话。完了他们一伙的诱子冒充乘客犯傻，乘客里认为自己智商高，自己是这个世界上最聪明的人，想捡大便宜的就压了钱，就像我们的老江湖孙西往都上道了，让人家狠狠地宰了一家伙。你说这一般旅客谁还有可能不输，当然大家伙儿就没有人能赢一回。哪个都是最后输完身上装的钱,耷拉着脑袋灰头灰脸的脸色,贼难看地不言不语了。

这时赵镇平看看我,又看看他们玩“扎麻片”的,轻轻摇摇头,装起睡来。我知道这是告诉我现在不动手等他们要下时跟下去“洗把”。“洗把”在我们关中道的黑道上是指抢用不正当方式弄来的钱,但凡有能力的都可以去抢,也就是人们常说的“黑吃黑”。

这车上的表演没多一会再也没人上钩了。这个扎庄的看见了孙西往就走到他跟前说:“咋样,今天还玩不玩,你不是眼睛尖能知道哪个能赢吗! 来玩几下。”孙西往说:“不玩了,待会我再和你讲。”“和我讲,吆喝! 听听吗! 听听还蛮文明的和我讲。来叫我看看你今天身上装钱没有。”他这说着的时候,那个手就伸向了孙西往的内衣口袋,孙西往赶忙把他的手往外挡说:“待会全给你,你先坐一会。”

这个家伙想不来孙西往说的话,皱起眉头纳闷起来,嘴里念叨着:“待会全给你! 什么意思? 你是雷锋不成? 全给我?”

我也睡够了,抬眼看看车窗外马上就要到罗敷了,这里好像应该差不多就是我们的地盘了。就在这时,那个“扎麻片”的向车窗外看了看,停下伸向老孙的手客气地对司机喊道:“司机师傅,麻烦你给停下车,到了。”

车子停住,他们几个都向车下走去,我们几个赶紧都跟下了车。赵镇平压低声音对我们说:“一人一个,不许跑掉一个。”赵镇平走在前面抓住那个领头的,上去就是一记黑虎掏心,那叫一个准,这个领头的胃部吃了一个正宗的关中老拳,脸色一下子煞白煞白地蹲在地上,脸上抽搐着,额头上的冷汗顿时冒了出来,双手抱在胃部,全身蜷缩着不说一句话。他一句话都没说出来,不是不想说,我知道的确是痛得出不来声,这家伙没准连气都来得困难,他压根就没想过喊那么一句劳什子废话。

温三军盯住一个壮实的家伙,他从来不变招数,总是用手掌向对方脸上一扬,对方脑袋一让,他的脚就猛力踢对方的小腿迎面骨,对方腿剧痛,条件反射地要弯腰或下蹲,温三军在这瞬间不会失去这个机会,突然发力让他吃一记右勾拳,对方就会躺倒在地铺平撂展了,一手捂脸,一手摸腿。这个那叫个忙啊! 捂脸腿疼,摸腿腮帮子疼。

何福厚看着蔫里吧唧的一般让对方小看,他那不高的身材胖乎乎的样子,脸色黑黑的配上那对放着贼光的老鼠眼睛,厚实的鼻子下面配上厚实的嘴唇,任谁看见了都说是老实娃,但是等动起手来,你会发现这原来是你把老虎当成了病猫。

只是他的打法和他那个人有点不般配。他喜欢用脑袋顶对方的胃部。只见他先弯下腰，然后脚下加力猛跑，狠力顶向对方的胸部。对方倒地以后，他就像一头发疯的野牛狂踢乱踩，这谁受得了！这不，没几下躺在地上的这个家伙哼哼吧唧的，一点都没有想站起来的意思。

孙西往这个老江湖就是老江湖，他那并不强壮的身板配上整天洗得整齐的衣服，总是有公务员或老师的气质，眉清目秀的外表下藏了一个个坏主意。一般情况下如果他的后面没有我们几个给他撑腰，那他就是一个全亚洲最最大的软蛋。随便一个三岁娃娃他都不敢动手的。但是后面有强人撑腰的时候，你看这可不得了。他要看见打架，那绝对扑地比母猫还凶。他会张牙舞爪地嘴里狂呼乱喊要把对方杀了，要弄死，要打残什么的！他觉得有时喊叫也是打架的一个不可或缺的一个重要形式。最后孙西往总是把对方挠得到处稀烂，不是脸上有血就是身上衣服撕烂。好多人打架宁愿让人一刀砍了，也不愿意碰到这样的家伙！谁愿意面对一个发疯了的老娘们似的，张牙舞爪拼了命疯狂扑过来，把你的衣服撕烂或挠你的脸面。何况他还是一个纯老爷们。

我和孙青靠在马路边的一棵树上，一人点上一根烟悠闲地观看武打大片。看看打完了，孙青慢腾腾来到那个领头的跟前说："把抢的钱拿出来，昨天一千五，今天一千五，一共多少自己算，算不了一宗一宗地给。愿意了拿钱，不愿意了我叫那个老家伙继续打你们一人一顿，完了咱们一块去公安局，让人家帮我们要，罗敷镇派出所的指导员是我娃他三姨夫。"

躺在地上的这个家伙这会缓过气来，赵镇平那一拳一般是让对方当下就会失去抵抗力，趴到地上起不来了，过七八分钟就没事了，不痛了。这会听见没动手的这个家伙对自己说的一番话好好地想一想，没退路了，打不过，自己干的营生见不得阳光。不要说他三姨夫在派出所是指导员，就是不认识派出所的人，到那里自己也准玩完。不信！你听哪个小偷到派出所占到便宜。他对躺在地上的同伴们喊道："都过来，都趴在地上，那是你家热炕头啊！都过来。把身上的钱都掏出来。"

那几个家伙爬起来，一边走一边在身上乱摸，摸到的钱全扔到这个家伙跟前。孙西往盘腿坐在地上，整理了一会点了点钱数说："一共一千七百多元。你们这帮狗娘养的把钱都藏在哪里了，快给我掏出来，不要叫我搜啊！我要搜出来，你们谁藏了钱非得给枪毙了不可。"

这几个家伙听到孙西往这么说，顿时把自己的口袋都翻出来让我们看，让孙西往看，嘴里一个个连连说："没有了，真的没有了。不信，不信你们如果要在我的身上搜到一分钱，你就往死里打，我一句话都不说。真的没有了，真的，真的没有了！"

赵镇平看到这个情况好像他们是把钱掏完了，就对这几个人说："你们觉得今天的打挨得冤不冤？"那个领头的说："不冤！昨天我们把你的人赢了，我们有眼不识泰山，不知大哥们是这一带的老大。得罪了，你们把钱全拿去，改天兄弟专门登门谢罪。"

赵镇平知道凡事不可做绝，要么以后就没法在江湖上混了。就对他几个说："兄弟我是兴建村的叫镇平，多有得罪，今天就收回我们的本钱一千五，剩下的给你们留个路钱和饭钱。"说完对孙西往点点头，扭头就奔回家的路上走去。孙西往点够一千五，把剩下的给了对方，又说了一些江湖话，什么今天就是认识了，什么就是好朋友了，以后有什么事来喊一声一定帮忙什么的。我们几个看见孙西往干完善后工作就对他们说："走吧！改天和兄弟们再聊！"

全世界穷鬼阶级大胜利万岁。我们这次出门打了一次架，大逃亡一次。收入和危险度成正比。反正是弄到了不少银子。

真正的穷鬼弄到钱的感觉那是一般人不知道的，虽然那时候的交通很不方便，离家还有七八公里路，就是靠两条腿往回走，但是没有人觉得累。关键是还蛮有成就感，走得蛮舒服。走在乡间小路上，那个脚下轻轻盈盈的，大田里的麦苗绿得爽歪歪，一个个嘴里的小曲唱得那叫个悦耳动听。连平时最恼人的烂麻雀这会的叫声都听来像天籁之音，美不胜收。

第四章

到了村口我们就各回各的家，到家里吃过饭，睡它一个惬意的安稳觉，那感觉就是美。人活一辈子实实地不容易，每天都为生活煎熬着。今天我弄到了对自己来说一笔不小的钱，一年的开销都有了。心中顿感无限的舒畅，每日里的忧愁到今天彻底放下了，以后的日子一下子有了盼头。这一觉也不知睡了多长时间，温三军那大嗓门就把我喊起来了。说是早上打的那几个扎麻片的通过熟人拜上门来，现在在赵镇平家里。赵镇平让温三军来叫我。来到赵镇平家见到不打不相识的朋友们，那叫个热情。大家一一握手招呼，好像是国际友人一般。赵镇平叫他弟去买些肉回来，说炒几个菜。这菜还没有上来，温三军就扭开两瓶西凤酒，让何福厚摆上酒杯给里面斟满。温三军给每个人面前放了一杯说："来、来、来！端起来，大家先喝了这一杯。"赵镇平说："不急，等菜来了再喝，等一会。"何福厚努力睁大他那对老鼠眼，笑眯眯地给客人们说："我们的三军是，喝起酒来不吃菜，光着膀子打领带，自行车骑到八十迈，唱着秦腔跑塞外。"他一说完大家就哈哈大笑。

每人喝过三个酒，温三军开口说："咱们今天不划拳了，咱们行酒令。我自己当酒官，我这里先喝三个。"他端起面前的酒杯连喝三个，然后让坐他下手的赵镇平开始行令，赵镇平想了想说："一条龙、一根筋、一鼓作气。"完了看看下手的何福厚。何福厚接口说："哥俩好、并蒂莲、双喜临门。"完了得意地看看下手的方新华。方新华接口说："三结义、三星照、三阳开泰。"下面的孙青开口说："四喜才、事如意、四季发财。"老孙接口说："五魁首、五点梅、五子登科。"大家就这样排开行起了酒令。等这酒过三巡，菜过五味，赵镇平对这几个客人说，我们其实也是干的江湖活,玩三张牌,不过刚开始经验不多,望朋友们多多指点。

这个世界上好多好多的人都喜欢好为人师,听到有人让指点这句话,那就急眼了,热情地把自己肚子里那些宝贵的见识,不怎么成熟的糟糠经验、文化、技术什么的必须热情地一教为快。

这个扎麻片的领头人叫方新华,是潼关人,走这条道时间长了,从今天的打仗来看他没有了解我们的底细,不知我们是什么路数,但是他们知道碰到的是一帮子铮铮铁骨汉子,这样的人见到如果不交那将后悔一生,所以来到这里想交个朋友。他推心置腹地对我们讲了一些江湖禁忌,他说一般出门的时候首先是要看日子,口诀为"七不出八不入"。就是逢阴历七的日子不能出门,在外面逢八的日子不能回家,说到这里方新华说:"你们看看今天是什么日子?"我随口答道:"三月二十八。"他说:"对,今天我们就是回家。我们回来的时候知道今天不能玩,但是看到车上没有'绿皮',大家认为弄几个钱算几个。"他说的"绿皮"就是指公安。那时候公安局干警穿的是和解放军一样颜色的衣服,所以江湖暗语就把干警叫"绿皮"。他滔滔不绝地继续说道:"本来如果没有人上钩就不玩了,谁知道你们在那里就等着我们。我们如果早一趟或者晚一趟上车就错过了,这就是命!但是能和你们几个成为朋友又是最大的幸运。今天我们挨这顿打,前面我都给我们几个兄弟预言了,不信你问他们。"说到这里,那几个家伙纷纷点头,一个个说真正的,真的。看到几个同伙的赞扬,他更加卖力地说开了:"今天我们赶早起来就感觉不太好,我就给他们说今天一定有好果子等着我们去吃。"方新华说完这句话,大家哈哈放声大笑。说到这里,他指着和他一起来的兄弟说:"就怪他!他买了双袜子换上,把旧的随手扔了,我就知道准要吃疙瘩。一般情况下我们跑江湖的出门在外,身上穿的任何衣服都不能随便扔掉,都要拿回家再扔掉,要不,绝对出麻烦的事情。你们早上出门时如果碰到迎亲的,要马上收队回家,非得出去也是劳而无功,甚至发生惊险。如果碰到出殡,一定是个非常顺利的一天,收入绝对不错。这些你们以后会慢慢知道。"跑江湖风险是太大,这些人和庄稼人一样也总结了好多能祛吉辟凶的法宝,都想平安地弄些钱回家。

送走了潼关的新朋友,我回到了家里,想想方新华的话,觉得那些受骗上当,甚至受到攻击、威胁恐吓的人,钱袋让掏空的人,可能就是运气特别不好的了。跑江湖抢到或骗到钱,平安回到家里,心中不可或缺地都感到有丝丝的不快,他们知道那些失去财物的出门人回到家的结果,那就没法估计了,最坏的结果或许会连带地闹出人命，就是因为损失了那些钱。抬眼看着忙碌的妻子快乐地做着家务，我心中暗想这个事不能干下去了，虽然日子能很快好起来，但是内心的愧疚搅得我很是不安。见好就收，以后这个江湖我看最好不要跑了，这出门去失败了——坏了，结果不是让人打死或打坏，就是让公安局抓去。这成功地回来心里愧疚得慌，总觉得对不起那些失掉钱财的人。就是说成功和失败都不好，嗨！咋办哩吗？我的心里非常难受和矛盾。

在家休息的两天里，我去找了好几个建筑队，想去干活，这个劳动弄来的钱虽然艰难和微薄，但是良心起码是安宁的。人活着不就是图个安宁吗，像这样成天东奔西跑地骗人，将来总有一天会闯下大祸，后半辈子的情况绝对不得好。我抓紧寻找着看能不能干些啥，但是没办法，寻不下事情干。没有哪个建筑队需要人干活，都说下一个工程开始了让我来，暂时他们不需要人。我是这样想的，我到建筑队干活去了，他们几个再来叫我出去跑江湖，我就有推脱的说法。就可以离开这个危险的游戏。但是没有活可以干，没有合适的事情能干，我只有傻傻地戳在家里。果然他们几个又通知我第二天要出去了。去就去吧！管它什么良心不良心的，反正也没活干。

这次我们要再往更远的地方跑一段，凡是过去我们打过架或有人输钱特别多的地方，我们坚决就不能再去了。要往那里去了，出了麻烦就会是特别大的麻烦。我们最后商量的结果是直接到渭南至澄城县的长途车上，那条线我们觉得不错。

大家商量好了，第二天早上天还没有亮，大家就集合到一起，向汽车站走去。来到车上，孙青就开始了吆喝喊叫，当然越来叫得越好了，越来越理直气壮了。理所当然就有好几个旅客配合孙青玩了起来，我们很是顺溜地弄了几百块钱，就没有人再愿意陪孙青玩了。孙青吸干了这些“凯子”的票子，还得说一下“凯子”的意思就是那些想赢钱或者参与的旅客，江湖上面说的凯子实际是贬义词，是指那些自以为是聪明人的傻家伙、笨家伙。当然出门在外的旅客大部分人都知道这玩意不能玩，他们的眼睛连往孙青玩的方位都不看一下，怕孙青叫上自己。那几个玩过的愣头青也就是我们说的凯子，一个个都蔫里吧唧地乖乖坐在自己的位置上，偷偷后悔刚才的冲动和贪婪。快到县城我们不能玩了，孙青收拾了摊子，安然地坐在座位上。大家每个人都心想着到县城下了车找个好饭馆美美吃一顿。

我们也没来过这个地方，大家惬意地透过车窗玻璃观看着街道两边的风景，快乐地聊着。这时温三军突然口中轻轻喊道：“我的鬼呀！好像不对，咋的到……

到……公……。”我们大家慌忙四处张望,只见长途车直接开进了公安局派出所大院。停住车那个公交车司机回过头来,大声对车上的人喊:“我是公安局的,大家不要乱,都不许下车。”

我们知道该来的终于来了。

马上一群公安干警就把车围住了,司机原来就是便衣公安装扮的。他逐一把我们这一小嘬坏分子一个不漏地揪了出来,每个人首先给戴上了那明晃晃的手铐,然后站成一排。来了个保安员,他呵斥着我们来到一个监房的门口。我们不敢东张西望地看这个派出所的小院环境,怕……怕受到特殊待遇,就是这样没多会儿,我们就受到他们热情洋溢的亲切问候!来了七八个干警,到了我们跟前不说话,他们伸出手——当然不是热情地握手,而是让我们每个人都能吃到那又硬又大又干脆的耳光和几记呼呼带风的老拳。当然也有特别合适的开起了小灶,你看温三军那肥肥的屁股就受到一个保安那双大头皮鞋格外亲昵的青睐,被热情地亲吻着,当然他的嘴里还没忘了发出配合强力节奏的吆喝声,“哎、哎吆!哎吆!”的喊声。他那双戴着手铐的手臂也没忘了配合那双大头皮鞋的击打,往上或往左右舞动着。干警们接待完我们,大家伙儿一个个夹着脑袋鬼了下来,人家干警教往哪儿走就往哪儿走,我们顺着小院又转了半个圈子,又回到我们刚才领赏的地方。到了这个时候,大家反而镇定下来,它也就是这么回事,他们爱打就打,爱罚就罚,也就是死猪不怕开水烫了,人家要我们咋样就咋样。一个干警手拿钥匙打开我们面前这个房子的门,在一片吆喝声中,我们走进这个黑暗潮湿的房间,身后传来咣当的一声关门声。

走进房间一股霉味扑鼻而来,里面没有关押一个嫌疑犯。靠最里面的墙边扔了几块床板,墙角放了一个马桶,里面有前面的坏蛋留下的汤水,一股奇臭的味道夹着氨水气体扑鼻而来,熏得人眼睛都睁不开,差点就晕倒了。我们赶紧相扶着走回牢房的门口,这样站了半天,大家回头向房内四周看看,从外面明亮的地方进来,眼睛暂时还适应不了这个黑暗。是的,任谁来了都不会适应这个环境。毕竟我们大家都是第一回进班房,第一回戴手铐,第一回进到这个没有尊严的地方。没有人说话,大家就这么站着。这时就听门外一阵脚步声以及掏出钥匙的声音,门还没有打开就传来一阵怒喝声:“站好!站好!都给我顺墙站好,到这里都给我老老实实的!”

我们慌忙顺着墙根站成一排,门打开了,蜂拥进来几个干警。其中一个干警指着何福厚说:“你不看这里面的气味你能受了吗!还不赶紧把那个桶提出去倒了。没一点眼色。快点。”说完还没有忘了紧赶几步,在何福厚的屁股上面来上一脚。何福厚忘掉了往日的散漫和矜持,他急急忙忙慌慌张张地地走到墙角,一把抓起尿桶赶忙提了出去。

这时候从门口又走进来一个干警,他看样子是这里的领导。他对围住我们的几个干警说:“打开铐子。”这时候何福厚提着空尿桶进来了,那铺天盖地的恶臭当下就把领导熏迷糊了,他嗷嗷的喉咙干咳着扭转身子看了何福厚一眼,恶狠狠地骂道:“狗东西!你出去了也到水管那里把桶涮涮啊!就这样提来了,是脑子进水了还是身上发痒哩!快点滚出去!瞎锤子!照你这样的蠢货也跑出来丢人来了,啥玩意?”何福厚真倒霉,自己把活干了还受到了辱骂,肚子里窝了一肚子气,又没办法讲理,只有耷拉着他那黑脸,想出去涮马桶又不想出去,最后还是要出去干这倒霉差事。

这干警看着何福厚耷拉着脸,磨磨唧唧往出走也没忘了飞起一脚说:“快点!还不高兴是咋地!狗东西!停住叫人给你把铐子解了。”骂完他转过身子给一个干警说:“给他们打开铐子”。然后对住我们说:“你们把身上的钱全部掏出来放到地上,快点。哪个敢给身上藏钱不全部交出来,待会要搜出来,那就小心点。小心让我给你把皮给熟了。”我们纷纷把钱从身上掏出来放到了地上,一个干警弯下身子把地上的钱整理了一番,交到领导手里。这领导把钱拿在手里对我们说:“你们聚众赌博,扰乱社会治安,今天让我们抓住了,你们是想坐监狱还是愿意罚钱。”

温三军点头哈腰地像电影里的汉奸一样,对警察笑了笑说:“我们愿意罚钱,愿意罚钱。”“愿意罚钱,那好,你们每个人罚三千。”那个派出所领导不温不火地说。听到罚三千,孙西往急了,大声喊道:“罚三千!我们没有那么多的钱,杀了都没有。”

他刚刚喊完一个保安走上去,对着孙西往的嘴就是一拳说:“老不死的喊啥哩!喊!再喊打烂你这张臭嘴。”孙西往捂住往外冒血的嘴,含混不清地嘟囔:“打死也没那么多钱!”那个领导看到这个样子,心中顿生恻隐之心,平缓了一下语气说:“那你们说多少,你们能掏起多少钱?”

人家领导这么说,大家也不敢胡说了,赵镇平没开口先给这个派出所领导点点头,然后说:“每个人一千好像还能想下办法,再多了,大家借都借不来。”

听到大家这么说,那个派出所领导皱起眉头考虑起来,等他那眉头的皱褶展开来的时候,他便开口说道:“那好!就每个人一千元,你们先商量商量,看派哪个回去拿钱。商量好了喊一声,就放谁回去拿钱。”

这个时候何福厚又麻利地提着尿桶回来了,领导看见他回来,飞起一脚踢在何福厚的大腿上说:“这么慢!快把你身上的钱全部掏出来,快!”可怜的何福厚是今天我们里面最最倒霉的人儿,他这打从外面进来先挨骂再挨打,出去先挨骂再挨脚。他欲哭无泪地苦瓜着脸翻完身上的口袋,掏出几十块钱放到领导手中。一个干警厉声问:“还有没有?胆敢藏着不交完,搜出来就把你打死了。”何福厚老老实实地撅着嘴说:“没有了,没有了,真的没有了,我的身上一点钱都没有了。”他这么说人家干警听了烦得慌,一个干警又抬脚踢了何福厚一脚说:“跟鬼念桃木橛一样,烦不烦你?”派出所的领导笑了笑率先走了出去,那些干警们也都鱼贯而出,最后一个保安“咣当”一声和上了那个铁门。

随着那咣当的合门声,何福厚嘴里咕哝着骂那些干警。大家就像那挨了刀子的皮球瘫坐在地上。妈的!一千块。这不要人命吗!去取钱。那简直不是取钱,好像是取命一般,每个人都心疼得不得了。但是大家都知道再要往少的来,那是不可能的了。老孙捂住受伤的嘴,含糊不清地说:“一会谁回去拿钱不要上我家去,我没有钱,家里没有钱。你们有钱让他们把你们放了,你们走,我不走,他们爱关多长时间关多长时间。反正我家里没钱。我没钱。”他这么说我们每个人都是这么想的,但是想归想,这想法和现实还是有距离的,没钱成天关在这黑房子里那不给关疯了才怪。我们大家没那个耐劲。老孙这样说也对,但是大家没有人搭理这个话题,这没法说啊!这是个悲怆的话题。

何福厚这会儿东看看西看看,突然压低声音说:“大家看,这个窗子不结实,一会晚上我们就弄坏了逃出去,碰到拦挡我们的就往死里打。”何福厚说完我们几个齐刷刷地站起来,来到窗口前仔细打量着窗户结构。是的,何福厚说的对,像这样的窗户我们几个几下就可以打开,看到这里,我们大家都会心地笑了。天无绝人之路啊!就在这个档口那个派出所的领导又来转悠到了窗前问说:“商量对了没有,放谁出去取钱?”我们大家都傻了。

温三军对外面说道:“我们商量好了,我们选定去回家拿钱的人了。”没过多会儿就听到开门声,打开门我们看见派出所领导走了进来。他说:“你们商量好了!不要放回去了等不来,是谁回去?”孙青赶紧回答说:“是我!我回去拿钱!绝对很快回来。我们这里哥几个还在这压着!不能对不起人啊。但是我回去还没有车费，你们要借给我五十块钱。"那个领导说："借钱可以，你什么时候能回来？"孙青接口说："今天就能回到家，到了家里就抓紧借钱，明天下午就可以返回来。"派出所领导随手掏出五十块钱给孙青说："那好，你走吧！"

这个领导走到门口，我们听见他大声对院子里的那个干警说："那谁？小张！你去街上看看，给找个电焊工来拿几根钢筋，把这窗户往牢固地焊焊，给上面多加几道钢棍。前面抓的犯人全给跑完了，别让今天抓住的又跑了。"

大家听着他喊的声音特别刺耳，这好像就说是毙了我们这些坏家伙一样，我们刚刚升起的希望就这么快破灭了。本来还以为今天晚上就会来个胜利大逃亡，谁知道可惜让发现了，悲惨得很！没有逃走的希望了，我们又傻了吧唧地排队坐在墙根下面，一个个都不说话，闭目养神地想心思。

我们让抓进来的时候也就是十二点多点，到现在快四点了，今天大家伙儿没吃一点东西，一个个肚子咕咕叫得震天响。温三军嘴里不停咕哝："我的鬼呀！这把人还饿死哩！我给他们要吃的。"说完他走到窗口人喊："叫我们吃点东西，饿得不行了！"这时窗口来了刚才那个关门的保安，他向里面喊道："喊锤子哩！喊！再喊！让我进来打不死你才怪。犯法了还当你们是当官了，是你们弄下赢人的啥好事了，还在这里喊，喊个鬼嘛！停一会叫人给你们买馍去。"

过了很长时间，那个保安又爬到窗口喊："给你们把馍买来了，一人一个。"说完他从窗口递进一个塑料袋，里面刚好五个馍馍。我们每人一个，三下五除二地就咽下肚子里，温三军吃完又嘟囔开了："我的鬼呀！这一个馍馍吃了就像老虎吃了个蝇子，啥都不顶！更饿了，我的鬼呀！"

这个时候我们听见门口有说话的声音，大家趴到窗口一看是加固窗户的师父来了。刚才那个派出所领导又来到跟前，给电焊工师父交代怎样加固，完了他对趴在窗户上的我们说："一会你们要帮助师父焊好窗户，铁条从里边一个人一边抓住，其他人在里面也别闲着，给看看要装平衡的，听到没有？"

孙西往连声回答："知道了！行、行！没问题。到晚上能不能给我们再弄几个馒头？"这领导答道："歇着吧！你们以为这是在你们家，这里待遇要好了那你们还不排着队来。"孙西往说："知道！但是我们还是饿得很呀！"

派出所的领导再也不理我们了，我们趴在窗前看着那个电焊师父拉开电缆就准备开始焊铁条。孙西往叫何福厚和自己一人一边抓住铁条的两端，我们在里面给看着水平。电焊的弧光真正的刺眼，师父一边焊一边对大家说："你们看好了，焊得不端正人家领导可不怪我,你们要遭罪。”

谁知道这个焊工师父原来不安好心,他这样说话把我们后来害苦了。焊完窗户后,那个电焊师父收拾了工具离开了,我们的窗口又恢复了平静。大家也没心思聊天,一个个坐在床板上靠住墙,脑袋趴在膝盖上睡了起来。也不知道睡了多长时间,当我们睁开眼睛时天色已经暗了下来,那个保安来到窗口从外面打开了电灯,何福厚对大家说:“我早睡不着了,肚子饿得不行,不知道这为啥眼睛涩得难受,还有些疼得厉害。”

他这么一说大家顿感饥饿难忍,这眼睛也觉得涩得难受,用手揉揉眼睛这越揉越难受,不断地往出流水。眼睛里好像掺了一把沙子,不过这样倒好,我们都忘记了饥饿。

随着时间的推移,我们大家的眼睛越来越难受了,一个个眼睛肿胀疼痛,不停流水,都睁不开了。鼻子好像也不通气,有那感冒的症状,心里乱晃晃的,坐也不是转也不是。想不到电焊把眼睛刺了有这么严重,那难受劲比那牙疼还厉害。温三军嘴里不停嘟囔:“我的鬼呀!难受,哎呀!我的鬼呀!”赵镇平捂住眼睛难受地听到温三军的嘟囔不由得更烦,恶狠狠对温三军喊道:“嘟囔啥哩!嘟囔了就不痛了,一天到头我的鬼呀!我的鬼呀地喊,没鬼都叫你给招来了。不喊我的鬼呀,你能死!”温三军说:“我就是喜欢喊几句,喊几句就不饿了,这疼也就轻了好多,要么烦不唧唧地难受。我知道你们也烦,你们也喊几句!也喊几句!哎呀!我的鬼呀!大家都喊我的鬼呀!”

“我把你叫爷哩!温三军。喊锤子哩!人心里泼烦得要命,你一个劲地喊锤子?不要喊了!再喊就把我烦死了。”何福厚烦躁地对温三军吼道。孙西往说:“这电焊师父就不是人,出去了把他的铺子砸了。坏得很!”大家就这么坐不是、转不是地煎熬着。大约快晚上十二点左右的时候,何福厚大声地喊道:“我受不了,我难受得不行了。我活不成了,不活了。”说完他跌跌撞撞走到门口用脚使劲踢门,一边踢一边喊:“我们中毒了,要死人了,来呀!要死人啦!哎呀我活不成了!”中毒?他这一句提醒了大家,对!我们就说是中午吃的馒头有问题,看他们怎么办。我们乱嚷嚷地一个个喊起来,没多会,干警们打开了门。我们每个人都用双手捂住眼睛,跌跌撞撞地往出挤,到了外面我们因为眼睛看不见,一下子全东倒西歪地跌倒在地,何福厚嘴里不停地大声喊:“活不成了,哎呀!眼睛瞎了!看不见了。你们给我赔眼窝呀!活不成了,眼窝坏了,难受地疼得不行。哎呀,我快死了!”

说完他爬起来,胡摸乱撞到一棵大树前,用脑袋狠力撞树。把那棵大杨树撞得哗哗直响,干警们看到这个样子,慌忙赶过去拉住他。那个派出所的领导听到吵闹声也赶了过来,到了跟前看见我们乱成一团,哭爹喊娘地不成样子很是愤怒,照住嗓门最大、喊得最欢的温三军上去就是一脚。温三军看不见受到这么一下,翻滚着就倒向院子中的花池子。这花池子里面不外乎就是种了好多棵美丽的玫瑰花什么的,温三军跌到里面看不见出不来,到处都是刺,一下子弄得满身的伤满脸的血,这下叫得更欢了。“我的鬼呀!叫我们吃的馒头有毒,大家都中毒了。我们眼睛都瞎了,看不见了。谁还把我往死地整。你整一个要死的人有啥意思啊,我不活了!哎呀,我的鬼呀!”

温三军到了这个时候还忘不了他的口头禅,我的鬼呀!他在那花池子里的野玫瑰藤里挣扎着,嘴里也没歇着胡乱地喊叫。这个派出所的领导看到我们每个人的眼睛就像那鸡屁股一样红肿红肿的,每个人的情绪也都失控像疯了一样,一点也不像装的。到这个时候他也没辙了,不知道怎样收场。在这紧要关头,赵镇平双手捂住眼睛,半睁半闭地向这个领导跟前凑了凑说:“我们的人已经回去取钱去了,你看我们都成这个样子,要抓紧去看病。要么你们派干警给我们去看病,要么我们自己出去想办法?”

这个领导听到赵镇平说派干警给我们看病。都气疯了!他眼睛瞪得多圆,想给这些犯罪分子看病,这就是笑话!但是他再不想给这些玩意看病,眼前这乱糟糟的情况确实也没办法收场,去看病到了医院一定会闹得满城风雨,影响很不好,再说还要花钱,这一个案子没弄到钱麻烦倒不少。真是一群社会渣滓。他想到这里愤怒地喊:“都给我滚,滚!下一回如果再敢出来捣乱,让我抓住了你们,看整得死你们这帮狗东西不能。滚!”我们听到他焦躁的怒喝声——滚!犹若听到天籁之音一般——美妙极了。你不知道它咋就那么好听顺耳!比那最是缠绵温柔的邓丽君的情歌儿都清爽好听。更比那神医的眼药水都神,这眼睛仿佛一下子变得清爽了,感觉一丁点儿都不疼了。大家伙儿心里偷偷乐着怕笑出了声,笑出了破绽,一个个紧紧用双手捂住眼睛,不敢流露出一丝一毫的笑意。大家连滚带爬,磕磕碰碰,慌里慌张地赶忙往出挪。生怕这个仁慈的伟大的领导反悔又要改注意。可怜的温三军从那花池子里爬出来就听到“往出滚”——这句人世间最美的语言,顿时嘴里就不喊了,慌忙爬起来就迈开大步往出走,谁知道他真的一点都看不见路了,端直就向那南墙撞去。“咚”的一声,他倒在了地上“哎哟想!哎哟!”地又喊起来,满院子顿时一片大笑声。那个领导对保安使个眼色,一个保安快步走向温三军,把他拉了起来就向门口趺趺撞撞歪歪扭扭地走过去。到了门口柏油马路边上,那盏昏黄的路灯照在冷清的街道上,我们内心狂喜地不知道该怎么办。大家围拢到一起抱成团,互相搀扶着向前走去,也不知道走向哪里去?但是就知道离这派出所越远越好。这样我们拥在一起慢慢地像一团怪东西向前蠕动。

挪到县城边,赵镇平对我们说:“谁的眼睛不要紧,给大家去买些东西吃。饭馆都关了门就去小卖部买几斤副食什么的。”孙西往说:“我去,你们就在这里等我,不敢跑乱了。”说完他慢慢返回城里找那没有关门的小卖部去了。刚才派出所让我们把钱交出来的时候,大家早把该藏的那份钱都藏好了,鞋垫子下面有藏的,脚丫子缝里有藏的,耳朵洞里有藏的,只有孙西往的钱藏得最鬼,永远不会让搜出来,他掉了两颗槽牙,他在那掉了牙的洞里填上钱,这永远让对方发现不了,妈的!果然是出过国留过洋,和电影里的特工一样一样就是不凡。

我们就这样蹲在墙根下抱成一团等候孙西往的到来。有半个多钟头,孙西往手中提了个塑料袋,来到我们跟前,赵镇平说:“我们不能在这里多停,这是城里,待会警察有巡夜的要见到了麻烦不小。我们继续往城外走,找个安全的地方大家吃东西。”出了城,我们继续慢慢向前挪动,一个个捂住眼睛,每走一步掰开眼睛看一下路,走一步掰开眼睛看一下路。黑灯瞎火的,不时有人踩住了路边的石头和砖头,弄个咧扭或摔倒在地。渭北高原上的风到了晚上听说从来就没有停过,它讨厌地围住我们不停旋转着吹,好像他就知道我们是一帮子坏人,要把我们吹离这个淳朴干净的地方。但凡干坏事的人好像苍天就知道一样,他必须狠狠地惩罚我们,让我们狼狈不堪了还不放手。我们实际到这一步没什么苦不苦,冤不冤的事情。你说我们干的这些事情哪件是好事情,哪个不让天讨厌啊!

大家伙只是想着一定要减少麻烦,要远离城区。这样我们又慢悠悠拥作一堆,互相抓住,艰难挪出城好几里地了,马路边好像有个深沟,孙西往说:“我们顺着这个沟下去,待在沟里面风小。凑合一晚上,看样子再没好地方可以去了。冷得实在不行了。大家跟着我,都小心脚下。”

没一个人说话,一个个又冷又困又饿地没一点精神,都跟着孙西往慢慢向沟里摸索着往下爬。我们大家每个人都一样,一只手捂眼睛,一只手摸索地上的草茎抓住了,脚下试探着慢慢倒走倒着往下爬。这样往下爬不至于翻滚着掉下去。

到了沟底大家摸摸地上是干燥的，一个个就蜷缩着赖在地上不动了。孙西往打开塑料袋拿出吃的，给每个人塞到手上，原来他给大家买来的是饼干。这玩意没水喝大家吃了没几片就咽不下去了，嘴里全是干面，何福厚一下子都给呛到气管里去了，传来阵阵的咳嗽声。那时候还没有卖矿泉水什么的，大家本来浑身不舒服，这回又添了口干舌燥，是一个新来的难受和不舒服。这样也好：人满身都是毛病了反而就是没毛病了。黑暗中传来赵镇平的声音："有个事情我给你们说说，现在大约也就是两三点钟的样子，我觉得这会眼睛能好一点，待会大约六点多点天就麻麻亮了，我们要抓紧去把孙青截住。要不然他把钱送到派出所就麻烦大了，到时候没有人不说我们不是傻子。大家安歇一会，待会难业、三军、何福厚你们三个直接坐返回渭南的长途车去渭南车站截住孙青，我和老孙头在这里的公共汽车站等孙青，咱们作两方面的准备。如果你们三个截住孙青了，三军和何福厚就住在渭南，难业你立即来澄县长途汽车站接我两个，我们截住孙青了就立马赶来渭南市车站找你们。"赵镇平总是在事情进行中能够想到下一个必须做的事情，这样我们会减少很多损失和麻烦。

天色麻麻亮那会，我们的眼睛已经不再是那么刺痛，鼻子也通了，最为关键是心里不再那么烦乱。大家站起来拍拍身上的土和干草，向澄城县汽车站走去。这里的人们是最勤劳的人民，马路上已经是来来往往到田间去劳作的人，他们大都用疑惑的眼神看着我们。马路两边稀稀拉拉的青草这会显得蛮精神，一个个朝气蓬勃地奋力向上成长着。我们这群瞎捣乱的小年轻不知害羞地向城里的汽车站走去。

来到县城汽车站，去渭南的第一班汽车已经准备出发，我和温三军、何福厚三个人登上长途车，在车上何福厚给我们两个买了票，大家坐在舒适的靠背座位上就酣然入睡。我们实在太累了，公交客车到站的时候我们还没有醒来，售票员喊了好多声才把我们喊醒。

走下长途车，外面的阳光一下刺到眼睛就疼得受不了，我们几个站在车门口用双手捂住眼睛，好像做了什么见不得人的事情，一副害羞的样子。待了一会还是受不了，我们站在那里都没有动，这眼睛不停流水，又涩又胀的，很是难受。我对他两个说："这个难受劲看样子今天好不了，我们要忍住，要么孙青跑到澄城县派出所去了，咱几个就是真正的傻瓜蛋子。我到门口盯住，来了华阴的长途车就跟进来看有没有孙青。你俩个赶紧去吃饭，来给我带两个肉夹馍。吃完饭后我还是守住门口,温三军你盯住华阴来的公交车,何福厚在里面转悠以防孙青坐别的车来。"

吃完肉夹馍,我又去车站门口买了两瓶格瓦斯饮料一口气喝完。打着饱嗝蹲坐在汽车站门口,盯住进进出出的来往旅客,生怕漏掉了孙青。我的眼睛这样看着也受不了,没办法,就一只眼睛看人,一只眼睛闭住休息,他们轮换着上班。从早上看到了中午没有见孙青的人影,一会儿温三军和我一样,一只手捂住一边红肿的眼睛,脸拉得像驴脸一样转到我跟前说:"我的鬼呀!咋不见人影呢?现在应该早来了,可不敢跑走了!"

一会儿何福厚也和温三军一样,用手捂住红肿的眼睛,一边揉一边看路,一走三叹惜地转悠到我的跟前,这回电焊光把大家的眼睛扑了,就是何福厚最严重,他到现在看路都是问题,我和温三军都是一只手捂住眼睛,但是何福厚一直是一双手捂住双眼,手指头叉开缝往外看。他这双手从早上到现在就没离过脸上,不停地抹泪揉眼。刚才我看见他在里面走路的时候还碰到人家旅客身上,招来一顿臭骂。我对他说:"你不要转了,坐在这闭住眼好好歇歇,看样子你的眼睛没有一点减轻的样子。"何福厚说:"坐!坐得住吗?孙青到现在还没见人影,心里急得怕怕!他这玩意不知道咋回事?"我又问说:"你的脑袋不要紧吗?"他回答说:"你还不知道我,昨天晚上那几下算个什么?"平常我们把何福厚叫"铁头"。谈起"铁头"这个名号,我还得给你说说他的来龙去脉。

在我村的东南方向有一条沟叫"死人沟"。是埋葬死人的地方,十多岁的时候我们这些小伙伴都喜欢去那里玩,那里虽然荒凉但是有各种果树,从夏天到秋天,我们除了去河里抓虾逮鱼,就是去偷那些果子吃。看果园的是一个河南老汉,那时候村里的老人每个都是腰弯得跟要捡地下的东西似的。可是这个河南老爷子的腰就是那么直,看起来有些威武。我们都怕他,也不知道他什么时候落户到我们村来,也不知道是他愿意来看这个荒凉的大果园还是村上派来的,反正我们觉得他一个人待在这里挺孤独可怜的。那些果树下是乱坟岗,大白天都冷风习习,阴森可怕,刚开始那会我们和这个老头是对头,他看果园我们偷果子。他常常发现我们就大喊着追我们,要抓我们,吓唬我们。现在想想他老人家不是真追。后来赵镇平想了一个办法,老爷子就没办法看住果园子了,首先我们从北面去两个人,让他发现好像有人来偷果子,他老人家就会愤怒地大声呐喊着去追赶。这也就是兵法上说的"佯攻"。然后我们大兵团从南面反方向的地方摸索上去,等他跑远了，我们就群起而上，抓紧采摘果实。往往等他发现上当的时候，我们就满载而归了。他就是抓住了那两个小伙伴也没办法。人家还没有偷拿一个果子呢！你能把他咋办？最后只能把他俩放了。那时候五月就有桃子熟了，紧接着就是梅子熟了，后面的梨子、苹果，哎呀！真丰富。就这样随着我们慢慢长大，大家伙儿也就和老爷子成了朋友。那时候谁家里有好吃的，都会给老爷子去拿上，再后来老爷子就给那歪脖子果树下吊了一个沙包让我们有时间就去玩，原来老爷子会武功。他首先教我们怎样把身体拿稳，然后教我们把拳打直，循序渐进地教我们一些基本功。后来他还根据我们个体不同的体质，教我们怎样锻炼和发挥自己的优势。何福厚长了一个又大又厚的嘴唇，黝黑的脸面和那发瓷不闪的眼睛，不管什么人见了都知道这娃是乖娃。那会儿我们练习散打什么的，他总是来不了，被攻击急了就用他那又黑又硬的脑袋顶你。我们打沙包时他就喜欢用脑袋撞沙包，所以大家就叫何福厚"铁头"。老爷子专门给他教练了用脑袋攻击的技巧和练习方法。到了我们十七八岁的时候，他老人家突然就失踪了。至今我们都不知道老爷子姓什么，为什么一个人孤零零地待在那里。所以昨天晚上何福厚用脑袋撞树，把树顶得哗啦啦直响，干警看了都觉得这个老实娃活泼烦了，自己找死，但是我们知道就是那几下是不碍事的。

随着时间的推移，那又大又红的大太阳已经转向了西面，天气已经没有中午那么暴烈的狂热和刺眼。但是我们三个的内心则更加焦急和烦躁，到了这个时间没见到人，我们三个感觉甚为不妙，这六千多块眼看着打了水漂。当时这六千块可以把两个媳妇娶回家，建立两个家庭。就可以让我们的温三军和何福厚不再过得恓惶，不再忧愁泼烦。但是嗨！你看就是见不着孙青，这硬生生地是把人往死路上逼嘛！何福厚已经不在里面那么转悠了，他无可奈何地捂住眼睛，依偎在我的旁边说："这六千块钱我自己多干些，可以盖几间瓦房，下雨的时候我们全家就不用淋雨了，唉！嗨！"他不停唉声叹气着，是的，我们谁不是家里火烧火燎地急等用钱，何福厚的条件不过更恶劣罢了，他那几间瓦房又黑又破，每到阴雨天到处都漏雨，几代人挤在一间破屋子里，没准什么时间下雨的时候，塌下来就全军覆没，一起完蛋。我对他说："这回去大家给你凑些钱，先把房盖了。"何福厚说："我天天做梦都是盖房，你们几个手里也紧，拿啥帮我哩！赶紧要想办法弄钱，我恨……我！我！嗯！孙青要是把钱给派出所送去了，我回去、我回去把孙青非给打死不可。这把人还急死哩！这回本来还能弄些钱，看样子，唉！命苦！"

人们常说欲望是风、愿望是火、失望是烟，这欲望之风吹起何福厚的愿望之火，因为孙青的见不着变成了失望之烟，熏得何福厚眼睛流水脸发黑，心里好似猫抓，真悲催。

就在这个我们烦躁无比的时候，来了几个当地的痞子，看我俩靠墙坐着的那龌龊劲，想拿我们开涮。领头的那个用脚丫子踢了踢何福厚说："你两个成天坐在这里干什么？一看就不是什么好鸟，赶紧给老子滚，你们躺在这里老子看着别扭，滚，滚！"

我听到这里，本来准备站起来撕烂这个家伙的嘴，但是想想还是让我们的铁头撒撒气，他从昨天进了派出所就没少受气，这心里憋的火都可以烧开一壶水了，实在没地方出气。现在渭南市这几个痞子算是来给何福厚消火来了，这几个家伙找我们的倒霉，实际是他的霉运来了。我想到这里，用手在何福厚的腰上顶了顶，意思是上去收拾！收拾！解解气。何福厚慢慢站起来吼了一声："死得了！"说完用他那脑袋向骂我俩的那个家伙胸脯顶去，一下子就给顶飞了，弄了个仰八叉倒在地上，剩下的那几个刚准备动手，何福厚抓住最近的一个家伙的脑袋用自己的脑袋撞去，"咣"的一声，这个家伙顿时就迷瞪了，原地打开转转，何福厚又抓住另一个脑袋，照葫芦画瓢，"咣叽"一声又是那么一下，这个家伙也傻了，捂住脑袋也打起了转。何福厚还不解气，挺直了脑袋把这两个转圈子的家伙也给顶飞。他努力睁开他那对老鼠眼寻找能顶的人，过路的人看见这个疯了的家伙，都不敢从这里过了，何福厚肚子里那冤枉气还没有出完，看看躺倒在地的几个家伙没办法用脑袋顶了，跺了跺脚，抬起脚丫子又狠踢猛踏这几个把住锅沿子行事的家伙。我站在一旁看热闹。看到何福厚出了气，我对这几个混混子说道："还不快滚！滚！"

这几个家伙没有了刚才的趾高气扬，这会还知道羞耻怕别人笑话，都用一只手按住脑袋，连爬带滚一句话都不说，很快就灰溜溜地走了。温三军看到门口我们跟前老远聚了一堆人，不知道发生什么事，赶紧跑了过来问："咋了？咋了？"我说：刚才几个痞子欺负我俩，让'铁头'给撞跑了！"温三军说："跑了就对，我要在跟前非得给他们开瓢不可，孙青咋回事吗？这把人还不给等疯了，唉！我的鬼呀！把人都给急疯了。"我安慰他俩说："急也不顶啥！你俩也不要跑了，咱们全蹲在这等。"

那些围住看热闹的人还没有散去，不管这些事情了，不怕人笑话了，麻木了。我们就地依偎在这渭南长途汽车站门口的东墙根，用我们那受伤红肿的眼睛盯住

过往的人群，期盼着孙青的出现。

太阳就要慢慢压山了，我们的希望也随着那太阳的降落，慢慢越来越没有了。一切都要结束了，我们悲苦的命运是无法改变的，我们几个已经不是刚来车站那会儿的样子，死盯住来往的车辆。这会儿眼睛累了，关键是心累了没希望了，心死了。我们几个靠住墙根排开，一个个眼睛呆滞散漫地看着前面就像死人一样。

残酷的现实往往是谁能坚持到最后那个最最糟糕的时刻，谁就是胜利者。最后一班从澄城县发来的班车里下来了赵镇平、孙西往、孙青。没有热烈的会师，没有欢快的拥抱。我三个坐在那墙根，看见他们的来到已经没有兴奋的激情和体力了。赵镇平快步走到我们跟前说："起来，走！吃饭去！"孙青走过来拉住何福厚的手说："你的眼睛咋没见好，还那么肿。"何福厚不知道是眼睛疼得继续流水，还是激动得流泪，他咬着牙说："罪孽没受够哞！我们等你等得都快疯了，都急疯了，妈呀！将近一万块钱。没捐献给派出所吧？没有吧？孙青我给你说，我给难业都说了，你如果把钱给派出所了，我见了你非把你给弄死不可。"孙青大度地笑了笑说："没有，没捐，你不要怕。我给你们说，我坐潼关直通澄城县的车，怕你们急，我赶得快，多亏赵镇平在澄城县车站截住我。不要说了，赶紧去吃饭，我也饿坏了。"

我们不约而同地走进一家水盆羊肉馆，进门后何福厚红着他那鸡屁股眼睛，大声对饭店喊道："老板！先来六份泡馍，每人一份。再来三十个烧饼！要快！饿毙了！"大家围坐在一张没有人坐的桌子上，每人手拿一颗大蒜先剥了起来，温三军剥完看看羊汤还没有来，抓起一颗剥好的大蒜填进嘴里咔啪脆地嚼烂，当下就辣得双眼流泪，摇晃起脑袋。我们大家哄然大笑。一个个也都吃起大蒜，感觉那辣脑袋的感受。没多会热乎的羊汤就端了上来，没的说的，温三军顺手就抢过来两个烧饼，压在一起猛嚼。等吃完水盆羊肉大家一个个捂住肚子，又吃得撑的。妈的！要么往死地饿！要么往死地吃！咋就没有个刚好呢！

"去找旅馆！"赵镇平喊道。登记了旅馆，我们再也没精神聊天总结了，大家关住门倒头就睡，眼睛难受得实在睁不开。这一觉一下子就睡到了第二天早上九点多。睡一大觉起来，眼睛一下子舒服多了。洗漱完赵镇平对大家说："我看大家不要回去了，咱们直接就从这里出发到渭北高原上去，那里的人淳朴，有钱人喜欢扎势。咱们收拾那些有钱人去。那里的警察也好对付，先叫孙青把钱送回去，家里的人也就不操心了，家里人都知道咱们让警察逮住了。咱们剩下的人就继续休息，明天早上出发。"

赵镇平说完大家伙都觉得安排的好,就按这个办法走。就在这个时候,我们听见旅馆过道有人哭泣,走出门大家看到一个女子手拿行李站在走廊的尽头抹眼泪,一旁围观的旅客里面站着旅馆的管理员,他恶声恨气地呵斥着那个小姑娘。“没钱住什么劲!快出去,别在这里住了。”这时就有一些旅客风言风语地嘲讽这个姑娘,有个旅客看到这个情况认为有便宜可占,就对那姑娘说:“哎,女子,你实在没地方去,哥哥的房间就我一个人,你陪哥哥住下,不给你要房费,吃饭都给你包了。”“陪你妈!不要脸!”这个女子骂道。“哎!你这娃不愿意都行,你不能骂人吗!不行,你这不行,就凭你骂我这几句,你必须陪我住下。”说完这个旅客就上去动手动脚地拉那个姑娘,看到这里我们实在看不下去了,我推赵镇平一把,赵镇平上去推开那个旅客说:“哎!哎!不敢太过分了,一个大老爷们欺负人家小姑娘,干啥哩!滚!”这个旅客回头看看我们人多,不敢作声,返回自己的房间。赵镇平对围观的旅客说:“都散了,都散了!有啥好看的,出门在外谁没遇过困难的时候。”

那些旅客各自都散去了。赵镇平对孙青说:“给她二十块钱!把房钱给她再交了。”说完我们大家回到了房间,又躺在床上准备大睡一觉。这时那个姑娘推门进来了,见到赵镇平她就跪在地上连声说:“谢谢大哥!大哥这回救了我的命。谢谢!谢谢大哥!”赵镇平赶紧爬起来扶起这个小姑娘,让她坐在床上说:“谁都有困难的时候,帮助你是应该的。”

他凑凑眉头又说:“你一个姑娘家的不待在家里,在外面胡跑啥哩?给你的钱你赶紧回去,不够了我们再给你添些。”姑娘听到这里泪如雨下,一阵阵抽泣着说:“我家里穷没办法,为了给家里盖房子,家里给我找了个对象,他有羊羔疯,走路还一颠一颠的,我不愿意跑了出来,在这里找不下事情干,人家饭馆都不要人,我出来拿十块钱都花完了,又没地方去。要我回去,还不如一头撞死算了。”

听完小姑娘的述说,我们没一个人说话,心里都是一阵阵的酸楚,嗨!都一样,谁别说谁!都是这苦瓜藤上结的果子——苦命。我们谁也救不了她,只能同情地叹息。这个时候小姑娘擦干眼泪,给我们挣扎着苦笑了笑,对我们大家说:“我叫‘苏宁’。我看几位大哥哥都是生意人,我给你们帮忙,不要钱,管吃就行。我什么活都能干,你们看行不行?”

说到这里她把我们给难住了,我们干的事情风险太大,每天遇到的不是打架就是逃跑,没有一样是轻松事情。这水里火里地来回趟,她一个女娃娃要跟我们?

那不是逃出火坑又掉进水里了吗！这时赵镇平干脆直接开口实话实说："我们是跑江湖的，不是正常生意人，没办法带你！"

"跑江湖也行，反正我看你们都是好人。干啥都行！只要不偷不抢就行！"赵镇平说："我们是不偷不抢，但是我们是骗子，专门骗人赌博的，就是平常人说的——三张牌。"

听到这里，姑娘微笑的脸色凝滞住不言语了。她这回想想太可怕了，骗人的勾当，日本人的话"骗子地干活！"可是没过多长时间，这个小姑娘又说："我跟你们干，但是别骗可怜人，行不行。我现在已经没有退路可走，你们几个哥哥给我的这二十块钱，我住在这里，如果我找不到事情钱花完了，那！那还是个死。我已经没有一点点退路了，你们收留我就等于救了一条人命。"她说到这里的时候，又是泪流满面，我们躺在床上的人都不忍看她，大家都难受地把脸扭向一边。

赵镇平咬咬牙，背对着她站在窗前深沉地回答她说："可怜人就不上我们的当，也不玩这玩意！我们收的就是有闲钱人的钱。那你先跟上我们，我们一边跑一边给你寻事情，等找到事情了你就离开我们。"赵镇平说到这里，转过身来对孙青说："你走吧！下午回来给苏宁说说怎样玩套路，苏宁你可以考虑考虑，到明天早上我们才出发，到那个时间你要愿意就跟我们去闯荡，不愿意就再见。好了，我们累了要休息，你去吧！"赵镇平想的和我们一样，今天如果不带这个姑娘的话，从此这个娃娃就可悲了，我们几个先带上，后面再给她想办法。

第五章

到了第二天,我们大家早早就起来准备出发,苏宁早等到门口准备好了。来到汽车站,我们坐上北去的长途车,第一站是去白水县,车子开出渭南过了蒲城县,孙青就开始了叫喊,又是那一套狼胆大虎胆小不压钱赢不了,老汉活了九十九没见过长虫立立走。走过南,闯过北,没见过火车也能天上飞。他这样咋呼着,没过多久就有几个土包子老板输掉了他们身上带的几百块钱。土包子老板输了钱的好处是不认为自己让人骗了,还打肿脸装胖子炫耀自己在这里瞎掰唬。那谁!那什么?我上回碰到玩牌的输了多少多少万,今天这点算不得什么。然后还要热情地给孙青打招呼发香烟,要预约下回在什么地方好好玩一把,这样的话引得车上的人羡慕得要死。心说人家真有本事,真有钱。好家伙谁家有一万元那国家都表彰奖励什么的,这个人居然输掉几万块,妈妈呀!厉害!简直不是人都成了神咧!孙青看车上没有人再陪自己玩了就收拾了摊子。热情地和这几个输掉钱的土包子胡侃起来。搞好"匪民关系是"必须的。

我们顺顺溜溜到达盛产苹果的白水县,也就是中午一点多,吃过饭孙西往点点钱,今天已经上了一千多块,挺好,挺好。赵镇平看到大家热情高涨的样子说:"现在就是一点多,我们继续往北到黄陵县去。难业你把多余的钱拿上,路上碰到任何情况都不要插手,如果路上弄到钱,三军你负责把钱转给难业。这样出了事也不怕,苏宁你今天的表现还可以,继续努力啊!你听哥说,如果出了麻烦事,任别人说什么,你都不能承认和我们是一伙的,就说不认识,必须这么说,知道吧!你一个女娃娃,让人家公安局抓住太可怕了。"苏宁说:"知道,我知道怎么说,枪顶住头我都不怕。昨天孙青哥给我把该说的都说了。我记下了,我不怕!"

商量完我们大家就去坐上开往黄陵县的长途客车。这一节的路况很不好,孙青展开骗局后车子把他颠得倒在地上滚了好多回,总是引得车上的旅客哄然大笑。但是路况不好车子开得慢,旅客们很是无聊,大家伙都看孙青的表演,没一会好几个旅客就叫孙青套住了。温三军转到我跟前随手把弄到的钱神不知鬼不觉地递了过来,我把它藏在最保险的地方。又是一个平安夜、吉祥天,我们顺利到达黄陵县。登记好旅馆大家出来心情愉悦地吃顿饭,回到旅馆,苏宁看到我们几个的衣服脏了,叫我们脱了她从外面买来洗衣粉给我们洗衣服。我们几个坐在床上打起牌,如果每天都像这样的日子那就是神仙过的日子了。就是最幸福的日子,比当县长都美。今天一天下来弄了将近两千块,照这样下去很快我们就发达了。

到了第二天我们继续北上,往延安方向赶。坐在大客车上还没开始表演,就上来几个贼眉鼠眼的家伙,他们很不客气地上来就开始"工作"。那并不高明的手笨拙地伸向一个坐在离车门口不远的旅客的口袋,这个旅客就是赵镇平。我想了想这领头的对付领头的!有意思。我们大家只管看热闹就是了。赵镇平看见伸向自己口袋的那只手,心想这不是明抢嘛!他轻轻用小擒拿抓住那只手温柔地翻了上去,顿时那个家伙疼得喊了起来:"哎呀!哎呀!断了,我的手快断了,你放下我的手。"赵镇平睁开他那对放电的眼睛说:"放下,你的手跑到啥地方来了。"在这个时候,后面几个贼的同伙掏出刀子对赵镇平喊道:"你快放手,快放,要么今天非得弄死你不可。"赵镇平没有理这两个毛贼,大声向前面喊道:"司机师父!你给停下车,让我把这些垃圾扔下去。"大客车停住后,赵镇平对那两个毛贼说:"下去,你们下去后我把他也放下去,你们要不听话我就筷断他的手,叫他一辈子都不能偷人了。快下去!滚!"那两个毛贼听到赵镇平这么说就下了车,赵镇平站起来拉住这毛贼的手到门口一脚踹了下去,说:"师父开车。"

大客车关上车门又跑了起来,这趟车是开往洛川县县城的长途客车。赵镇平处理完小偷的事情后就给孙青使个眼色,意思是等一会就开始开场。孙青闭住眼睛养起了神,等车上的旅客从刚才的惊恐状态下恢复差不多的时候,孙青摆开摊子用力表演起来,但是过了半个小时还没有一个人上钩,我们大家伙儿看到这个情况,都更加卖力地表演起来。马上快要到洛川县了,还是没一个人拿出一分钱输给孙青。没办法,赵镇平只能给孙青发出收摊子的信号,孙青收起摊子,像秋天的茄子让霜打了一样,蔫里吧唧地歪坐在座位上。车子摇摇晃晃晃到了洛川县城。

我们去吃这里有名的水盆羊肉,吃完饭大家在这小不点的县城溜达着找了个旅馆。没地方去玩去,大家都坐在房间内谝开闲传,大家一致认为这行当主要是凭运气,自己各方面做得再好,运气不好那啥都不顶,来到陕北这一块看样子安全问题比较好,这里的警察还没见过我们玩三张牌的这些捣乱分子,他们没准也想看个稀奇。这里的痞子更不敢欺负外地的游民,知道外来的和尚那经念得呱呱叫,比他们这些老土念叨的响得多,要是比装神弄鬼作法祷告,那他们更不是对手。但凡外来的和尚那法力必定无边,任谁一个当地能人碰到我们都哆哆嗦嗦的。所以他们只要看见外地来的家伙都远远地看着,一下也不敢捣乱。

我们商量着就准备继续往北,过一天就可以到达革命圣地延安。那里是我们每个人都非常向往的地方,宝塔山、延河、毛主席故居,这些我们从小就非常敬慕的圣地,这让人想想就激动万分,我们就要见到了,就要见到我们心中的圣地。每个人心里都想着一定要朝觐这些最是神圣伟大的地方。

孙青说:“大家跑车觉得累成本高,这里的集市也可以,看样子会更安全,估计收入会低一些。这里的人看样子没有人知道这玩意违法。派出所逮住了它也罚不了几个钱,不是三百就是五百。不像咱们那里的派出所是没良心鬼,开口就是几千。把人往死地罚!”

孙青说完大家马上就有赞成的,每个人都明白风险越小越好,哪怕收入低一些都没什么!最怕的还是派出所。抓住了往死里打还能忍受,关键是罚钱那玩意受不了,上次电焊把眼睛扑了都是坏事情中的好事情,最后他身而退没罚钱。以后再也不会碰到这样的好事情了。人的好运气也有用完的时候,最好别和派出所碰面。

到了第二天早上。大家伙早早起来就出发了。走在去汽车站的路上,赵镇平偷偷拉了一下我的衣角,暗示我走慢点他有话要对我说,我就磨叽着和他走到大家的后面,和大家拉开一段距离后,赵镇平压低声音对我说:“难业,我今天感觉有些不太好。”我说:“咋样不好?”赵镇平答:“我也说不上来。反正心里不踏实,总觉得心神惶惶不宁的。你一会给苏宁五百块钱让她拿着,我们遇到麻烦事跑散了,她一个女娃娃没办法活。给她装些钱跑散了她不至于掉进火坑。你一会给她钱还要引导她一下,让她知道没有咱们的时候怎样生活,比如在渭南贩个菜或者衣服什么的!那没准还要发达。我实际想咱们跑完这回就不带她了,咱们破罐子破摔，人家女娃你看人长得漂亮心底也善良，不应该跟咱们冒险。五百块钱不少了，够她做小生意的本钱了。以后大家有意见你就说是我的主意。就这样，今天尽量小心点。一会上了车玩的时间要短，不管上钱不上钱尽量快速结束战斗。一会你给孙青说说今天就是这样的安排。”

实际过后我知道赵镇平的第六感觉还是很准，原来他心里感觉不好的原因是他的家里出了大事情。家人都念叨他快点回来，所以他的心里有了不祥的感觉。因为我们身在江湖，他难免想着是我们有不祥的事情要发生。但是到了这一折已经没有退路，他要带领大家继续以身犯险。我觉得他的安排很周到，就点点头说：“那行！”

到了车站，我给孙青交代了今天的注意事项，大家伙就鱼贯而入地上了车。在车上我叫苏宁和我坐在一起，等车开动起来后，我偷偷递给她五百块钱说：“你把这钱拿上，这回看样子大家每人能分五百多元，全装在我身上不安全。”苏宁看看拿在手中的钱，惊恐地哆嗦着小声说：“哥，我拿不到这么多钱，你！你不敢给我分这么多！我都没见过这么多钱。你给我这么多把我都能吓死。”我又对她悄悄说：“拿上，这是大家的意见，怕出了意外，你身上没钱你都回不去了，听话，你拿上大家就都不操你的心了。”苏宁低下头，眼泪一下子就流了出来，她有些失控，肩膀抽动着，喉咙里发出哽咽不清的话，小声断续地对我说：“你们……你们……你们这些人对我的恩情我一辈子都忘不了，你们救了我……救了我的命，还要帮……我……”她双手捂住脸，泪水从手指头缝隙里往出流淌，我的心里一阵酸楚，眼泪也不由得往出冒。我努力控制住不哭，把眼睛瞪得贼圆，但是那眼泪还是往出冒。没法说，是哭她还是哭我自己，还是哭人世的苦难，我想不清楚。我咬咬牙努力控制住自己的情绪，待她的情绪有些缓解了，我和她小声继续聊着，说了一些在渭南都能干什么可以赚钱的话，希望她勇敢面对困难，快乐地生活下去。

等我给苏宁说完该说的话，我看看车窗外已经出了甘泉县城。孙青也就开始了表演，车上的气氛一下子就活跃了许多，大多数乘客都陪着孙青玩了几把，看抓不住就再也不压了。见好就收，我给孙青打了个暗号，孙青立马就收拾了摊子。我是安全员，主要管安全，只要我发现什么情况不对，立马打暗号给孙青，他就知道有情况需要赶紧收拾摊子。我们平安到达延安。

第六章

到了延安,大家的心里都急切地想看到宝塔山、延河、毛主席的旧居,这些课本上面经常出现的图案,我们终于要见到了。“几回回梦里回延安,双手搂定宝塔山”,著名文学家贺敬之的著名词句让大家更加想早点朝觐这神圣的宝塔山。

没有一个人说吃早饭,大家都迫不及待地要去宝塔山转转。来到宝塔山,大家的视野一下子开阔起来,这里林木茂盛,空气清新,凉爽宜人,我们没有一个人说话。我们围在一起,怀着无比崇敬的心情,一脸肃穆地来到塔前。我与赵镇平走在前面看完神圣的宝塔外围,缓步向塔内走去,塔底层两个拱门门额上还分别刻有“高超碧落”、“俯视红尘”字样。看说明我们知道这个塔建于唐代,高四十四米,共九层,它的楼梯窄得只能让一个人通过,来到了二楼就变成梯子了。登上塔顶,全城风貌可尽收眼底,在塔旁边有一口明代铸造的铁钟。下得塔来我们急忙又要看看这里的摩崖石刻群和碑林,这里的石刻崖面整齐,崖石完整,好像比我们家乡西岳华山的石刻还好一些,真是难得一见的石刻艺术。我看见范仲淹题刻的“嘉岭山”隶书最是美得不得了,赵镇平停留在“胸中自有数万甲兵”的题刻跟前,久久不愿离去。

宝塔山的东面山上,我们看见有好多寺庙建筑,我们以为就是清凉山,大家拉上赵镇平就向对面爬去,但是非常遗憾,这里没有革命的遗迹。温三军迫不及待地对我和赵镇平喊道:“哎!你两个,我给你们说,咱们不在这里转悠了。咱们赶紧到枣园看毛主席的故居去。我太想拜见他老人家了,咱们马上走!”我本来想说话,想了想回答他说:“那就马上走。”但是赵镇平突然狠狠地对温三军说:“你喊叫啥哩？我们现在就去毛主席故居瞻仰他老人家，你没看你够不够资格，你没看咱们现在都是干的啥事情，还有啥脸见他老人家。我们……都是干的啥事情！”他说完大家都傻了，我们没有想到这一块。我们现在干的鸡鸣狗盗的事情哪来脸面去朝觐我们心中的圣地，想到这一块，我不由得心中酸楚悲哀，不能去，我们这不洁的身体是不能去见我们心中最是神圣的真神。想到这里，我轻轻扭转身体，面向东北方向的北京双膝跪倒地上，谁知道他们都是这样想的，我们大家是在同一时刻齐刷刷地面向北京跪倒在地。悲哀的心绪一下子就占据了心脑，温三军突然趴在地上，用手狠力捶打身下的土地，号啕大哭起来。我们每个人的泪水就像开闸的洪水倾泻而下，一片呜呜咽咽的哭声直冲云霄，无情的泪水、无奈的泪水、思念的泪水、悲哀的泪水、委屈的泪水、心痛的泪水、人生苦痛的泪水如同洪水暴发肆意横流，到了这里连自己心中最最敬仰的巨人我们都不能去拜见，我们这活着……

泪水流下脸庞，又滴落在炙热的心中，冷却着我们炙热的青春，我们往前该怎么走啊？

老孙轻轻拍打着我的脊背，小声给我说苏宁晕倒了，她哭得趴在地上不出声了。我收住悲哀的哭声，慢慢爬起来回头看看苏宁，只见她眼前光光的地上让泪水打湿成一片，她趴在地上没有了一丝生气。我急忙蹲在地上把她抱在怀中，掐掐她的人中颤抖着轻轻地叫着她的名字。赵镇平看到苏宁成了这个样子，用衣服的下摆抹抹脸上的泪水，趴到苏宁跟前悲哀地喊叫着她的名字。我的泪水又不由自主地噙满双眼，一切都显得模糊起来，我想把苏宁抱起来，没有抱动，浑身仿佛一下子没有了一丝劲儿。苏宁这时苏醒过来，她挣扎着要起来，她摇摇晃晃还没有站起来又倒了下来，我赶忙接住看看赵镇平，赵镇平默默蹲了下来，双眼饱含泪水，一把抱起苏宁向山下走去，我们一个个默默地跟在后面。

来到旅馆，老孙开了房间，我们一个个默默不作声地睡了一天，到了晚上老孙给我说：“你看大家今儿一天都没有吃东西，要么你给大家说说，咱们出去吃点什么。”我没有回答他的问话，好像一切都没有什么意思了。温三军来到我的跟前，轻轻给我说：“我说是这，我们到毛主席故居去不了，大家心里都不甘心，能不能咱们就到那儿附近山上看看，就是远远地看看。哪一天咱们洗心革面成人了，咱们大家都来，都去光明正大地朝觐毛主席，现在就是远远地看看，你看行不行。就到杨家岭的山上看看就行了，我不到那里去，我回去了心里会有麻搭，真真不甘，人生在世，我不知道以后还有没有机会。”我听了他的话还能说什么呢！谁不是这样想的啊！我们跑江湖的，就是有今天没有明天的人，失去这次机会就有可能终生遗憾了。我给他点点头，说那就到杨家岭的山上拜拜毛主席，明天早上大家都去。

到了第二天，我们大家早早起来洗漱完毕，每个人都怀着无比崇敬的心情来到马路上寻问去杨家岭的路径。坐在车上何福厚给温三军说：“三军我给你说，你今个小心点，不敢嘴里说脏话。不敢在说我的鬼呀啊！”温三军微微笑笑回答他说：“我比你娃心里都清长，你看我昨天胡说过没有。倒是你娃要注意自己不敢胡说乱讲，还有我知道你娃心里鬼多，今天把你娃心里清理清理，整理干净点。咱们这是朝觐去哩！里外都要干净才能行。”

杨家岭位于延安城西北两公里处，没多一会儿我们就到了。下了车我给大家说起了这里的历史。那是在1938年11月至1947年3月这一段时间，我们敬爱的毛泽东和中共中央机关的各位领导就居住在这里。在这期间他们指挥了抗日战争并领导了后来的国内解放战争，因为物质匮乏，他们便领导掀起大生产运动和整风运动，召开了党的“七大”和延安文艺座谈会。1942那一年，在此建成中央大礼堂，1945年4月23日，在中央大礼堂隆重召开了党的第七次代表大会，选举毛泽东、刘少奇、周恩来、朱德、任弼时为中央书记处书记，毛泽东为中央委员会主席、中央政治局主席、中央书记处主席。此后毛泽东一直担任中共中央委员会主席，中共也成为全世界仅次于苏共的世界第二大党。七大是中共在民主革命时期召开的最后的，也是最重要的一次代表大会。毛泽东1938年11月至1943年5月在此居住，1940年秋天，因修建中央大礼堂搬到枣园居住，1942年又搬回杨家岭。1943年，毛泽东等领导人又从这里陆续搬往枣园。毛泽东在此期间，写下了举世闻名的《五四运动》、《青年运动的方向》、《被敌人反对是好事而不是坏事》、《纪念白求恩》、《中国革命和中国共产党》、《新民主主义论》、《目前抗日统一战线中的策略问题》、《整顿党的作风》、《反对党八股》等光辉著作。这个地方是毛泽东和老一辈无产阶级革命领袖们在陕西居住时间最长的驻地。我一边说着一边走着，我们来到能看见杨家岭毛主席故居的地方，大家伸长脖子，默默探望着那神秘庄严的房子，一个个陷入无限的沉思之中。

从山顶下来走到半山腰，我们看到有一小块平地，这儿有个算卦的中年男子摆了个卦摊，大家就坐了下来休息。登高望远人心里感觉就是宽敞。赵镇平双手插在腰间，站在沟坎边向远处眺望，他那长了一张四四方方的很是匀称的脸盘，也就是人们常说的天圆地方有福气有官相的那种,他的眼皮平常总是向下耷拉着,额头上面总是凝在一起,好像总是忧心着台湾还没有收回来,全国还没有统一,还有担心那阿根廷的前院小菜地让人家大英帝国拿去了,打不过人家要不回来。他总是端直给人一种忧郁的感觉。但是如果遇到事情他睁开眼睛,你就会知道什么是两眼如电,炯炯有神了。他的眉宇间透出一股英气,薄薄的嘴唇,笔挺的鼻梁更显出一脸坚毅刚强的气概。

这个时候那个算卦先生看了看赵镇平的长相,他对赵镇平说:"来!免费给你算一卦,我看你相貌堂堂,骨骼奇伟,将来必有一番作为。"赵镇平笑了笑对这个算卦先生说:"谢谢你的夸奖,我不算卦,自己的命运自己掌握,该干什么就干什么,这个不用算的。"算卦先生坐在那里直直腰,淡淡地笑笑说:"果然与众不同,我观你们几个之像都非池中物,但是你们虽胸中有才但命不逢时。将来必多遇坎坷,最终也不过在你们当地是个能掀起风云的人物而已。"赵镇平收回正在观景的脑袋,转过身给算卦先生弯腰点点头说:"谢谢先生夸奖,能在一个地方兴风作浪也就不错了。我们西岳华山是中华文化的发源地,在那里可谓卧虎藏龙啊!我们几个要是能在华山脚下掀起风浪,那活一辈子也就不枉了,谢谢老先生的指点。孙青你给这老先生十块钱,请他去喝杯茶去。"孙青利索地给我们大家面前的这个老先生的桌子上面压了十元钱。老先生微微笑笑欠欠身,算是答谢了我们大家。他和我对视了一下淡淡地对我说:"我观你之像,你必懂奇门八卦,是我同门中人,我给你应验一下,来,来,坐到我这里来。"

他的面前摆了一张桌子,桌子上摆放了一张八卦图,我看了看八卦图,按图找了个吉祥的方位坐了下来。这位先生放声大笑说:"我没说错吧!你懂八卦。但是你看。"说完他从桌子下面拿出小一点的一张八卦图对我说:"你知道桌子上的方位,下面我还有一张暗的八卦图。"说完他看着八卦图算了起来,开口就让我大吃一惊。"你今年清明没去给祖先上坟。今年干事情的时候阴助不够,但因你心底良善,遇事必能逢凶化吉,今年总的运程必有牢狱之灾无法化解。"

"你这一生的命运?唉!时也命也,我只能给你说世人皆苦,何不苦中作乐,把苦视为甜,心中必甜。哪来苦也!你这人心底太过良善,然出你口之言又过于偏激。你注定罪孽深重无法脱孽。你这一生总的方向我看最好不要偏离文化方向,因你每酬生钱发家之事都百般艰难,偶有成功得以丰裕,然后面必有大难,消完所得银两方能平安。你若坚持习文最后必能成器,切记,切记。"

听完先生的话，我站起来给先生行了个礼说：“谢谢先生点化，先生教诲在下永记心间，我的命我知道，也就是这样子，这就是命。”我说完哈哈大笑。孙青给老先生说你给我算算，看我的情况咋样，老先生说你的卦我不能算。我碰到你们这些能人就是造化了。孙青听了老先生的话更加想叫他算算。老先生被逼无奈就说：“你在近几年，但凡遇到陌生男女，绝对不能帮助他们。”孙青听了更加迷茫。赵镇平默默地抬腿向山下走去，我拉了孙青一把，也一边走一边四处看看向山下走去。

到了山下温三军追了过来问我：“你是今年没上坟？”我点点头。何福厚蹭了过来问：“你平常对那些事很认真的吗！咋！今年没去上坟？”我对他们解释说：“清明节那天，我准备了祭祀祖先的东西准备去上坟的，后来有事出门了，当回到家的时候，天已经晚了，我爹对我说他已经拿了上过，是用我买的东西去祭奠过的。我想了想自己就不用去了，反正东西都是我买的，也就是大家口前话，心到就行了。你们大家听到刚才先生说的话了，这心到的话以后可不敢说了，以后大家伙儿不管忙什么，在哪里，遇到清明一定要抽时间回家祭奠祖先，这个事不是个小事。看样子在外面工作顺不顺，能不能赚到钱，和自己对祭祀祖先这一块有一定的关系。人家福建省的人有个风俗，到了清明的时候不管多忙，多远，哪怕在天涯海角都要回家祭祀祖先，家中的兄弟姊妹必须等大家回来一块去祭奠，不能自己先到家就去坟上祭奠。要么这个阴助就助了这一个人了。必须等齐了家人一块去。”

大家听完我说的话纷纷点头。知道清明节这个祭奠祖先的事原来这么重要。回到旅馆大家热情讨论命运这个人生最大的课题，当然没有结果，大家的人生观是不同的。但是没有一个人提到我们的猥琐江湖到底是继续闯下去，还是怎么办，明天到底是回家，还是继续一路往北，没有人捅破这层窗户纸。我们每个人虽然嘴里不说，实际脑子里都飞速旋转着，不干这个事情干啥呀，不赚钱家里人脸色看不起啊！说到家，温三军、何福厚、孙青这家还没个影子，连希望都没有出现，关键就是缺钱，娶媳妇那彩礼钱还在别人腰包装着哩！但是这继续下去，心里这负罪感压得人直喘不过气来，我们不敢讨论道德、讨论人道，因为我们每个人都知道我们现在干的就不是一个正常人干的事情。受到昨天的教育，每个人心底更加难受，应该收手了。但是收手后怎么办？简直要命得厉害。我们都装，都装着没有明天这回事情。

这个时候,苏宁洗完衣服用毛巾擦擦手问我们:“明天我们到哪里去?你们商量的怎么样了。”顿时房子里仿佛没有人一般肃静,苏宁看到没有人回答就继续问:“咋地没人说话,到底是到哪里去呀?几个哥哥这会都咋了没人说话。”何福厚低着头小声说:“我看咱们继续慢慢干着,就是碰到狠人,咱们手轻些。不干这事情实在没法……我们明天继续。”没有一个人接他的口。苏宁说那就继续往北走,我睡去了,你们也睡吧!

第二天早上,赵镇平又带着大家向延安北边的安塞进发。在车上孙青卖力的表演还是像昨天的情况一样,旅客们大都压几下,压不住就不玩了。这样实际也是我们心中期盼的状态,玩的旅客输几十块钱伤不了根本,玩就玩了,输就输了。玩嘛!就是这样。就怕那贪心的主,身上装的钱还多,总想赢了孙青手中的钱。输了又幻想着捞本,最后把本全输完了,脸红脖子粗地瞪起眼睛,非得打架闹事不可。最后让温三军的老拳招呼招呼也就老实了。这两天里虽然骗的钱不多,但是大家反而感觉舒心安全。到了中午大家在安塞县下车后,赵镇平皱着眉头对大家说:“天色还早,我看继续往北,下午到前面的镇点吃饭。走!上车。”

说完他转身上了去靖边县的长途车,大家也纷纷不紧不慢地跟上坐到了车上。本来不需要倒车,有直达靖边的长途车,但是我们弄完了刚才那台车上旅客装的散钱,现在又要吸光这个车上有闲钱的旅客。看谁倒霉催的,黑眼睛看见孙青手里的黄钱发急,想据为己有!

贪婪的人到处都有,只看谁能赶上这个受教育的机会。所以以后大家出门了,永远不要拿那些不属于自己的东西,拿了就意味着灾难,切记、切记啊!

车上的旅客看了小伙子孙青主演、中老年人东北腔调的生意人孙西往、傻瓜何福厚、二彪子温三军、老师赵镇平和学生苏宁的“伴舞”,纷纷飘下金子。又是见好就收。我发出了停止的暗号。孙青干脆麻利地卷了摊子,睡觉。弄几百块够了,我刚刚说了不要贪得无厌这个我记得最死,在贪婪那么多一点都会出问题的,这个我坚信不疑。

大家睡醒过来已经是下午四点多了,肚子也都饿了,前面到了一个叫天赐湾的地方。赵镇平招呼大家下车,来到当地一家看着干净些的饭馆,温三军打起声喊道:“有啥好吃的,老板!”饭店老板接住我们热情地说:“一看就知道你们是外地来的干部,好好好!我们当地的特色饭我这里都有,羊腥汤、小炒猪肉黄米饭、麻糊饭、荞麦饸饹。看你们吃啥哩?”老板把我们看成了干部,是的,我们是专门骗人的干部，温三军回答老板说："一样先来一份，看我们吃得习惯不。要快！"

大家吃了饭，赵镇平平淡地对大家说："你们先在这里喝水，我和难业去找找旅馆，登记好了来叫你们！"这里的旅馆卫生状况怎一个差字了得！光那个混合怪味，一般没重感冒的人只要一进门准得熏倒。好家伙，没闻过那么浓烈的混合气体，里面有极臭的脚汗味、家具和被窝霉味，你都不敢呼吸。和那澄城县派出所的监房一个等级，妈妈呀，找了几家都是这样的，没办法！我俩就定下一家通风条件好的，让店主人打开门窗。我两个先出去溜达溜达！

来到饭店我两个坐下来喝了几杯水，进到那旅馆里水是喝不下去的，有干净毛病的人吃了饭那是不能去，到那里连老本都给你倒出来。就这样在这里多耗一些时间，看看天色晚了大家也都累了，赵镇平才起身离开饭馆。我们刚才和饭馆的老板聊天，知道这里明天就逢集，赵镇平准备要大家明天就在这里开玩，所以尽量我们不要走到一块，以免当地人知道我们是一块的。

大家陆陆续续来到小旅馆，走进房间都退了出来，刚好碰见赵镇平说："房子里臭气熏天，人就待不住嘛！这房子太熏了，没法住。"赵镇平笑了笑回答："到啥地方说啥话，出门了该将就的就将就，谁要嫌不好，外面凉快！有房子住就不错了。"大家都知道这陕北的气候昼夜温差大，到了晚上冷飕飕的，外面待不住。温三军开口说我们反正睡不着，干脆弄些小吃开几瓶酒，今天晚上大家好好喝喝。赵镇平听了沉下脸来呵斥温三军说："喝酒！我们干什么来了，你还喝酒。喝得昏昏沉沉的明天咋样干活，喝了酒你这球样子爱耍酒疯，你这不把事情给捣乱，你心里不舒服是不是？我给你说，以后大家出门在外，谁也不许随便喝酒。"

大家听了赵镇平的训话，一个个都不作声，不情愿地回到房子里睡下，大家还没睡着的时候，每个人都感觉身上到处都痒得厉害，拉开灯揭开被子，妈呀！活蹦乱跳的跳蚤蹦欢了！折腾。就这么睡下了，起来，起来了，睡下。闹了一宿到天明，这些跳蚤不闹了，我们抓紧睡他一会。

第二天早上九点多，大家这会睡得正美，赵镇平喊叫起，大家麻溜地出去。他已经在外面转了一圈，把这里的地貌和布局看了一遍。派出所在哪，乡政府在哪，我们在哪蹲点，都实地看了一遍。他一脸严肃地板着脸，把我叫到苏宁的房间对我说："一会大家出去蹲点，你要和我们保持距离看着点，这里的干部喜欢管闲事，穿戴比较破旧一点，干警必须穿戴整齐方能出来，这个好发现。"完了他又对苏宁说："苏宁，你今天不要蹲在孙青的跟前做诱子，刚开始你就站外围看人，看着没有人压钱你就压一把，就一把。完了也离开我们，站到你难业哥的反方向路口看人。看到危险不用慌，直接大声对大家大声喊‘警察来了’。如果我们和当地人打起来，你还是到我们跟前大声喊‘警察来了’，记住了！”苏宁点点头有些胆小地说：“哥，我知道了！我有些害怕。”看到苏宁害怕的样子，赵镇平笑了笑又对她说：“你不要怕，在这里蹲点比在车上安全多了，走！”我们走出小旅馆，街上的人已经多起来，赵镇平带领大家来到大路的东头拐弯的地方，看看路上熙熙攘攘的人群对孙青说：“开演！”

孙青蹲在地上铺开报纸大声叫喊起来！我站在离他们几十米远的地方，注意观察将要过往孙青那边的人们。回过头看看，好家伙，围观的人都有一百老多。大家都伸长脖子瞪大眼睛往里看，都想玩个新奇。就这样玩了半个小时，我看见从围拢的人群里钻出来一个家伙，向我站哨的地方快步走来，他碰到熟人相问，他一边走一边回答说：“那里要钱呢！我输了三百块，现在回家拿钱去，我要捞本！”

我昨晚和赵镇平商量好的，只玩一个小时。我们待会收场也是一件不容易的事，那些输钱的当地人不会让孙青停手的，我们退不出来。这个赵镇平已经想到，如果到了时间我就跑过去大声喊警察来了，警察抓赌来了，跑啊！那些压钱的以为警察抓他们来了，压钱的输钱的都是赌，这里的人胆小，绝对跑得比咱们快。孙青趁乱就不要拿地下的那些扑克报纸玩意，在温三军的保护下顺路向北跑。

到了一个小时，我看状态还比较好，就没有叫停，选个好地方不容易，跑来跑去没个顺溜场子，今天就多玩会。到了一个半小时，我知道必须收场子了，要么大家绷紧的弦都快断了。我跑过去大声喊：“警察来了，哎呀！警察抓赌来了！”

哗！孙青蹲庄的场子一下子就散了，就像赵镇平昨晚分析的一模一样。我看见孙青钻出人群向北窜去，我们大家伙紧跟着都向北面快步走去。赵镇平走在最后压阵，怕谁出现意外。等走出一里多地，马路上的人已经没有那么多了，我们聚到一起，打了个胜仗，每个人的脸上都绽开了花，连何福厚的面容看起来都不是平常那个像门板夹了的样子。

走在向北去的路上，我们沿途打听有没有去靖边县城的公交车或长途车。淳朴的当地人遇到孙青问路，那表情就像遇到了亲人一般，万分热情地回答了我们的询问。可不像那些大城市里陌生人问路，碰到的不是高傲无比的“哑巴”，就是只管泼烦地说“不知道”。

我们这么一直走下去也不是办法，赵镇平对大家说：“不走了，这回不管南来北往的长途公交车咱们都可以上，温三军你把今天的收入整理一下，看看有多少？交给难业。咱们上了车接着干活。”

温三军给我交来了今天的收入三千七百元钱。我对大家说：“差不多了，我们需要往回返了，像这样咱们在这前不着村后不着店的地方一块坐车，出了事，我说不是和你们一块的，谁信？所以一会上车不要干活，咱们平安返回很重要。镇平，你说？”最后我还单独问呢。赵镇平想了想点点头说：“难业说的也对，不怕一万就怕万一，谨慎些还是好。一会上车后不干活了，到了车站咱们分开上就没事了，继续工作干活，一路南下往回赶。回！”

从早上到现在每个人没吃过一颗米、一粒饭，这会那个胜利的激情过去了，大家伙口中像冒烟一样，口干舌燥地难受，这时候从南面来了一辆中巴车，看到大家的样子说：“挡车！先去吃饭。”

孙青迎上去挡住了长途车，大家拖着疲惫的双脚就坐上了这台中巴车。一路上大家大睡起来，我可不敢睡，身上装着这么多钱，出了事没法向大家交代，但是昨晚上没睡好，这一段路上不停地打瞌睡，发迷瞪，我看样子坐着没办法，坚持不住就站了起来。看看车窗外的风景，这里没什么风景，两边的山上光秃秃的不长树木，雨水少连草都懒得长。看到这里我想起来一首陕北流行小调。

我的故乡并不美，
低矮的草房苦涩的井水，
一条时常干渴的小河，
养育了我们一辈又一辈……
地肥水美！

这个歌儿的最后唱出了当地人的心声，地肥水美！这句话的含义现在的90后们你们可就不懂了，这是因为当地人干死干活，一年下来家中的粮食还不够吃呀！期盼着天天能吃饱饭啊！那常年饥饿的感觉不是说了你们就能懂的。中国亿万农民遭受的最大苦难莫过于吃不饱饭。

就这么胡思乱想着，不知道自己的罪孽怎么受，我也就到了靖边县城。下了车大家急忙走出车站寻找饭馆，常出门的人都知道，车站码头附近的饭馆没办法就近吃，即使有几分奈何都要离开这里到更远的地方去吃饭。我们就顺着马路往前赶。温三军打头阵，大家紧跟在后面一句话都不说，没多久温三军拐进一家饭馆，不外乎又是麻糊汤、羊腥汤、煎饼杂面、小米猪肉黄米饭。大家坐在桌上热乎地吃完饭，这时苏宁对我说："难业哥，今天晚上咱们在县城住，你给咱们找一个干净一点的旅馆，昨天晚上我一下都没睡着，那跳蚤简直多得没法说，人就像睡在蚂蚁窝上，我在床下站了一晚上。"苏宁说完大家都哄堂大笑。我回答说："没办法呀！昨天晚上那个地方就那条件，有房总比在外面强，我们在外面蹲过好几个晚上，今天到这里哥哥一定给你找个好房间！"

赵镇平说："大家吃完了一块去看旅馆，走！"这里的县城基础建设和城镇建设到底没法和发达地区的地方比。到处还是一些陈旧的房屋，人们的穿着更是朴素和单调。连我们最是低调的何福厚的穿着到了这里都不过时。我们感觉这个县城就好像渭南随便一个乡镇的规模。但是毕竟是县城，随便找个旅馆都感觉不错。我开了两间房，一个通铺我们大家住，一个单间是开给苏宁的。坐在通铺上大家首先聊开了这几天的工作。

孙青说："我没说错吧！蹲地摊比跑长途车美，是吧！跑长途公交车成本大，风险也大。我看咱们就这样专门在这里的集市上开玩。来钱快！过瘾！"温三军说："人眼前的路是黑的！你们说咋弄就咋弄？"赵镇平听到这里说："那就把难业身上的钱先存到银行，这样安全。支票带在身上，遇到危险就像电影里的地下党一样吃了它。完了再挂失，回家开证明再取这笔钱。这样咱们就没有负担，拼个啥就是啥。现在银行下班了，明天早上把钱存银行了咱们再出发，早上大家可以多睡会。"

就这样大家不断讨论怎样创造更高效益的办法，怎样才能辟开警察抓住的最大风险，分析可能出现的每一个突发事件以及对付的办法。像这样只有不断认识到自己的不足，才能避免掉进深坑，这可能也就是谦虚者和莽撞者的差别。最后大家继续密谋讨论了后面的路线，最后决定明天早上从靖边往西第一站到定边县，然后继续往西进入宁夏回族自治区的盐池县，然后往南进入甘肃省。

到了第二天早上九点多，我们大家一块来到银行，我把钱存进了柜台，拿着支票我犯难了，把这宝贝纸条藏在哪呢？大家帮助想办法，最后还是何福厚的注意好；把他卷成一个小纸筒放进裤子下边的裤边子，如果怕掉了，现在先卷起裤筒，待到了前面住下来，用针线把他缝好。真是个好主意，到时候都不用吞了它了。放到这里确实安全。上次在澄城县被公安局抓住，大家伙把钱有藏在鞋垫子下面的，有藏在衣服内摆里的，有藏在头发里的，孙西往藏得最鬼，一个牙齿掉了，他把钱叠成小方块放到牙洞里，就是那美国联邦调查局来了都发现不了。据说人身上藏东西藏最好的是日本人，是把情报藏在脑袋里，在放情报的时候用钻子给脑袋钻个洞把情报放进去，然后又糊上。妈妈的！日本人就是鬼，要么叫鬼子！这何福厚看着醇厚，脑袋里装的零件可不马虎，总是能想个出人意料的主意。

上了车，大家和往常一样分散开来坐，尽量都装得很是温和，搞好同一个座位上旅客的关系，一会好图谋他的钱财。这就是大家常说的，黄鼠狼给鸡拜年——哪来的好心！我们还没有开演，就有一伙子玩诈骗的先开演了，一个假装成旅客的骗子，手拿一听健力宝拉开时，看到那个拉环里面有重奖，大呼小叫起来！孙西往知道这个骗术，为了不影响我们的骗术，他说："哎！哎！哎！不要喊了！我知道这个是骗人的！刚才这趟车上玩过多少回了。你收拾了吧！这趟车坐的都是聪明的旅客，不会上你们的当。"这个"旅客"恼羞成怒，来到孙西往跟前说："你一个出门人管那么多干什么，今天不给你老不死的放点血，我看你不长记性。"孙西往拉住这个家伙的脖领子，压低声音偷偷给他说："我有任务，你赶快下去。别影响公务，要到前面就把你小子弄进去。"

这个可怜愚蠢的家伙让孙西往这个老江湖镇住了，以为碰到公安局的侦查员办案子，吓得不轻，到哪里都不动，他不知道怎么办，是下去还是咋样。孙西往用东北普通话对司机说："师傅停一下车，有人要下车！"司机停住了车，这个家伙反应过来是"真便衣"，赶紧溜吧！他叫上同伙下去了。

孙青看到这个事故不能马上开戏了，又要等大家的情绪稳定下来才能开耍。车子经过一个镇点后下去几个旅客又上来几个，这时孙青觉得差不多了，好戏紧该上演，他站起来用力拍拍手，喊起来那个开场白。今天大家虽然还是那么卖力拉托，但是这些旅客玩的人也不少，就是压的钱太小太小！他们好多个每次都是压一块钱，多的也就是压三块钱，妈的！怪了。这个样子就延续了好长时间，孙青和大家看到这个样子，被弄得哭笑不得。孙青要一个旅客往大的压，这个家伙竟然不玩了。看到这个样子，我给孙青发出了结束的暗号。孙青收拾完摊子，大家心中一片迷茫，怪了，咋会是这个样子，简直是小孩子过家家嘛！

到了定边县，我们没有停步换了车继续往西。在车上我们又卖力上演骗人的把戏。和刚才一样没几个人上钩，上钩的不是一下压三块就是压五块。天气已经是大热天了，孙青弄得满脸汗水，就是没多少钱压下来放到他的面前，好让他收了去。我知道今天是个坏日子，玩到底都不会有几个钢镚。停了吧！我对孙青发出了收场的暗号。

车子在川道里慢行,两边光秃秃的土山上断断续续地有城墙时隐时现。也不知道这城墙当年挡住那个后来成为汉族皇上的家伙没有。有阵会听到山坡上那些放羊汉子的信天游,那是对苍天的呐喊!赵镇平这时喊了我一声,用手指了指窗外,我急忙站起来顺着他的手指向外面看去。只见山坡上一个姑娘穿着一身黑色的衣服,手拿皮鞭站在一群白色的羊群里,湛蓝湛蓝的天空下飘着几团白云,太美了!你分不清什么是白云,什么是羊儿。随着车子向前驱动,我们几个留恋地看着那个放羊的小姑娘,最后成了一个美丽的小黑点。

来到宁夏回族自治区的盐池县,这里的建筑比定边县更陈旧,不过街道两旁的卫生好像好多了。马路上过去的女人们脸上都蒙着一个黑丝巾,她们穿戴的衣服好像也必须是黑色的,因为都是这样的装束,让你看了有异国风情的感觉。到处的饭馆都是伊斯兰风格,炖羊肉。坐在桌子上孙西往对大家说:"在这里,大家不要随便说话,三军尤其是你,他们讲究多。有什么事大家一定要忍,他们这里的人特别团结。有什么事喜欢大家一起上,一般汉民在这里出了事,派出所是不会管的,说有民族保护政策。更不要说我们干的邪门歪道了。这里民风彪悍,动不动就打架,动刀子,我们如果遇到事绕不开,必须一下子就要放倒对方。围观的人就不敢动手了,他们佩服的是有功夫能打架的。然后大家不要跑,要慢慢地撤退。"晚上我们住县城。第二天早上大家就按原来商议的往南赶去。管他彪悍不彪悍,那只是传说,遇到危险谁都要保命。要怕挨打就不要跑江湖了,既然来了就钢锤对钢板,硬顶硬。

我们上的这趟车坐的人太多了,那时候没得罚超员,能挤多少就挤多少。这就没办法玩,只能走着看。一直到了一个叫中宁县的县城车上,旅客才少了,我们也该下车了。晦气!到车站外面大家胡乱吃了个饭赶忙返回车站。坐上向南去同心县的长途车。

车子离了县城,孙青看着环境允许就开始大声地喊叫表演。车上的旅客好奇地伸长脖子想看个究竟。我知道他们这只要看懂了,就跑不了。果然有几个旅客按捺不住地看不惯这些笨拙压钱的蠢货行为,他们看到就是那小姑娘压了几把总是赢了,可惜压的太少,要是自己压绝对会……想到这里,他们的钱袋子就管不住了,好几个手就伸进了他们自己的腰包,掏出钱袋子压了下去。孙青这个吃钱大户当然是照收不误,从来不会手软的。不过他很快又输给温三军,或赵镇平或何福厚。他的手中总是有那么几百块钱。这时候我看见有个身体壮实的中年人输急了，把剩下的一千块一把全压上了，其他几个旅客也把手中的剩余钱款一同压到一块。这一把我暗暗替孙青捏了一把汗。只见孙青拿起压在牌上的钱，说："自己翻开看。"这个家伙翻开牌，压钱的同伙们顿时傻眼了，押错了，看错了！全完了。

几个压钱的旅客瘫坐在座位上，一声都不吭了。那个输得最多的想了一会儿，温和地对孙青说："哎！师父！我今天一共输了三千五百元钱，这钱是去礼拜教堂要捐给神的，这回我全输了，你能不能给我一部分让我捐给教堂，我会对神说是你捐的，他会保佑你。神会保佑你回回都有好运气，回回都赢钱。我把钱都输给你了，来回都没车费了，我走走路没关系，只是到教堂空着手心里过意不去。"

孙青听到这里傻了，宗教的力量太可怕了，他只能对这个有高度信仰的旅客客气地说："对不起！我不信教，不能给你太多的钱，看到你对神这么虔诚，我给你拿五百块钱的路费，你可以来回坐车吃饭，你觉得可以吗？"这个旅客听到孙青这么说，激动得感激伟大的神！这是神的旨意。他连声对孙青说："感谢神！感谢神！你说的可以！可以！神会保佑你的！"

孙青看了看刚才那几个输钱的人，他们每个人的眼神里都流露出企盼着能得到他的施舍，可怜的家伙们。算了给他们每人发一百块钱，给这个"神"点了五百块。

全车上的人都认为孙青是个善良的人，这是他们发自内心地呼声。孙青处在一片洋溢着欢笑的赞美声中。我不由得羡慕孙青，不由得赞叹这些善良淳朴的旅客。他们是这个世界上最真的人。

本来我那会儿正在犯难。我们商量好的，在车上如果弄到钱就要立马下车，由我决定下车的时间。然后都下车。等我们全部下去了，那车上输了钱的旅客等我们下车后就会立即明白上当受骗——他们是一伙的？这是傻子都明白的道理。我犯难的焦点是我们下车后是往前走，还是往后走，好像都不对。这些输钱的家伙是哪里人我们不知道，往前和往后都有可能掉进他们的根据地。现在好了，我看他们不是装的，是发自内心的愿赌服输。孙青退给他们的钱也得到了他们由衷的感谢。我们可以继续往前走了。从聊天中我们知道前面到达海原县。

今天的收获很是丰盛，我的内心期盼着汽车快点到站。车内坐着好几个输了很多钱的旅客，他们有可能随时清醒过来，这就像几个炸药包放到身旁一样，没准谁给引爆了非得炸个乱七八糟不可。要是你明白你自己让这些所谓的好人骗了，不拼命才怪,你说是不是？那必将是一场规模不小的惨烈混战。

在这时候,车子穿行到一个镇点的街道里,两边赶集的人把车子拥堵得没法前行。车子艰难地往前慢慢挪动着,到了前面的一个十字路口,我觉得机会到了,就大声对司机喊道:“师父停车！我们到了!”

大家听到我的喊声,一个个都站起来毫不犹豫地走下了车,我们互相盯住最先下车的那个自己人的背影,往西面的街道赶去,没有一个人回头看看,怕他们追上来。即便后边没有人追,我们总觉得身后有无数双眼睛盯着看。凡是干不正当营生的人可能都是这样的心态。赵镇平跟在最后,没走几步远,他就装着漫不经心的样子回头偷偷看看,如果有输钱的赶下来,我想他一定会大声喊,跑！赶紧跑！但是车子开走了。他们走了。他快步追上大家喊道:“长途车走了,大家换方向,跟我往回走。”

说完他折回身子又往回走,大家紧跟着回到了十字路口,大家向南望去,车子已经开出好远,看不见了。我们又顺着来的大路向北走回去,就是他们追回来也找不到我们了。他想不到我们返回去了。我们马不停蹄地一直往回走,希望有返程的长途车早早来。能早一点离开这个是非之地,让今天的收获安稳下来。虽然我们今天已经把钱装在身上,但那毕竟是不正当收入,个个心里还没落实。总觉得只有离开这个县才能完全安全。谁知道赵镇平把大家拢到一块宣布:“我看这里的人这么多,你们看能不能在这里搞一下?”

真是艺高人胆大！他的决定我们不能说什么,一般情况下,赵镇平的决定是经过深思熟虑了的,一般都会是正确的。他在任何情况下脑袋都是清晰的,这个我们大家知道。大家没有人说话,但是每个人的心里这会儿压着的担子还没有放下,还没有从恐慌状态出来又进入白热化的骗局,好像没有经过正规训练的人都没这个胆子。连续作战要求每个人的心理承受能力必须过硬。大家的内心还在惊恐着,但是要自己说“不自己害怕”,这个没有人会说出来的。赵镇平看见大家都不说话,就问我:“难业,你说搞不搞?”我沉思了一会,想想赵镇平是对的,这里刚好赶集,人这么多,是个机会。大丈夫不能失掉苍天赐给你的任何发展机会,哪怕是个坏机会。我想到这里说:“整!”

温三军听到我说整,就跟着说:“整！整！整!”

到了这个时候大家的心态从恐惧变为豪壮,几个整字包含了无穷的力量。大家纷纷点头同意在这里整一回。

你看看我们这帮穷凶极恶的骗子已经到了什么程度，是不是已经到了胆大妄为无所畏惧的癫狂地步。我们关中道有句俗语说得好——人狂没好事，狗狂一堆热狗屎。实际我们不是狂妄，我们是急了，是想弄钱都想疯了的一帮子有病的疯子。要么后来好多人口前话说——你有病，我今天告诉你那是说你也想钱想疯了，这个疯病的名字人家疯人院的医生叫“想钱疯”！人啊！可不敢得这种病。人们常说无知者无畏，但是我们都知道在这里玩骗局运气不好就让打死了。但是，但是我们来了就是要冒险，就是把脑袋当顽石蛋子用来。好像从小长这么大，身体到了这个时间，就是自己要送到这里叫人家当皮球踢来了。当然踢破、踢坏、踢爆或者踢到马路边的臭水沟里，都不能有一丝丝怨言。

赵镇平看到大家斗志昂扬的样子愿意再拼一回，就说：“你们把多余的钱全部交给难业，一会开整之后，难业在南边看人，苏宁在北边看人。出了麻烦大家往北跑，孙西往，何福厚、苏宁、难业你们四个不要跑，想办法保护难业和苏宁坐车走。我和温三军保护孙青逃跑。跑散了大家到靖边县那天晚上住的旅馆集合。今天整的办法和上次一样，难业你掌握时间和情况。正常停住也是往北走。整的地点就在这儿，南边人太多，这里就合适。现在大家散开各自休息。”赵镇平安排完，大家散了开去，我坐在一边，他们每个人都过来把自己身上多余的钱交给我保管。

没多会孙青给地下铺上报纸，拿起三张扑克喊了起来！中国人喜欢看热闹，一会儿就围拢了一百多人，把孙青里三层外八层围了个密不透风。我知道大家都累了，不但身体累了，心也累得不成怂样子，妈妈的！你说不好好地待在家里，跑到这里玩命来了，家里人不理解，成天骂得鬼吹火，嫌不赚钱往出赶。这真要抬回去一具尸首，他们还往出逼吗？还……嗨！该！我胡思乱想着，干活弄不来钱还不愿意冒险，哪来这个道理。我不能感叹了，弟兄们在拼命呢！我的职责可不能忘了，给他们掐时间。我今天给他们掐时间好像是把兄弟们的脑袋压到水里，看谁憋的时间长，不长也不行，憋死都要憋够时间。我今天给弟兄们定的时间为最多玩一个小时。绝不！绝不延迟时间。

惊弓之鸟般的我惊恐地看看南边过来的人们，怕里面有警察。又担心地看看北边围拢了一大堆人的场子，怕炸了锅。真是度日如年，好像更应该是度秒如年，惶惶不可终日。我今天之所以这么不安，也是身上装了这么多钱，这个责任太压抑，设身处地地想一想，任谁身上装了好多金子，如果站在陌生人之中都会感到不安，何况这堆人没一个本分的。全是捣蛋锤锤子。没有，没有一个好鸟。

我的脑袋都快扭断了,不停向南看一下,扭过来向北瞅。正在我紧张惊恐来回看的时候,我听见围拢的人群中发出“哄”的一声喊叫。我知道坏了,炸圈了。我担心的坏事情终于发生了,超级麻烦来了。这最坏的事情就是炸圈,没法收拾了,这炸圈了发生的事情是不可预估的,有可能伤人,有可能死人。赶上了,来了!我瞪起眼睛赶紧往孙青的摊子跟前跑,里面已经有沉闷的打斗声传了出来。围拢的人群纷纷四散开来,混乱的打斗在核心爆炸。

我看见孙青满脸是血对付着一个壮实的汉子,地下躺倒了两个本地人。加入打斗的是温三军和赵镇平,我们其他同伙只能拉架和偷袭。短兵相接的战斗很是惨烈,只听见拳头打在人身上,“砰、砰”的声音和惨叫声此起彼伏,打斗的人们粗重的呼吸声和叫骂声相交在一起。周围围观人群的惊呼声乱成一片。

就在这个时候,突然我看见一个危险正在向孙青逼近,一个围观的家伙从地上捡起了一块石头,藏在身后偷偷向孙青身后慢慢挪去。我顾不得许多了,钱在我身上很重要,但是我弟兄的命更重要。我知道我们只要有一个人被打倒在地起不来,那么瞬间就会让围观的当地人乱脚踩死的。为了抢救被打到的兄弟,我们会有第二个人被打倒在地,然后呢?没有然后,最终我们会全部倒在这异乡他地。我冲了过去在那个家伙扬起手中的石块就要砸向孙青脑袋的那一瞬间,我从他的后面一只手抓住了那个邪恶的手腕。用另一只手猛力戳在他的脸上,顿时这个偷袭的家伙脑袋都没有向回看看是谁黄雀在后奇袭了他,双手就捂住脸蹲在地上。我的手指扣在了他的眼睛上。他的灯一灭就像黑夜里疾驶的卡车突然没有了灯光一样,马上就踩住了刹车,要么立即就掉下悬崖。这个时候这帮子捣乱的家伙已经全部失去抵抗,剩下的好像没那个胆量或没有自己朋友和亲戚参战,就高高挂起免战牌,他们免费围看着我们给他们献上的精彩的武打表演。打斗停了下来。抽身!抽身是我的第一反应,我急忙极有技巧地虚张声势着喊:“走,叫人去,来了往死里整!和你们没完!走!”

说完我拨开围观的人群,气汹汹地向北走去,他们几个跟上我一样大步流星走了出来。我回头看看跟我来的就是孙青、赵镇平和温三军。其他人还没有暴露,这样还好些,目标不能太大。我回头问:“你们谁的伤最重,要紧不要紧!”他们都摇摇头说:“不要紧,你看着前面的路咋样走?”

我一边脚下加力地向前急走,一边说:“现在的方向是端向北走,再往前右面的这条河水就大了,河面也宽……”

我说到这里,听到温三军突然喊道:“跑!”我回头一看妈妈呀!那些当地人手拿锄头、铁叉、棍棒什么的追了上来。温三军笑着说:“把吃奶的劲都鼓上,跑!要这帮孙子赶上咱们,谁也别想活!”

我们就这样跑起来,后面的追兵距离我们两百多米远,在这个时候温三军又喊道:“坏了!他们开三轮车来了。”

我回头一看,有一台三轮车停在追兵跟前,他们纷纷上车。赵镇平回过头来对我们说:“跑!跟着我跑!”说完他拐向马路边跑下河滩。当我们气喘吁吁地跑到水边,那些追兵喊叫着也下了马路进入河滩。赵镇平一边跑一边说:“难业,你和孙青完了从这里游泳过河,过河后端向东走。我和温三军再跑一段,引开追兵也游水过河。你两个把上衣脱下来袖子绑在腰上,鞋子脱了绑在皮带里,快!快!你两个快下去!快!”

我和孙青边跑边脱掉上衣,用袖子绑住腰,这是嫌上衣到水里阻力大。这样可以减少阻力。我脱掉鞋子吸口气把肚子吸一下皮带一松,趁势就把鞋子放到皮带里面去了。我们做这些动作脚下没敢停。到河边急急忙忙扑向河里。虽然天气已经慢慢有些热的意思了,但是河里的水还是冰凉冰凉的。前些时日刚刚下过雨,河道里面的水很急,我们虽然常常玩水,但那是死水,这奔腾的河水我和孙青一下子接受不了,下到河里先呛了几口水,眼睛一下子就看不清了,气出不来,急促地喘息,浑身上下瘫软地一下子身上就没劲了,总想往下沉。手上使不出劲,口中换不来气,一换气总是咳嗽,又差点给气管里呛进河水。我心中暗想,是不是就要玩完的节奏啊!这河面有一百多米宽,还没几米就成了这个样子。妈妈呀!今天这没让人打死,自己跳到河里寻短见来了。一下子我这肠子都悔青了。但是开弓没有回头箭,就是死也不能游回去让人给打死。

我必须想办法,是的,我和孙青的游渡方式不对,赶紧反转身子顺着水流变为仰泳这一下子就轻松许多。回过头来我有气无力地对孙青喊道:“跟……跟……我来!你……你……仰游!”我和孙青原来是强力横渡,这样的方式就不对,是要顺着流水的方向游就轻得多了,也能辟开旋涡。游过河心我知道危险过去了。妈妈的没事啦!死不了啦!我心中暗喜这希望就在眼前。我看看后面跟来的孙青给他在水里笑了笑,摇摇手向岸边游去。

到了河对岸,我们回过头看对岸的赵镇平和温三军还没有下水。那些追兵更加多了,有几百人。这时我们看见他俩下水了。到了水里也就是一个小黑点时隐时现地飘摇。他两个为了保护我和孙青，多坚持了好长时间。我知道他两个的水性比我和孙青还好，这回就不用担心了。放眼向河道两端看去没有桥梁通过，也没有人游水来追我们。在这里我和孙青可以休息一会儿，等待他俩靠岸。没多会儿孙青指着我们刚才下水的地方说：“难业哥！你看对面的那几个人干啥？”

我放眼看去，哎呀！不好！他们不会游泳，弄了个羊皮筏子要过河追我们。我对孙青说：“咱两个把衣服脱下来赶紧把水扭了，看样子和三军他们汇合不了啦！我身上装着大家的钱，事关重大呀！等不得他两个了，咱们到靖边县和他们汇合。”

我两个把身上的衣服在水里摆了摆，摆掉刚才上岸时弄的泥巴，扭掉衣服里的水分穿上。我虽然说要赶紧走，但是也知道必须等那羊皮筏子下水来到河心我两个才能走，要么那些追兵看见我两个追不上返回去追水里的赵镇平和温三军那就麻烦大了，他两个绝对在劫难逃。但是他们现在要从这里过河来追我俩，我俩走了他追不上，要在返回去下水，再绕回去追他俩，那黄花菜都凉了，早跑得远了。

看看对面的人摆弄好玩意，下了水急急地划过来。等羊皮筏子过了河心，我和孙青起身慢慢向东面的山沟走去。这里的山就他妈藏不住人，光秃秃的，人要站在上面就像秃子脑袋上面的疤子一样，特别明显。但是也有好处，他们追的人我两个回头看得也是清清楚楚。看着他们追来，我和孙青一点也不怕他们。大多数人都是这样，一大群人的时候每个家伙都是英雄，人少了那个勇敢劲就没了。他们快了我和孙青也就快，他们慢了我俩也就慢了。说归说！跑归跑！脚下一点都不马虎。拐过几道山梁回头看见他们还不紧不慢追着，我上气不接下气地对孙青说：“这帮家伙还追，论体力咱俩拼不过这些鬼！咱俩往北边那个山梁上面走。这里到处都是沟，要和他们捉迷藏，要么就把咱俩跑死了。”

说完我两个向左面的山坡上爬了过去。我和孙青实在爬不动了，这里的山说是山不是山，说梁不是梁，草木少沙土重，人走在上面直打滑，我两个艰难地上到山梁上。后面的追兵也不紧不慢地跟了上来。天上的骄阳已经不是那么火热了，白炽的烈焰化为红红的火团慢慢向西北角落下。偶然有个什么大鸟从沟里飞过，盘旋着来到我们的头顶转了几圈，和什么侦察机一样就跑远了。我俩又走下了左面的深沟，往下走还能舒服点，实际不是走是坐在地上往下滑，滑不动了腰都懒得直起来，就蹲在地上往下挪。到了沟底我们回头看看，那些追兵在刚才我们走的峁峁上也慢慢赶下来了。孙青对我说：“没完没了了，我走不动了，干脆在这等他们，来了往死里弄。我实在走不动了，歇歇再走。”说完孙青生气地坐在了地上。我也不是铁打的，刚才给你说了也是一步都不想走了。到这会儿双腿既困又麻，像罐了铅一样沉重。看他坐在地上，我也找了一块石头坐下歇歇。那些追赶我俩的当地人看到我们不走了，冲下来的速度明显加快。我对孙青说：“我也跑不动了，咱们上到这面的茆茆上就不走了，到那咱们居高临下地对付他们，他要继续追赶，咱们就用石头招呼丫子。走吧！赶紧走！在这里打架比跑路更费劲，你看这里的人都是劲疙瘩，他们人多抓住我两个谁了就跑不了。赶紧走！”

说完我上去拉起孙青，慢慢又向左面的山峁峁上爬去。我们穿的是皮鞋，这玩意不适合爬山，走一步滑两步的艰难样子就成了人们常常说的狼狈不堪。脱了皮鞋拿在手里脚下不打滑了，但是脚底又硌得疼得厉害。一只手拿着鞋，一只手没法抓上山的草或石头，这又穿上皮鞋。口中大口喘气，好像这么做就能自动升上去似的。疲于奔命的感觉真不爽，到了这个茆茆的半山腰，我俩回头看见追兵已经到了沟底，一个家伙勇敢地冲在前面追了上来。孙青愤怒地抓起一块石头用力地扔了下去，一下击中这个勇敢的家伙，他当即滚了下去。孙青因为用力过猛，脚下一滑自己也滑倒向下溜去。他的一双手胡乱抓着山皮，还好抓住了一株小树木停了下来。我慌忙一边往下溜，一边走着赶到孙青跟前问：“要紧不？受伤没有？”孙青摇摇头说：“没事，我没事！”

我看孙青没事又向下面看去，那个勇敢的家伙坐在地上抱住头，他的周围围住其他追兵，一定在问寒问暖问感觉。我对孙青说：“上！到上面再说！”我俩又慢慢向上爬去，到了山峁峁上，回过头看看他们再没有追上来，可能那个家伙让孙青的一块石头偶然击中什么地方受伤了。他们以为孙青的武功不得了，随便拿起一块石头就砸中了追赶的人的脑门子，这要到跟前不知道还会怎么样？不敢追了！再说其他人还要照顾伤员，也没法追上来了。你看，要成为英雄的首要条件就是必须运气好！看样子追击我们的敌人他不具备这个条件。可怜的家伙，弄了个出师未捷身先死的悲壮场面。不追了吧！

看着他们扶住自己的伤员离开，我俩也该走了，孙青问我：“难业哥，他们走了，咱们往哪里走？”我给他说：“现在绝对不能往回走，那里虽然有大路，我俩可以坐车离开，但是风险太大，你是蹲庄的，认识你的人多。我们就顺着这条沟看着天上的太阳往东走，管他到什么地方，只要碰到城镇就可以乘车去县城。咱们有精神就多走些,没精神就多休息。不过现在咱俩必须要好好走。我喜欢看得见的敌人,这会刚才那几个绕回去,鬼知道会不会开着三轮车绕到咱们前面的什么地方等着咱俩,今天咱俩就是看见山下有马路都不敢下去,你知道诸葛孔明"一生唯谨慎",咱们学习着不会吃亏的。走!"

第七章

路上走着看见那些放羊的羊倌们吆喝着把羊群往回赶,他们用稀奇的眼光看着我两个。我抬眼向前面的远处看了看,山坡开始慢慢变绿了,再往前不远的那架山上长满了树木。我对孙青说有树木的地方就有水,加一把力到前面的水沟把喉咙里这把火先灭了,要么不停冒烟真难受。孙青听说有水来了精神,快步跟了上来,走进密林,孙青问我水在哪里?我知道陕北这块地上要找水那是相当的难。刚才不过随便说说,现在他问我,我只能说:“咱俩找呀!往前走一定会碰到水沟。”孙青苦笑着接口说:“废话呀!哥哥!咱往前走一个月碰不到水沟,起码会碰见黄河,再说黄河挡不住东海,你看挡得住挡不住?”说到这里他的诗兴大发,用嘶哑的声音大声喊起来:

大海啊你全是水,
脚下啊全是鬼,
人啊爱吃嘴,
喉咙里啊爱灌水。

穿行在树林,我们感觉光线越来越暗。孙青说:“难业哥,晚上咱俩住哪儿?”我对他说:“赶紧走,到前面的山顶上看看哪里有住家户,我们去弄些吃喝的,就睡他家里,你看咋样?”孙青知道我这是安慰他的话,当下嘟囔着:“又是吃喝!又是睡屋里,全好事!”说归说,我俩脚下不敢慢一下,我的神呀!晚上要困到这里可不得了。

就在天色就要暗下来的那会儿,我俩爬上了山顶。放眼望去,身后走过的这边大部分都是光秃秃的，而眼前东边的这边呈现出生机勃勃的景象来，茂密的树林里这会儿传出成群的鸟儿叽叽喳喳的叫声。虽然天色马上就要全暗下来，但是眼尖的孙青还是看见山下沟里那白花花的流水。我对孙青说："咱俩一下子赶到水边不现实，天色马上就要黑了。咱们在这里把下去的路先看好记住，停一会就看不见路了，别翻滚下山去喝水。"我俩看好路，就急着往下溜，没多会就完全看不见了。只能根据记忆往下摸索着走。眼睛一点作用都没有，全凭自己的感觉，我们的手伸得老长，像那贪官一样，抓住树木什么的，以为抓住了金疙瘩就不敢放手。孙青在前面走，我抓住他的肩膀紧跟在后面，这样我俩走了几步，觉得还是不安全，然后我们互相拉住手，他在前面摸索，我在后面拉住他。那个力度真难掌握，拉得紧了他走不动，拉得松了怕他踩空掉下悬崖。

到了这会，孙青还忘不了拿捏我说："难业哥！你能掐会算！你给咱算算，看月亮今天明不明，啥时候来？来了能不能给咱俩照明前进的道路？要么你看看天上的星星，哪个能给咱俩指引前进的方向！让咱俩顺溜走到山下。要么你说说哪个神比较灵应，我现在就信他，是念阿弥陀佛！还是念圣母玛利亚，还有那万能的主！哪个能让我脱离苦海，你看这么难走的路，没有神的指引是万万不行的！你说呢？"

黑暗中我拉住孙青的手，一边往前摸索一边回答他说："你这办法还是好！这么问着就把佛号全念了。这不！你听，显灵了，前面传来流水声。"孙青停住往前摸索，静了静高兴地说："就是的，是流水声，听着不远，是不是！听着不远！有水！"我和孙青就这样聊着摸索着，艰难地一寸一寸向发出潺潺流水的勾人心魄的地方挪动。就是这么小心还是出事了，孙青突然哎呀一声，拉住我的那一只手，猛地一紧脱了，他脱手了。我急得向下大声呼喊："孙青……孙……青！孙青……青！孙青啊！"

下面没有一点声音，只有那回声一句句传了回来。我心想，完了！完了！这回彻底完了。我又狂呼着："孙……青！孙……青……孙青……"这时下面不远的地方传来孙青的声音："不要叫了，我睡个觉你一个劲叫啥哩！把我的美梦都给搅了。我好不容易娶了个公主当了个驸马，美的太太，全给你搅了。完了回家去，你得给我说个媳妇。你把兄弟的好事情给搅黄了。"

听到孙青的俏皮话，我高兴坏了。他这么说一定没有大碍，传来的声音也不远。我说："你不要动，我来了。你千万不要动！"我用脚朝下试探着，慢慢地向下挪，有时说什么脚都探不到实处，只能换一个地方。就这样千难万难地来到孙青跟前。我摸住孙青不由得在他身上乱摸，问伤到哪没有。孙青连连说："哥！哥！难业哥！我没伤，没伤！你是把我当成嫂子了。我没事！我是溜下来的。"

我坐在地上对孙青说："咱不敢再往前走了，太危险。你把我吓死了！你坐下，坐下！哎呀把哥哥吓傻了！"孙青说："我听这水声也就是几十米远，咱俩爬一会也就爬到了。"我说："爬！咋样爬？我也想爬！咱们爬到这山上慢慢地向下倒爬着走，把你都爬丢了，差一点点就完蛋了，还要爬。我给你说，这越到水跟前，这山里的地形越陡峭，这回如果再掉下去，就没有地方挂你了，你直接就给挂南墙上去了。"

为了吓唬孙青我又对他说："这山里的水边一般都会有大蛇，它来那么一口，你想想！就是待在这里，谁知道那玩意会不会刺溜一下窜过来招惹咱。"孙青不言语了，我知道这回吓住他了。但是说到大蛇，我自己当下也觉得浑身冷飕飕地，顿时打了一个寒战，把自己也给吓住了。

我说话这阵一股风从头顶的树木上扫过，传来一阵阵涛声，此起彼伏。涛声间歇的那个时间，一些不知名的虫子叫着，给这一团漆黑的夜带来了微微生气。可恼的是一些不知名的小鸟，不一会儿就有一只疯了似的恐怖地嘶喊一声，怪难听。不由得使你毛发倒竖，感到一阵阵恐怖。伸手不见五指的漆黑的夜，周围的树林里不知都有什么怪东西这会儿盯住我俩看，狼虫虎豹说不来有没有，鬼神精灵说不来就可能有了。

我心里产生了恐惧的感觉，不知道危险从哪个方向来。这里的气候昼夜温差特别大，我们歇到这里没多会儿就觉得身上发冷，我穿的衬衣外面罩了件中山装，中山装比较厚一点。刚才过河的时候弄湿了，现在基本干了。孙青只穿了件白衬衣，这会儿冷得直打颤。我都能听见他打牙颤的声音，我脱了中山装给他披一半我披一半，搂住他的肩膀更能感觉到他浑身打颤。天气像这样冷，一晚上绝对会冻死人的。我俩把身体往紧地再靠了靠，希望能暖和一些。这会儿水就在离我们不远的地方，但是我们已经不渴了，寒冷战胜了饥渴。这寒冷比前面两个困难更厉害。我不由得胡思乱想，这往前走看不见路，掉下山崖那就摔个稀巴烂绝对活不了。待在这里，现在就这么冷，随着时间的流逝，我们的体温会越来越低，低到想睡觉了，低到迷迷糊糊了。那见阎王爷就快了，就离死不远了。继续这样下去不想办法，我俩就是人们说的想死哩。但是这黑得像锅底的夜想什么办法哩？我们两个被困在这半山腰的一处小路上。前不敢往下走,后走回去也难美。前后都是绝地,我瞪着眼睛和闭着眼睛一样看不见眼前的任何事物。顿时一股悲哀的情绪占据了我的脑海,这玩意咋会说死就要死了,说完就完了,咋会说把命都玩丢了,还丢到这荒山野岭的。

就在我胡思乱想的时候,孙青问我:“烟!你的香烟来一根!”我说:“你想得美,火柴刚才泅水烂完了,早扔了!烟还有,刚才是湿的,现在暖干了。有烟没有火,有火那就没有危险了,啥玩意野兽都不敢到跟前来。我们也就冻不死了。”孙青搂住我腰的手用了一下劲说:“你就不能想办法弄个火。”我说:“有办法?有办法等不到现在咱们早都手里拿着火把。现在你这要我在这深山野岭的,到哪里寻找火柴去呀!你咋不说叫我拿个手电筒出来。”

孙青顶嘴和我说:“深山野岭?原始人那个不是住在深山野岭,那时候有小卖店?有火柴还是有打火机?你不想办法,光干等,这不是你平时的作风。平常大家都说你上面知道天,下面你知道地。到了现在等着你用智慧,你说没办法,你这不是闹着玩吗?你说没办法就没办法,我要你赶紧想,我知道你能行!叫你弄个火,又不是借你一万元你没有。赶紧想!这个问题到你跟前,我知道不难!”

孙青来了这么一大套,最后还忘不了给我戴个高帽子!他说的对!我真的需要反省自己,遇到困难不能自己首先失去信心。是的,要想办法自救,没有什么人这个时间到这深山老林里来,唯一能活命的办法就是要自己弄个火出来。孙青说的对,原始社会的人都能发火,我们为什么不能呢?人类随着时间的推移不断进化,前进,智商不断提高,实际也丢掉了许多实用的东西。你像那地震的时候,自己感觉不来了,要靠狗、老鼠呀什么的来报警。自己忘了!没了这个功能,我动起脑子好好想了想,这钻木取火的关键就是摩擦发热,产生火花。简单了就是这个原理,我对孙青说:“那咱们试试钻木取火,你看行不行?”

孙青说:“你说就行了!怎么做你告诉我呀!我做你说,快说!”我回答他说:“我想想!你找周围的树木,折下来擀面杖那么粗一根。把皮剥掉,再寻找一个比较粗一点的干燥一些的干棍。在干棍上面用石头凿一个窝子,用那个擀面杖小棍用力地钻。好了你先把这些弄齐再说!”

孙青就离开我左右摸索着找树木,黑暗中他说摸到了一个小树,我让他折断,长度大约有一尺多长就行了。他费了半天工夫才折下来,交到我的手中说:“你给咱先拿上,要么一会寻不见了,我给咱继续寻找你说的那个干棍棍。”他这回摸了半天都没有动静，我急得怕他有什么闪失，不停地问他找到了没有。过了会儿，传来孙青的喊声，他说："我找到了，我摸到了一根干棍棍，上面还有个自然窝窝，难业哥你看能行不能行?"我回答他说："我看！我要能看见那都成神仙了，还用你去找干棍棍，吹一口气那火就着了。"我的话说完，孙青摸索着来到了我的跟前，他拉着我的手说："你摸摸看能行不能行?"

我顺着他的膀子摸到手臂，然后才摸索到他手抓住的那个棍子。孙青抓住我一只手，摸向那个窝窝，我摸了摸说："可以，这个窝窝是用来控制小棍的，在钻的时候不要小棍跑动能用上力。待会你把小棍折好了，就把这个大的用脚踩住一点都不能动，然后用小棍用力地在上面钻，钻的办法是张开两只手把小棍夹在手中，来回用力搓，同时还要用力向下按住。这个办法的科学原理是连续摩擦产生热能，到一定温度就会燃烧。当然温度够了还要在地下找一些干燥的小毛草围住小窝子。你先试试！看这办法行不行！"

孙青说："你不要管了，给我说清就行，我不信我都不如原始人。你看着一会准备烤火，红艳艳的火苗子很快就起来了。"人啊！要忙起来就忘了自己的迫切生理需要，这会儿孙青也不喊喉咙冒烟要喝水，也不喊肚子饿得都快前心贴住后背了，一开始劳动也不是那么冷了。他一心在这漆黑的地方摸索着发火。

发个鬼？我对能不能发火心里就没底，这要能发着火苗，应该用的什么样的木头，再说木头起码也应该干一些，孙青刚刚折断的木头叫鬼想想都难发出火苗。但是在哪里找那全部是干燥的木头棍子？这个能发出来火可能性太小了。但是必须试一试！我知道只要试一试就有希望。坐在这里一动不动，那唯一的出路就是死翘翘。明天早上就见鬼，见阎王爷。我知道如果发不出来火，还有一个希望就是等等看，看一会儿月亮能不能出来。如果月亮前半夜能出来也行，我们虽然遭些罪，只要月亮出来就可以看见小路了，就是看不见小路，大方向也起码能看见地貌，我们就能跑出生天。

这时孙青对我说："不行吗！"我伸出手去摸他钻火的地方，摸着木头很烫手，心说有门！再摸摸那个木头钻头也是烫的。我掏出来一根烟，把它揉碎了放在那个木头窝子里，然后在周围摸索了一些干碎茅草草，围住烟丝，然后对孙青说："你歇一下，歇一下准备使劲钻！这回没问题一定着火！"

孙青说："你弄好了吗？弄好了我就开钻。"孙青说完，我就听到他那钻木的声音。我对他喊道："不要停！一个劲地钻。"也不知道过多长时间，我看见了孙青钻木的地方有了特别细微的一点点火星。我又对孙青说："有门，不要停！我看见了火星！"孙青说："我钻不动了，手困得不行，胳膊也困得不行。"我说："不敢停，我都看见火星星了。你多少都不敢停。"孙青还是停住了，他用手摸摸钻木的地方哎呀了一声喊道："烧的太，难业哥，烧的太，把我手都烫了。"

我说你歇歇，一会继续钻，没问题绝对能冒出火苗。看样子咱们有希望了，能活命了。我又剥开了一根香烟，把烟丝摸索着放到木头窝子里，又从地上摸索着抓了一些干毛毛草围住木头窝子。孙青歇了那么一会儿，问我搞好窝子后又开始动手急剧地钻起木头，我也没闲住，把在地上摸索出来的那毛毛干草往那钻头周围放，也不知道孙青钻了多一会，突然！突然我看见有个微弱的火星闪了那么一下，孙青也看到了火星喊叫道："着了，着了！"我看见火星星了，他更加卖力地钻起来。我爬到钻头跟前，看着有几个微弱的火星就轻轻用嘴慢慢吹。孙青说："我也看见了有火星。烟！有了烟！我闻见有烟！"我说："不要停！不敢停！一下都不要停，不要说话！"

我手忙脚乱地在地下摸索，摸到刚才孙青笼到一块的干柴，把它们围到钻头周围，然后又慢慢吹，慢慢地那个火星一点点大了，真是星星之火可以燎原。

烟雾越来越浓，哗的一下那个小火苗蹿了起来。借着这微微的亮光，孙青赶忙捡来了周围的干树枝，捡那些细小的容易着的先放到火苗上面，然后把那些像手指头粗的干柴往火苗上架，没多会这堆篝火就越来越大了，它成了熊熊烈火。太是温暖了。太美了！这是人世间最美的情景。借着火光我俩看见水沟就在前面不远的地方，孙青赶忙走了过去用手捧住小溪里的水猛喝起来！孙青喝了一口就大喊，这水冰得很，冷得牙都疼。我也走了过去喝了几小口，真凉。但是完了我们感觉就是那个美、舒畅。真甜。真是好水！

小溪边上的干柴火多，我俩捡了很多抱到篝火旁，坐在火边慢慢给火里加柴棒。孙青喜欢大火，不停给火里加柴，把篝火烧得通红通红。火光照映在孙青那干练英俊的脸上，我心中不由得叹息！今天我们两个差点就挂了。一天就经历了好几回生死考验。多好的一个兄弟进了江湖，也就是人们说的走到邪路上来了！可是正路上哪里能找到他的位置？哪怕给乡政府跑跑腿！将来都能干起大事。人啊！命运决定了一切。

我俩打起瞌睡就要睡着了，突然听到"扑啦"的一声，把我和孙青吓坏了，我们出于本能，猛地一下子就站了起来，急忙瞪起眼睛看去，原来是一只野鸡跑到篝火边来了。孙青反应还是快,用身子猛力扑了下去,一下子就把那只野鸡压到身下,差点把自己滚下小溪。他大声笑着喊道:“难业哥,你看!你看!哈!哈哈!哈!美!你看……鸡!美很!”

孙青兴奋得不知道说什么好!看到他怀中抱的野鸡,我对他说我看看,就伸手去抓,他条件反射害怕失去天上掉下来的最为珍贵的东西,避开我伸过去的手转过身去抓得更紧了。我笑了笑又坐在地上,他又抱住野鸡弯下腰对我说:“哥,你看!你看!是真的!是真野鸡!”

孙青现在这个神态,我估计你中了体彩特等奖弄了个几千万也就是他现在这个样子。这突然降临的幸福会让没有希望的人疯狂的!

因为用力过猛,野鸡在孙青的手上早都已捏死了,但是孙青还是怕他又飞了,还是那么紧紧地把它抓在手中。我对孙青说:“不要扒鸡毛了,直接剥开胸膛,掏出内脏,架到火上烤。”

孙青高兴地说:“你不要管,我给咱俩弄!你擎等着吃鸡!等着!这个不要你教。”他说完走了下去,到小溪边杀鸡去了。看到他这么高兴,我就想睡一会。太困了,身上到处都疼。今天跑坏了。虽然肚子饿得难受,但是更加想睡,哪怕睡一会都行。我大声对孙青说:“你慢慢弄,我睡一会。”

孙青说:“行!你睡。待会烤好了我叫你!”躺卧在树下的冰凉土地上,我闭住眼睛心想可以睡个觉了。就这么一下子我就睡着了,好像没有睡多长时间,孙青就大声喊叫:“难业哥!难业哥!快起来!野鸡烤好了,赶紧醒来吃鸡肉。”

没这么快吧!我心想。还想再睡那么一会。太美了,人困乏到了极点,睡觉那是最最美的事情。但是我闻到了香味。是的,很香!香极了!我既想睡觉又想吃鸡。孙青撕了一只鸡腿放到我的脸前晃悠。我微微睁开眼,看见的是那烤得焦黄焦黄的鸡腿,不由分说翻起身,抢在手里就向嘴中塞去。“嗷……啊……哎呀!嘘!嘘!嘘!”我发出叫喊声,原来鸡腿特别烫,它烫疼我了。孙青哈哈大笑!他一边吹一边吃到那么一点点。我两个三下五除二,很快就解决了这个野鸡!孙青用手背抹抹嘴说:“没盐!”我说:“没鸡汤!”孙青听了大笑起来。是的,我们太满足了。

后来我再也没有吃过那么美味的鸡了,那个味道到现在我还记得,真是太美了。我们吃饱了,喝足了,没有追兵,幸福得一塌糊涂。那从树梢刮过的风带来的涛声听起来无比悦耳,像催眠曲一样,我和孙青睡个好觉!孙青已经靠在崖畔睡着了,篝火映照在他的脸上,显现出一副无比幸福的笑容。

我慢慢又去篝火能照见的地方捡了一些干柴,把它架在火上。陕北虽然听说有狼,但是我和孙青压根儿就没想过会有狼来侵犯我们。我们人都不怕,还怕什么狼!虽然如此,但是我在睡觉以前还是向黑暗的四周警惕地看了看。确保没有危险,我就围在篝火旁边躺了下来。现在也不知道几点了,离天明还有多长时间。赵镇平他们也不知道在哪里?孙西往他们安全地脱离了那个危险的地方没有?想到这里,心里不免又添了几分忧愁,我只有带着对朋友们的关爱进入梦乡。

也不知道睡了多长时间,当我睁开眼睛,黎明的天际已经披起了一缕柔美的霞光,那寒冷的身影,便在这料峭的晨风里悄悄钻到骨头里喊醒了我,暖了半晚上的地就是暖不热,拔凉拔凉的,没有一点感情。篝火已经熄灭了。我随手给上面架一些昨晚剩下的干柴,不急着走。烤烤火再说。头顶全叫树木罩住了,有阳光也照不进来,仰头看看透过树梢的天空,那太阳就像一抹红绸在树梢飘动,太美丽了,就和梦幻一般。我放眼看看下面的小溪,溪里的石头很多,方的、圆的、青的、白的,横七竖八。在众多大石间有些小潭,清澈见底,看上去甚有空明之感,偶然有那么一束太阳照下来,反射到水里的石头上,莹光闪闪。溪水流在石头上还是白花花的,到了潭里就变得碧绿的了,像是一块晶莹的玉石。现在也不知道什么时候了,我懒洋洋地站起来,到溪水前捧起冰冷的水洗洗脸,完了仔细看看周围,这一看吓了一大跳,只见一个穿了件羊皮袄的当地人,坐在离我们不远的地方看着我。

我赶紧返回篝火旁踢了踢孙青,压低声音说:“有情况!”孙青听说了,一骨碌翻起来揉着眼睛连忙问:“咋啦?咋?”我说:“这里有了一个人,不知道是干什么的?”看到孙青惊恐迷茫的表情,我就大声问坐在下面几丈远的那个家伙:“哎!你在这里干什么?”只见对面的人回答说:“我要问你俩睡在这里干啥?”

听到对方这么回答。我知道对方并非善类。于是小声对孙青说:“赶紧走,跟住我走。”我再抬头看看天色,知道了太阳的方位,抬腿就顺着山坡的走向,向东走去。这时听到下面的那个人喊道:“你俩不要走!我是护林员,深更半夜的,你俩睡在这就不是好人。我的同伴已经去叫公安局了。你俩不要走!”我听到这里感觉麻烦来了,如果公安局的干警逮住我们,有好多事情我俩说不清。首先几个关中人到陕北这里干什么来了?第二为什么晚上会到这深山密林里来?他们一定会搜查我们身上,那么身上装这么多钱是怎么回事?是不是谋财害命得来的?钱保不住是小事,最后非给整个坏罪名,好心安理得地罚没这些钱。想到这里,我知道要赶紧走！再说就是摆脱不了这个家伙！他一个人也给我俩造成不了多大的威胁,要晚了就麻烦大了。但是现在还不能过分威胁这个家伙,我笑了笑对这个护林员说:“我们迷路了,昨晚走到这里,天太黑走不了。歇到这里了。现在我们还有事情,不等了。”

我边说边走。那个人看见我俩要走,着急了地喊:“你们不要走。你们走了,一会公安局来了不见你俩,我咋交差？不能走!”听到这个家伙的喊话,我心想这玩意脑子进水了,拿我俩交差,脑子叫门板夹了！我对孙青小声说:“走！不理他。但是你绝对不能伤害他,一会他追到跟前也不能胡闹！他奈何不了咱俩。”

果然这个护林员不知深浅就来追赶我俩。当然我们走不过他,没几步他就追到了跟前。他一边追一边不停地喊:“哎！哎！你俩不能走,走了我没法交差呀!”我们不理他,他也不敢上来阻挡我俩。我们脚下不停地走着。这个家伙就这么跟着,嘴里还不停说他没法交差什么的！孙青烦了,停住脚,铁青着脸瞪起眼睛怒目对这个家伙喊道:“你！嗯……活够了!”这个家伙吓坏了,嘴里呢喃着还是那么几句话,一会没法交差什么的！孙青咬住牙恶狠狠地说:“你如果再跟！嗯……嗯!”说完做出要攻击的架势。这个家伙顿时说:“我不跟了！不跟了！你们走！你们走还不行吗!”

我迈开脚步拉了孙青一把,急急地向前走去,孙青跟在后面,用眼睛恶狠狠地又瞪了这个家伙一眼。这个尽心尽责的护林员站在那里不敢跟了。我俩走上前面的山梁,回头看看这个家伙不敢跟得紧了,但还是那么远远跟着。没办法,谁叫我们是坏人呢！自己干的事情首先见不得阳光,碰到不管什么人心里都弱三分。孙青问我说:“那就让这二百五跟着!”我说:“那有啥办法,反正他害不了咱们,怕啥?”孙青说:“烦！烦不唧唧的,人在前面走后面跟个陌生人,心里总是不爽。”

虽然马上就要进入盛夏了,但是这山上的各种树木小草才刚刚开花,满山遍野的鲜花红红黄黄的,成群结队迎接着我这个不速之客。各种花香轮番形成香浪扑进怀抱,都能让人醉了,不知名的小鸟快乐地翻飞鸣叫着,不怕人围拢着你前行,我和孙青都想停留在这美丽的仙境里不走了。

眼前出现一块巨石,甚是光滑,我们坐下来歇歇,躺在石头上仰头看看东面那金黄色的太阳,朵朵白云在飘移着。蓝天下的大自然令人心旷神怡,我两个不说话,静静地看着。我微合双目,想象自己融入大山之中。耳边松涛阵阵,鸟鸣啁啾，幻想着自己变成一颗不老松，扎根于峰巅之上，那该是多么伟岸的事情啊！

瞬间这个美丽的想法就变成了烦人的根源，那个执着的护林员也神秘来到了巨石上，坐在我们旁边。我和孙青一句话都不说，站起来又穿行在这北国的山林之间。爬上前面的一道山梁，我向东看去，东边的山脊上断断续续有一些城墙。我对孙青说："看见了吧！前面有段城墙，继续往前走，到那城墙上面休息。"

说完我回头看看那个跟踪的护林员，他在下面的坡底往上面走来，他还没有放弃。孙青笑了笑说："他回去没法交代！交代个鬼！一个护林员，不好好护林，抓我们干什么，啥玩意？"千难万难，我两个上到山顶，坐在这段破烂不堪的旧城墙下歇歇。回头看看那个家伙已经没了踪影。甩掉这么个尾巴，我俩心里顿觉安宁，这回我们可以不紧不慢地向前行进。站在一棵松树下面，我看了看离我不远的一处倒塌的城墙，有一个烽火台好像还没有全部倒塌，我抬腿信步走了过去。

来到这个古老的烽火台跟前，我捡起一根小木棍拿在手里，拨拨眼前的小草，怕有小蛇踩在脚下，当我从倒塌了半边的烽火台向里面望去，看见在这烽火台里面的墙根下有一株松柏歪歪扭扭地长在那里，给我的直接感受是它遒劲苍茫，坚硬不屈，努力向命运挣扎着。不知道它活了几百年，它的身躯还是铣把那么粗细，头顶那半拉屋顶任何时候都有可能倒塌下来，轧烂它或彻底把它埋葬。它瘦弱的身躯扎根在倒塌的残垣破砖间，那些瓦砾间并没有些许土壤。天上的太阳让墙壁挡住，一天之中绝对见不了多会阳光，她处的环境就是瓢泼大雨来了，也休想得到一点滋润。

她瘦骨嶙峋的身躯茫然执着地不知要伸向哪里。说黄不黄、说绿不绿的叶子蔫哩吧唧挂在枝上，也不知道它挣扎着活了多少年。不知是同情它还是肚中的苦水翻了上来，我面对它给她跪了下来嚎啕大哭。对它嘶喊着我何止不是如斯耶。

苍天啊！你生了我们就不该让我们这样活着。孙青跟了上来，看见我跪在一株松柏的跟前不由得惊呆了，他仔细看了看那棵松柏，不由得也泪眼婆娑跪在了我的身后。

也不知道我这样跪了多长时间，孙青拉了拉我说："哥！该走了。"我爬起来不敢再看这棵松柏，翻身离开了烽火台。我们要向这棵松柏学习，她那坚贞不屈努力向上的决心，她那处在最是恶劣环境绝不放弃的意志都是我们西北人的个性。

我收回刚才的心态，转出来向东望去。我们站的地方是这个山最高的地方。东面的山慢慢就又成了丘陵地带，就像画家刘文西画的那个陕北老爷子的额头一样布满了沟沟道道，稀稀拉拉的树木和小草显示出来一块绿一块黄的地貌。偶然看见有个小不点飞鸟盘旋在下面，给这西北的关山土地上带来微许生机。

爬了这半天山路，我俩又口渴难耐，看看东面的山下好像河沟里亮亮的有水，我又绕回去城墙西边看看走过来的山峦对孙青说："东边的山下有水，走吧！"孙青用手指着刚才我们走过的路说："难业哥，你看那个护林员还跟着。这里的人咋是一根筋嘛！"我顺着孙青手指的方向看去，果然他还蔓延地跟了来，好执着的人儿！我想想他要跟到这里了就不会再跟下去。这多半天我算不出来走了多少路，反正没停过。估计最少也三五十里路。我对孙青说："不管他了！咱走吧！这里的人都特别真，我实际还蛮喜欢的，走吧！到下面他就跟不住了。我刚看了下面地貌，那里沟壑纵横，蜿蜒盘旋的土梁山坡错综交错，是藏人的大好去处。"

顺着山坡往下走我们就舒畅多了，一点也不感到累，到了坡底，感觉把脚后跟蹾得有些疼。只是不要紧。山跑完了，我们奔向有水的那个沟去。昨晚吃鸡肉吃渴了，先喝够了好赶路，前面不知道什么地方才能有大路通过，也不知道今天还要走多少路。没吃的不要紧，但是没水这可真不行。

孙青下山比我跑得快，他在前面喊起了我，我听到说是见到了泉水，让我快点。来到泉水跟前，我趴在地上猛喝了几口水，洗洗脸抬起头对孙青说："这里的水太凉了，凉得牙根都疼。"

孙青说："就是的，我喝了几口，也把牙根冷得疼。咱们不喝了，顺着这个泉水的方向往前赶，就不怕没水喝了。你看行不行？"我向前看了看，对他说："可以！反正也不知道到哪里去，只管往前走就行。"

顺着河沟往前走着，我俩都不说话，只管往前赶。有水了草就长得美，我两个踏在软绵绵的水草上就像走在地毯上。走了个把小时，过了好多个泉水，它们汇成小溪，晶莹剔透，像无数小块会流动的水晶。它的身下是细细的红色沙粒，偶有几口红红碎碎的卵石。卵石光溜溜，沙粒黄灿灿。小溪踩着沙粒，抚着卵石，潺潺流淌，叮叮咚咚，撒着欢儿欣欣然一路奔向前方，偶然有几个小虾在水里游动，孙青急忙爬下去用手抓住就往嘴里放，一边吃着一边呵呵笑着。越往前流水越大了，慢慢变成小河，两边的绿草也丰盛铺开像画毯一样，我踩在上面腿脚轻盈盈的，很是惬意。

这虽然美得一塌糊涂，但是我们咋样才能见到有人家居住的地方，我动起脑筋对孙青说："咱们走在这里不对，要走在高处才可以看见什么动静，见个人什么的问问路，可以少走很多冤枉路，是吧！不能走在沟里。”孙青站住脚说：“那好！上高梁，从高梁疙瘩上面走。”爬到左面的高梁上，我左右看看全是一样的沟沟，商量着说继续往前赶，它绝对有完的时候。

就这么我们耷拉着脸，高一脚低一脚走，也不知道翻过了几道梁梁，走过了多少里路程，天色已经不早了，看样子过不了多长时间就要黑了，经过昨天晚上的事情，我们对天黑前就要处理好住处的问题敏感起来。这在山路上跑了一天就是喝些泉水，吃几只比蚂蚁大不了多少的虾米，这肚子饿得前心贴后心都挤到一块了。这时孙青发现了什么停了下来，他用手指着远方的一条沟里冒出来的什么东西问：“难业哥，你看那是什么？”我顺着他指的方向看去，一条土梁上面露出了一个大金属球，上面连着个像枪一样的东西。我想了想说：“哦！这是清真寺，清真寺的建筑都是这样。走，到那里混顿饭！但是你到那里可不敢胡说，他们计较大。说得不好咱们都走不了。”

我说：“到哪里看我怎么说，你能帮了，帮帮，帮不了就别说话。把咱们身上先收拾干净，不要弄得不偷人都像个贼，这样不行！像这个样子到那里咱们连尿都喝不上。咱们先返回刚才上来的这条沟，弄些水把咱这两颗脑袋洗洗，再洗把脸。归整归整衣服，到那里就该按科级领导对待了。”

孙青蛮听话地点点头，我俩又往回走了几百米，到那个水边洗了个头、脸，整整衣服，然后我们精神抖擞地向那神秘的清真寺奔去。

翻过好几道梁，来到了建有清真寺的那条沟里的土梁上，放眼向下望去，这是个不大的村子，房屋零零落落散盖在清真寺的周围。我对孙青说：“直奔主题，走！”我俩直接就奔向沟里的清真寺。

来到清真寺外面，我看看这是个砖木结构的建筑。我又拍打拍打身上的衣服，看见里面有个阿訇坐在门口看书，他看见我俩连忙站了起来，还没等他说话，我就弯了弯腰抢着说：“你好！”那年代只有当官的和高级知识分子用‘你好’这样的洋词。那个阿訇赶忙回礼，也弯了弯腰说：“你们好！你们是……”我回答说：“我们是行者，过路的，讨碗水喝。打搅师父了！”我说完又给这位阿訇弯腰点头。这位阿訇也点点头说：“我去拿水瓶。”阿訇拿来暖水瓶和两个小板凳放下，然后给我两个倒上茶水淡淡地问：“听口音两位不是本地人吧，这里穷乡僻壤的，两位有何公干？”我端起茶杯慢慢喝口水回答他说：“师父说的是！我们不是本地人，来这里是工作需要。”“哦！你们需要帮忙尽管开口，我们这里的人都比较实诚。”这个阿訇说。“非常感谢！您的热情款待在下亦是感谢不尽，我还真有事情麻烦师父。”这个阿訇接我的口说：“你说吧！”我严肃地给他说：“是这样，我们是搞社会调查的，有人反映说陕北这一块，近两年还有好些边远的村庄里有一部分农民吃不饱，常常还有饿死人的现象发生，是这情况吗？”这位阿訇听完我的问题，连忙摇摇头说：“没有，没有，从改革开放以来，这两年我们农民的日子好多了，每家都有余粮，从来没听说附近哪个村庄有人吃不饱，更不要说饿死的了。”阿訇说完，我点点头说：“是的，我相信您说的话，我们昨天在海原县做的调查和你说的一样。”

这位阿訇听到我说是从海原来的，忙说：“领导辛苦了！这里和海原不通车，想必你们是走过来的，没吃饭吧！你们先坐，我去叫人给你们做些吃的。”我回答说：“非常感谢你，但是我们必须给钱，要么就违反纪律了。”阿訇说：“给什钱？不必给钱，我们这里粮食多的是。”

说完阿訇迈着沉稳的脚步出去找人，给我俩骗子做饭去了，我和孙青喝着这清香的茶水，悠闲地看看周围的环境。这里虽然不是金碧辉煌，但是很是干净卫生，喝水的杯子上面还印着毛主席语录“备战备荒为人民”，它虽陈旧，但是看起来特别干净。我好像从那本书上面看过这样一句话，说中国的回民和犹太人一样是人类的精英。后来通过这几天的观察，我发现他们确实是值得我们尊重的民族。虽然都是黄土高原的子民，但是回民的卫生就是和汉民有天地之差。不管到谁家，你都可以看到的，扫得很是干净，屋子内收拾得很是顺溜。他们不管是穷是富都有一颗向上的心，都是认真对待每一天。我压低声音对孙青说：“昨天就是这里的神保佑我两个逃过一劫，还有那美味的野鸡，一会咱们走的时候要给这个清真寺捐钱的，捐一百块，你不但不许反对，还要亲自把钱捐给师父。必须的！”

孙青点点头没说话。我看桌子上刚才这位阿訇看的书放在那里。顺手拿了过来翻翻，一个字都不认识，好像还没有见过这样的文字。正在这时那位阿訇回来了，我站起来问：“您看的这本书是哪国文字？”阿訇回答说：“这是一本古希伯来语的经书。”

啊！古希伯来语，我知道这个语种和文字如今全世界恐怕没多少人能读懂。在这个偏远的小山沟里，竟然有人能看懂这样高深的经书，不可思议。我不由得更加恭敬地对阿訇说：“经书一般都是汉字，你怎么看这么古老的文字，您懂希伯来语吗？”阿訇回答说：“我们这个礼拜寺的几个人都看原版的阿拉伯语《古兰经》。希伯来语的经书我可以看懂，我还可以读懂波斯语的经书。”听到这里，我贸然问阿訇:“您今年贵庚?”

“我今年四十多了。”“啊! 您应该去北大当教授,在这里……唉!”我叹息了一声,大声说:“真正的人才在民间,真正的英雄在民间!”

谁知道在这穷乡僻壤里的一个小小的教堂,就有几位通晓几种语言的人,虽然他们让当地的民众称呼为“阿訇”,但是每个人都知道,一样,大家都是农民。都是陕北这块土地上的一个农民。

我的心情坏到了极点,不公啊! 苍天不公啊! 这么高贵的人他就埋没在这黄土高原。阿訇看见我的脸色突然阴沉下来急忙问:“你……”我苦笑着回答他说:“太可惜了! 您应该出去转转,到一些大城市去讲讲《古兰经》,交流交流。你的见解一定会看见真主的真正用心,会让更多信众知道真主的旨意。”阿訇闻言诚惶诚恐地说:“不是的! 不是的! 在这里我的学识算不上什么,感谢伟大的真主! 他让我衣食无忧,已经是对我的最大恩赐,我不敢奢望别的,我觉得很是满足了。”

说话间来了一个人,他叫我们去他家吃饭。来到这个人家里,进门首先是主人提了个铜质水壶让我们冲冲手,然后让我们坐在一个小桌前。我看看小桌上摆放了一盘馒头两碗稀饭两个菜,一个是韭菜炒鸡蛋,一个是炒韭菜。真正是现代人说的绿色食品,那个鸡蛋真叫香啊! 我和孙青感谢这家主人对我们的热情款待,和他聊聊天,但是这里的语言我们用普通话说他能听懂,他说的话我两个就听不明白是什么。吃了饭我和孙青回到清真寺门口,这位阿訇对我两个说:“平常我们清真寺是不允许没有入教的人进来,但是你们两个是远道而来的贵客,我可以邀请你们参观一下我们清真寺。”我和孙青赶忙给这个阿訇弯腰点头连声道谢。走进大门,阿訇首先指了指门口里面的一个脸盆架,我会意地知道他要求我两个先洗洗手脸,我和孙青刚才见过穆斯林洗手脸,就是一个人手拿水壶倒水,一个人洗,这脸盆是用来接洗过的脏水的,洗完脸我转过身看看里面,这里没有供奉任何雕像、画像和供品,只有围绕的柱廊,中心一个大拱顶,阿訇给我两个介绍说这里的主墙要向南,朝着麦加的方向,墙中间那一个凹下的龛,叫作米海拉布,是指示穆斯林礼拜方向的。龛中那一座带阶梯的高台,是在主麻日时,为伊玛目站在上面带领诵读《古兰经》用的,叫敏拜尔,诵读古兰经时不得有音乐和歌唱。底下一般铺有地毯,因为穆斯林需要赤脚礼拜。刚才你们洗脸的那个脸盆是要求穆斯林净手脸后才能礼拜。我看看阿訇说完了,拉着孙青拜了拜阿訇,然后我掏出一百块钱递给孙青,孙青也掏出来一百块钱合在一块递给这个阿訇。阿訇看到我俩就捐了两百块钱,这回轮到他大惊失色了,这里是穷乡僻壤,不比城里的寺院,这个小清真寺一般最高也就是受到当地的村民捐来的几个饭钱。我俩一下子捐出这么多,他感到有些多,极力地反对。我给他说我们捐的不算多,我们尊重知识,尊重有学问的人,我们是希望他能够有走出去交流的经费。

阿訇把我们送出村口,给我们说了去吴旗县城的路线,我说:“谢谢您的款待,您就送到这里吧!如果有时间我们会回来看你的!”说完我两个大踏步走出了这个让人留恋的小村庄。

走到路上孙青对我说:“难业哥!我原来觉得咱们这一伙子人都是怀才不遇,每个人的个人能力都是干大事的料,你看咱们几个都能写能打,通音律,可以说能掐会算。业余时间里大家都喜欢琴棋书画,喜欢学习,但是在我心里我总觉得咱们都是生不逢时,没有我们施展才能的机会。你看为了生活我们走到今天这步田地。我就想当年洪秀全在金田村,可能也就是像咱们这一帮子朋友成天聚在一起,也是没钱花没饭吃,东奔西跑地瞎闯荡。后来在洪秀全的带领下干成了事业,一个个都封王封侯的。我总是幻想着有一天在赵镇平的带领下,咱们也干他一番轰轰烈烈的事业,弄个什么大公司什么的。今天听到这个阿訇的情况,我才知道我们是不学无术,我们这点可怜的智商和知识是井底之蛙啊!这个世界上真正有学问的人太多太多了。我们还要努力学习呀!从今以后我再也不会有怀才不遇、埋怨这埋怨那的歪想法了,不会天天埋怨这个世界对我不公平。”

我没有说话,还说什么?我们就是一帮子骗子,就是成不了大器的歪瓜裂枣。古语说得好,君子当静以养身一待天时。但是我们静不了,等待不了天时。要生活呀!虽然现在我们干的工作会给我们年轻的身心带来污渍,或者带来毁灭性的打击。但是谁还有比这更好的办法?谁有!你告诉我!

就这么胡思乱想着,不觉间我俩来到了大路上。顺着大路往前走着听见后面来了辆大卡车,孙青说:“不管这车到哪里,我们先上再说。”卡车从我们的身边开过,我俩就追上去扒住车帮子翻了上去。坐在车上本想好好休息一下,但是这路况很是不好,它颠得厉害,几下子把我俩都颠起来,把屁股差点给摔成两半,我们慌忙站起来抓住前面的车帮,让它随意地颠。路上行人少车子跑得快,就是站着也颠得我俩肚子疼,不知道是该捂肚子还是抓车帮。终于这辆车到了一个镇点,我俩反身就跳下了这个要颠出肠子的车辆。看看马路边的门头,我知道这是一个叫铁边城镇的地方。孙青看到一个小卖店就走了进去,他给我和他一人买了一包香烟,出来对我说:“难业哥,我问了,这里有通往县城的三轮车,咱俩先坐上车再说,到县城了在吃饭。你不饿吧?”

我说:“我不饿,先坐车,你问了到哪里坐车?”孙青说:“我问了,在街东头,有三轮车。”

我们来到这个铁边镇的东头,看见有几辆柴油三轮车待在那里。拉客的三轮车夫们看见我俩来到这里,都热情地问:“去县城,走!我送你们去县城。”我们随便上了一辆三轮车。这三轮车行在大路上也颠得要命,坐着的身子好像要颠飞似的。站又站不起来,车棚低,坐又坐不住,比那卡车还难受。终于到了县城,天色已经慢慢暗下来了,我俩急奔汽车站,看今天还有没有去靖边县的直达长途车。到了车站一问,还有最后一趟去靖边县的公交车,我两个也顾不得吃饭,抓紧坐上了去靖边县的这趟车。

这回舒服多了,接连几天的奔命,我两个累得也够呛,坐在这舒服的软椅上,肚子里又空得慌,真是饿坏了。饿得心里直发慌,这出来没有一天舒服的,这里好了,那里就绝对坏了。但是想着就要见到我们的弟兄们,心里一下子就轻松了许多。我俩都是双手抱住肚子,闭住眼睛期盼着一下子就见到兄弟们。随着车子的摇晃,我很快就进入了梦乡。睡梦中有人对我说:“到了!到了!车到站了,下车,赶紧都下车!”

我睁开眼睛看了看,好家伙,天色已经完全黑了,车站里的灯光已经全部打开,到站了。下了车我俩顾不得吃饭,急忙奔向那天住的旅馆。还没到旅馆门口,孙青就大喊:“赵镇平,你看赵镇平在门口等我们。”说完他脚下加力猛跑了过去,两个人紧紧抱在一起。我们这一伙里面孙青对赵镇平的感情最深,因为孙青的年龄最小,赵镇平处处都照顾着他,晚上我们在老家没事的时候,在打谷场上面锻炼,赵镇平也不厌其烦地亲自给孙青传授一些拳法和擒拿手法。我到旅馆门口笑着看他们两个,孙青的眼睛红红的。身在异乡他地,我们遭受了这么大的变故,看见自己人让人感到热血沸腾。我问:“他们都回来了!”赵镇平回答说:“都回来了,就是你两个,让人操心,回来了好。回来了好!咱们进去。大家都操心你们!”

走进房间大家拥抱在一起。何福厚问我说:“赵镇平说有人追你两个去了,这两天大家都急坏了,大家商量明天派几个人去寻你俩,回来了好,回来了好!好!好!”他连声说好。苏宁看到大家把我两个围在中间,自己插不上话,就去给我俩倒了一杯水拿了过来说:“哥,你俩喝水。”赵镇平高兴得拦住她说:“不喝了,咱们吃饭去!”

朋友们因为我俩没有回来,他们一个个也都忧愁得吃不下去,看见我们回来,大家也都想起两天没有吃饭了。赵镇平这回找了个不错的大饭庄,我们热热闹闹地坐了下来,整了满满一桌子菜,再要了两瓶西凤酒。大家放开吃喝起来。团聚到一起大家分外热闹。大家说了原来赵镇平和温三军泅过河没有人追他们,就顺着河走了一段路,天黑的时候看见有个旧窑洞里面没住人,不知道谁放了一些柴禾,他俩钻在里面美美睡了一觉,第二天赶早又顺着河流走,看到有个桥就过了河,扒了一辆往北去的车辆,到了同心县后来转乘公交车,当天就到了靖边县,见到前一天已经到达县城的孙西往,他们就住了下来。

喝完两瓶酒,赵镇平不要大家再喝了,毕竟出门在外,有啥情况大家醉醺醺地动不了,也是麻烦事。

吃饱喝足孙青问大家说:“我们明天就回家,一路上还玩不玩?”我接口说:“玩啥哩玩!见好就收,人心不足蛇吞象,这玩意本来就没个够。”大家见到我这么说也纷纷点头。该回去了!这回虽然弄到了一部分钱,但是经历的危险也够大家受的。问问孙西往知道明天是个好日子,大家可以回家。

第二天我们坐上了返回老家的长途汽车先到了延安。从延安倒车坐上了开往西安的长途车。一路平安无话,大家顺溜地到达西安。到了西安市赵镇平对大家说:“你们先回去,我和孙青留下陪苏宁在康复路批发市场转转,给她在渭南弄个小摊子买卖服装,她不能再跟着咱们了,不方便。给苏宁把摊子搞顺当了,我和孙青就回来,你们走吧!”

是的,救人救到底,送佛到西天。赵镇平的这个做法大家都赞成。苏宁这回分到一千块整,大家比她多一些,给她在渭南租房、进货可以说够了。赵镇平这样安排好苏宁,大家也就不操心她的生活了。

我们归心似箭地坐上了开往家乡的长途车。在车上何福厚对我说:“像这样再干一回,我们几个都可以盖新瓦房了,材料钱已经差不了多远。”我心想着我们几个的家境都是那么坏,当务之急都心急火燎地想盖房,吃好吃坏不要紧,住在那个阴暗潮湿没准哪天就塌下来的老房里,谁能不急呢!赵镇平的条件能好些,他的老爹有能力,家底绵厚。他家已经红砖绿瓦地盖了好几进瓦房。不管是晴天还是连绵阴雨天,都能高枕无忧地直奔前程。剩下我们几个本来大家商量可以往南方去闯天下,那里听说有好多机遇,每个人都想去闯闯,但是家中都有老人,病病挂挂地走不开。我就这样胡思乱想地就回到了家中。刚进门家人就问:“赵镇平回来了没有,他家里人已经来问过好多回了。”

我暗想“不好”,他家一定出了麻烦事。我麻利地抓紧换了件衣服,急急忙忙赶往赵镇平家。到了赵镇平家他的老爹看到我就问:“镇平回来没有,他人呢?”我说:“他明天回来,还有一些事没处理好,他处理完就回来。家里出了什么事?”赵镇平的爹爹轻轻对我说是这么回事:赵镇平的大姐嫁给了县城的一个人,他在民政局上班,他大姐闲来无事,就到处告借开了一个饭庄,生意挺好的。麻烦的是县城一帮子混混经常来吃白食,这还不要紧,他们现在还要收保护费。每月一千元,这不,这次人家要保护费,大姐嫌太多没及时给,人家吃完饭撒酒疯就把店给砸了。都几天了,现在还没开,你们回来了去看看到底咋回事?

从小我就和赵镇平玩,老爷子对我很是熟悉,他对我们的特点很是了解,知道我们每个人的能力,所以他就很放心地叫我去县城了解情况。我对老爷子说:“行!我今天就先到县城看看,了解了解情况。”我回到家里吃了个馒头,推起自行车就赶往县城。我们家离县城十公里路。脚下加力一会就到。到了赵镇平他大姐家,刚好她们都在,看到我都热情地打招呼。等我坐下,赵镇平的大姐知道弟弟没回来,我是先来了解情况的,她就给我详说开了:“她刚开张那会儿,就隔三岔五地有一些混混来吃饭,吃完了总是说给挂账。我看看惹不起就算了,做生意嘛以和为贵。但是近来他们吃完饭还要保护费,我也没问他们一月要多少钱,反正觉得不能给,他们要胡闹我就告到派出所,有公安局专门收拾他们。后来那帮混混来了吃饭还给钱哩,就是吃完了耍酒疯,手中拿个切菜刀在饭庄内到处乱窜,把客人们都吓跑了。我告到派出所,派出所来人把这几个人抓去,没隔几天都给放出来了,放出来就又来咱这里闹事,说以后不要保护费了,要把我们整得关门不可,我又去派出所,派出所的人说这帮子玩意谁也没办法,抓住了属于违犯社会治安条例,只能关几天,放了又是那个样子,谁也没办法,以后再碰到这样的问题你们自己处理,我们派出所也没什么办法。从派出所出来我明白了,公安局也拿这帮助混混没办法,这派出所等于说以后人家再来闹事他们都不管了。我没办法先关几天门,等把问题解决了再开。我也不知道怎么办,想给镇平说说,看他能不能想个办法,谁知道你们都跑出去了,现在你们回来了就好,给姐把这事赶紧给摆平了。我再给你说说我打听过这帮子人的情况,他们那个领头的叫‘曹锋钢’,二十多一点年纪。看谁认识这个家伙。能不能给他说说,我们给他拿些钱,把这事摆平了。”

听到这里我对大姐说:“情况我都知道了,我现在就去打听这个叫曹锋钢的情况。明天镇平回来我和他商量商量。你们放心,这个事好办,很快就能摆平!”

说完我推起自行车向城中我的一个朋友家骑去。找到朋友后,我把赵镇平的大姐开的饭馆遭到敲诈的事情给他说了说。我的这位朋友说,你不知道这事相当难办,曹锋钢这个人这段时间在县城那混得相当有名气。他拿刀子捅了好多个在这块地皮上有些名头的人。他的手黑,和谁一句话说得不对,上去就是一刀子,城里这边开门面的生意好的都要交保护费。前几天晚上他去收保护费,一个开五金店的老板说天太晚了没钱,到第二天交。曹锋钢没说一句话,上去就捅了两刀子。曹锋钢平常早上到市场上去,看到好肉拿起就走,卖肉的问他要钱,他反而不要大肉了,拿起肉案子上面的刀就割人家耳朵,说是要吃人肉。你看这个东西,他就是吃人的生番。听朋友说到这里,我轻轻问道:“那他一般都和谁联手,他的身手咋样?”我的朋友回答说:“他一般不和谁联手,他自己有两个兄弟,没有人说过他打架怎么样,都知道他手黑。对方还没准备动手他就刀子进去了。”我离开这个朋友的家,心想着不用继续打听情况了,就这玩意。今天回家好好休息休息,明天赵镇平回来再说。

第二天下午闲着无事,我坐在家里手中拿了本书看着,赵镇平和孙青回来了赶到我家。赵镇平进门劈头就问:“你把情况都摸清了?”我点点头说:“是曹锋钢这个玩意捣乱!拿下他这个事情就摆平了。”

赵镇平说:“那我一会去县城一趟,找个朋友给说说,看能不能给点面子,要不给面子这回就整!”我说:“行!那你和孙青去县城,我待会把弟兄们都叫到我这里,你回来后直接来我家和大家商量商量。”赵镇平点点头就推起了我院子中的自行车带上孙青往县城去了。天刚黑那会儿赵镇平和孙青进了门,温三军开口就问:“说好了没有,没说好就往死里整!”赵镇平不慌不忙地把我的自行车放好,一人给散了根烟说:“不好办!人家就没有把咱当盘菜。我已经叫人给曹锋钢捎话,三天后在花城酒楼见面。我倒要看看这个曹锋钢是个什么玩意!我估计到那一天绝对要开战,他们想着咱们是乡下来的,根本就看不起咱们。他们随便造个势就让咱们就范了。到那一天孙西往和难业不要去了,一个年龄大,一个身板弱,我和温三军、何福厚、孙青几个就够。”

我说:“我提前先去饭店坐到那里,孙西往在外面接应。这样好一点,你们去的时候这回要带家伙，那帮子玩意大家都知道，皮带上总是别一个卡簧刀，腰上插一把菜刀，空着手不行，自己要吃亏的。”赵镇平说：“难业说的对！他俩可以这么自由安排，你们大家去的时候看有什么趁手的家伙拿着。不要到时候被动了，咱们虽然不怕那几个玩意，但是也不能大意，知道吧！这几天有情况就来难业家里商量，在我家不要说这事，免得老人操心。”

第八章

第二天从县城传来消息,曹锋钢愿意在花城酒楼谈判。时间是后天下午五点整。到了离约定时间还有一个多小时,我们叫了一辆三轮车,大家坐了上去开向县城。一路颠簸着,大家有说有笑,就没把这曹锋钢当一路诸侯看。到了县城,赵镇平看了看时间说:“还有一会,难业你先进去,老孙把三轮车安排好,在外面等我们。如果真的打起来,不管输赢都要立即撤回,不能在县城多待。”

我慢条斯理地走进花城酒楼找了个角落坐下来,点了两个菜,要了瓶西凤酒,拧开盖子给面前的酒杯倒上酒,端起来闻闻就是香。我用余光看看大厅,也没几个人吃饭。我们等待的那个家伙好像也没来。好戏还早着呢!我先饮了这杯庆功酒再说。没多一会儿,赵镇平带着几个弟兄潇洒地走进饭庄,他放眼看了看没有要见的人,就指了指眼前大厅正中的一面大圆桌说:“就坐到这。”服务员到了他们跟前,问他们点什么菜,赵镇平温和地说:“我们还有客人,等客人来了再点菜,你先给我们倒上水。”等待是最让人难耐的事,赵镇平抬腕看了看手表说:“到时间了,该来了!”

赵镇平的话音刚落,饭庄门口就扑进了八九个人,他们都穿一样的衣服。脚蹬发光发亮的皮鞋,白色的裤子,黑色的衬衣,后面走在中间的一个披了件风衣,和这帮弟兄不一样的是,穿了件雪白的衬衣,底下穿一条黑色的裤子,手拿雪茄。这个家伙大摇大摆地在那些弟兄的拥簇下走了进来,赵镇平马上站起来迎了上去问:“你是,钢哥!来来、来!坐坐、坐!”

曹锋钢摇头晃脑地眼睛看住饭店的顶棚,当仁不让地摇摇肩膀坐了下来,他的几个弟兄站在他的身后没有落座。赵镇平忙招呼道："弟兄们，来！来！坐！坐！"但是没有人搭理赵镇平，都目视前方，好像对方就不存在似的。赵镇平看这个样子，曹锋钢不答话这几个马仔不会就座的，他笑了笑又对曹锋钢说："钢哥！你叫弟兄们也坐下吃顿饭，又没有什么大不了的事，是吧！"曹锋钢没有说话，身子往左面转了转，又往右面转了转，胳膊抖了抖，紧贴他站着的两个弟兄就同时拉开凳子坐了下来，身子坐得笔直，笔直得就像电影里的蒋委员长正在召开军事会议。

我坐在角落把这一切都看得清清楚楚。装呀！会装呀！香港电影看多了。妈的搞得跟真正的黑老大一样。实际话说回来，他们这样做毕竟会给对方的心里造成压力。统一服装让对方知道他们团结有组织，"神圣不可侵犯"，不随便说话表情冷酷绝情，让对方知道他们能下黑手。一般生意人和老农会让他们这个架势吓住，就是面对我们跑江湖的来说也作用不小，造这个势他有一些威慑作用。这就像美国大兵一样，满世界的军演就是给人造势，说你看看我的导弹打得可准可准了，我的飞机飞得可高可高了，你那个谁谁要不听话了就给你个胡萝卜吃，你不爱吃你就想吃大棒槌。

县城和乡下就是不能比啊，这里的混混们真不能小看了丫的。你看看直接和世界接轨了，学习起美国大兵来了。这两个哼哈二将坐好后，曹锋钢不可一世地仰着头吸了口烟，眼睛继续看着天花板，就好像天花板上面演电影似的，他刚进来就看，看到现在还没有看完。他吸了口雪茄烟优雅地徐徐吐着烟雾向天花板说："你……你！你就是来说事的！嗯！叫什么来着，好像是什么平什么的？"他这回还没有低下他那"高贵"的头颅，好像没有问赵镇平倒是和天花板上面的那只灯泡对话一样。

这说完了还装绅士，优雅地把烟灰在干净的桌面上弹了弹，一个马仔赶紧用手心接住烟灰。实际曹锋钢这个混混长像并不凶恶，白白净净一脸书生相。如果谁没听说过他做的那些让人咬牙切齿的事，一定以为他是个老师或者文艺工作者。赵镇平笑了笑面对曹锋钢回答："是我！赵镇平。"曹锋钢脑袋不动收住，眼睛向下瞄瞄，蔑视着对面的赵镇平说："你准备怎样处理这件事情？"赵镇平说："咱们先吃饭，吃完饭咱们再商量，你看行不行？"

曹锋钢听到赵镇平这么说有些不高兴，就把手上正在抽的雪茄烟用手指猛力弹了出去，一下子弹到对面孙青的身上，孙青站了起来拍去身上的烟灰，看看赵镇平。赵镇平没有说话。孙青愤怒地张开嘴动了动没说什么，他吸了口气又坐了下来。曹锋钢开口说道:"我看你们不老实。"

说完曹锋钢站了起来,优雅地甩掉风衣拔出腰间的一把短藏刀指着赵镇平说:"要解决你那破事可以,你有胆量拿这把刀捅我一下,这件事就算到头了。如果不敢捅那好!看你的面子一年拿五千元。咋样?"

好狂妄的家伙。根本就没把我们的人当回事,你看他们进来就没有停止过挑衅。他的眼睛里把我们这几个人当成了蚂蚁,也是的,你不知道华阴县这么大的县城混混们必然不少,但是哪一个都不敢和他碰一下,不论哪一路诸侯和他火拼的结果都是惨烈的收场,这样一来也把他惯坏了。按平常人想想,我们乡下的土豹子则更加不是他的对手了。曹锋钢今天就是这么判断的。

曹锋钢他错了!他判断我们这帮子人绝对不敢和他们开战,一般人谁愿意拿刀子随便捅人。那不疯了!他曹锋钢就不是一般的人。何况他今天扎的这个势,一出场应该就把对方吓住了,对方四个人,他自己这边八个。就是我们要动手他曹锋钢自己也绝对不吃亏。他今天的谈判是要把它弄成一件光辉的事,风光无限的事。要弄成华阴县有史以来最为辉煌的事情。他自己为今天这个谈判准备的不少,给这些跟随自己的弟兄每人置了一套行头,你看今天大家统一服装多好。到明天这些兄弟会风光地把这件事传扬出去,江湖上又会掀起自己压倒华阴西部某某的热议,再说这件事本来他自己就没想谈拢,这以后都这样不缴保护费,设个宴和自己讨论多了少了的那还不把人烦死。所以他想把刀子递到对方手中,吓吓对方。量他不敢对自己动一下,然后要求对方给自己下跪、求饶。

赵镇平到了这一折,已经是忍到不能再忍的地步,但是还必须忍,他咬咬牙又轻轻地出了口气,看看曹锋钢微微笑着说:"我拿刀子捅你干啥?我们就想好好做做生意。"曹锋钢低头看着自己手上的那把藏刀,玩玩说:"那你就是愿意一年拿五千元了!"

赵镇平摇了摇头说:"太多了!""太多!不愿意掏钱,又不愿意捅我,那就是愿意我捅你。那好!我送你去见阎……王!"

赵镇平说完话刚落地,曹锋钢嘴里喊着:"太多!太多!"他一边踢掉脚下的凳子,一边握着刀子就猛地扎过来。距离太近,赵镇平急忙用手去抓他的手腕,没有抓住,却抓住那个利刃,鲜血顿时从他的手上往下掉。赵镇平的另一只手上去就抠他的眼睛,曹锋钢眼前一花,猛力拉回手中的藏刀,顺手又捅了出去,一下扎进赵镇平的腹部。在这个危险的关头,我已经不由得站起来慢慢走到了打斗现场的跟前，我就知道今天又是一场血溅鸳鸯楼的场景，他们没有人注意我，我可以偷袭对方，保护自己人。我看到曹锋钢的眼睛里冒出杀气，就偷偷抓住一把椅子的后背以防不测，当看到曹锋钢手拿刀子刺向手无寸铁的赵镇平，我站在曹锋钢的背后抡起凳子，就照曹锋钢的脑袋上面砸去。我看见曹锋钢的脑袋顿时就像有数条蚯蚓爬出头发流了下来，曹锋钢回头看了我一眼，生气得“哇呀呀”地叫了一声，拉出扎进赵镇平腹部的藏刀，转身要来刺我，赵镇平没有失掉这个机会，抡起双掌照曹锋钢的两只耳朵击去，曹锋钢受到这么一击，脑袋轰的一下，顿时傻了那么半秒，可能他没吃过这玩意，受到这么一击还要咂摸咂摸味道。后来我们知道赵镇平就这么挥手双风贯耳一下，这个不可一世的家伙耳朵坏了一只，剩下那个也不怎么灵光了。赵镇平顺手扳住对方的手腕夺过了藏刀，快速连续地在曹锋钢的腹部连捅几刀。人啊！毕竟是血肉之躯，不是钢铁材料做的。曹锋钢他眼睛向上翻着倒了下去。怪吓人的！妈妈的！没有刚才进来那么帅了。鬼难看。

何福厚看到曹锋钢用藏刀捅向赵镇平，弯起腰脚下跨步猛力用脑袋向曹锋钢身后站的那一排第一个顶去，他提前都瞄准了，脚下怎么走，撞哪里威力最大。就等赵镇平的动向，谁知道赵镇平一忍再忍的。这下曹锋钢已经进攻宣战，自己完全可以开顶了，那几个家伙眼睛看着曹锋钢和赵镇平，没注意来这么一下子，顿时一拉串地顶翻几个，

温三军顾不得掏自己的刀子，顺手抓起凳子狠命砸向曹锋钢右面的那个家伙，只一下对方就翻车了，倒在地上不言不语地好像睡着了一样。温三军不敢停手，又抡凳子砸向何福厚没有撞到的那些家伙，他们也操起凳子和温三军混打。那些小短刀不管用了，长武器还是厉害。温三军像疯了似的几下就把椅子轮散架了，手中剩下两个椅子靠背的木棍就和周杰伦的双节棍拿在手中唬唬哈哈地抡着。没有打倒的家伙们退到门边跑了。

何福厚顶倒在地的几个家伙还没有爬起来，何福厚知道不能叫他们站起来，他拿着凳子围着桌子追地下的这几个家伙。那些家伙也不怕地下脏，把曹锋钢好不容易给自己买的好衣服都弄脏了，一个个在桌子下面钻来钻去捉迷藏。

孙青的对手麻烦大了，他站在赵镇平的左面，曹锋钢拿刀刺过来那阵，他后面那个混混也掏出了刀子跟上曹锋钢扑了过来，孙青麻利地掏出刀子，眼睛盯住对方的眼睛迎了上去，俩人没有含糊，手拿刀子互相刺进对方的身体。都没有避让，我这说的是废话，那么近能避让过去吗？然后又都在同一时间抽出刀子，又同一

时间扎进对方的身体。孙青一直瞪住对方的眼睛，在第三刀拔出时对方怕了，心想这家伙一定是鬼就不是人，哪有捅几刀子不跑的，他不跑，那自己再不跑就是傻子了。在这节骨眼上，有了想逃跑的想法最为不好，他忘了这是打仗，意志薄弱的人必输，必死。孙青的第四刀没有犹豫又扎进了对方的身体，对方闲住的那只手抬起来摇了摇，好像是说拜拜，我要见鬼去了。或是说不要再捅了，我的身上窟窿够多了。他看看打手势没有作用又张开嘴，好像要说什么又没说话就软里吧唧倒了下去。

孙青手拿喋血的刀子红着眼睛还要追杀何福厚追赶的家伙们，那几个家伙爬来爬去看见地下倒着不动的都是服装统一的自己人，知道今天碰到硬茬，要完蛋了，哪怕爬出来叫砸一下都要赶紧跑掉，要么就要睡到这里。孙青手握尖刀满身是血地也来围堵，一个家伙吓坏了，没见过血人还能是这样。他这么一走神的功夫，脑袋上就着了一凳子，也就顺势趴下去。地下倒了五六个，剩下的那几个跑掉了，他们一个个都忘了平时在酒桌上面的豪言壮语，不顾哥们义气，毫不害羞地跑了。好像就温三军一个没有受伤。看到孙青摇摇晃晃的样子，温三军赶忙上前扶住他对大家说："我把人背上到外面的三轮车上，你们后面赶紧来，快！"

赵镇平一只手捂住肚子，一只手拿着那把刀子，眼放凶光地四下看看，对方倒下五六个，没有抵抗得了。他看看曹锋钢躺在地上的样子，感到十分的厌恶和恶心。这个吃人的生番不能留在人世的，但是现在杀了这家伙又不妥，他皱了皱眉坐在曹锋钢的腿上，动手卷起曹锋钢的裤管，拿刀子割曹锋钢的脚筋，割完这个割那个，这个脚筋很是坚韧，不好割。在这个时候我急得跟啥一样，想着要赶紧离开这个是非之地。他就这么磨叽着，干细活。是的，这个吃人的生番如果要活过来，那非得死几个人不可。废了他，即使活过来也无法兴风作浪了。有的朋友可能觉得赵镇平太残忍。这您就忘了一个伟人说过的话："对敌人仁慈，就是对自己凶残。"

赵镇平看了看打斗的现场对我说："走！"孙西往跑了进来，扶住赵镇平就向外面走去，我扶住何福厚，跟着大家走向了三轮车。何福厚原来也受了伤，我还以为他顶到人家伤口上，把脑袋也弄得满脑带血。原来他用脑袋顶对方的时候，大家都没看见他让对方用刀子给脑袋上扎了一刀子，倒霉催的。他生了气，后来抓住那个家伙，很有劲地用脑袋撞对方的脸和脑袋，直到把对方撞晕。也不知道是自己的血还是对方脸上的血，反正何福厚让血糊住了脑袋和脖子，眼睛都让血给糊

住了，看着最是吓人。

大家到齐后我对开三轮车的司机说：“到桃下医专医院。快！”我们当地有一家全地区最好的医院，是国内第十冶金医院。那里离我们的家很近。但是离我们打斗的地方远了点，那里安全。在县城医院治疗虽然近，但是他们这些玩意一会也要去的，在医院里碰到了就又要开火，我们现在已经是没战斗力了。温三军抱住孙青不停地喊：“孙青坚持住，马上就到医院了。你要坚持住！”孙青微弱地说：“不要紧，没啥要紧的，咱穷人命大！”我问赵镇平说：“你不要紧吧！”赵镇平紧握住那个抓了刀子的手，不要这个手流血，另一只手捂住肚子上面的刀口点点头反问：“何福厚你要紧不要紧？”何福厚回答说：“没事，不要紧，这会血都不流了！”

孙青的脸色越来越白，说话已经没有一点力气了，大家都非常担心。到了医院三轮车还没有停稳，温三军就抱住孙青跳了下来，跑着去到抢救室，后面孙西往扶住赵镇平也进了抢救室，我扶住何福厚进了抢救室，人家医生看了看伤情，说到外科去。我又和何福厚来到外科室，医生板住何福厚的脑袋看了看说：“你的样子看着挺吓人的实际不要紧，缝几针就好！”完了又对我说：“你去办一下手续。”说完给我开了个单子去缴费。我拿着单子来到抢救室门口，看见温三军和孙西往站在门口，我忙问：“咋样？孙青不要紧吧！”孙西往回答说：“孙青正在输血，插的氧气。赵镇平也给输血，没插氧气。”温三军对我说：“难业！你身上没血，你干脆回去拿钱去，你看是不是给赵镇平的家人说说？”我回答说：“可以，但是给赵镇平的家里人说，你们看合适不合适？我拿不准！”孙西往用浓重的东北口音说：“到了这一步，没有啥隐瞒的了！明天全县人都知道我们做了件好事，除了当地一害！再说现在他俩的情况咱们都不知道咋样，不叫人家家里人知道那不好！当然孙青的家人当下就不要说了，你们知道他的家人不是病的就是呱的，来了黏莫咕咚哭哭啼啼的，说不清道不明没法收拾，反而不好，你俩说呢？”

我点点头说：“你说的有道理，那我就回去取钱！这个单子是何福厚的，你两个谁去给缴费。我走了！”我走到外面对等着的三轮车说：“走！回村里取钱。”回到家里我取出上次弄的钱，然后到赵镇平家对他的老爹简单说了下情况，赵镇平的老爹是个见过大世面，久经风雨的人，并没有大惊失措，他淡淡地说：“我知道了，你前面去，我后面就来了。”

龙生龙、凤生凤，老鼠生下会打洞。有这么一个沉着冷静，遇事不慌不忙的颇具大将风度的老爹，赵镇平从遗传的角度来说就占据了先天条件。再说了跟上杀猪的翻肠子，跟上当官的当娘子，一个人的家庭环境会对一个人的成长起到一定的作用。赵镇平的命好，摊上一个好爹，想不成材都难。

我胡思乱想着也没有忘了正事，忙对他老爹又说："你去的时候给镇平带上衣服，他穿的衣服弄脏了。"出了赵镇平的家门，我想了想又去村里叫了几个朋友坐上三轮车来到医院，对方很有可能来医院报仇。兵书上说打了胜仗晚上要防备敌人劫营。我不做好准备让敌人晚上来医院凿个稀巴烂那就没法收拾了。打仗的时候小心点还是强。我们村离医院很近，没多会就到了。跳下车我急忙奔往急诊室，到急诊室门口我看见温三军、孙西往和何福厚几个鬼着脸坐在过道的连椅上。他们抬头看见我来了，温三军开口对我说："刚才来了几个家伙在这转了一圈，看样子是县城的，绝对是来这里探听情况，你看咋样弄？"何福厚接口说："一会敢叫人来这里弄事，我顶死他们！"

我想到的果然没有错，笑了笑对他说："你还顶，头都顶破了还顶，我叫三轮车把你先送回去歇着。我来的时候叫了几个朋友，待会可能咱们村里还要来很多人，你不用在这了。你缝了多少针？"何福厚摸了摸绑在脑袋上的纱布说："缝了九针，没事！狗东西，来了我照样收拾。"

我转身对我带来的几个人说："你们在外面看着，如果有情况就来喊我们。"孙西往毕竟老江湖了，他分析说："我看刚才来的那几个是找他们的人在没在这里疗伤，今天县城受伤的那几个很有可能是他们的亲友，如果待会他们叫人来闹事，你们看！"他用手指了指那些过道里的输液架，接着说："那是铁家伙，咱们一人一个，他来的人再多都是死。所以咱们不怕，想都不用想，他们来这里怎么着。倒是很有必要找个人打听打听县城今天和咱们打架的那几个家伙伤情怎么样？别哪个死翘翘了咱们都不知道，到时候公安局来抓人，咱们都不知道情况，你们说？"

孙西往说的对，对方的伤情真的没法把握，曹锋钢能不能活下来很难说，如果曹锋钢和孙青刚才的对手死了，我们就要赶紧逃跑，他们那边一定报警，但是只要死不了我们就不操心公安局来抓我们，那边不会报警的，报警了也没人管。曹锋钢成天满大街吹胡子瞪眼，欺负老汉打娃娃，逮住谁讹谁，碰见谁，谁倒霉。进了饭店干吃干拿，进了服装店干穿干换。老板们都敢怒不敢言，今天让人打了那是必须的。公安局都会觉得省心不少。

我来到医院门口，对在门口放哨的几个朋友说："谁去县城一趟，给县城的朋友留个信，看今天和我们打架的曹锋钢他们伤势咋样？"一个朋友应声说他去。我就叫三轮车拉上他去了县城打探情况。那时候我们小地方没有出租车,这柴油三轮车就是我们最方便的交通工具了,今天这件事情麻烦多,他也就是我们的专车了。

没多会儿我们村里好多朋友们都知道了打架的事情,他们纷纷来到医院看情况,当他们知道我们虽然受了伤,但是真正彻底打败了县城的混混都很是高兴。我看着人越来越多,大家待在医院里很是不好,就招呼大家来到医院外面,他们听说县城的有可能来医院寻仇,大家都群情激奋,愿意等在这里保护我们。

我们的村子是华阴县最大的村落,名字是民国大将军冯玉祥给起的,叫"兴乐坊"。那时冯将军带着军队从西安往潼关走,过了罗敷河勒马东眺,看见前面一个大村落,就准备安营扎寨,他问随从人员:"这个村子叫什么?"随从答道:"是星落坊。传说有颗星星落到此处,人们就把这村子叫星落坊。"过去的大将军们行军安营,排兵布阵讲究大了去了,冯玉祥将军感觉不好,就说:"在此村驻军,去叫村长把名字改为高兴的兴,快乐的乐。"所以后来我们的村子就叫兴乐坊。

那时候人们都比较清闲,待在家里的人多,听说谁有什么事大家会很快聚拢到一起。所以很快医院外面就聚了我村一百多人,大家七嘴八舌地甚至商议开上全村的农用机动车去县城抄了曹锋钢的家。看到这么混乱的局面,我真有些担心,他们真敢去瞎胡闹的。这就是群众啊!

可就是在这乱哄哄的时候,县城的那帮子混混们开了一台卡车来了。天色已经黑了,我们村的群众站在医院门口的大马路上,乱哄哄地抽烟的抽烟,聊天的聊天。这时候从南面开来一辆大卡车,白晃晃的一对车灯照得人眼睛都睁不开,到了我们跟前看到人群并不散开,司机就狠命压喇叭。那刺耳的喇叭并没有驱散站在水泥路上的人群,反而让人们产生了讨厌焦躁的情绪。到了跟前卡车刹住了车,司机的副驾驶的车窗摇了下来,伸出一颗脑袋,大声喊道:"眼睛都瞎了,让路,再不让轧死你们狗东西。让我下来打断你的腿!"

妈妈呀!那么厉害,公安局长看到这么多人都要客客气气。这家伙难道是局长他三姨夫,要么是"李刚"他爸,那么凶。大家抬眼朝车厢上一看,上面拉了一车人。这就是来复仇的。没有人说话,大家都明白怎么回事了,怪不得那么凶,原来是有备而来,专门打架来了。这不是找死吗!

马路边多的是武器。大家弯了弯腰,捡起石头、砖头便扔了上去,顿时只听卡车上一片狼哭鬼叫。卡车前面的挡风屏也变成了蜘蛛网。也不听得那个副驾驶骂人了，那么凶了，估计司机楼里的砖头、石头都够回去盖猪圈了。卡车拼命向后倒去，车灯已经没有刚才那么亮那么刺眼。到现在才开会车灯，真没修养。该着！那车灯也成了屁红红，好像倒车灯比车前灯还亮。就这一边的车灯还让谁给砸住了，瞎了！大卡车变成了单灯。穷寇莫追，大家好像都知道兵法，并不追赶，就是扔砖头和石头。一会儿那卡车就不见了踪影，拉了一车伤兵回去了。他们这来得快，去得也快，就像一阵风吹过。这一仗打得舒心。不折自己一个小兵就让对方全军覆没。要么我早说过打仗要靠运气，你看他们的运气好像让猪拱了或者让狗咬了，糟得很！今天让砖头砸了都不知道是谁砸的，你看冤不冤。

当然主要原因是他们轻敌，就没把农民往眼里放，来几十个打手到乡下来就是砍瓜切菜来了，他们想着农民没见过这阵势，明晃晃的刀子尖锥锥的枪，真材实料戳到谁的身上能不疼！吓都吓死我们。哪个还敢抵抗，那不找死！错了，他们想错了，还是原则性的错误。这是忘了祖宗！自己住在小小的县城就算城里人了，忘了他家的爷爷还在乡下守着他爸爸的那几分地呢！你们看看这帮子人他们忘了本了，那怎么办？那就让他的祖宗们用砖头来敲敲，让他们以后长些记性。

卡车看不见了，我对乡亲们说："你们回去吧！现在没事了，晚上如果他们再来我叫你们。"大家还都沉浸在刚才的胜利气氛中不愿散去。我想了想又对他们大声说："今天打的这几个家伙里面有个玩意，他三姨夫是公安局的政委，到一会公安局来了大家就麻烦了。大家先回去吧！"大家听到我说被打的人公安局有人，脚跟就离了地慢慢往回走了。

看着他们说说笑笑远去的身影，我忙返回身，掏出二十块钱对我叫来的几个人说："你们去两个人叫个三轮车到县城去。把车停在马路边，走到县医院去看看刚才车上拉的人伤情怎么样，估计伤的不少。这砖头石块的乱扔，没准就把谁砸死了，去看看有没有被砸死了的。看看急救室里重伤几个。顺便打听曹锋钢他们的情况，完了直接回这里来给我说说打听到的情况。"两军交战情报最为关键，我这样安排到后面好收拾。

安排完打探情报的人，我返回急诊室想看看孙青怎么样了。我们最是可怜的小伙子。这个时候我看见急诊室的门口拥了一群人，有几个正在绘声绘色给温三军他们讲刚才的情况。我走到他们跟前拉起何福厚就向外面走去，到了外面我对他说："我叫个人陪你回去吧！你在这里也没什么事反而叫我操你的心。"何福厚难过地说："孙青还没出来，我放心不下。"我说："放心不下也不顶啥！你看这个局势这么乱，你不走我还要分心照顾你。”何福厚听到我这么说就难过地点点头，完了又说：“那孙青如果要转院，钱如果不够我家里还有上次弄的那些，你叫人来取。”我听到这心中很是难受，对他说：“你走吧！说啥哩！”说完我到里面叫了个朋友说：“你把何福厚扶住，到大门口叫个三轮车把他送回去”。

朋友答应着就向何福厚走去，完了我又叫住他递给他二十块钱说：“注意不要叫三轮车开快了，给他把脑袋用衣服蒙住，伤口不能见风。”朋友接住车钱高兴地说：“知道了，你放心。”

又回到急诊室门口，温三军见到我忙完，小声说：“赵镇平已经出来了，转到了观察室。孙青手术还没完，好像说伤到了脾脏，唉！”我一声不响地转过身来到医院外面，掏出身上的香烟点着了，忧愁地吸着，心想人们为什么非得打架？今天这个时间就我们这个事件，有多少个家庭不得安宁，到现在有多少个身体躺倒医院里，叫那些医生翻来弄去地捣鼓。我都不知道，不知道有些人是不是可以避免流血受伤的。不知道有的伤者让人急急忙忙拉来，送到急救室里躺在那个床上让医生捣鼓，问题大了没捣鼓好的就得挂了，死了。你看！嗨！干吗非得打架。

过了一个多小时，急诊室的门开了，护士推着孙青出了急诊室往观察室走去。医生对守在门口的朋友们说：“大家散去吧，不要操心了，这个小伙子很坚强，他没事了。”听到孙青没事了，我转过身抹去激动的泪水，一个劲在心说我的兄弟保住了，我们又可以在一起了！

孙青不坚强行吗？他的家里一对双亲都有问题，他妈一条腿在给生产队干活时让拖拉机碾了过去，粉碎性骨折，那年月医生的技术和生产队的资金都坏。医来医去一条腿报废了，虽然是工伤但是后来没有人供。谁供？生产队解散了！就是不解散也没有钱给谁看病，爱死爱活没人搭理。不像城里人工伤残疾什么的，每个月千儿八百的银子打到家里来了吃消炎药喝保健汤地滋润。在农村谁家出了这样的超级倒霉事，众人只有一句话就到头了：“算你倒霉！”你自己想不开别人可以告诉你，你这是“上辈子亏人了！命不好！”你想什么都行，说什么都好，但是千万不敢想着生产队给自家赔偿什么的，这个不现实的很。

孙青他老爹太老实，就知道苦干加勤干，把腰杆子干得弯得不得了，一天到头脑袋扎到地下，好像看谁把针丢了给找针一样。到医院去看医生，医生说是风湿，劳动的时候出力过猛满身大汗累了躺在地上造成的。这辈子直不了了。孙青的妹妹上初中念书，学习那叫相当的好！好，顶个屁用！还不是要钱、要钱再要钱。

鬼学校！孙青要给人当小工，一个月的收入那能够个啥嘛！给鬼烧纸都不够。这也就是人们常说的人穷志短，马瘦毛长，所以孙青铤而走险涉入江湖，干亏人的事业。今天这里的医生说他坚强！不坚强能行不能行吗！你说不坚强能行不能行？说到这里我都想哭。我们西北人从古到今就没有好过过，不是没吃的就是没穿的，完了就是战乱加灾荒就没有个好。

我低头坐在医院的台阶上越想越难过。这时温三军轻轻从后面走来，看到我这个样子，拍拍我的肩膀说："甭难过！孙青没事了！"我痛苦地叹了口气，自言自语地说："就是今天他过了鬼门关，以后身体绝对也不行了，想想他的环境真叫人熬煎。没有一个好身体凭啥宝贝伤人呢？嗨！"温三军说："你不要想得太多，现在赵镇平动不了，下来就凭你了。这一大堆事情都要你处理。我看这几天麻烦多着呢！咱俩要换着休息，今晚我反正睡不着，你干脆去睡一会，有啥事我叫你，门口有小旅馆，你去睡吧！"

我知道门口有小旅馆，但是大战刚完，善后的问题一点都没处理。脑袋都想痛了，这还能去睡。但是话说回来不睡光想也不顶事。干脆，干脆干它一觉，明天起码有些精神。想到这里我对温三军说："那我睡去了，你去里面把孙西往叫来，我俩都去，赵镇平他爹在里面，你主要看住外面，可能曹锋钢的人不会再来了，但是小心点强。如果有情况就把他们截到外面，可不敢放进去了。你大声喊我就来了！"温三军说："知道，你去吧！我叫老孙就来。"

我站起来慢慢向医院外面走去，刚走到门口就看见一辆三轮车风风火火开了进来。我盯住司机一看是自己人的车。司机看见我就把车子停到我的跟前，从车上跳下来一个我派到县城打探情况的朋友。他们看到我就急着说："白天打架的三个人伤势太重县医院看不了，用车转到西安大医院去了，听说一个是曹锋钢，失血过多伤了什么脏器，然后脚筋断完了，县医院不会接，一个是昏迷不醒不知道怎么回事，县医院没有仪器没办法查。一个是失血过多县医院没有了血浆。他几个转走了。最要紧的是刚才来的那车人十几个受了伤，有五个伤势特别重县医院就不收，直接让转到西安去，但是找不到车，没有车子愿意拉他们去西安，他们说让转到这里来，这里完全可以治好他们的伤。他们也是三轮车，从南面国道上来，我们从北面来得快！他们可能就快到了。"

听到这个情况我想这糟透了，妈的！仇人住在一个病房里这怎么闹。我立即对开三轮车的说："你把车停到外面去。"然后对回来的这两个朋友说："你两个坐到三轮车里面，暂时不要出来，我要叫你们，下车就一人捡一块砖头拿在手里。好，去吧！”说完我转过身跑步进了医院，碰到孙西往刚要出来，看见我跑进来，慌忙跟在身后。我看见温三军就给他摇摇手，温三军和孙西往跟着我到了外面一个僻静的地方，我对他俩说：“刚才来医院打架的那一车人里有五个受了重伤，马上就转到这里来了，你们给身上把东西带好，就咱三个。没有退路，如果他们要动手，就下死手。但是现在孙西往你进去告诉赵镇平他爹，一会来的这些人问赵镇平和孙青的伤就说是三轮车翻车了把人压坏了。不要说是打架的事，如果他们要问今天打架的人在哪里住，就说去西安大医院了。这里让转院了。好！你去吧！”孙西往赶紧跑去了，温三军对我说：“到这一步你就不要想了，该来的都要来。走！咱俩坐外面的台阶上抽烟去，看他还能再出什么事。不管啦！”

实际到这一步，我该想的该安排的也都做完了。往下就是看大家伙儿的命运了，如果来的伤员家属火气大，那就是还要有一批人他们也要躺下来让这里的医生捣鼓的了。我们这些骗子加土匪完全可以置他们于不幸的地步。他们根本不会是我几个的对手，自信好像很是关键，尤其到了关键时刻。

坐在医院的台阶上，温三军给我刚刚点上烟，就听见三轮车的声音传了进来，没多会就看见两辆三轮车开进医院，先跳下来几个人，四下里看了看没情况，一个就进了大楼走进急诊室联系医生。站在三轮车旁边的那个家伙警惕地装作漫不经心的样子四顾瞧着，他看见了我和温三军，很明显他吓了一跳。我俩低头继续抽烟，懒得看他们一眼。那余光可以看见两辆三轮车的全部动静。里面那个家伙出来了，对站在三轮车下面的那个家伙说：“安排好了，医生叫把人往里搬。”

车上又跳下来几个人，他们动手把车里的伤员往急诊室抬。看到这里我实际松了口气，他们怕了。只要他们怕了，一切都会变得很和平，很和谐。正在这个时候天上突然打起了雷，电闪雷鸣的，狂风大作。我累了，对温三军说：“我睡觉去，你在这。”“啥！这个时候你睡觉，我一个人咋对付？你这不是胡闹吗？”

我给温三军解释说：“他们的家属不敢闹事，他们怕了！你刚才已经看见他们下车那个样子了，今晚绝对相安无事。处理得好明天可以和他们成为朋友，这就看你的本事了。我明天事情太多，一会如果有事，你叫孙西往来叫我，我外面还有咱们几个人，我们一块睡旅社去了。”天上已经下起了瓢泼大雨，是该给这些火气大的人降降温。

今夜无战事。

我站起身跑向外面。叫上了三轮车上面的朋友，我们一块叫开旅店的门，开了两间房子，太累了，近来所经历的事情太多了。劳心是最累的事情，我走进房间懒得脱已经淋湿了的衣服，直接就爬到床上睡着了。

人心里有事赶早不要人叫都会早早醒来。天麻麻亮我就醒来了，看到床上还睡了一个朋友，没惊动他，我爬起来悄悄来到医院，走进急诊室的楼道看见那些家属坐在过道的连椅上打盹，我抬轻了脚步怕打搅了他们，往前向那观察室走去，观察室的门口也有好几个人坐在门口，温三军和孙西往坐在地上背靠背地睡着了。赵镇平他老爹没睡，他看到我来站起来怕惊动了大家，给我挑了个眼色，向里面的小花园走去。我轻手轻脚跟在后面。到了小花园里他转过身对我说："县城的没死人吗？"我摇摇头说："暂时没有。"老爷子说："那就好！你待一会去一趟县城，到昨天你们打架的那个饭店去一下，到那里给人家老板说说，看昨天损失的桌椅板凳有多少，还有啥弄坏了，咱给人家赔。我给你说难业，事情到了这一步不要怕，有啥事我担着！你们打赢了好办。不怕！就是花一些钱，只要你们几个娃娃没事就好，啊！"

我说："有你在这里我们就放心了。能行！我待会就去县城。"他老人家想得周到，那个年代是民不究、官不问的，曹锋钢他们不会去公安局报案，我们也不会去报案，剩下一家就是那个饭店了，昨天他的损失也不会小，如果没人管很有可能去报案。那就麻烦了。

我又叫上三轮车来到县城，先找到明明麻食菜铺子，一人来一大份麻食，浇上红红的辣椒油手拿锅盔吃了个美。捂住饱饱的肚子，我坐上我的专车三轮来到饭店，到了门口就看见一些人把一些崭新的桌椅板凳往里面般，这是昨天打坏了许多，今天这个老板就赶紧更换好家具了。我看了看有个在那指手画脚指挥的家伙，知道这个家伙可能就是老板，我走到他的跟前问："谁是这个饭店的老板？"这个人说："我就是，你干什么？"我给他微笑着递上一根烟回答他说："啊！借一步说话！"他疑惑地不知道是什么事情，挡住我递过去的香烟就说："那就到里面去吧！"我跟着老板来到里面的吧台上坐了下来。他开口说："说吧！什么事！"我赶忙又给他递上那一支烟说："我就是昨天在你这里打架的人，今天来看看你们饭店损失了多少，准备给你们赔钱。"这个老板听完我的话站了起来说："你们就是西乡里那些人啊！是把曹锋钢打坏的那帮子人？"我点点头。他说："好，好，赔东西，不用了。我感谢你们还来不及呢！还要你们赔东西。曹锋钢就把我糟蹋咂了，该天杀的！成天来混吃混喝的，吃饭不给钱，每个月还要给一千块钱保护费。简直就是土匪嘛！我知道他娃有这么一天。东西不要赔，改天你们全部来我这里，我还要把你们几个好好招待招待。”听到这里我知道碰到了明白人，就对他说：“不赔你看说不过去！糟蹋了这么多家具。大家都不容易，你算算实在不行我们少赔一点，这样我们心里就能放下了。”他高兴地说：“你看看！说不要你们赔就不要赔，你看你们同样都是混社会的，素质差别就这么大。一个成天敲诈我，一个弄坏家具非得给我钱。你们的行为这叫行侠仗义。我姓李，叫李东，你这个朋友我交定了。今天忙，改天你一定要来这里，咱们好好坐坐！”我听到这里站起来说：“那你忙，改天我们做东，大家好好坐坐。我就走了。以后你如果有什么麻烦事情来说一声，我们绝对帮忙。”这个老板热情地把我送出门，我高高兴兴走向我的三轮车。

坐在我的专车上，我就想，碰到一个清白人不容易。大家都这么好说话，这么客气，那这个世界多美好。人在活着的时候常常会碰到解不开的扣，会遇到无法化解的困难，有时候可能觉得都活不下去了。实际上你不要怕，有个好东西能帮你把那解不开的扣松了，能帮你把面前的闹心事推走。这就是“时间”。真真的好东西！你看我们遇到了多少困难、多少翻不过去的火焰山，到现在都好好的。漫天的乌云风吹散，嗨，嗨！风吹散。

随着时间的推移，赵镇平健康了，好了。可以下地活蹦乱跳地呼吸新鲜空气了，可以出院了。孙青面带笑容地在大家陪伴下发出爽朗的笑声。何福厚脑袋上面的纱布也扔了，花了十七块钱买了一身西装穿在身上，里面套上一件白衬衣，脸上的胡子扫得倍干净。不管谁见了都说小伙子精神！一换过去任谁见了都说他已经四十多岁了的苍老态，现在任谁见了都说这是个成功人士。这也就是经历几场大事，口袋里进了几两银子的结果，我们的朋友从里面到外面都变了，变得阳光和快乐了。

赵镇平他大姐包揽了我们这次打架的全部费用。我们前面也弄了几两碎银子，所以孙青住院的这段时间大家天天快乐地在医院里度过，我们几个都爱好音乐，没事的时候拿上乐器在医院的广场上演奏，赵镇平吹笛子，孙青拉板胡，温三军唱歌。就是何福厚喜欢老腔，我们大家都不喜欢老腔，嫌太老。老腔是我们当地的一种特种戏曲，是我们国家最为古老的摇滚乐曲。它的发源地就在我们华阴，这曲子听起来悲怆压抑、浑厚苍茫，会感觉到冷兵器时代战场的嘶喊拼杀，会感觉到黄河、渭河的奔腾和咆哮。你也会感觉到是西北人的外冷内热和倔强不屈。你更会感到西北人对现实的无奈和压抑,这是对苍天的呐喊和对大地的祈祷,太过沉重。

范柯玲也常来医院探望孙青,有她在病房里不但孙青感觉好,大家的心情也格外好,她那鹅蛋形的脸面上面长了一双若湖水一样清澈的眼睛,清脆的如银铃般的笑声使大家都受到感染,知道了生活原来是那么美好。范柯玲总是穿着那件花格子衣服,自己纳的一双布鞋,留了一个小辫子,给人感觉总是那么朴实。她给孙青洗衣服,拖地。没事的时候给孙青削个苹果什么的。我看着范柯玲伺候孙青精心细腻的样子,心中不由地暗想,多么好的一对呀!祈求着上苍不要分散他们,给他们幸福。

因为年轻、体质好,很快孙青也让医院赶出来了。不用住院可以回家休养去了。大家没事的时候都喜欢来我家,因为我会瓦工手艺舍得出力,大前年在朋友们的帮助下在村边盖了三间瓦房,家里没人宁静。爱怎么着就怎么着,大家来了无拘无束地吹拉弹唱也不影响别人。这一天大家都来了,没有见到赵镇平。很晚的时候赵镇平才进了我的家门,他坐下来就对我们说:“县城有人捎信过来,想和谈,你们看怎么样?人家说曹锋钢的脚筋没接好,估计一辈子都残了。刚出院回来就让公安局抓去了,现在关在看守所,一直拄着双拐。人家公安局问他的腿是咋回事,他没有告咱们,说是自己让车轧了。公安局虽然知道是咱几个弄的,但是人家没告,所以大家相安无事。”

我开口说:“不管咋样可以见见,到底是啥情况?只有见了才能知道。”赵镇平说:“你看谁去比较合适?”我说:“我,我去吧!”赵镇平说:“你去怕不安全!”我呵呵笑着说:“不安全?他们都吓破胆了,还敢胡作非为?没那个胆量了,曹锋钢如果还在外面那是个麻烦,这玩意是个可怕的人物,现在他进去了,剩下的不足畏惧!你联系他们看什么时候在什么地点谈。我去。”赵镇平看我这样说就点点头说:“那你和温三军去,这样大家放心。”我回答说:“不用了,就我一个去进退容易些。”赵镇平想了想说:“那好,县城来的人还在村里,我去和他商量商量定个时间和地点。”说完他站起来对大家说:“那你们谝,我先去了。”

我们在县城打的这一架,赵镇平名声大起,奠定了他在我们当地江湖老大的地位,一些人以和赵镇平相识为荣,他的为人处事和曹锋钢走的是完全相反的路子。从不收什么保护费,从不干无理的事情,对谁都和和气气的,没有一点江湖混混的样子。生意上人们有了纠纷和啃不动的事都喜欢来找他。他有时还能得几个利。他的大姐已经把饭店开起来了，现在再也没有混混们来捣乱，甚至一些混混们弄到钱还喜欢来这里吃饭，那天我和赵镇平坐在他大姐的饭店前厅喝茶，一帮混混吃完饭结账时非要多给，赵镇平的大姐当然不愿意多收，那个混混大声地对大姐说："大姐，我和你弟赵镇平是朋友，来这里照顾生意是应该的，你把这钱收了我高兴，不收就是看不起小弟了。"你看看，江湖作风害死人。

我和赵镇平坐在那里没有答话，这些混混们有时就是叫你哭笑不得。赵镇平定了和对方谈判的地点和时间，单等时间到了我就单刀赴会去了。后来他把谈判地点定在县城一个朋友的家里。

来到这个朋友家我敲开门，看到有几个人坐在客厅。他们看到我进来都很是客气地站了起来，我忙说："你们坐，你们坐。"然后我急忙掏出香烟给几个人散烟。等大家都落了坐，曹锋钢他哥站起来伸出手自我介绍说："我是锋钢他哥。"我忙站起来握住他的手说："哦！大哥！我是难业。以后来县城请多多照顾！"然后我们松开了紧握的手，我更加客气地说："大哥，你坐，坐。"

我两个又同时坐下。然后曹锋钢他大哥又介绍在座的两位说："这两个是我的朋友，自己人。"我又客气地和这两个人握了握手。客气完曹锋钢的大哥说："我这个人是快言快语，有什么说什么。你兄弟今天是代表赵镇平来说事情的，我给你先说说情况，至于怎样收场你看着办，今天见到你，我知道你也是个慷慨的人，咱们到今天这一步也不藏着掖着，不管什么事情说开了大家也就不怪对方了，你说是吧！"

我听了他这些啥实际情况也没说的话，知道对方不简单，随即忙说："对，对，对！你说的对！我来就是化解问题来了，就是交朋友来了，你说的对，一些事情说开，大家心里也就没疙瘩了。对！"曹锋钢他哥听完我的回话，语重心长地又对我说开了："你看，我家锋钢不懂事，胡闹腾得罪了你们。事情闹到今天这一步没法收场，他现在叫公安局抓去了，关在看守所。人家问他的双腿咋回事，他没有说是赵镇平拿刀剁的。这样说了对谁都不好，你想公安局能放过你们，不可能的吗。公安局抓住你们，哎！不多说，每个人还不罚五千元。后门里他赵镇平还不花一万多元，对不对！"

他说道这里眼睛看着我停顿了一下，我忙点点头说："对，是这情况。是要花好多钱，没错！"曹锋钢他哥看到我点头同意他的说辞，继续说到："你看有些事情说不来，人要倒霉了那坏事情是一个接一个就来了，任谁挡都挡不住。那天白天锋钢几个叫你们打伤打坏了,到了晚上白天被打伤的几个家里人非得去你们那里报仇。结果是卡车的司机楼让砸得面目全非,进了大修厂,花了一千多块。去的人重伤就十几个,里面脑震荡就七八个。有一家弟兄三个,轻伤一个重伤两个满共就三个。那些坐车去的轻伤的就不知道多少了。不知道当时是咋样打弄的。几十个人到你们那里就好像一只蚂蚁一样那么不经踩,你们太强大了。你看看虽然我们没有叫这些人去打架报仇,我还尽力阻挡了。但是,但是毕竟这些人是为我家去打架的,咱不能不管。我要不管了以后咋样再活人,你说是不是?我要不管这些受伤的人,你说我那还是人不是人?我前后借钱给每个重伤员,一家送两千元不多吧!你看我要花多少钱!嗨!兄弟你说是不是!"我又忙点头说:"应该,应该!"

他接着说:"你看应该吧!可是谁有多少钱,现在曹锋钢抓进看守所。我给官方已经花了一万多了,希望能判轻点,看样子轻不了,造孽太多。最少看样子得个十几年,轻重伤害案子十几起。狗东西造孽哩!我这边也就是这情况,兄弟你看,如果想把咱俩家的事情做个了断,我不说了,你看!我看你是个明白人,知道轻重。"

我心中不由得感叹,高人啊!高人!谈判高手,厉害,厉害!朝鲜半岛如果有这个姓曹的去参加,六方会谈一定会取得胜利。你看他于谈笑间给对方不断施压,一浪高过一浪。不断地征询对方的意见,最后还把天大的面子卖给对方。但是给对方底下留的路子就是你拿钱,坚决不能少拿,少拿了可不好得很。你要想不拿我让公安局抓你们。拿钱,不要少了,数目都给你算好了。很是公平,一丁点都不过分。

我沉默着,不能急。要等他们把条件开完了才能开口。那两个坐在这里的陌生朋友也不甘寂寞,开口对着我说开了。可以说是声情并茂,恩威并举,一拉一送,配合默契。

看着他们的说和我感觉到底是城里人,文化修养养还是高。这两个人说的话我最后总结出来,他们开出的钱数大约在十万元左右。但是他们很是谦虚,把这个数目藏得很深。你要耐心去分析才能知道他们的目的。到了这个时候,我也该温柔地抵抗、轻轻地反击了。

我开口接住他们总的话题说道:"听了曹大哥和两位的话,我觉得你们是非常讲理的人,你们的话讲得很有道理,你看现在打仗就是打钱,那美国就是有钱,今天看着这个不顺眼，花几个亿上去扔几个导弹，然后派大兵过去用高帮皮鞋踢那个家伙的屁股几脚。明天那个国家又不太听话，让国内的军工企业造一些纯钢炸弹，不停地向那个家伙的土地上扔钢材，你想地上满是烂钢废铁，你哪里还能种庄稼吗！要是每家都种的是土豆那还差不多，让炸弹给翻出来。他们扔的时候又没个准，不定还给扔到谁头上了，弄得头破血流地哇哇乱叫，到最后这些国家都听话了，美国这样做关键还是有钱。其他国家咋不胡扔炸弹呢？大家都知道炸弹是真金白银换来的啊！要是没钱，没钱打啥子仗，你说是不是？"我说到这里他们几个都被我幽默的话语逗笑了，我看看他们几位笑完，就用询问的口气给他们说："你们说是不是？"他们一个个也都说："那是，那是！"我接着说："有时也是承受能力的问题，你像曹锋钢给饭馆每个月要一百两百的那都顺溜地给了，但是他要一千、五千元，有的老板这就受不了，能挣多少钱，关门算了。是不是？还是年轻，不懂得细水长流的道理，你们说是不是？"他们几个又都点头说："是的！是的！少要些大家都相安无事。"我说话的目的就是要他们说的这句话，少要些大家都相安无事。我说到这里不能再说了，要他们回味回味刚才的话。

完了我喝口水点支烟继续给他们往稍微明白地挑："赵镇平这回你看他也是不对，他到县城来碰到曹峰钢是说事情来了，对方有啥事不对就给他说嘛！说了不行就给他讲嘛！讲了不行再给他说啊！但是坚决不能动手打人、打架！你看看他还是年轻。闯下这么一摊子事情这是给他老子闯难过，赵镇平他老爹一个老实巴交的乡下农民，这回要花多少钱收拾他娃娃铺下的烂摊子。光那边受伤的在医院里就给送了一万多，这一万块钱有的农民八辈子都挣不下这么多。当然他有些亲戚有办法，能借几个糟钱，能借几个钱也不能这么胡搞吗！你们说对不对？"他们几个不情愿地点点头说："嗨！嗨！对……对！还是年轻。"

谈判到了这一折我估计可以谈下去了，但是他们绝对地要商量。因为我明白地告诉他们掏钱可以，但是像他们说的数目那不行，关键是没有，拿不出来。更重要的是告诉他们要的少了是钱，多了是难，再退一步说是没有，农民哪来那么多的钱。

说到这里我非常客气礼貌地给这几个人说："你们看咱们几个说得蛮投机，把时间都忘了，走！我今天请大家吃饭，大家下去好好吃一顿。走！你们说上哪个饭庄就上哪个饭庄，想吃什么咱们就点什么。人要投缘了就有说不完的话，走！"

他们也知道今天谈到这里已经不错了，后面他们还要商量，所以听了我的话曹老大也说:“哎!好兄弟!到县城了还能叫你掏钱,我今天包揽了。走!今天花多花少都是我的。走!”我们说说笑笑走到楼下,来到一个大饭庄要了个雅间。大家其乐融融地有说有笑,一边吃一边聊天。但是没有人再提起两家的问题。我回去也要和赵镇平商量掏多少钱为合适,答应他们的最高上限是多少。这个大家心里都没底。今天我们两家初步互相摸了摸底,我知道起码谈判是没有风险,你看这就像国际谈判一样,用的全是外交语言。那边战场天天打死人,这边谈判常常是礼仪有加笑容满面。大家都吃得差不多的时候,我装着去上卫生间到前台结了手续。

这个饭局我必须买单,人家说要买单那是给我留人情。正在这个时候曹老大也出来了,他看见我正在结账,过来推推搡搡一定要他结账。后来我还是结了账。完了我给每个人再拿了盒我们当地卖得最好的金丝猴香烟,对他们说:“你们看今天大家谝得都合适,回去大家也都商量商量,明天我过来和咱们几个接着聊,现在我就先回去了,咱们明天见!”

大家好像是老朋友似的互相握着手不忍分离。一同说好了明天在这里接着聊。我就走到马路口又叫了个三轮车把我送回了家。回到家赵镇平就等在我家,看到我回来,他笑笑问:“咋样?”我给自己倒了一杯水,拿在手里给他把谈判的详细情况说了说。赵镇平听完了站起来对我说:“是这,这些情况我回去要给老爷子汇报,钱要老爷子想办法。完了我来给你说情况。”

到了晚上赵镇平来到我家,对我说了他们全家商议的结果,要求我把赔偿金压在三万元之内,绝对不能上五万。我对他说:“三万看样子不行,有可能在四万上通过。明天谈判去加个人,专门说废话的,热闹些。”“那就叫何福厚跟你去,把这事说到头了也就轻松了。”

何福厚这段时间没闲着。我们弄的那几个糟钱他除了给自己今生第一次买一身衣服外没有敢乱花一个小镚子,抓紧买了一些砖瓦,给秋天盖房做好准备。第二天我叫何福厚去县城,他一个人正在和温三军给自己挖地基,看到我过来温三军喊道:“你也准备挖地基来了,我的鬼呀!何福厚这个‘黑鬼’。帮忙干活的连饭都不管。你跑到这里干啥来了?干脆给我挖去!我把砖瓦也进到庄基地上了。”他两个光着膀子,下身穿个大裤衩子,弄得满身尘土,我高兴地问:“你们买了多少砖?”温三军笑着喊道:“我们都进一万块砖,够盖三间瓦房,房子盖好了才能有人给说媳妇。你说美不美!”我说:“好,好好干,媳妇会有的,儿子也会有的。孙青进没进砖?”何福厚低头摆弄着手中的铁锹说:“嗨！他还没弄下庄基,这几天手中有了钱,才给人家村上申请庄基。那慢着呢!”他俩看见我来到何福厚的庄基地找他们,就知道有什么事情,在一人深的基槽里蹭蹭铁锹上面的土,把铁锹拿着爬了上来。温三军问:“是不是准备出去,这回到哪里去？还是去陕北?”我说:“还得几天,把打架这件事处理完,还要看孙青伤养得咋样了,你们知道,咱们出去了绵羊都要当狮子用,不完全好不敢去。”温三军嘿嘿笑着说:“孙青彻底好了,我的鬼呀！他天天跑前跑后欢得像老虎娃一样。”

我说:“那好！大家都急着弄钱,好事情嘛！过这几天就走！今天我想叫福厚跟我到县城谈判去。”温三军听到我说让何福厚和我去谈判急坏了,手舞足蹈地大喊:“哎！哎呀！我的鬼呀！你叫何福厚去谈判,他那嘴跟叫驴踢了一样还能谈判,你……嗯！……胡闹吗！你看何福厚这几天穿了身新衣服就以为他嘴都新了。我去！比他……嗷……呀!”

何福厚听着温三军损自己,一脚把蹲在我面前的温三军蹬到挖好的一人多深的基槽里去了。我两个大笑。温三军跌到基槽里对何福厚骂道:“哎！福厚,你娃把你先人蹬下来哪块摔坏了,你叫个福厚,你有个锤子福,你就叫负厚了。一辈子都不给你娃转正的机会了。我的鬼呀！差点把你老子还跌坏坏了。”

我一边笑着一边伸出手把温三军拉了上来说:“那不行了,咱仨个都去!”温三军的嘴就是损,接着我的话说道:“我去！我去给他们个锤子,给个鬼！我有那几个钱还要留下来给我将来的媳妇买裤头,把秘密盖住。”

我和何福厚笑着拉上他往何福厚的家走去。他们洗完温三军就说:“我回去了,你俩去吧！尽量少给或者不给那些狗娘养的最好。赶紧麻溜地弄完咱们就出去。”我笑笑说:“你赶紧回去给你挖基槽去,别把媳妇耽误了。我的鬼呀!”

何福厚换了衣服,我俩骑了辆自行车就来到了县城。通过激烈的交谈,曹老大把我逼到墙角。他让我说赵镇平到底能拿多少钱出来。我没办法说出了数目——三万元,这边的能力也只有三万元,再多了就实在想不下办法了。他们听了我的话,一个个理所当然地叹息的叹息,摇头的摇头,说差得太远的、说不行的、说距离太大的。我也叹息摇头说这边实在没有办法了,说确实、如果、可能、应该比这要多得多,但是真正地想全了办法。谈到这里曹老大郑重其事地对我说:“难业你看是这,你回去给赵镇平说说,能凑到五万整了我们谈,凑不到钱了也没办法,我也不管这个事了。爱发展个啥是啥！把人还劳死。”

谈到这里谈判的结局就出来了，赵镇平能筹到这么多钱公安局就不抓我们了。筹不到钱那就准备逃跑或者蹲号子。我只能客气地对他们说："行，我回去给赵镇平说，让他尽快筹钱，筹到了我来见大哥。"说完大家就分手了，我和何福厚在城里转了几圈看看没什么需要买的东西就回家了，进了家门，我和何福厚看见赵镇平拿了本书坐在我的院子中看书。看到我俩回来他放下书高兴地说："你两个玩美了！咋样？"

何福厚给他把今天听到的情况做了转播，最后说看样子低不了四万块。赵镇平微笑着说："我爹猜的准，说他凑一万，我大姐凑三万就齐了。今天都去凑钱去了。""他们说最低要五万元，我们这两天不要联系他们了，现在他们的心理压力比较大，怕咱们不出钱了。过几天我过去给他们说你想尽了一切办法总共凑了四万元，能行了就收下，不行谁也没办法，他一定会收下钱，这个事情也就到头了。"赵镇平说："行，那咱们这几天没事，明天咱几个到渭南看苏宁去，不知道她的事情摆顺溜了没有，没事咱们玩玩嘛！几个多月了。"何福厚说："你们去吧！我和三军干活挖基槽。"

第二天我和赵镇平来到了渭南苏宁摆摊的那条街上，当苏宁看见我们俩，高兴得蹦了起来，一下子跑到我们跟前。连声地叫："哥！哥！哥哥！镇平哥！难业哥！"然后我们看见她的眼泪哗哗地流了下来，接着哽咽着说："你们好长时间不来，我以为你们不会再来看我了，再也不管我了。我这几天心里特别难过，如果没有你们几个哥哥，早都没有我了。你们现在是我在这个世界上最亲的亲人。你们不来看我，我伤心得受不了。我都想去找你们，但是不知道你们在哪里。"她说着说着用她那胖乎乎的小手捶打赵镇平的胸部，乐得面颊上面淌满了幸福的泪水，接着她又问："我那几个哥咋没来，我想你们每一个当哥的。"

我来到她的小摊位前看着，孙青和赵镇平帮她进的衣服，也就是十多件，我随便翻了翻觉得这些衣服做工很细，给人有一种档次不错的感觉。这时苏宁和赵镇平也站到了我的身后，苏宁看见我详细看她这些宝贝，高兴地给我说："难业哥，他两个给我进的衣服好卖，每天都能卖一件。有时一天还能卖好几件。我自己一个人都从西安进好几回货了。你看这些衣服做工精细吧！不是的。我把每件进回来的衣服都检查一遍，用剪刀把多余的线头都剪去了，我买了个熨斗把每件衣服再熨一遍，顾客们都说我的衣服好。美太！我现在可好了，不但能挣钱养活自己，还有结余的，你看我给自己也买了一身衣服，你看美不美！"

我的眼睛一般看女人是笼统模糊的，从没认真细致地观察过哪一个女人，听到苏宁这么说抬头仔细看了看。这女娃子经过两个多月的锻炼出息多了，每天的生活有了着落，思想就没了压力，吃的也好了，整个人的变化大了去，原来黑瘦黑瘦的，现在人也白了，气质也出来了，你看她乌黑的头发蓬松地披在肩头，明亮的大眼睛透出柔和幸福的光芒。新买的白色蝙蝠衫配上一条紧凑的喇叭裤，任何人看了都感觉舒服。美！她有另一种气质，胖胖的面颊圆圆的下巴使你感觉到有种尊贵的感觉，也就是乡下人说的长得有福气。我没有回答她的关于衣服的好坏问题而是说："你将来一定是个官太太。"苏宁听了说："难业哥，叫你看我买的衣服，你胡说啥哩？我要能找下一个像你们这样的人都是上辈子烧了高香，还敢想找个当官的？"我说我们这些人不是骗子就是土匪，别人躲我们还来不及呢！你还说我们好。苏宁说："就是好！就是好！你们心好，你们干那些事情都是没办法的事，谁有钱了愿意冒那么大险。你们是我见过最有本事的人，也是我见过最善良的人。我们那儿的小伙子最精明的到你们跟前都不如一根木头。"

我和赵镇平大笑，笑得前翻后仰，赵镇平笑着说："我们长这么大还没听到过有人这么夸我们的。难业是我们的秀才，他在家里，他妈天天骂他笨得跟猪一样啥都干不好，没有一天不挨骂。更不要说我们其他人了，我们真有那么大本领？呵呵！哈哈！你还会夸个人！把人都笑死了！"

苏宁看到我们笑她这么说话，着急地说："就是的！就是的！你看你们每个人都勇敢还会功夫，能说会道的又有知识，听说你们几个也都能写文章，难业哥的文章还上过报纸。你们都会唱歌还会唱外国歌，还识谱，福厚哥还会唱老腔。你们每个人都是能人。我要向你们学习，我都打听了，渭南这里有函授学校，我去报了名。""你报函授？报的什么？"赵镇平新奇地问。"报的'汉语言文学'，你们说行不行？"赵镇平点点头对她说："我没有看错，你能知道自己的不足，想通过学习提高自己的品位。你也是一个高尚的小妹，我们会永远全力支持你的。你的学费我全部包了。我给你留个通讯地址，以后我们没时间来看你的时候或者你有什么事都可以给我们写信。"是的，你看一个在外漂泊的弱女子能有这样的思想，不由得让人感到敬重。我们等苏宁收了摊后去饭店吃了顿饭，也小资一回。

在那个优雅的环境里，我和赵镇平都暗暗地下决心以后要努力向上奋斗。好经常能坐在这么高贵的地方用餐。吃完饭点了一个汤，我说我出去转转，给他们俩留个空间。这女子刚才看见我们满面泪水，楚楚可怜的样子，任你铁石心肠都要动心。她用那温柔的粉拳捶打赵镇平的时候,我知道这两个人这辈子注定要走到一起的。我坐在饭店外面的台阶上,悠闲地看着过往的人们。他们出来的时候我给赵镇平说:“我们该走了,待一会怕没回华阴的车了。”赵镇平点点头说:“行!咱们顺便送送苏宁。”

一路上苏宁不断地给我们说,如果有时间一定要来看她,你们不来看我,我就来华阴看你们。我和赵镇平听了都喊起来:“哎!苏宁!你可不敢来华阴看我们。你胆子太大了,那样很不好!人言可畏,不敢来,啊!”苏宁格格大笑任性地说:“看把你两个大老爷们吓成啥了!你们不来看我,我就来!我就来!”赵镇平忙说:“我们只要一有时间就绝对马上、立即、闪电地快速过来看你,绝对!你看咋样?”苏宁听到赵镇平的保证,笑得更加灿烂了。把苏宁送到她住的那儿,我两个迅速赶往小桥,从小桥挡车回到华阴。

第九章

每年我们陕西关中地界都是到六一儿童节这个时节，麦子就要动镰刀收割了，今年也不例外。我们这里的农民大部分人都分了三分多地，一家大多数也就是三两亩地。龙口夺食，麦子熟了的这几天，主人们要抓紧把地里成熟的庄稼抢收回家，要么天气下个连阴雨就麻烦大了，极有可能全年的吃饭就成了问题，所以每当麦子成熟的时候，我们农民们都不分黑白天，不知疲倦地抓紧抢收庄稼。

孙青家里的地比较早一些，熟得最早，我们几个提前就问过了，知道他哪一天收麦子，那天天没亮我们几个就自己拿上镰刀来到孙青的责任田里给他收割。赵镇平去的时候拉了一个人力架子车，他想着专门把我们割到的麦子往打麦场上运输。

当地里的麦子割了一部分，他就开始装车子，温三军看看他装得差不多了，就放下镰刀去和赵镇平装麦子，他想着不能让赵镇平拉架子车，他的伤刚刚好，不能出大力气。装好了他自己拉，赵镇平帮忙推车子就行了。我们激烈地挥动手中的镰刀，一个个只管收眼前的麦子，没有一个人说话，在地里光听见镰刀割麦子的“嚓嚓”声。不觉得太阳就出来了，它就像一团火照在身上大家都热得不行，范珂玲放下镰刀锤锤弯疼的腰大声给我们说：“你们先慢慢割，不着急，我给你们提水去。”我们没有一个人答她的话，一个个猫腰挥舞镰刀割着面前的麦子。

这农活里没有一件是轻松事情，每件活路都是要命的辛苦。最是让人受不了的就算这割麦子了，麦子的麦头上面长了好多麦针，把人的胳膊扎得全是小红点，这汗水一出来双臂就像蝎子蜇了一般的疼。这腰要一直弯着使力，把腰折得疼得厉害,抽空一只手弯回腰背锤锤能缓解那么一点点。你看这太阳刚刚出来身上的衣服就全湿透了,那汗水前面顺着前心淌下来流进裤腰,后面的汗水顺着后背也流向裤腰,这汗水里的盐分很高,裤腰带这个区域让汗水淹得直疼,不时还要挠挠。我们顾不得这些,只顾眼前的麦子。三夏大忙季节时间对我们农民来说太重要了,这太阳虽然把人晒得脱皮,但是我们热爱它,如果这个时间它不出来,再弄几点小雨下来那麻烦就大了去了,这麦子就收不回来了。所以我们没有一丝怨言嫌热,都卯足了劲抓紧手里的活路,把活路往前赶。这孙青也就是两亩半地,看样子我们这群人要大干一天才能收完这片麦子。十点多的时候范柯玲送来了馒头和开水,她那金铃般的嗓子喊着我们去地头的大树下吃饭。来到地头我们手都不用洗,每个人抓起一个馒头掰开了夹几筷子辣椒面就往嘴里放。每个人吃了几个馒头,再用那只大老碗轮流着喝了几口水,这屁股都不敢往地上坐,就急着要往地里去,范柯玲急忙说:“不忙!不忙!歇一会在干,歇一会。”何福厚憨厚地笑笑给她说:“不敢歇,待一会天气更热了,这一劲子要把这片地里的麦子全撂倒了再说。”

我回头看看麦地,一片热浪伴随着微风吹起的麦浪翻滚着,心里直发怵,咬咬牙拿起脚下的镰刀走进地中。他们几个也都抓起地上的镰刀冲了进来,范柯玲高兴地说:“吃饭人要少,干活人要多。有你们几个这就是快,你们几个不要着急,慢慢干,不敢热着了。”

不敢热着了!这一劲子收麦子就是要命来了。我自己家里的、岳父家的,到现在孙青的,我看样子再是不愿意也要给范柯玲帮一天,她家没有劳力,这苦重活路全撂到范柯玲这一个弱女子身上,孙青绝对会拼了全力给她帮忙的,这样一来孙青的伤口不要再给弄坏了。

嗨!这活路太辛苦了。农民收麦子没有听说谁给累坏了,没有听说谁中暑了。哪一个都是遇到火里烧不着,遇到水里淹不死的,苦惯了,不怕!

这会儿骄阳下没有一个人说话,耳边只听得镰刀用力割麦子‘喳喳、嚓嚓’的声音传来。我们心里明白,反正就是这两亩半地的麦子,要我们几个收完才能歇着,早完早歇,晚完晚歇,必须拼了命收完再说。

赵镇平和温三军已经拉了两回,这时太阳更加毒辣。我这会儿低头弯腰猛力地挥舞镰刀,就是这收麦子也是技术活。割到的麦子要放整齐,堆子不能乱,待会温三军好装车子。割完麦子麦茬要整齐,不能看过去乱糟糟的,里面遗失的麦子麦穗不好捡拾。割完的麦茬要低不能高了,高了影响下一料的玉米点播。以上几个问题是做农民起码的要求,谁如果没达标,那么大家农闲时节就会说闲话的。我们几个这书没念好,这干农活可不敢有丝毫的马虎,不能让街坊邻里们看轻了。

我这会热得脑子晕晕乎乎直犯愁,完全没有了丰收的喜悦,心中想着下一辈子千千万万、万万千千不敢再当农民了,一定要好好学习,天天向上,你看今天干的这活路和把人放到铁锅里蒸没有区别。我的心里虽然胡思乱想,但是手里可是一下子都没停,我偷偷抬眼看看前面,已经剩三分之一了,这就快了。他们几个比我更能吃苦,这会儿我已经落后了。到了下午三点多,我眼前突然多了几把镰刀挥舞着,我知道这就是要胜利的节奏啊,他们围拢过来支援我来了。就剩下我眼前的这一小片了。范柯玲的镰刀挥舞得最快,比我们几个男人都快,她割完我眼前最后一镰麦子,我们大家慢慢地直起腰来用一只手弯回去捶后背,一只手拿着镰刀相视而笑,终于干完了。

终于干完了,你认为我们可以好好地歇歇了。你错了,哪来的这好事情。你看我们相视一笑后,大家把镰刀别到后腰带上,急急忙忙给温三军装车子,范柯玲跑去满地里捡拾麦穗。温三军他两个跑得也快,这是最后一架子车了。装好车子我们大家跟在温三军拉的架子车后面,走向孙青的打麦场。范柯玲早把我们要用的工具都拿来了,我们几个把镰刀放到打麦场的一边,抓起铁叉把拉回来的麦子集成一个大跺子,这样麦子干得快,天要下雨的时候也不怕雨。人多就是快,也就是一个多小时我们就集成了一个大垛子,把今天拉回来的麦子垛在一起。范柯玲就是有眼色,手拿扫帚把地上洒落的麦粒扫到一起,正在用簸箕簸麦子里的麦秸和烂土。我们几个坐在打麦场的边上的大树下乘凉,一股股麦草味和着热浪从我们的身上碾过。我们也和狗一样张开嘴用舌头舔着干裂的嘴唇往出吐着热气。这会也饿了,赵镇平早到小卖店买来三斤麻花糖和几瓶格瓦斯饮料。我们每个人都不说话抓起麻花咔嚓咔嚓地猛嚼,范柯玲也忙完了手中的活路,静静地蹲坐在我们的边上,温三军手中拿了几根麻花,顺手递给范珂玲一根。何福厚这会已经给肚子里填了好几根麻花,解决了饥荒,看见温三军的样子就说:"三军!你上一辈子是饿死鬼变的,你看你嗓眼不嗓眼,就像几辈子没吃过麻花似的,手里一下子占了几根子。干活的时候也没见你多占些。嗓眼鬼!"温三军笑着不说话,还是继续甩开腮帮子猛力地粉碎麻花,完了灌一口格瓦斯。赵镇平说:"咱们歇一会。歇一会种地去,下午把玉米先种上,明天早上给范柯玲家收,下午给孙青碾场。把麦子的头一遍先收了再说。吃好了没有，吃好了再歇一会就往地里走。”

他这说歇一会，意思就是我们不敢再歇了，时间紧得很，赶紧去干活吧！我们几个起来拍拍屁股上的土，何福厚看温三军坐着没有起来，扭转身子屁股对着温三军的脸猛力拍打屁股上面的土，温三军手里还拿着麻花正在往嘴里放，他急用脚丫子很力蹬了何福厚一下，嘴里含混不清地骂着何福厚。孙青说：“那，那你们几个直接到地里去，我把架子车拉上到家里，借几把镢头和锄头再带上种子就来了。”我们几个说说笑笑地走进烈焰般的太阳下面，烈日照得人眼睛发晕，我们用手遮挡住眼前耀眼的阳光，走向刚才割完麦子的麦地。

来到地里孙青也到了，我们每个人都不说话，从架子车上拿起镢头就开始挖小坑，我和温三军、何福厚前面挥舞镢头挖坑，后面孙青、赵镇平、范珂玲手拿玉米种子给我们挖好的小坑放种子，放好玉米种然后用脚丫子把土填进去踩实。我们的衣服这会就像河里摆过一样湿漉漉地黏在身上。干这活不能说话，热的，嗯！我不是手臂酸疼得不得了，是热啊！往前挖了有几十米，我把弯疼的腰直了直，用手臂伸向后背锤了锤腰。抬头看看头顶的烈日，抹了一把脸上的汗水看看后面。这，嗯！热的。看看眼前我们早上割完的麦茬，热浪翻滚着蒸腾着白花花一片子，眼睛看得直发晕。

坚持就是胜利，我对自己苦笑了笑，挥起镢头又狠力挖下去。我急了，给自己想了个问题把这热岔出去。是这，我这一个平方米挖九个小坑，一亩地是六百六十七个平方米，要挖五千九百零三个小坑，孙青这一片地一共两亩半，我们三个挖坑的每人也就是八分地，我也就是要挖五千多个小坑，妈妈呀！叫妈妈哩，叫爷都不行！谁叫我那时候不好好上学呢？该！我的家长给我说过多少遍了我就是不听，这回呵呵，这回知道这农民不好当吧！迟了。

也不知道他们几个胡想不胡想，我反正手里没松劲，脑子里总是胡想哩，这今天才是三夏大忙的第一天，这后面天天的都是没有黑没有白地这样干，要干半个月哩！

脑子跑了时间过得也快，我挖过半的时候太阳也到了西边山腰跟前，没有刚才的那么刚烈。我咬咬牙，心中给太阳说，你有本事就别下去，继续照我，我就是不怕！我回头看看挖过的小坑，又看看前面没有挖的地方，我们几个还要加劲哩，要么今天完不了就麻烦了，耽搁明天的安排，明天会更加紧张。人一加劲把时间都忘了，这没多会天色已经暗下来了，我们摸黑继续挖着一定要种完。待月亮升起了,我们种完了孙青的这一片责任田。大家一句话都不说地走向地头,赵镇平喊道:"明天早上来早点。"我们一个个急急忙忙往家里赶,我回到家里用毛巾随便擦了几把脸,懒洋洋地走进房间连身和衣地躺在床上,一下子就到了第二天早上醒来。我关掉闹钟扭头看看窗外的天色还没有亮呢,翻身起来来到灶房从锅内取出两个馒头馍馍,看看案板下还有几根蔫里吧唧的大葱,随手拿了一根剥了皮,啃了一口,一下子辣得眼睛里直冒眼泪,赶紧吃了口馒头馍馍。来到院子里拿起镰刀合上简陋的栏栅门,就急急忙忙深一脚浅一脚地走向黎明前的夜幕中。

来到范柯玲的地头,黑暗中我朦朦胧胧地看见他们几个都到了,来得比我还早。孙青和范柯玲已经割了一大片,看样子最少比我们早来两个多小时。嗨！最是能吃苦的人,最是苦难的人儿。我取下别在腰间的镰刀给手心吐了一口唾沫,抓起镰刀猛舞起来。

激烈的三夏大忙就这样开始了。今天的活路比昨天更加紧张,到了十点多的时候孙青放下镰刀一个人赶忙回去,一个人要把昨天积在打麦场上的麦垛子扳开,摊平整蓬松了让太阳先晒着。到了三点多,我们给范珂玲收割完了麦子,也给她全部拉到了打麦场上跺起来。

垛完麦子大家连一口气都没喘,一个个又赶紧来到孙青的打麦场上,孙青的麦子这会已经叫蹦蹦车碾了第一遍,我们赶紧抓起叉把翻起了麦场。蹦蹦车赶紧又碾起了第二遍,这会我们可以坐在场面的小树下歇歇了,你看从昨天早上开始忙得连吃饭的时间都没有,昨天就是吃了几个馒头,今天看样子也好不到哪里去,悲哀！何福厚给温三军说:"三军你坐到这里滋润,嗯！到小卖店买东西去,没一点眼色。"温三军爬起来呵呵地笑着说:"就是把吃饭都忘了,叫我赶紧去。"

没多一会温三军拿来了麻花糖和几瓶格瓦斯饮料,大家这会又是咔嚓咔嚓地像蝗虫进了玉米地一阵猛嚼。范柯玲这会没有到孙青这打麦场上来,我们这里人多,人手够,她赶紧忙自己的去了。等我们每个人几根麻花糖填进了肚子,还没有顾得慢慢喝几口格瓦斯,那蹦蹦车碾完了,离开了打麦场。我们赶紧翻身爬起来抓起叉把起场。把麦秸往一起堆,空气中顿时全是尘土和着热浪的麦草味堵住了鼻子的进气口。憋得受不了,赶紧跑向打麦场的边上清理一下鼻孔,麻溜地又跑回来抓起叉把挑起麦草来。嗯,这就和打仗一样,你看多紧张。起完麦草,黄澄澄的麦粒像金子般平铺在打麦场上,大家又急忙往一堆刮扫。这下面活路就是扬场了,就是把小麦里面的土和杂质用抛物线或用风吹出来,这就叫扬场。这会儿我们能歇一会，这个活路没有那么激烈了。孙青这个时候来到我们跟前，不好意思地嘴里诺捏着不知道想说什么劳什子话，何福厚接口说："我们知道，这打麦场上你和赵镇平在这里就够了，剩下我们三个给范柯玲种玉米去是不是。"孙青苦笑着不说话。我们几个爬起来嗨嗨着拍打着屁股上面的土就去范柯玲的地里。反正也就是这样了，不怕，咱不怕，不怕热，不怕累。

来到范柯玲的地里她一个人已经挖了一大片子，我们三个看了互相对对眼。我们来对了，要么她一个人挖到什么时候去。她听到我们几个的说话声，赶紧来到地头说："嗨！谁叫你们几个来了，赶紧回去歇着去，看把你们都干成啥了，还给我来种玉米，赶紧回去！"我们几个没有人接她的话，没有啥话可以说，说啥哩，甩开膀子干吧！

拿起镢头开挖，范珂玲一个人在后面播种和埋窝子。一阵清风徐徐吹过脸庞，那清凉的感觉顿时传过全身，眼前的麦浪翻滚着，丰收的喜悦顿时由心而生，不由得让人神清气爽，这凉爽的感觉带来了人生最大的幸福。想得美！这都是没有干过庄稼活的作家写小说的时候想出来的，你要是在这三夏大忙的时候手拿镢头弯腰猛挖坑，哪里来的微风？只有热浪拂面而来，只有骄阳想烤烈你的弯曲的脊背，只有感觉身子在火炉子里一般。

我这会后背的衣服是干的，剩下的身上全湿透了，后背虽然爱出汗湿得快，但是没有骄阳厉害，前心的汗水直接就掉地下了，我挠挠腰带里面想，今天脑子里不算账了，可以胡思乱想一下三国时候的貂蝉给我这会扇扇子，这谁都挡不住，我爱！热的，嗯！热。

待骄阳下山的时候我们的活路干了一半，嗨！今天无论如何要帮助范柯玲把地种完，要么她明天会忙不过来的。再说我们都知道这种玉米的时间最为重要。玉米生长期满共就一百天，我们都知道早上种的玉米和下午种的玉米出来的苗子都不一样，这种玉米能提前种几个小时都很重要。

天色已经说黑就黑了，我们这会不热了，凉快得很。在这旷野里，只听麦浪的翻滚声轻轻传来，一些鸟儿咕咕叫着。赵镇平和孙青他们这会儿忙完了打麦场上的活路来到了地头，他们走进地中来到我们跟前，孙青说："停一下，来！吃个馍。"我们赶紧放下手中的镢头来到他跟前拿起馒头，这阵都饿坏了。

何福厚吃了两个馒头喝了口水劲儿来了，他激昂地唱起老腔。空旷的田野顿时响起一股昂扬欢快的情绪，一些不知名的鸟儿鸣叫着和着苍凉的老腔带来欢庆,漫天的星星或明或暗地闪烁着,弯弯的月亮吊在天空上放着光明。丰收了,粮食够吃了,这是有人类以来我们老百姓第一次彻底地解决了口粮问题,这幸福的时间段让我们赶上了。唱吧!我们一个个听着老腔不敢歇得太久,手拿镢头又开始了耕种。

就这样玩命地大干了半个月,各自把麦子搬回了家,满地里的玉米苗子已经齐刷刷绿油油地铺满整个黄色的土地。

大家在家歇了半个月,这不干活浑身不得劲受不了,地里马上就要上化肥了,那化肥是要钱的,要赶紧想办法弄些钱。一个个都急得难受。找不到事情做,弄不到钱都心急火燎的,不由得大家都想出去碰几个碎钱花花。他们又都像前面那样聚在我家,商量着哪天出去,到哪里去。

赵镇平现在在我们当地有了很大的威名。有好多人来拉他去做生意,他就是闲着的时候也不愿意跟我们出去了。毕竟我们干的事情是下三烂。但是他又不愿意拂大家的意,这次打架把孙青让人家用刀子捅了几刀,差点把命都丢了。大家在家休养了将近三个月都没干什么事情,整天吃闲饭。他心里觉得对不起朋友们,不和我们出去他心里过不去,出去干那样的事又确实打心里不愿意,很是矛盾,所以大家商量了好几天都没成行。最后赵镇平开口说:“我跟大家再出去一回,以后就不去了。咱们明天早上出发,直接奔渭南。从渭南往西一路是高陵、泾阳、礼泉、扶风县,这样一直往西进入甘肃省的天水。到天水根据情况再看往南还是往北。”

赵镇平常喜欢研究军事,没事的时候常看地图,所以陕西省的地形、人文景观以及周边省份的地名地貌他都熟悉。有他在我们就没人操心去哪里、怎么走的问题。现在他这么说我们知道都是他研究过的,大家伙很是放心。

到了第二天早上,大家早早地聚到一起,走了十多里路来到罗敷镇,大家从这里上车直奔渭南市。到了渭南大家跟上赵镇平上了去高陵的长途车,车子出了渭南市我给孙青发了个暗号,意思是一切正常安全大戏可以开演。孙青从座位上站了起来,拍拍手引起了大家的注意,然后正式开始表演。和往常一样,只要没有人输得太多一般也不会打架闹事,今天开始有半个小时就把车上的想赢钱的旅客的散钱收完了,我就发出收摊子的信号,出门第一次生意最为重要,顺顺利利图个吉利。孙青收拾了报纸和扑克。

车子到了零口镇,车上上来几个旅客。我刚开始也没留意,他们的年龄和穿着参差不齐，还有一个中年妇女。车子开出零口不远，那个中年妇女拿出一个和自己身份不相符的小包。从里面掏出一叠花花绿绿的外国钞票用疑惑的眼神看着，她对坐在对面的一个穿着有点像公务人员的旅客说："大哥！你帮忙给看看这是啥？我早上在临潼捡了一个包，里面都是这些东西，你看这是啥东西吗？咋像着是钱！花花绿绿的。"这个公务员模样的男子接在手里拿到眼前仔细地看了看惊讶地大声喊道："哎呀！哎呀！这是美元，美元吗！大姐你发了，这一美元要换咱们人民币八块钱，你看钱上这头像是美国总统华盛顿。"旁边一个男子接过一张仔细看了看说："就是的，就是美元，我邻居在美国当博士回来的时候给我们每家一张美国钱，就是这个样子，一模一样。哎呀！你该发财的能捡下这么个包包。"另一个旅客也伸手拿了一张说："哎大姐！你捡下这包包，人家外国人一定报了案，你不敢把这些钱拿到人民银行去换，去了就把你抓住了，啥也见不上，你干脆给我换几张。"那几个刚才看过美钞的都附和着说："对，你不敢去国家银行换，你现在给我们几个人换几张你马上就能用。你拿上这美元又不敢去换，换不来人民币它就是废纸几张。"这个中年妇女开口说："你们说得对，我给你们换，你们刚才说了，这一块要换咱们国家这钱八块。你们要一块给我换多少钱？"那个公务员模样的男子说："八块，八块谁换你的钱，人家不如自己到银行去换，找个熟人说不定还能多换些。你要换最多一块美元换四块人民币。"这个中年妇女听到这里咬住牙说："换就换，四块就四块，给你们换！"这时刚才看过钱钞说自己邻居是美国博士的旅客开口道："一块换四快，贵了！你反正换不出去，我们换这就是想发个小财，最多给你一块换两块。能行了车上的旅客每个人都换几百块钱的，你要是不愿意我叫大家都不换了！"中年妇女生气地说："你这人咋是这吗？人家刚才都愿意一块换四块了，你胡搅啥哩！害人哩！"那个公务员模样的旅客说："人家小伙子说的对，我们换钱就想发个小财，你给一块钱换我们四块太多，我们只愿意换两块。能换了我们都换一些，不换了你把这些抱回去，到家里没人认识是美元，你想一块换一块都没人换。这不是你家地里种的萝卜，想啥时候拿到集市上说卖就能卖。"

中年妇女犹豫着不知道该怎么办。大家七嘴八舌地给他又做思想工作。最后她对大家说："行！换就换！一块换两块，你们大家都赚几个。"这时候这些说话的都从身上掏出了花花绿绿的人民币拿在手中就要换，有些没说过话的旅客也在身上摸索着准备换美钞。那个公务员模样的旅客和温三军坐在一起。他动员温三军说:“哎朋友!给你也换几百块钱,这美元大家都知道到银行一块换八块,和嫂子换一百块就可以赚六百。谁换谁发财。可惜我今天身上装的钱少,要多了我一个人都要把这些美元换完,那就发大了。机会难得,碰见机会了不动手老天爷都生气的,谁不换这辈子要想再碰到这样的好事就不可能了,机会难得呀!可惜我身上今天装的钱太少,太少。嗨!”

他看了看温三军又对他说:“你咋不动呀!机会难得,不要错过好机会。错过了就是傻子,看你不呆不傻的咋不动心。”他这些话把温三军给说生气了,温三军开口就像兜头一桶凉水浇在这个公务员身上,温三军大声说:“我的鬼呀!你不要玩了,刚才车上已经来了一拨换美元的了。你拿的钱就是越南盾!那图像就是胡志明。亚洲人嘛。一块人民币换几百越南盾。我的鬼呀!你们骗人也不摊本,就弄张黄种人的头像,你们弄张欧美头像还差不多。”

哗的一下,车上的人都不言语了。那些七嘴八舌热闹议论着就要发财的人们都静了下来——傻了!演了半天就这个愣头青说几句话——完了!没有劳动成果了,这个戏白演了。这个给温三军说话的假扮成公务员的骗子旅客用眼睛恶狠狠瞪了温三军一眼,站起来拉住温三军说:“走!下去,整不死你才怪。”温三军说:“下去就下去,我还怕你们几个骗子不成。”我看温三军惹的这个小麻烦需要大家喊几声才能镇住这些骗子。就说:“哎!放下你的手,想打架,这个家伙是特警出来的,我知道!你们几个不是对手,拿刀子你们都不行,下去吧!不要在这里丢人现眼了。你刚才差一点把我们全车人都骗了,你敢动这个小伙子我们全车人都动手。待会把你们这些骗子叫车送到公安局去。”

我说完我们内部的人都知道意思了,大家你一嘴他一嘴不软不硬地说这个假公务员。这个家伙知道今天不能来硬的了,恶狠狠地喊了一声:“司机,停车!”司机停下车,他们这帮子人灰溜溜地都下去了。

这回温三军开讲了,他原来当过武警,能打能拼。什么那些人一上来他就知道是一伙的,那张钱一掏出来他就认得是越南盾。今天要不是他将有多少人上当受骗。你们出门人以后一定要小心,见了那些个好事情要多动脑子,要么就上当受骗了,出门在外见了便宜坚决不敢捡等等,一时间他成了全车人的救星。

一路安全热闹时间也就过得快,没注意车子就进了高陵县的长途汽车站。我们下了车简单吃了一些东西,赵镇平就上了去泾阳的长途车,大家跟着随后都上了这辆车。和前面的情况一样,车子出了县城我就发出安全信号,孙青拍拍手开始上演我们不断重复的骗人把戏。什么黑的不赢红的赢,不压孩子套不住狼的那一套顺口溜。今天还算顺当,这趟车又收拾了几个旅客的钱包,比早上的那一趟收入还要多。这两个县距离近,一个小时就到了。我们又全部下车,到了车外面赵镇平对大家说:"直接上去礼泉县的车,今天在礼泉安营。"

说完赵镇平奔向停放在那的公交车内的挡风屏上写有礼泉两个字的车子。温三军他们几个都把刚才的收入交到我的手里,我把钱装好也就上了这趟车,我坐到车子最后面临窗的座位上。每上一个旅客我都要警惕地用怀疑的眼神看看,他们到底是不是公安的卧底或公安。如果有不对的地方,我会给孙西往指出怀疑目标,经过孙西往的确证。如果我们两个意见统一了就再不买车票,赶紧提前下车,他们也会跟着下来,换下一趟公交车继续往前。

又是一个平常年份,这趟车和上一趟一样,干脆利索。孙青就那么几下把几位压的将近千元收走。车上的旅客再也没有人想玩了,连看的人都没有,不用我发暗号孙青自己就索然无味,懒洋洋地收拾了摊子。睡吧!车子慢慢摇着,好像一个摇篮,把整个车上的旅客都摇瞌睡了。

人们睡觉一般都是黑暗降临的时候,也就是人们常说的日升而作、日落而息。我们这些青壮年不劳作,吃饱了大白天躺在这个大摇篮里睡大觉,给社会不带来一点点贡献,还要在这里浪费能源多消耗那些珍贵的汽油。就这,睡醒了还要瞎捣乱,骗人、坑人。像我们这样的挖社会主义墙脚的人谁也没有办法?我这样说是时间没到。这不,你看到时间了,今晚我们的罪咋受!

我们是温三军的口头禅叫醒来的。"我的鬼呀!哎呀!我的鬼呀!"我们睁开眼睛赶忙向车外急看,妈妈的!晚了!完了!我的鬼呀!车子又停在了公安局派出所的院子里。一阵阵暴喝声传进脑海。"下车,都下车。你们几个乖乖的!快点!"大家下了车,干警们很快就把旅客和我们分开了,他们干警把我也分到这些捣乱分子里面了,我大声喊说:"我不是和他们一伙的,我没有参加赌博。"那个车上卖票的给了我一脚说:"我看见有人偷偷给你塞赃款了,还狡辩?"我听到这不言语了,全露馅了,温三军的后背上就听到"咚"的一声,一个干警捶了他一下。温三军"哎吆"了一声,别的干警立马喝道:"不许喊叫!手抱住头都蹲下!蹲下!"

温三军的喊叫是人的本能。不管谁让别人用枪托从后背心砸那么一下都会"啊!哎呀!"地喊一声。我们一个个手抱住头赶紧蹲在公交车下面的地上,眼睛胡乱朝四处看着。一个干警紧走几步飞起一脚把何福厚蹬了个四蹄朝天喊道:

“你贼眼睛看啥哩！不许胡看！蹲成一排。”

我们的腰都不敢直起来往一块挪，半蹲式地在地下赶紧挪动双脚小幅度移动小腿蹲成一排。怕高高在上的那枪托突然又来那么一下子。我们听见旁边的公交车发动了，开动起来走了。偌大一个院子就我们一群哥们蹲在水泥地上，周围站了一些干警保安。蹲在地上没多会我们有的人那小腿就蹲麻了，温三军慢慢地想蹲着活动一下那酸麻的脚，顿时招来两个保安，一边一个踢了他几脚，哎呀呀地喊叫着趴在了地上。

这个时候来了位领导，他站到我们面前喊道：“起立！站起来！你们听着！把身上的钱都掏出来放到自己面前，敢藏钱不掏完的搜出来后果你们知道。动作快点！”我用余光偷偷看看这个说话的领导，他年纪不大，也就二十多岁，和我们差不多大，长得威武。我慌忙把身上的钱掏出来放到地下。那个领导叫一个保安用帽子把我们面前地上的钱干干净净都装了。一张都没漏了，这保安的活干得真好。完了领导又发话搜一下，顿时上来几个干警把我们的身上翻了个遍。没有！没有人藏钱。不，我知道那是没搜出来。

领导说：“还算老实，我还想给谁熟皮哩！看样子不需要了。你们听着把皮带都给我抽下来放到地上，鞋子脱了放到一起。快点！”我们慌忙把皮带和鞋子都脱了，放到面前的地上。领导很是满意，表扬了我们几个说：“还可以吗！蛮听话的，一个个像个大姑娘似的。我就想不通了，就你们这怂相咋跑江湖，嗯！平常欺负旅客那个野蛮劲哪里去了？一个个张牙舞爪的样子哪里去了？今天到我这里装老实人来了，好好！你们这群狗东西来到这里，我告诉你们，你们来到这里是你们遭罪的时间到了，你们作孽该回报的机会到了。嗯……嗯！……如果今天我教育了不改，胆敢再出来捣乱社会让我抓住了，非得给送到劳教场去劳动几年不可。狗东西们可想好了，准备接受惩罚吧！”训话完毕他转身对干警说：“打开门，先关进去！”我们用手提住裤子，光着脚，在干警们你踢一脚他踢一脚的一片呵斥声中，被赶进了一个黑摸咕咚的房子。

一股霉臭味扑鼻而来，我们拥挤着站到门口适应环境，没多会眼睛就可以看得见东西了，这个房子还算不小，有二十多平方米，地下胡乱摆了几张床板，床板上面坐着几个家伙。他们看见我们进来这么多人，也不敢上来打招呼！温三军站到门口就问：“你们是哪的？”那几个家伙回答说：“本地人。”温三军又对他们说：“起来！都站起来！”那几个家伙没有动，温三军生气了，上去就踢了那些坐着不动的家伙每人一脚。赵镇平压低声音对这些就要生活在一起的家伙们喊道:“都乖乖的！快点,站起来！把床板排整齐。我就不喜欢乱。”

那几个家伙一个个也蛮听话地赶紧站起来。我们几个上去就把床板排放整齐。当然排放完了我们顺势就坐到床板上不下来了。那几个家伙生气地说:“你们占了床板,我们几个睡哪里?”

“你们天天睡在这里,一定睡累了,先站一会。我们歇一会就给你们让,啊！让给你们！呵!”温三军给他们回答说。那几个家伙无可奈何地转到门背后去了。我们坐在床板上靠住墙歇着,孙西往说:“看样子这个派出所不好对付,这回要吃大亏的了。”我说:“这些干警不知道咋样发现咱们的,一个都没有漏网,连我都抓进来了。看样子不是善良之辈。”

“不想这些了,到这里人家想咋整就咋整！反正翻车了,我们只有逆来顺受了。管它去。”赵镇平平淡淡地说。“你们没来过,这个派出所,打哩！往死里打哩！抓进来的都免不了饱饱地叫打一顿。狗日的都把我差一点打死。手黑得很！围住往死里打。这个一脚那个一拳像打麻包一样。哎呀！打不死也要脱层皮。我到现在都三天了,浑身上下还肿着呢!”这时候站到门口的一个家伙对我们说。

温三军咬咬牙鼓起腮帮子回答说:“我们没来过！谁爱到这里来,那不没跑掉嘛！能来这里就不怕他们那拳头硬,我给你们说,早死早托生、代代都年轻。怕个锤子。妈妈的我这几天浑身上下不舒服,这原来是要叫我的乖乖孙子给拍打拍打的了,好！那就叫他们给洒家松松骨,洒家还怕他们几个娃娃没劲儿,手轻了。”我们大家都笑了。但是我知道在这个黑暗的地方大家绝对都是苦笑。无奈地笑,战胜恐惧的笑,一个个脸上扭曲得绝对比哭还难看。

门口站的一个家伙阴笑道:“你们到这里就像狗娃子卧倒冰凌上了——狗屁着凉。你们还敢笑,你们胆子大得很!”

“哎！哎！你把嘴放干净些,我们不敢打干警,收拾你还是没问题的,你信不?”何福厚觉得这个家伙说得不好挺生气地说,说完他站起来瞪着他那对老鼠眼,贼亮贼亮地闪吧着向门口走去。那个家伙顿时吓得蜷缩,赶紧赔不是:“我说的不对,我不对,我是为你们好！给你们说情况哩！让你们做些准备。我再也不说了！不说了!”何福厚停住脚嘴里慢慢嘟囔着:“活泼烦了,打不死你哩！喊叫！敢说爷爷的坏话。做什么准备？弄一副铠甲穿身上,我看你脑子叫门夹了,胡说八道!”

那几个家伙没人敢说话了，一个个聚到门后面的地上看着稀罕。我们大家一个个靠住墙闭目养神，等待下面的过堂。时间好像过得也快，大家还没有舒服够，天色已经完全黑了，干警们吃完饭从外面拉着了我们头顶那个说红不红说黑不黑的灯泡。就在这个时候我们听到门口来了人，有窸窸窣窣的开锁声。门口那几个早来几天的家伙们犹如惊弓之鸟，哗地一下子从房子的这个尽头跑到房子那个尽头的墙角，像一群老鼠瞪起眼睛挤在一起惊恐地看向门口。

哐当的一声门开了，涌进来一个干警带着几个保安。那个干警厉声对我们喊道："站好，都靠墙站好！"我们几个赶紧靠墙站成一排。一个保安悠闲地回头问他们自己人："你们看看，看先收拾哪一个？你们挑一个，挑一个自己喜欢的，嗯！"有个保安用眼睛把我们一个个看了个遍，最后指着温三军说："先收拾这个，今天抓他们这帮子坏蛋，这个家伙还发暗号，不停说我的鬼呀！我的鬼呀！""不是暗号，我胡说的。我的口前话是这个。"温三军赶忙解释说。"胡说，口前话！不对吧？人家口前话都说我的神呀！你咋说我的鬼呀！难道鬼比神好，那你今天就让鬼保佑你。你说不是暗号是什么？看着你就不是什么好鸟！拉出去，走！"那个保安说。

由不得温三军辩说，保安们就连推带拥地把温三军往出拉扯，温三军扭头眼睛无望地看着我们，脚下趺趺撞撞让推了出去。好多人都有习惯性的口头语，我发现凡是口头语都不太干净，骂人的占多数，像温三军这样的口语都算是比较文明的了。但是今天他的口语给自己带来了不可想象的麻烦，人家干警把它当成了暗语。我的鬼呀！这看样子让保安拉出去毙了不现实，但是拍他一个七晕八伤那是起码的。都是口头语惹的祸。

到这里讲什么歪理都不行，人家要找一个靶子去练习擒拿格斗，他们首先选中了温三军，仔细分析刚才保安说的话，我们知道今晚每个人都要过堂的。当然后面我们每个人都免不了要让人家像皇上晚上选妃子陪睡一样地选取。那皇上选妃子，是妃子们每天祈求的，想尽千方百计地都要受到天恩雨露的滋润。可是我们自己祈求的是可不要下一个选中自己。千万不要！实际我们更像大饭店后面笼子里关的猴子，看着厨子嘴角叼根香烟，狞笑着手拿明晃晃的刀子一步三摇地走来，打开笼子要随手拉一个倒霉蛋宰了，让前厅那些尊贵的客人品品鲜把脑子吃了。猴子们恐惧得一个个都往后面躲，把自己前面那个倒霉蛋猴子往厨子手里推，或者互相推诿着总想别的猴子应该先去。幻想着没准，没准后面来的高贵客人们突然都不想吃猴子了,和它们一样更喜欢吃萝卜了,一定会那样的,那该多好啊！没准还能放出去,不关了,放出去就逍遥自在了。

我们当然没有猴子们的修养高,不会客气地互相推诿。任人家选上谁都会麻利地跟了去。但是,但是我们内心里每个人都祈祷下个不要,千万不要选中自己。

我们听到他们把温三军拉到了我们房子的隔壁,原来过堂就在隔壁。我们这里静极了,那些提前进来的当地人这会儿统一用耳朵贴到墙壁上面收听隔壁的消息。我们大家也都学他们的样子,贴起耳朵细心收听隔壁传来的声音。整个墙壁上面爬满了我们的耳朵,一个个像大个的壁虎似的。好半天那边没有一点点动静,这没动静我们的心里恐慌得厉害,就像军队打仗没有开始前每个战士都非常害怕一样,要开打了那枪炮齐鸣反倒没有那么恐惧了。不知道他们给温三军玩的是什么情景。我们一个个偷偷地特别小声咕哝着咋没动静,一个个瞪起眼睛骨碌碌地转着,揣摩着。你看看这个看看那个,再看看头顶那个昏暗的灯泡,就像老鼠掉进水缸一样急躁得直翻白眼。

过了会儿,突然听到隔壁传来击打声,接着传来温三军那像杀猪一样的嚎叫声。温三军喜欢喊叫,人家打他的人踢腿或出拳时发力地喊一声,温三军也惊恐地应一声。喊叫就不痛了？他的喊叫声给我们带来了负面影响,喊叫也是人的本能,他这让我们趴在墙壁上静听的每一个人血流加快,那一个个的小心脏怦怦地猛跳,像要跳出来的感觉一样。温三军爱喊叫！人家没打我们倒教这狗东西的喊叫声把我们吓坏了。过了不长时间,我们感觉那声音从洪亮变为沙哑,后来,再后来有几下能听见沉闷的击打声,但是没有嘶喊声了。

他绝对不是被教育得坚强了,我们想。是不是让人家给打昏了,不可能被打昏,温三军的身体在那里放着哩！壮实得很。我们疑惑地想不明白。这要真打昏了还继续打,这就是往死里打的节奏啊！从那边还传来沉闷的打击声。妈呀！这不得了,这可咋办呀？我们每个人的心里更加恐惧得不行。

温三军不喊了,喊不动了是咋回事呀？这突然就没有了温三军的伴唱,那个单调的打击声噼里啪啦的更加恐怖,每一下都好像击打在我们的身上,直让人身上疼得直发颤抖。

没有一个人说话,大家双手扒住墙一排溜趴在墙上,脑袋趴上去又回来互相看看,不知道咋了温三军。这这慌慌地不知该怎么办,一个个的手扒在墙上不由自主地上上下摸索着,耳朵贴在墙上专注收听隔壁的消息,没有动静。

我们不知道干警们应该多打温三军一会还是现在就该拉回来。我满脑子自私自利的卑鄙龌龊想法,多打他一会轮到我跟前的时候,他们保安就没劲了,打我就轻了。没准还就不练习那些制服罪犯的功夫了。他们累了就要回家去了,我就可以逃过今天的劫难。

你看看人到了关键时刻是不是和猴子的想法一样一样的,一样的自私自利。

这会儿的时间好像也凝固了。不知道是快还是慢。不知道温三军当陪练的这一个"班"多长时间了。不知道他们拿没拿家伙事儿打温三军,要拿东西打,那温三军能不能挺过来?会不会打残?好像听着他们有拿棒子一类的东西招呼温三军的屁股或前胸后背的地方。好像有橡胶棒击打皮肉那沉闷的声音。那几个早先进来的坏蛋们这会再也不把耳朵贴在墙上听消息了,他们拥挤在最里面的墙角,一个个吓得脸色都发青了,昏暗中可以看见他们几个浑身哆嗦着。用手半遮掩着脸,好像人家这会打的就是他们,他们发紫青的脸色和吓坏了的表情,就和野鬼一样在这昏暗的灯光下看起来更是增加了真实的恐怖气氛。

等待!没有谁愿意等待坏事。更不用说是等待那个在劫难逃的过堂。这也就是《水浒传》里面的杀威棒。也就是五六个人围住你,从四面八方招呼来的超级硬的拳头和穿着黑色皮鞋的坚硬的黑脚。一般情况下遇到这样的事情那个被胖揍的都不言语,他顾不得喊,被打一下喊一声,但是像雨点般的拳头你就没时间喊了,你的节奏跟不上了。只有周围围住你狠力进攻的像少林和尚练功的"哈,哈哈,哈,哈哈"的发力声。但是这温三军矫情,爱喊,这你没办法!我们大家伙趴在墙上,由于太过专心,那个半弯着腰、半弯着腿的怪模怪样的姿势特别耗体能,听不到隔壁温三军的声音大家惊恐得瘫了下来,一个个顺势坐在墙根下东张西望惶惶得要死。就这样等待,就这样坐在阴暗潮湿的黑房子里一事不做地等待,等待那个灾难降临到自己身上。从过堂开始这一波又一波的恐惧随着温三军的喊叫声沁入心脾,又随着他的闭嘴只能听到棒子招呼到身上的沉闷的声音,更加恐怖,他让我们的身上每秒钟都有几万个衰弱的细胞给吓死了。

你看实际到了这一节,这一切的一切你觉得这会儿我们与温三军的环境相比较,反而显得温三军舒服多了。毕竟他只是受到肉体的折磨,但是我们大家受到的那是灵魂深处的折磨。

"啊!……啊!……啊!"温三军好像歇了半天又歇下劲了,或者是又醒来了,他间歇性地恐怖地突然地还要嘶喊那么一嗓子。这一嗓子够味,你会感觉里面的味道有求饶、疼痛、投降、受不了了、不敢打了、我要死了、我再也不敢出来捣乱了的各种酸辣苦甜的含义。把我们吓得,真他妈不是东西,那不是喊叫,是告诉我们下一个轮你了,这往死地打哩!就是你,对,别怕就是你啊!你也跑不了,待会马上就轮到你了,马上你也要来喊叫几嗓子。

突然间静极了。一切都停止了运转,仿佛地球停止了运转。隔壁停止了。"咣当",世界上最最讨厌的这个禁闭室的铁门又响了起来。这是我们最为害怕的,他们来了,来了!该来的早晚都要来,没有人能躲过去的。门打开了,温三军的脸像灰扑过一样灰头灰脑,眼睛没有一点光气的,昏头昏脑、跌跌撞撞地让几个保安推了进来。我急忙上前扶住温三军,看看他的样子,我憋不住生气地开口大骂:"你喊叫个锤子,你喊叫打你就不痛了,你把我们听得害怕,你咋不死嘛!"

温三军看到我这么喊叫,不知道咋样回答,那悲哀的眼神看着我。突然那个哭丧的脸变为扭曲的笑脸,他恐怖地呲呲牙,张开嘴,冒着血沫子笑着给我说:"我的鬼呀!"

那几个保安听了我和温三军的对话大笑!其中一个开口说:"知道害怕,知道挨打,就不要在社会上捣乱了。下一个,下一个谁去!让我看看谁去合适?我要挑一个不顺眼的!"他的话音刚落赵镇平应声回答:"我!"

那几个保安看了看赵镇平威武的样子,一个保安伸出拳头不轻不重地向赵镇平的胸部打了两下说:"好,好,好身体!好坯子。自觉性蛮好嘛!好好!走!"他们拉住赵镇平就要向外面走去,正在这个时候我对那些保安大声喊道:"把我加上,我也去!"那几个保安回过头来用诧异的眼神看着我,心想这又不是请客吃饭,你急地跟上要去。每回他们挑选陪练,这里的嫌疑犯一个个都是抓住门框坚决不出去,今天这是咋了?一个自愿报名去,一个要挤着去。这个家伙是不是个被虐待狂,要么就是疯了。看着他们那个迷茫的表情,我笑了笑对他们说:"我长得瘦,跟你买东西搭秤一样把我搭上。我在这里听见你们打他,我难受得不行,怕怕地不行,再这么下去我受不了,都快疯了!干脆你们一块收拾了我。你们把我踢了、打了、排了、收拾了我愿意,我舒服。我身上疼痛也不愿意心里疼。你们行行好把我带上!你们都是好人,我知道,你们绝对有同情心的,我知道!你们是世界上最好的人,我知道。你们……你们特别……好!"我焦急地用尽了这个世界上最美好的语言赞美这些保安,我祈求他们把我也带上一块去接受冰与火的考验。一个保安生气地骂道:"瓜批,你是疯子。滚!自从我来到这里还没有见过这样的疯子,好像急着去喝酒似的。”他说完打了我一个耳光。我一扭身捂住发烧的脸颊笑着还是哀求着他们能带我一块去。就在这一瞬间，我看着他们还是没有要带我去的样子，我急了，用拳头狠力地击打自己的身体。恳切加威胁地对他们说：“如果你们不把我拉到隔壁打一顿，我现在就没完，你们谁都不要走。都不能走。都……我……我就不活了！我撞墙、我撞……电……撞！”孙青看见我疯了，上来轻轻地拉我的衣角说：“难业哥！难业哥！”我回头凶狠地呵斥孙青说：“拉啥哩！拉啥哩！我要去，我没有疯！我必须去。我爱去！去了美的太！”

我接着对这几个保安继续哀求变为威胁和胡言乱语，还是坚决地要求他们把我带出去打一顿。我不愿意做那个最后被端上桌子的猴子，绝对不！等待挨打这个滋味你不知道，那真不怎么地。如果难逃一劫我喜欢那把快一点的刀子，我伸长脖子咔嚓蹦那痛快，真要等待死亡那还不如自己了断来得好。人这一辈子有很多等待，但是你千万不要遇到这样的等待。每一秒都难熬。他们如果现在不把我拉出去打一顿，我会彻底崩溃。

那些保安被我诚挚的真情感动了，他们愿意一并把我带过去当陪练。我非常快乐地、高高兴兴、脚下轻轻快快地随着赵镇平赶赴那个神秘美丽的让人向往的隔壁房间。现在没有什么可怕的了，他就是围住你打，往死里打你还能怎么样？哎！我心里说，他还能怎么样？最多就是打死就圆了。何况他还不敢往死地打对不对，这又不是敌我矛盾，你说是不是。挨打完了就圆满结束了，就舒服了？打哞！咱弄下叫人打的事情了。人来到世上就是遭罪来了，他们这是给我脱孽哩，挨打的时候我心里不觉得疼就是真不疼了，一切的一切都是假象。

虽然我的心里想着早一点接受惩罚，满脸带笑地走出监室，但是我的肉身子还不能完全理解，还没有一同修炼到家，很快我觉得血压升高、心跳加快、浑身肌肉颤抖、没有魂魄的身躯走进了隔壁的房子。

这里的灯光比我们关押的房子亮多了，刺眼得很！恍惚着好像里面也就是五六个干警，刚进门的窗口下放了一张办公桌，上面没有别的，就是一个好像还有半瓶酒的酒瓶，桌子旁边的椅子上坐着下午给我们训话的那个领导。他穿着公安制服半截袖，脸色喝得红彤彤的，看起来并不像什么恶人，好像还有一种亲切感，我心里都想把他叫个爷！保安把我们推了一把，我两个站在了房子的正中，我的身后站着两名保安，他们每人手里都拿一根棒槌粗细的橡胶棒，这会儿他们没事，一只手轻轻抡起橡胶棒打在张开的另一只手里，发出啪啪的击打声。我揣摩他们这是等待着裁判那一声哨子,或是那一句口令“开始”,但是那个领导他没有说话,好像我两个被押进来他根本就没见到不知道似的。他若有所思地仰头欣赏着窗外悬挂在天上的月亮,随口赞叹着吟出一句美诗:“醉里月明审贼犯。”赵镇平的思路还是快,随口附和道:“暗中涕泪悔犯科。”这个领导转过身来眯着眼睛说:“吆呵!吆呵!谁呀!这谁呀!才子啊!还行、还行!味道不错,有些意思。”他调侃完又轻轻念叨:醉里月明审贼犯,暗中涕泪悔犯科。

他一边念叨着一边慢慢转过头看看附和下联的赵镇平,然后优雅地站起身,用手拉拉身上穿的短袖下摆,完了又看了看我,温柔地问保安:“咋的带来两个?”一个保安赶紧回答:“这个瘦子说他听着我们打别人怕得不行,要一块过来当陪练。”领导听完保安的话,用那醉蒙蒙的眼神详细地打量起我来,我的身上不由得由里往外直冒凉气,赶紧甜蜜地给他微笑着。不知道他会不会给我开个小灶,动个脑子专门给我来个那更糟糕的新节目。我是从他那看我的眼神读出来的。果然他这会说话了:“他刚才对了我的联子,我给你也出个联子对对。你们知道魏晋的时候曹睿给他的弟弟曹植出的题要求七步答出来,曹植做了首千古不朽的七步诗出来,你给大家用感情朗诵一遍。”

说完他眯起眼睛等待着我的朗诵。我知道如果我能朗诵出来那就过了一关,如果不会这首诗,那么那个尖利的哨音就会响起。满房子的小伙子们摩拳擦掌地早都等得不耐烦了,等到那一声哨子就龙腾虎跃地痛打落水狗了。我慌忙拿好抑扬顿挫声情并茂的朗诵出来。

煮豆燃豆萁
豆在釜中泣
本是同根生
相煎何太急

“好!还可以,行吗!你知道曹植做出这首诗救了自己一条命。今天我也不为难你,不要你作七步诗,只给你出一上联,你二十步内答出来可免皮肉之苦。汝可愿意否?”

我不愿意能行吗?!我有选择的余地吗!这明显是要掰直我。我这会脑子一团糟,能对那什么鬼联子?再说赵镇平对了一副对联,和他一块的人就一定会对联子,什么逻辑吗?分明是想让那些保安练我。然后他那边慢慢邀请赵镇平陪他喝着小酒。他这里脑袋向右转转赏的是明月当空万里无风,他那里还可以和赵镇平谈诗论道。烦了脑袋向左转转是武打剧场，我在那里让保安胖揍得狼哭鬼叫的，他还可以谈谈国际形势，那个美国动用航空母舰又想干什么？嗯！想干什么？多惬意的事！我这里脑袋爆炸了一样胡思乱想的档口领导看完窗外又看里面，金口大开说："月明窗亮厅内明审暗人。"

我的鬼呀！这个对联谁能一下子对出来，我就把他叫爷哩！那一下子对出来的是天才，我一个农民娃哪里就是天才了，我要是天才就考上大学了，还用跑江湖来找死来了。听完我就感觉一个字。难！太他妈难了。但是脚下不由得还是度起了步子，你不知道一般人一想诗词歌赋的句子就不由自主地满地踱步。我低着头满脑子急得只剩下两个字，对联、对联，对……对……联！对……难！对……难太！难……对……这个时候一个保安大声喊道："十步。"我的妈呀！我的姥姥爷哩！我倒把他妈叫嫂子哩！对……哎呀！对……粘！就在这马上到了二十步，我随口答道："手抖心颤哆嗦相思免灾"

说完诚惶诚恐地看看领导，领导闭着的眼睛微微睁开说："都算对了，算！"

太公正了，谁说这里不讲理，谁说这里黑得很，我要出去了以后谁敢在我当面再说公安的坏话我就和他急。有他这么一句公道话，哪怕给我再来温三军刚才过堂的那一幕我都毫无怨言。领导就是领导，客观上、主观上方方面面考虑的就是周全。我回答的这个句子在这个环境下就是可以的。领导的水平确实高你不服还是不行。当然我更加迫切地希望听到领导说，你们去吧！不过你们的堂了。那我要不喊万岁，我就不是人！

领导一手拿起酒瓶，一手从裤子口袋里拿出一个铜酒杯倒了一杯酒，慢慢地品了品，饮完再倒上一杯，并没有叫我们出去的意思，他说："好了！不为难你了，我和这位先生刚才的对联我给你念一遍，没有横批你给对上，本官就免你无罪。汝可愿意否？"

他把赵镇平称先生，赵镇平这家伙到哪里都受欢迎，人们都倍加照顾，在这里领导把他称先生，那一下把身份就提上去了。我们都是啥？在这里我们都是鬼！都是刁民。人家这么称呼他，我能不惊叹吗！领导叫我对横批我也不能不给面子吧，必须的，我忙点头。再说你说不点头能行吗。那横批懂的人咋样说都好对。看样子我已经逃过今天这个劫难，心中有佛临到万分危险的时刻总能化险为夷。万能的主！不过我不知道是哪一个神仙保佑的我，这让我在以后的日子里很困惑。应该给哪位神仙去烧香，念哪位神仙的法号。算了。后来想不通，就想心中

长存善念就行了。就这么胡思乱想的时候,领导用那男中音念起了那幅让我们免受皮肉之苦的对联:

醉里月明审贼犯

暗中涕泪悔犯科

我赶忙回答:“明镜高悬!”领导听完后晃悠着扭开瓶子,给那个铜质酒杯里又倒上酒,他仰头一口喝干,手拿那个铜质酒杯玩着哈哈狂笑说:“俗!”我赶忙想什么样的横批能合领导的口味,这档口领导喊了一声:“快!”我忙答道:“里明外暗。”领导有些怪我的意思说:“大胆!”我知道领导是嫌这个横批有讥刺社会之嫌。又忙着搜肠翻肚地急想。“快!”他又急着催我。“哎呀!万法归宗。”我答。“错!”领导又喊。我嘴中不由得嘟囔,这把人还急死哩!领导好像不高兴了,他一个手拿着那半瓶酒,一个手里拿着那个铮亮的铜质酒杯僵化在那里,用眼睛直勾勾地看着我。鼻腔里重重的‘嗯……了一长声。“明审暗犯”,我急忙说出来然后用期望的眼神看看领导。

但愿能得到满分。只见领导眯起那像钢锥一样的眼睛,一边慢慢品品那刚烈的西凤酒,一边回味回味这缠绵的对联,点点头自言自语,甚是谐意:“孺子可教也,孺子可教也!”我看着领导就等着他发话要我们出去。只见领导慢慢睁开他那对法眼,看了看我和赵镇平又突然发问:“你们知道什么地方最黑?”我和赵镇平都知道这个题目有问题。这是个自问题,任别人谁回答都可能是不正确的。那时候还没有脑筋急转弯可以忽悠人。赵镇平给我使了个眼色,我挠挠头笑着答道:“晚上的坟地里最黑。”

我回答完看见领导的脸色掉了下来,把那酒瓶和杯子猛放到桌子上,顺手夺过保安手中的警棍,在凳子上用力一击。‘咣’的一声,吓了我们大家一跳。把那刚放到桌子上的酒瓶差点给震倒了,那个酒杯震翻了,骨碌碌地在桌子上面直打转。他愤怒地拿着警棍围着我两个转了一圈,又回到桌子旁边脱掉皮鞋盘腿坐到桌子上面去了。看到这个情况,我心里直嘀咕,我的鬼呀,这又是咋啦?该不会要变卦了。这天突然又要变了,这太可怕了。我虽然知道我的回答不是正确的,但是也不至于就把领导气成这样。你看我这事办的,我真没用,没水平!

这会儿领导高瞻远瞩地坐在桌子上面,优雅扶起那个铜酒杯,给里面倒上酒,居高临下地用警棍指着我俩说:“你们的心最黑暗!不亮!”他近乎嘶喊地说出最后两个字。我俩不能回答他的话,连头都不能点,这回真的不明白了。领导看看我两个接着说："你们的心不明，罪犯的心里不明。我看见过好多好多的小伙子，他们长得很是体面，脑袋也很灵光，他们本可以平平淡淡幸福地生活，但是他们就为了那些蝇头小利或逞那匹夫之勇，掉进法网身陷囹圄。每每我看到这些事情都扼腕痛惜，可叹可悲！所以我抓到像你们这样的违反社会治安条例的年轻人。我就要打，往死地打。要打得你们不再出来捣乱、不再扰乱社会治安为止。当然我这样做是违反公安内部纪律的，我这样做对我自己的前途很不好。但是我觉得这样能拯救你们这些混账东西的心灵。我自己的前途无所谓了，关键是你们这些小混混以后都能正常生活，不至于犯更大的错误，让政府给枪毙了。"

我和赵镇平听到这里深深感动了。领导走下桌子看着赵镇平说："你们下车的时候我就把你们每个人都看了，我能看出来你是这帮子人的头领，你们这帮子都是人物，有内涵，你领的这些人都有个人能力，能踢能咬能打，能文能武能算能骗，但是干什么不好呢，非得来捣乱？嗯……干什么不好呢？……嗯？可惜呀可惜！像你们这样的胆量和智商早晚必成罪犯，还不是一般的罪犯，是重犯！是要上法场的死刑犯！你难道要把朋友们带往监狱和刑场？你的弟兄们把你供起来，你就把他们往地狱里带。为什么呢？"

我和赵镇平震惊了，我们的心灵感觉到了疼痛。我们的心是昏暗的，看不到将来，只为这眼下的小利。领导在房子里转着，踱着步，当他踱到门口，猛地转回身又对赵镇平说："我看你的颜色，虽暂时困顿，然汝并非池中物，他日必能大鹏展翅，腾云驾雾，咆哮万里！然而如此作为，偶尔或能抢得一捧糟钱，然损德太甚，必遭天谴。我给你娃说，如果不回头将来必遭天谴！必遭天谴！必给自己将来的前途铺就坏运，得不偿失。你们两个都懂得这个道理，为什么还要这么做？为什么还要胡作非为？古语说'君子静以养身一待天时'。你们把身上弄脏了，天时来了也没办法。那个坏档案用多么强的洗衣粉都洗不去了。到那时你们又怪命不好。是你们把自己作孽忘了，忘了！好了！好了！我不说了，你们过去吧！你们走吧！你们什么都知道，就是要给自己的前途设障碍，以为没事。我告诉你们，天在看着你们。走吧！"说完他转过身去，我们两个灰溜溜地从他的身后走出房间。好警察的话还是要听的。我俩默默地跟着保安，他来到我们的黑房子打开锁子，推开铁门让我们走了进去，身后的铁门咣当一声合上了。孙西往和何福厚赶紧拥了上来，他们仔细打量了我们两个浑身上下一遍，疑惑地说："没事么，我们没有听见他们打你们的声音。他们是咋样弄你俩的？嗯！你们不要紧么，他们不叫我三个过堂了?"我俩没有回答他们的问话。"你们没事了!"我点点头说。孙西往和何福厚高兴得喊了起来。何福厚说:"哎呀!我就说那边宁静,一定是你们俩动脑子用智慧战胜他们,最后取得胜利了。"温三军躺在床板上,弯起腰来愤怒地喝道:"不要喊了!有啥高兴的!再喊来了我还要让锤个第二遍你们就高兴了。你对了!不要喊了!"

温三军的情绪坏到了最低点,他喊完又躺下闭住眼睛双臂抱住脑袋呻吟着。赵镇平赶紧走了过去拍拍他轻声说:"不要紧吧!"温三军没有说话,只是那呻吟声小了一点。赵镇平又对他说:"我们没有过堂,人家不考武举了,考秀才。我俩通过了,你知道通过了秀才考试,明天我们可能就可以回去了。看样子很有可能不罚钱了。""啥!不罚钱!"呻吟着的温三军听到不罚钱几个字,瞪大他那张飞般的铜环圆眼睛翻身坐起来,赵镇平点点头继续安慰道:"很有可能,这个领导是真正地想教育我们,不是那些钻到钱眼里的官员。我俩看得没错。"温三军又问我:"你说人家不要钱了?不罚钱了?"我也点点头回答道:"可能性很大,很可能不罚钱了。"温三军听到这里,脸色更加悲痛地带着哭声哽咽着轻轻说道:"不罚钱了,我和何福厚的房子就可以盖起来了,这回回去不出来了,我们专门盖房子。他们打我不要紧,打死都不要紧。只要不要钱!打死都能行!我活着连安身的地方都没有,你们说活啥意思?"

说完他难受地双臂抱住腿,脑袋趴在膝盖上面不说话了。那时候大家都穷,尤其这个到了谈婚论嫁的年龄,一个小伙子没有住的地方那是没法说媳妇的,温三军和何福厚深深受到没有房子的压力,每天二十四小时无时无刻不受到这个东西的压迫。盖房子最低需要八千元。上哪里弄那么多的钱呢?我们经历了这么多的危险弄的钱差不多了,这次如果每人罚两千块那他们盖房子的梦还要做下去,不一定要到猴年马月的了。一个人最急迫的事情如果没有了希望,那他一定会疯的。不管谁见了这样的人都要绕着走,因为他这个火药桶任何时间都有可能爆炸,把周围的任何事物都撕成碎片。但是温三军的希望又来了,他又有了希望,他不会怨恨这个派出所的领导打自己。他反而祈祷着这个派出所的领导今天晚上能休息好,做个好梦,明天有个好心情,不罚大家钱了。

我们大家看到温三军的样子心情都很沉重,大家都不问我和赵镇平刚才的考试,一个个靠住墙和温三军一样趴在自己的膝盖上面睡觉。睡不着的也趴着想心思。那几个早关进来的家伙看到我们这个样子,连大气都不敢出,噤若寒蝉地坐在墙角,偷偷用眼睛的余光看着我们,知道一下没弄好就要受一晚上的罪,整个半死是肯定的。

到了第二天早上,有个干警打开铁门告诉我们说可以走了。连笔录都不用做了。我们来到院子里穿上鞋子,找到自己的皮带系上。赵镇平对我说:“难业,咱们俩去给领导打个招呼,这样的人一辈子可能不会再碰到了。”

我点点头没有说话,整理好衣服恭恭敬敬地跟着他来到派出所那个领导的房子。到门口赵镇平轻轻敲了敲门,里面传来一声:“进来!”我和赵镇平走进房子,看到领导手中拿本书看书,我俩弯腰给他行了个大礼。赵镇平说:“谢谢你!谢谢!我不会忘了您的教诲,以后一定不会再干犯法的事情,以后我干出名堂一定会来看你。再见!”

说完我俩转身就向外面走去。“慢!”身后传来领导的叫声。我和赵镇平转过身去,领导指着桌子上面的一些钱对赵镇平说:“回去的路费,你们回去没有钱咋回去?这是我的工资钱,你们拿着!”赵镇平没有动,如实地回答:“我们有钱,回去的路费有。派出所搜出的是特别少的一部分。”

那个领导笑了说:“你都不怕我没收了?”“你不会的!我知道,我在‘真神’面前不敢说假话。”赵镇平回答说。领导又皱起眉头考虑什么,过了一小会他问:“我能知道你们把钱藏哪里了吗?我的手下可不笨,他们都很精明的,他们昨天搜查得绝对仔细。我想了想不知道你们还能藏到哪里去?如果你们和我作对,我还真对付不了你们。”

“钱藏了好几个点,我们发现情况不对,第一个反应就是藏钱。我估计那堆破鞋里面最少有一千元。”“你们的鞋子搜过了呀!没有钱的?”领导惊奇地反问。“我知道你们搜不出来,我们的人只要拿到钱,第一时间就是把大一点票面的钱处理好,一有情况立马就藏好了,那些鞋子都是旧皮鞋,鞋跟里面有几个小方格,有紧急情况的时候把提前叠好的大票面钱币塞进去,下了车偷偷地用力踩在土地上,泥土就封住了口,没有一点痕迹。你看到昨天我们下车大家很慌乱,实际每个人都尽量往你那花池子边的土里踩了几脚。难业你给领导看看你的鞋跟。”

我回答说:“我昨天没有给鞋子里藏钱,我把钱藏外面了。”我说完领导更加迷惑了:“我的几个侦查员就在车上,你把钱能藏到哪里去,还藏到外面,外面是哪里?不会吧!”我也如实回答:“是这样,我看到情况不对,把钱藏鞋跟已经来不及了,我保管的钱也多,鞋跟根本藏不下,我提前买了个刮胡子的刀片带在身上,出现情况的时候我掏出刀片把我座位前面的那个座子下面布垫子拉开一个小口,然后把钱全部放了进去,我们出去后找到那个车就找到钱了。别人不会发现我藏的钱,最为保险。”

领导笑了笑说:“我就知道你们不好对付,果然是这样,胆子大得很,我跟上你们学得的不少了。只是以后你们的智慧要用到正点子上,千万不敢再出来瞎胡闹了,我说多了没有用,你们自己要把握好自己,你们走吧!”

走出派出所我们首先来到饭馆吃了点东西,然后商议下面的计划。温三军浑身肿得到处青一片子、紫一片子的,首先需要养伤休息,我把钱藏到那个车上也要抓紧去找那台车,所以赵镇平对大家说:“在这里先住下,你们大家陪三军休息,我和难业找钱去。现在大家把藏的钱交给难业,看看有多少。”大家折了根筷子把鞋跟里的钱挖了出来,归整归整有一千四百块钱,我给大家每人发了五十元零花钱,然后给了孙西往一百块钱,让他带着温三军去看医生,温三军坚决反对,说什么都不去医院,没办法我又对孙西往说去买点跌打损伤一类的药,来给温三军敷上。温三军和孙西往都点点头同意我的意见。大家看着我手里的钱眼睛大放光彩。这回虽然翻把了,但是损失并不大。说完我掏了饭钱。大家走出饭馆,找了个僻静的小旅馆住下,然后我和赵镇平急急奔出车站,寻找我们昨天坐的那台长途公交车。在车站里没有看见我们昨天坐的那台车,经过询问我们知道下午五点那台长途车返回车站。我和赵镇平商议决定不能在这里等它来,我们要去迎接,因为时间长了变数还是有的。我估计我藏的那把钱最少有四千多块钱,是一大疙瘩,真不少。我俩买了返回高陵县城的车票,要在高陵长途汽车站迎住它,坐它回来。到了高陵车站时间还很早。我们俩就坐在长途汽车站大院子里的树下耐心等待。下午赵镇平喊醒了靠住树打起瞌睡的我说:“来了,昨天这趟车来了!你看清是不是昨天的那趟车。”我揉揉眼睛看看车号,没错就是它。

车子停稳了我两个急忙上到车上。这趟车已经坐满了,没有一个空位子。我两个走到车子的后面,我昨天坐的那个位置坐了一个壮汉,他睡着了。我用眼睛看看他对面的座子,看不到情况。只有待车子启动后再想办法,要把他赶起来我坐过去才能摸着我们的命根子。我装着如无其事的样子,淡淡地对赵镇平小声说:“不急!一会再想办法。”

他点点头眼睛转向窗外,没停多会车子就发动起来驶出县城。到了路上那个家伙醒来了,看看站在过道尽头的我,他点着一根烟和坐到一起的伙伴聊了起来。

我动着脑筋。对！有了！我突然翻肠作呕地嗷嗷要吐，好像晕车晕得厉害。对坐在我昨天座位上和边上的人示意着，要他们小心着我要吐了，我嗷嗷地干呕，弯起身子爬到窗子跟前，笨拙地要打开窗户，那两个家伙唯恐我喷他们一身，尽力向后挺着身体。赵镇平看到他们还不起来让座，就给我拉托说："哎！难业你小心点，不敢吐到别人身上了，你有肺结核，那是烈性传染病，你不敢吐到别人身上了，要给别人传染了就麻烦了，大家都小心点，他这咳嗽了唾沫沾谁身上都会传染的，就是个看不好的病。"完了他又恶狠狠地对我说："你就不该出来，你看你吐到别人身上了咋办？你活不成了还要祸害别人吗？你嗨！害人嘛！"

我更加好像受不了，干呕得厉害，不断要爬到窗上去，坐着的两个家伙害怕了，慌忙站起来满嘴牢骚地走到前面去，我赶忙坐下来，但是因为装得太像，时间太长了，还真吐了出来。一把鼻涕一把泪的很是难受。还没安定下来，我的一只手就摸到前面的座位下面去了。神仙保佑，那些宝贝好东西它们还在那里，我们的命根子静静地卧在那里。看看没有人注意我，我一把一把地往出掏。不急，一点都不急了。不能弄伤了它们，娇贵的东西！

下午约莫天黑我们回到了旅馆。大家知道我藏的钱找到了，大家一个个高兴地喊起来！温三军的脸上也露出了喜悦的笑容。我把钱掏出来放到床上数了数，五千多块。赵镇平对我说："难业，你给大家每个人先拿一千元。都装在你身上不安全，给三军多拿些，我看多拿五百元。"温三军听到给自己多分钱着急喊道："凭啥嘛？我不要，我一分钱都不多拿，把我说成啥人了？"

看着温三军生气的样子，赵镇平不敢再说了。我又对温三军说："你不多拿大家心里过不去，我知道虽然大家都穷，都急着呢！但是从来没有谁贪过钱，伤害大家的利益，多给你五百块是大家的意见。你就拿着。"温三军的脑袋摇得像拨浪鼓："不！大家均分，谁都不能多拿！给我多拿就是看不起我。坚决不行！"看到温三军坚决反对，我看看赵镇平，赵镇平没说话摇摇头。我就给每个人分了一千元整。赵镇平说："走吧！现在吃饭去，吃了饭大家到电影院看电影，你们说咋样？"大家高兴极了，拉起温三军就向外面走去。

晚上回到旅馆，大家没有兴致讨论刚才看的电影，问起了赵镇平和我昨天晚上的情况。我给大家有声有色地把赵镇平和领导的对话以及领导考我们文化修养的事情给大家说了一遍。临了我又把今天早上给领导道别的情况说了一遍。我说完赵镇平接着说："这个人说得对，我们的冒险是过了，得不偿失。从明天开始大家都不要走钢丝了,这样弄几个钱没准闯多大的祸,你们看从开始那一天起,我们哪一天没打架,哪一天不闯祸。说不定哪天就打死个人,大家全完。我们还年轻,机会总会有的,你们看社会变化得非常快。我们农民的机会在将来的几年一定有很大发展空间。大家耐心等待吧!我不想干了,但是我劝大家都不要干了,我们以后每个人都会有一番作为的。不能现在栽进劳改场,等将来出来干什么都晚了。”

大家的情绪又低落下来,不能干这个勾当了,不干了干什么呀?那回去后干什么呀?等待!等到什么时候?等到猴年马月呀!想想脑袋就痛。但是人家派出所的领导没说错,人不能没事的时候急!急了干的事情以后准后悔。

不干这个干什么,每个人脑子里都不断盘旋着这个没法解决的难题。温三军对大家说:“我看不如这样,我现在的样子还要好几天才能恢复过来,既然这样我们去西安,住到西安,大家在那里看看能干什么?就是干不了也开阔开阔眼界,把那花花世界看看。”

温三军的这个提议得到了大家支持,一致同意明天早上就去西安。第二天早上大家早早起来,退了旅馆就去汽车站。这回大家不用鬼鬼祟祟的了,我们说说笑笑地保护住温三军坐到车上,也像真正的旅客一样买了好多水果拿上。一路上有吃有喝热热闹闹的没觉得就到了西安。

人啊!还是不干坏事的好,你就是计划再周密、危险系数再小,心里的压力别人看不出来,你自己是知道的。你看我们在派出所的教育下金盆洗手停止捣乱是多么的快乐。

第十章

来到西安这个西北五省最大的大都市，大家下了长途车，走出汽车站，站在宽广的马路边，不知道住到哪里去？我们一个个看着川流不息的车辆和身旁熙熙攘攘的人群，大家傻眼了，到哪里去？每到这个时候，我们都知道温三军一定会惊讶地说，我的鬼呀！但是今天温三军不说了。我笑着看了看温三军，他知道我笑什么，大家也知道我笑什么。我们大家一起放开嗓子对着宽阔的马路大喊："我的鬼呀！我的鬼呀！"

赵镇平看着马路问我："难业，你看到哪里去？""哪里乱就去哪里！哪里乱哪里机会就多，哪里乱哪里的信息就快，我们不怕乱。"我说。

赵镇平说："火车站乱！你是说我们去火车站？"孙西往问了路边的当地人去火车站的路。我们挤上了一辆公交车，那车上的人真多，我们大家挤在一起怕冲散了。车子刚启动我就看见一个十七八岁大小的一个小偷，在这个身上摸摸那个身上蹭蹭，当他把手伸进一个老年人口袋，一个离我们不远的小伙子说道："把你的手放下来，这么多人你的胆子真大。"那个小偷收回伸进别人口袋的手，对这个小伙子说："你多嘴管闲事！小心着！"小伙子和气地用手往后挠挠他那好看的自然卷起的乌黑头发，露出那口整齐洁白的牙齿说："看你年龄不大干点啥不好，专门偷人，我还要小心点。你要干啥？"

后来发生的事情把我们都卷进去了。我们知道这个教训小偷的小伙子姓李叫延东。那个小偷不再说话，前面车子停住他就下了车。全车的人看到小偷下去了，纷纷赞扬小伙子做得对，那个老年人也连声谢谢。我讨厌车上的这些人，他们刚才咋没有人说话！车子继续往前开着，到了下一站，车门刚打开，我们就看见刚才的那个小偷带着几个同伙手拿一把杀猪的砍刀冲了上来，赵镇平忙对李延东说："小心，贼上来报复来了！"

车上的人虽然很多，但是看到这个恶狠狠的手持杀猪砍刀的家伙顿时闪开一条道，李延东看着自己面对这么凶残的歹徒，自己已经无处可退，就大声喝道："你要干什么？"小偷说着话抡起砍刀狠力向小伙子砍去："你看干什么！"

小伙子没有办法，只能抡起胳膊阻挡那把夺命的砍刀刀刃。只听咔嚓一声，咣叽。那条阻挡砍向脑袋的胳膊干脆利索地掉在了地上。小伙子的胳膊从小臂一下齐刷刷地就没了，那白苍苍的创口看着瘆人。全车的人都惊呆了，一下子没有一点动静，静极了。那个白森森的创口突然像水管一样冒血。一下子掩盖了白花花的肉。小偷也惊呆了，手拿砍刀站在那里不知所措。当他看见那条断臂开始冒血，顿时醒了过来大喊："停车，停车，谁都不要靠近我，谁靠近我我砍了谁。"

他的眼睛惊恐地来回看着，赵镇平突然压低声音咬着牙对大家说："这个玩意不能叫他活下去了！"说完他的脚下慢慢地向小偷挪去，那个小偷眼睛不断来回巡视着怕谁突然间向自己发难。公交车停住了，车门子哐当一声打开，小偷向后看一眼，慢慢往门口退，赵镇平和孙青紧跟着往前赶，小偷赶忙晃荡着手中的砍刀喊："退后，你们退后。"

临这个家伙就要下车的一瞬间，他回头看了一下脚下要下台阶，就是这一回头，赵镇平飞起一脚，不是踢过去，而是蹬了出去，一下子就蹬在这个家伙的脸上，小偷的脑袋重重地磕在门框上，那双贼眼睛差点鼓出来，向上翻着，怪难看怪怕人的。大家都听见砰的那么一声，全车人都感觉到了那重重的一下，小偷没有吭一声就软了下去，这会儿不说话了，不凶了。他那双贼脚还知道逃跑滑落下去伸到了车外，不过没拉动上半身。上半身留在了车内。他手抓的凶器——那把明晃晃的砍刀没有沾一点点的血渍，干净地掉在了车内的地板上。赵镇平愤怒的这一脚下去最少有五百公斤力，这个家伙的脑袋把公交车的钢制门框都夹了个大坑。实际我估计就这一下这个家伙已经挂了。孙青看到这个家伙只让赵镇平一脚就蹬昏迷了，不忙着抢砍刀了，手抓住头顶的扶手用脚狠命地踏这个家伙的脑袋和脖子，反正赵镇平说了不能叫这么凶恶的玩意活着。温三军也顾不得自己浑身是伤，刚才也紧跟赵镇平。孙青占住位置，他没有机会下手下脚，他急了，一把把孙青拉开说："我只闹三下！闹三下！哎呀！你让开我只闹三下。"

孙青给他让开位置,温三军狠命地重重踏了三下。然后一脚把这垃圾踢了出去,对司机说:“师父把车开到最近的大医院。要快!”

司机发动了车子又向前驶去。

我刚才在赵镇平攻击歹徒的时候也没闲着,把自己身上穿的背心脱了下来,撕成条给小伙子绑死了断臂,不能让流血。他已经吓昏了,我把他抱在怀里坐在地板上,看了看躺在地板上那条断臂,我给周围已经吓坏的围观人说:“谁有干净报纸?把那包起来不要脏了。到医院可能能接住。”

一个胆大一点的小伙子拿了别人的一张报纸,弯腰包起那个躺到地板上面的断臂,放到我的旁边。赵镇平走到那个被小偷伸进口袋的老爷子跟前说:“大爷!今天的情况你都看见了,这不是打架斗殴对吧!小伙子是好人,他帮助了大家,他害怕小偷偷了大家的钱成了这样的结果,一条胳膊没有了。你找几个好人做个见证人,将来给小伙子的单位做个证明。我们不能寒了好人的心,你说是吧!要么你看他这么年轻以后咋活呀!待会到医院,你也跟着下车报个警做个证明。”

这个老人满口答应,找来笔和纸。车上的好多好多人都愿意给小伙子作证明。他一一作了统计,把每个愿意做证人的地址、单位都记录下来。这个司机也不错,大声说:“我也证明!”很快车子就开进了西安第四军医大学附属医院。司机说:“这里的技术水平绝对高,接住的可能性大。你们几个哥们抱住他去急救室。记住我的车牌号,有啥事来单位找我!”

孙青和孙西往一人一边架住李延东到了急救室,医生接住我们,看见断臂急忙对护士喊道:“准备手术室,叫王医生黄医生立即到第五手术室。你们单位的人去交五千块钱住院费。”

医生把我们当成伤者的同事了,要我们去缴费。能和这样的人做同事那我们就太光荣了。没有一个人说话,我们来到急救室门口都从口袋里拿出钱数着,每人一千刚好六千,这个地球人都知道全部缴了去。孙青拿着钱去收费处排队缴费。我赶忙跑往卫生间洗手脸,我的身上到处弄得都是血。孙青交了费我收拾完身上的血大家都来到了第五手术室的门口等待。

那个老爷子对赵镇平说:“我在医院外面的公用电话亭报了警,警察说他们一会就来人了解情况。”赵镇平说:“好!谢谢你了!”“不能谢我。你们都是好人,你们好人救了好人。我应该感谢你们的!”老爷子说。“一会警察来了,你不能说是我们打小偷的,就说刚才全车的人都动手打小偷的,行不行?我们来这里有特别要紧的事情要干,刚才没办法收拾了那个凶残的小偷。待会警察来了你知道那很是麻烦,我们半天都走不了,所以一会警察来了你老人家不要给他们说我们动手的事,可以吗?”赵镇平说。老爷子想了想说:“可以,可以这么说。我知道你们怕麻烦,他们来了我就这么说,我见了其他证人也给他们这样说。你们放心,警察不会把你们怎么样的。我要保护你们这些好娃娃,不要怕!你们是做好事的人,谁敢对这件事不公道你看我咋收拾他们,我的儿子在省政府上班,是领导!”

赵镇平听到这里放心了,今天那个凶恶的小偷估计已经死了。这警察来了麻烦是少不了的,但是别给我们弄个杀人犯的帽子戴上,那就悲惨得不像样子。看着这个老大爷还有正义感,大家都放心了。赵镇平又对老爷子说:“现在不知道小伙子醒着没有,我们要尽快通知他的家人。你老人家能不能进去问问!”赵镇平的话刚落地手术室的门就打开了,出来一个带着口罩的护士看见我们说:“这个是病人家属的联系电话,你们谁去联系一下。”赵镇平忙问:“胳膊能接住吗?”护士点点头说:“可以接住,问题不大,关键是送来得及时。”老爷子高兴得一边接住纸条一边说:“那就好!那就好!我去打电话。你们在这里看着。”

温三军遍体鳞伤还没休养好,刚才因为用力过猛,这会儿脸色蜡黄蜡黄的,抱住脑袋坐在水泥地板上小声地呻吟。我们大家看了心里都非常难过。赵镇平偷偷拉了我一把小声说:“叫何福厚去附近看看,先登记个旅馆把三军带去休息。”

我给何福厚使了个眼色,走到了外面我给他一百块钱说:“你在附近看看有没有干净、宁静的旅馆给大家先定了,然后回来把三军先带去休息。你看他那个样子叫人难受,别忘了买一些好吃的带上,给三军吃好。”何福厚满口答应着去了。

我慢慢返回手术室,心中想着西安的小痞子这么凶残,这好像到了原始社会一般,在大街上就敢拿个砍刀随便砍人,还不是吓唬人。这李延东要是不用胳膊挡那么一下,还不把脑袋给砍下来。太凶恶了,这里的警察都干什么去了。如果要是这样,我们这帮子人在这里反而有市场,这就像过去的大上海滩一样,任何人只要不怕死,有个好脑袋、好身手,闯一片蓝天是有可能的。

我就这样胡思乱想地走着来到手术室门口,李延东的家属们来了,他们也够快的。李延东他爸爸和妈妈以及哥哥都来了。李爸爸已经听到儿子的事情经过,原来他和打电话的老爷子是一个单位的,见了面他们认识。他们都是红旗机械厂的老职工,被偷的老爷子姓牛。现在受伤的李延东是接了爸爸的班也在红旗厂上班。牛师父已经给李延东的爸爸把情况说了一遍,说我们几个不但收拾了凶手还把李延东送到医院来了，住院费还是我们垫付的。李爸爸抓住赵平镇和孙西往的手不停地感谢。说等到明天早上才能给我们还钱。赵镇平微微笑着说："你的儿子是好样的，我们帮助他是应该的。明天早上给我们还钱完全可以，我们今天反正走不了。"

正在这个时候公安局的干警来了，他们首先带来的消息是那个小偷让人打死了。我们几个虽然心里有准备，但是听到这个消息心里还是重重地一震，毕竟我们打死了人，人是我们打死的。大家的心里顿时有些慌慌。我告诉自己要镇定，不要慌。如果公安局询问我们，我一定要给他们一个下马威。毕竟是公安局不对，他们没有维持好这里的治安。更何况还有牛老爷子的儿子在省政府当领导。想到这里我稍微镇静了一点，走近我们的人压低声音说："一会公安局问话，你们任何人都不许说话，我一个人来。他们在这说话咱们离远点！能走就赶紧开溜。"大家点点头，脚下自然向前走着离开手术室门口。

公安局的刑警一共来了三个人，他们首先询问牛师父，牛师父详细给他们讲了事情的经过。打小偷的是愤怒的全车人，大家伙都动手打了小偷，然后用手指着我们说就是这几个小伙子帮助李延东住的院，垫的钱。刑警们听完向我们这边看了一眼，一个刑警瞪起他那虎眼，用严厉的口气喝道："你们过来！"

我们几个听到这样的口气顿时感觉很不舒服，没有动。孙西往见了警察就哆嗦，听到刑警的呵斥声脚下不由自己地就慢慢地向外走去。赵镇平压低声音重重地说："老孙！"

孙西往回过头来看看我们没动，赶紧走了回来。那些警察看到我们没动窝，显然有些生气，另一个刑警又喝道："叫你们过来你们没听到，过来！"

我们不但没动，反而脸都转过去连看他们都懒得看了。那几个警察看见我们不理，他们生气地走了过来。用更加严厉的声音说道："你们几个是要干什么？嗯！我看你们就不是好人！走！去我们队部。"我转过身微微笑着开口说道："哎呀！呀！首长！不知道你们是叫我们。我还以为你们叫狗哩！罪过！罪过！"那个刑警说道："不是叫你们是叫谁，你们这边还有谁！"

我压下火气愤恨地说："我以为你叫狗哩！你们能不能好好说话，开口就那么生硬地乱喊乱叫，我们是罪犯，是不是？为什么要听你们说话。你们还看我们不是好人，还要带到你们队部，走！谁要不把我们带去都不是人！"我瞪起眼睛恨恨地对他们说。

这几个刑警没想到我是这样的态度，一下子僵到那里反应不过来。不知道是拉我们走还是怎么办.我不能放过教训这些高高在上的人民公仆的机会，又对他们说道："西安的小偷这么猖狂，光天化日之下在稠人广众的公交车上手拿砍刀随便砍人，你们干什么去了？嗯！干什么去了？我们外地人来坐车碰到这样的情况难道不应该管，不应该抓小偷，不应该把受伤的群众送到医院来抢救？还要抓我们，你们是嫌我们抢了你们的工作，救了好人，把我们抓走。"

我说到这里越来越生气，抓起孙西往和赵镇平就说："走！到刑警队走！我不信西安的刑警队专门收拾见义勇为的人，专门收拾外地人，专门收拾学习雷锋的人。这小偷为什么这么猖狂，原来刑警队就是保护伞。这里还是中国的土地不是，这里还是共产党的天下不是！你们这些为虎作伥的人就无法无天了。我告诉你，我们是华阴县人，我来这里是看我三姨夫来了，他在省政府上班。不要把我们当成乡下人来收拾。我们给被害者垫钱错到哪里了？你说我们是坏人，大声胡乱呵斥我们，我们犯了哪条国法了?！你们说犯了哪条国法了?"我说完放开抓住孙西往和赵镇平的手，又伸手抓住那个说我们看着不像好人的刑警领口质问着。

这帮平时作威作福的警察没见过这个阵势，蒙了。那个领头的刑警看到我情绪高涨，说话有理有据又言辞犀利，知道坏了。赶忙给我赔不是，我松开手告诉他们今天这事情没完，我要叫记者，我西安有同学是报社的。我要弄清楚西安的警察到底是干什么的，是为谁服务的。我把今天他们几个对我们不礼貌的行为胡搅蛮缠上升到了社会问题、责任问题和政治问题。几个刑警看到我说到这里更加迷瞪了。这不得了了，如果任由我折腾下去，自己的饭碗子能不能保住成了问题，何况我还有那个子虚乌有的在政府上班的三姨夫。这会儿几个刑警像小鸡啄米的样子，不断给我点头作揖做检讨。

人急了一般更容易犯错误说错话，一个刑警又强辩着给我说："每个公民都有配合公安机关破案的义务，都有回答公安机关提问的义务？我喊你们没有错。"这个问题一般情况下就是吓吓普通老百姓，我是什么？刁民！真真正正的刁民！能在瞬间偷换概念，善于煽动不明真相群众起哄的刁民。能瞬间颠倒黑白，上下忽悠嘴尖牙利的刁民。刁民要占住理了结果你想想。你最好闭住嘴不说话为好。说了我的反击就让你牙呲嘴咧地下不了台。我回答道："义务，什么样的义务。你们不能因为我们老百姓有义务你们就对我们那么凶。瞧你们是什么态度！你们就比谁高多少了？不就是穿了这一身代表正义的衣服吗！还义务，每个公民都有赡养自己老人的义务,你黑着脸回到家里,对你家的老人这样喊行不行?‘老不死的还没死,还要等人回来给你做饭,滚出来!’你说你这样对你家老人对不对,你这样做能行不能行?!嗯……说!你说你这个义务对不对?说!”

可怜这个刑警,叫我胡乱抢白这几句一下子就呛住了,嘴张开不发声了。温三军还没有走,帮起了腔也搭声喊:“你说!说!”

我这一通把自己对公安干警的不满怨气出完了,还间接地保护了我们自己,心里像吃了蜜一样甜,那叫个舒服。完了见好就收,我对几个干警说:“你们走吧!以后对群众不敢太过分了。说话要客气一些。走!”

说完我拉上何福厚拨开围观的人群,转身就向医院外面走去。刑警们也不问我们什么劳什子情况了,我这样的鬼难缠人,你想想鬼见了都怕,何况一般人呢。我感觉脑后的刑警们恨不得我一下就消失了,这辈子都不相见。这也就是我的目的。我心里清楚得很,毕竟我们打死了人!不和他们正常对话还是好。他们这样的中国公安羞先人哩!打死这个小偷如果公安刑警给我们坐实了,不抓我们坐大牢也要叫我们出丧葬费。我想这个是必需的。所以大家最好不要和他们打交道这辈子才叫平安。

我问何福厚的房间订好了没有,何福厚说订好了,我带你们去,赵镇平他们跟在我俩后面,大家向旅馆走去。没几步温三军喊住了我说:“难业,你厉害。你今天给我报了仇,美!美!过瘾!我的病都感觉轻了许多。心里美得很!”我回答他说:“你吃了没有,叫何福厚给你买吃的买了没有?”

“没吃!多亏没吃,要去吃饭了把你教训这几个家伙的事情就看不见了,现场看了就是美咋!比我吃药都顶事。我心里一下子轻松多了,狗东西那天把我差点打死哩!你们不知道,手黑得很。你刚才应该多戏耍他们一会!”温三军得意扬扬地说。我笑了笑说:“只要你高兴了就好!我就是给你报仇的。你现在想吃啥?伙计满足你,吃啥都行!”温三军摇摇脑袋想了想说:“今天我想不吃饭,你能不能给咱们买几斤牛肉吃吃。咱们华阴人说西安市的回民弄的牛肉好吃得很,咱家想尝一口,你看行不行?”我想都没有想说:“行!咱们去八仙庵,那里就有上好的牛肉。不过咱们先要到旅馆认认门,别把谁跑丢了,你们说是不是?”

说着笑着大家到了旅馆。我掏出一百块钱给孙西往说:“孙哥你跑些路给咱们买牛肉去,到门口再弄两瓶西凤酒,十个馒头。大家吃好喝好管他去,吃饱喝咂永不想家!”“你们知道谁还住在这里?”突然何福厚对大家说。孙西往听到这里不走了,想知道何福厚说的是谁?我对他说:“孙哥,你管他是谁,他还有牛肉重要,多买些!把那一百块花完。你赶紧走吧!大家都饿了!不行你把孙青叫上,你俩快!”

何福厚看到他卖的关子没人听,就大声地说:“是邓小建!”大家迷惑地想不起来这个邓小建是谁。何福厚憨厚地笑了笑说:“就是上次在车上碰到的专门偷房子里东西的贼嘛!江湖上说‘查户口’的,你们忘了?就是上次我们第一回打的那几个小偷,有一个叫小建的。小伙子看起来精干麻利。”何福厚说:“对!你们知道他为什么住到这里来了?”我最烦谁卖关子,那些不和我们相连的事情动那脑子。我说道:“要说你就给大家说,要不说就安安地坐那里歇着,又卖什么关子?小建住这里爱什么原因什么原因,关大家屁事!怪事情!”何福厚嘿嘿笑着也不和我顶杠说:“邓小建偷东西让人家抓住打坏了,在四医大看病看不起住到这里来了。”赵镇平对何福厚说:“我们这会儿没事情干,你去把邓小建叫来,就说叫他吃牛肉、喝酒!一会听他说说热闹,看他们干活危险还是咱们危险。”

何福厚慢慢腾腾地去寻邓小建了,赵镇平问我说:“难业,你说今天打死那个小偷对不对?我心里总是感觉不美,下手狠了,想不到他真就死了。当时我看到这个家伙那么凶残,真正气坏了。”

我能说什么呢?不管咋样说把人打死咋样都不对。不管是好人还是坏人都是人,来到这个世界上都不容易,或许他平常没那么暴烈,今天偶然疯了,穷凶极恶丧心病狂地拿砍刀杀人。碰到我们他也是命该绝!遇到了克星。但是我们杀人者的心里永远都不会宁静,那份后悔劲蹬得自己的内心万般难受,还说不上来是什么滋味。我只能安慰赵镇平说:“我们没有做错,大家是为民除害,今天不做了他以后不知道要祸害多少人,我们心里不应该有什么内疚的。以后碰到这样的事情,我相信大家还会像今天一样毫不犹豫地出手。”

何福厚带着邓小建和他的一个哥们进来了,我们停止了讨论杀死小偷的事情,也没法讨论这件事,只能自己慢慢淡忘和消化。邓小建满脸满脑袋的伤,不知道何福厚是怎样认出来的。他的脸上贴了两个纱布,脑袋上缠了几圈子纱布,有的明显还往出渗血,够怕人的了。他走进门来客气地掏出香烟递给我们几个说:“我刚才看见我何哥,他说你们今天也要住到这里,我高兴太!我在这里睡了几天了,急得太!有你们住到这里我就不急了。”

邓小建刚说完,我们还没有答话,孙西往和孙青带着吃的东西就进门了。孙西往办这样的事情那叫漂亮，他买了几份报纸，十斤酱牛肉，几棵刚出地的大蒜，两瓶西凤酒，以及我嘱咐的馒头，他给地上铺好报纸，把采购的东西摆到地上，大家围拢到一块每人手里拿一大块牛肉放开腮帮子猛嚼猛咬。没有酒杯，大家轮流对住瓶子吹，几口牛肉嚼过来就是一大口西凤酒，完了剥一颗大蒜扔进口中猛力一咬。那辛辣劲道冲上脑袋就是美。孙青看见大家的胃口这么好，害怕不够了，用报纸包了一块牛肉放到桌子上对温三军说："三军哥我给你留一块到半夜吃。"

温三军口中占着牛肉没法说话，手摇头摆地好像不愿意给自己留还是怎么的。大家看到他这个样子顿时哄堂大笑。那年月能大口吃上牛肉那是每个人梦中的好事，今天大家实现了，后来过去了好多年，我们好多人在梦中都还梦见过这回大口吃牛肉的事。电影里的画面经常有好汉受了伤，拿过酒壶大喝几口。在现实生活中大家都知道身上有伤那是不能喝酒的。孙青劝温三军和邓小建少喝点，他两个一点都不想少喝，也是大口地灌。牛肉很快就没了，大家一个个拍拍肚子说就是美哞！孙西往收拾了摊子，大家懒洋洋地靠在床上，每人点起一根烟腾云驾雾地享受着。

吃好喝好那个娱乐节目当然不能马虎，何福厚叫来的邓小建专门是给我们说热闹来的。赵镇平问邓小建说你咋成了这个样子？邓小建说事情的发生是这样的：

前几天早上天还没亮，我就来到了康复路附近的那些做生意租的房子附近。专门盯着他们看哪个出门来。有一个做服装生意的家伙推着三轮车和他媳妇出来早，他们锁上门就走了，我心说机会到了，他们出去了，家里没有一个人，我进到那里面给翻它个底朝天。我藏在一边看着他们推着三轮车转过弯去了，就快速爬上墙头跳了进去，扭开室内门慢慢地翻找现金和值钱的东西。这个时候我听见院子里面有动静，我吓坏了，只听有人叫："郭正军！郭正军！"

我想这是他们一块的，叫这个家伙出去摆摊，就顺口答道："出去了，他们走了！"我听见这个家伙出去了还合上了门。我没找见钱在哪里，只能慢慢找。只一会儿我又听见前门哐当一声大响，有好多人涌进来的喊声，我知道坏了。赶紧去厨房拿了把菜刀抓在手里冲了出去，到了小院子一看，妈妈呀！来了十几个人，他们都是做生意的，一个个手里拿着拖把、铁锨什么的。我看他们拦住了大门口，我无路可逃，急忙向两边看看，好像院墙我还能翻上去，我就抡起菜刀假装进攻他们，他们毕竟是生意人，看到我扑了过来，每个人赶紧往后退着保护自己，我不能失掉这个机会，扔掉菜刀，脚下加力跑到墙边就翻上墙头。

天色已经大亮了，我左右看看只能从这家房上跑到那家房上。狗日的在下面把我看得清清楚楚，我跑到哪里，哪里的周围都围住了人。最后我急了，跳下一个小胡同，猛向前跑，他们在后面追。我原想他们是做生意的体力都不行，我跑一跑他们就不跟了，谁知道他们能行得很，一直跟着我。我在房上跑来跑去本身就累坏了，现在又这么不要命地跑，没跑出多远就实在跑不动了。

那些做生意的追上我，把我围在中间一顿乱打，我趴在地上抱住头圈起腰任由他们收拾。完了他们几个人看我站不起来还准备把我像狗一样抬着送派出所。这回我生气了，对他们说，我没偷到你们什么，你们也没什么损失，该打的你们也打了。你们看把我打得都不行了，这就行了，咱们两清。如果你们要把我再往派出所送，我出来和你们没完。这样他们商量一会就走了，放过了我。

后来我想清楚了，让堵住的事情原来是这样，当我翻进的那一家做服装生意的家里乱翻东西，他们出去把什么东西忘了，返回来拿东西，听到房子里面有响动，这家伙门道太灵性，就叫自己的名字，叫了两声。叫我上当了，给他说出去了。他出去到了外面就喊人去了，进来就把我堵在院子里。你看倒霉不倒霉！到医院里人家要两千块钱押金，我哪里有钱，没有钱。干脆不住了，就来这里住下养伤。我看三军哥身上也和我一样是咋了？

我回答说：“公安局校正过的，你不要紧吧！”“我不要紧！不管内伤还是外伤，只要不发烧就没事，一旦发烧没钱看医生就把命送了，我刚才出去碰到西安的伙计，他们说今天我们一个叫西山挠的叫人在公交车上给打死了，公安局都拉到火葬场去了。”

我怕我们里面的谁口快说是我们打死的，赶忙弯起腰瞪着眼睛回答说：“谁打死了，谁叫谁打死了，西安咋这样乱？都敢把人打死？怕怕。”邓小建看着我的样子说：“我们这一行碰到了坏情况，被众人打死就像被打死一条狗一样不值钱。人常说冤有头债有主，我们让众人打死了，就是没有头没有主，没有头绪，家里也没人追问案子，公安局顺手就拉去火葬场烧了，事情也就完了。听说西山挠也该死，拿个砍刀砍看见自己偷钱的一个工人。这个玩意我认识，手黑得很，砍了好几个人，在西安市道北混得好，闲人们见了都让他几分，大家觉得好像这个家伙脑子有问题。没有人跟他一般见识，他今天挂了，今天就是不挂哪天也得挂。关键是人不行，脑子进水了。”

"那就该死，胡乱砍人还能行，不知道谁结果了这个西山挠，唉！公交车上面那么多人，也就是你说的不了了之，今晚上过后就没有人再想这孙子了，该！"我又补充议论说。如果要是有人知道是我们打死的人将来怕有麻烦，西山挠的家人来寻仇那就麻烦了。所以我们应该守口如瓶，不能让任何人知道是我们干的事情。想到这里我为了叉开这个话题，又问邓小建说："你给我们说说你干这个行当碰到的最危险的事情。"

邓小建看看我们喜欢听他说自己的故事，用手摸了摸那个上嘴唇说开了："干我们这行当的就是这样，没有啥危险不危险的！你这样问我倒想起来上个月干的一件事情，把我吓了一大跳，那天晚上我去西安工业大学的住宅区，看见一个四层楼的房间窗户开着，我顺着窗台阳台和落水管道爬上去，进到房间看到一对夫妻睡在床上，他们都睡着了。衣服放在旁边的凳子上，我轻轻拉开窗户过去，慢慢翻他们的口袋，刚刚翻了一个口袋弄了一百多块钱就觉得肚子不舒服想大便，难受得不行。我就不翻了。赶紧去上他们的卫生间，也该出事，卫生间的马桶旁边放着香烟打火机。我坐在马桶上面点了一支香烟慢慢抽着，看见旁边放了本杂志，随手拿过来看看，杂志上的图片美得很，我坐的那个马桶也舒服，看起图片把啥都忘了。突然，一个女人也不敲门，穿着睡衣也不看我坐在那里拉开门就进来了，她撩起衣服露出肚子，突然看见我坐在那里看书，不知道咋回事，就撕破喉咙地大喊一声'啊……'我这一大惊不由得也大声嘶喊一声'啊！'跳了起来。完了，才知道不是在自己家，这是偷人来了，赶紧提起裤子就跑出来了，到外面我的心还跳得咚咚直响，这婆娘也不打个招呼，把我吓坏了。吓傻了！我好几天都翻不过来。确实惊得不轻。"

邓小建说完我们一个个笑得都醉了。这些小偷的胆子也太大了，到哪里就把谁家都当成自己的家了。"你作案去了都不做准备工作，把自己收拾干净再去，还上人家卫生间，你咋不再洗个澡？你们……嗯……"何福厚生气地说。"我出来就是瞎转，转到哪里觉得能进去能拨拉几个钱就进去了，谁想那么多。有时人家两口子睡里面的床上干活，我就趴在他们阳台看黄色录像，那是直播！美得太！"何福厚更加生气了说："哎呀！你们！你们哎呀！"温三军听到这里又问邓小建说；"你有没有碰到比你胆子大的！""当然有了，我有一回让人家抓住送到派出所去了，就是一个老娘们干的，那一天中午我和易政军去大明宫的一个小区，上到三层楼上，顶开门我俩在里面乱翻，进来了一个老姐，我手拿菜刀准备给她脑袋开瓢。

谁知道她看起来是个瞎子,进到房间的客厅用手胡摸,我俩看到她是瞎子,以为她看不见我两个,把门弄开也不容易,就准备等她出去后继续翻找值钱货,那个瞎子好像换了一双鞋就出去了。没多会我听到楼道里有好多人,我偷偷地向外面一看,妈妈呀！上当了！那个老姐原来看到我手拿刀子,急中生智装成了瞎子。她不慌不忙换了鞋出去带上门,到外面喊人去了。我俩被堵在房子里,这个急呀！我们把翻出来装进口袋的好东西都放下了,不敢开门出去逃跑,碰见这主怕出去就让打死了,哪来逃跑的余地,后来还是派出所来人救了我们。"

他说的胆大原来不是小偷还是个家庭主妇,你看看人家媳妇那智商！真是诸葛再生呀！我想了想问邓小建说:"那像你这样偷,弄的钱一定不少了,住院咋能没有钱？你把弄的钱都干啥了？"邓小建叹了口气说:"唉！哥你不知道,好哥哥哩！干我们这行当的大多数都是孤儿,要么家散了,要么被家里赶出来。没办法只能偷,弄到钱了就胡吃乱花,花完钱又到处溜达,看上啥弄啥！没个定数。我们要攒钱没用,没一点用,干啥呀？就是胡花。你说我住院没钱,能好了好！好不了去球,该死球朝上,该没寻不着。我要该死了,就是这回医院给我看好,下一回还不是打死了,看它有啥意思？"

我听到这样的昏话脑子都乱了,什么逻辑吗？这是什么话吗？我的鬼呀！世上还有这样的人。但是他就有！我捋捋思路,知道他们是这个世界上的万恶之源,没有责任,不是没有责任,而是不知道给谁尽责任。这！我不想了。这喝了几口酒我有些迷瞪了！睡他个一万年,世上的道理千千万,谁能全部明白过来,那是神仙考虑的事情,一个臭农民在这里瞎琢磨个啥劲呀,睡觉。

第二天早上十点多,我和赵镇平去医院拿钱,到门口就碰见李爸爸,他老人家看见我俩高兴地说:"我等你们半天了,走到门口去。我给你们说我儿子的胳膊接住了,医生说关键是送来得早,这么热的天晚一会就不行了。"我们脚下没有动,心想我们是看病人来了,干吗出去？赵镇平说:"我们想看看你儿子。"李老爷子脸色沉下来小声说:"娃娃听我的,往外面走！"我们是跑江湖的,他老人家能这样说,这里面就绝对有问题。我和赵镇平都明白了他的意思,赶紧随着老爷子走出医院,到外面李老爷子给我俩说:"公安局在里面等你们,说要你们去公安局做什么备案,我想反正不是什么好事情！就在外面等你们,我还怕见不着你们,这么大医院你们从别的地方进来,到病房里就麻烦了。现在好了。我不知道咋样感谢你们,没有你们,我的儿子胳膊事小,只怕命都丢了,血都会流完的。我给你俩磕个头。"

李老爷子眼睛流着泪说着说着就跪下来要磕头,我和赵镇平吓坏了,一边一个抓起老爷子连声说不敢。是你的儿子好!我们才帮他。老爷子听到这里拿出一个报纸包住的纸包对我们说:"孩子,这个是你们的钱,你们拿着。"我顺手接过来拿在手中,虽然外面包的报纸,但是我还是感觉接在手中的钱明显感觉不对,我对老爷子说:"李师傅,我觉得你给我们的钱有问题!"老爷子说:"你看大街上人这么多,你们回去看,啊!孩子回去看!不够了来找我,啊!"我转身对赵镇平说:"李师傅给咱们的钱多了几千块!"赵镇平接口说:"那不行!不能多拿,分出来还给李师傅。"赵镇平想都不想地说。

我就要打开报纸准备把多余的钱还给老爷子,李师傅死死地抓住我的手说什么都不放。他这个样子引来了过路的人们纷纷向我们围看。李师傅说:"你看这么多人都看,你们赶紧走!赶紧走!你们不拿这些钱,你想我这么大年龄了还要天天内疚不成。你们帮我家这么大的忙,我连一根烟都没给你们,我听说是你们叫大家写的证明,现在我们单位已经管了,领导听说是这样的事情,认为给厂里争光。还准备宣传。今天来了个记者问了我好多情况,走的时候说今天的《西安晚报》就把这件事情登出来了。要不是你们我都不敢想。你们给我家小子报了仇,我不知道咋样感谢你们,这几个钱你们去吃饭,我家有钱,全部都上班,真有钱。你们快走吧,孩子!快走吧,孩子!"围观的人越来越多,我和赵镇平不敢耽误,给李师傅深深地做了个揖说声"您老保重!"我们就转身走了回去。到了旅馆,同伙们看见我俩耷拉着脸,孙青问:"事情到头了?"赵镇平说:"人家给咱们多拿好几千!""那不行!那能行!咋能多拿?"孙青说。"送回去,你俩干的好事,送回去!"温三军对我俩大声吼道。我打开报纸数了数钱,一共一万块,多了四千整。我耐心给同伙们说了刚才事情的经过,没有人再说话了。我们也不是想多要人家的钱。孙青问:"那谁胳膊接住了没有?""接住了!这个是最好的消息,人家知道我们这一辈子都不会来看他们了,真是一家好人。算了,多拿就多拿了,难业。咱们这几天还要在这里多待几天,这些钱拿在身上不安全,你和孙青去把它存银行里,咱们走的时候再去取。你身上留够大家生活的钱,再留一千块钱给何福厚和老孙,叫他俩一会给邓小建看病去,这个娃娃不错。大家就在西安多玩几天,看看大世事。"赵镇平的话音刚落,邓小建就进了我们房间说:"你们说啥哩!"赵镇平回答说:"说啥哩!叫你何哥和老孙给你看病去!"

我数了一千块钱给老孙说:"带他到别的医院去,不要在这家医院。你明白!"

老孙点点头说:“知道!小建子咱们走!”邓小建说:“我不去,死不了!”赵镇平板起脸来说:“你说啥?死不了?我看你是吃多了,要不要叫我动手收拾你,乖乖地跟上他俩去!毛病!”邓小建吓得不敢说话了,扮个鬼脸给我们笑笑。我说:“跟你俩哥去吧!出门人大家互相帮衬应该的。我也出去,咱们一块去转转!走!”

我叫上孙青又包起那包钱,和邓小建他们向外面走去,我们一边走着一边看着,也不专门找银行,反正大街上银行多得是。我现在才知道城市里最多的是人,熙熙攘攘川流不息的,像黄河的流水一样永远是那么多。我想起了《史记》里的话“天下熙熙皆为利来,天下攘攘皆为名往。”我不为利也不为名,我是捣乱来了。

第十一章

到了晚上大家又都聚到房子里谈天论地。赵镇平给我说:“难业,你看咱们能不能也去酒吧消费一回?”我想了想学着他们的样子说:“整!”大家都高兴坏了,那个地方大家都没去过。因为那种生活和我们的生活距离太大太大了。谁能想到去酒吧消费,那是不是不要命了? 钱是我们的命根子。命根子都不要的想法谁能想到。赵镇平的思想觉悟就是比较高。

到了晚上,我们大家高高兴兴拥簇着温三军,来到一个叫巴黎酒吧的地方。走进门里面,只见到处朦朦胧胧闪烁着迷离的灯光,忽隐忽现飘来传去的音乐,粗野狂放的装修布置,无不让我们这些土包子感到新鲜。服务生接住我们,把大家带到一个角落,邓小建要了一瓶洋酒一瓶红酒。我们每个人手中拿着那个高脚杯,慢慢享受着“资本主义的生活”。温三军对我说:“难业,这里是我们应该常来的地方,你看这环境就是适合文人墨客抒发感情的地方。可惜呀! 可惜! 咱们中国的文人们从古到今都是穷死的,真真正正做学问的人谁还能来得起这个地方。说了你别笑,如果不是我们当骗子当土匪,这一辈子可能都来不了这个地方。我看不行了,赵镇平不和咱们干,咱们几个还能撑起摊子,继续要干下去。”他说到这里,我就对他说:“你看这就是环境对人的影响,原本咱们说好的金盆洗手不干黑道了,来到这里见到这个环境,一下子就把你一个善良的中国公民变成黑道老大了。太可怕了! 你来到这里坐下第一个想法就邪恶无比。‘打倒资本主义!’”

我给温三军说完,他挠挠脑袋不说话了。我环顾四周,看见吧台前有几个妙龄女子,穿着超短裙踮起脚尖站在那里,淫荡地和服务生调笑。这可能也就是酒吧的特色之一了。那个时候大城市的女人穿起了裙子,小县城的女人们还只是穿着把屁股收得紧紧的喇叭裤,不敢穿裙子。但是酒吧里的女子们穿的就很超前了。一个个都是短裙子,把那白花花的大腿都显露出来让人看哩!孙西往站起来手握高脚杯向吧台走去!他老人家见过大世面,来到这里没有陌生感,只见他一只手插在裤子口袋里,另一只手优雅地端着高脚杯,也和外国人一样爬到吧台上面和那些少女聊天。完了我们看见有一个走得离孙西往很近的女子,伸手从吧台上面接过一杯酒,他们两个热聊了起来。这会儿慢慢地这里的人多了起来,酒吧的T台上面走起了节目,不外乎走什么蛇猫步,秀什么时装秀,亮那白花花的肉。没有什么新奇玩意,我们看见有些闹了,大家就准备离开。我去吧台结账,一共两百多块钱,我问了一下怎么结算的,别的我忘了,反正孙西往给小姐的那杯酒是一百块钱。出来到门口我给孙西往说了他那杯酒的价钱。孙西往生气地说:“我问过的,说是十块钱,不行!我找他们去!”

孙西往说完返回身又进去了。我抓了一把没抓住,我对大家说:“来这里就是花钱来了,贵贱就那样了,老孙头还认真了。”大家就在门口等一会孙西往。没多会看见酒吧的门大开,四个家伙抬着孙西往给扔了出来。孙西往爬起来喊道:“你们还讲理不讲理了?”抬他的那几个人里一个家伙说:“不要喊了,再喊还要扁你一顿,到这里了敢不听话!找不舒服。也不打听打听你爷爷我是干什么吃的?”

孙西往生气地喊:“你们宰人!”那个家伙就走下台阶,右手抓住孙西往的领口左手高高抬起说:“赶紧滚!慢了爷爷的拳头不认人。就宰你了怎么样,滚!”温三军上前拉住这个家伙说:“不要动手,有事好商量!”那个家伙对温三军说:“滚,滚到一边去,不要和你一块叫我扁一顿,快滚!”温三军客气地说:“你说啥?”一边温三军对准他的小腿狠踢一下。一般我们关中人碰到一些胡搅蛮缠,能把黑的说成白的、把白的说成黑的、能瞎掰乎的,就知道不给他来几老拳那事情是没法解决,只有少说话多用拳头和他说说。大多数冷娃看到那些能说会道的,都咬紧牙关用眼睛盯着对方,看无法讲正理就动手了。这一般打架的时候,也不会大喊大叫,让对方有个思想准备,对面这个家伙就没有想过在自己店里还有人敢对自己动手,一下子倒在地上抱住自己的小腿喊:“断了!我的腿断了!哎吆!我的腿呀!”

门口那三个看见有人打他们自己人就冲了下来。我们早做好了准备,站好位置就等他们下来。三个家伙刚下到外面,赵镇平孙青和何福厚一人对付一个,只一个来回全倒在地上,没有一点悬念。孙青弯下腰搜了搜地上的家伙,从他们身上摸出一把砍刀拿在手中,对躺在地下的几个玩意说:“一不能喊,二不能动,否则你们的狗头上就是一刀。”我弯下腰拍拍一个打手的脸问:“你们这里一共有几个打手。说!”那个家伙回答:“就我们四个。”“好！你们几个手抱住脑袋蹲在这边,孙青你看见不听话的就一刀砍死。”完了我对赵镇平说:“咱俩进去找老板,你们几个在外面看住这几个。”我和赵镇平又返回酒吧！到了吧台我问服务生说:“你们老板在吗?”服务生指了指坐在离吧台不远的一位胖乎乎的家伙说:“那不!”我和赵镇平走过去,一边一个坐在他的两旁没有说话。慢慢掏出香烟吸了起来,这个胖子老板用眼睛看了看我俩,用不屑的口气说:“你俩要坐,去那边吧！我这里还有客人。”我客气地说:“哦！对不起！没经过你的同意我们就坐下来,惹您生气了,对不起,实在对不起！您看准备罚多少钱,我们认。我们原来就想着跟您胖哥坐一起沾些福气用用！惹您不高兴了,哦！那我们就对不起,对不起了!”

这胖子老板毕竟是见过大世面的人,他看见我这样阴阳怪气地说话,就知道里面有问题,立马改变态度坐端了身子和蔼加客气地说:“啊！没事,没见过两位朋友,慢待了。你们要喝什么我请客。你们有什么事尽管说,不要客气。”我给他点点头客气地说:“对不起！谢谢！对不起！我还真有事情麻烦老板。”胖子老板瞪起眼睛说:“那你说吧!”我更加客气地说:“你看我们亡命天涯的朋友就是不懂事,今天把您的保安没照顾好,让他们躺到外面的地上了。我这里给您赔个不是,对不起!”胖子老板这时才前后左右看看,不见了自己的保镖。虽然灯光昏暗,但是我知道他的脸色一下子就变了,他想站起来干点什么?赵镇平一直装作漫不经心的样子,看见他要站起来轻轻地摇摇手,温和中带威严地说:“坐下,坐!”胖子老板不敢再往起站了,坐下来问:“朋友,你们说咋回事?”“刚才我们在这里喝酒,一个小姐要我们的人请客,她要了杯酒,说好的那杯酒十块钱,结账的时候变成了一百元。我们出来玩的也不在乎是不是,但是我们有个兄弟不服气多问了几句,您猜结果怎么着?让您的保镖把我的兄弟打了一顿,给扔出去了。你看这件事咋办?要我两个咋样谢您!”我对胖子说。

胖子老板慌了,能这么平心静气地和他谈这么大的事情的人绝对不能惹,那些有了事情大喊大叫、吱吱哇哇的人也就是那两下子,完了没什么可怕的。但是当你面对这个温柔型的温馨型的你可要高度警惕了,这个尤其城里人知道。他在电影里看过这样的谈判镜头,但是在现实里还没经过这样的事情,他回忆港台的电影里的镜头,一般没答应条件的对方都是血染的风采。自己难道今天就大难临头，要扑街了？

胖子老板想到这里忙说："两位兄弟看样子也不是胡来的人，你们说吧！哥们给你们拿多少钱？"我想了想说："实际也不是钱不钱的问题，关键是面子问题，不拿钱传出去江湖上面的朋友笑话，拿钱了你又说我们讹你！你看让我为难不为难，干脆你说吧，拿多少？一般经商的都说少一罚百你看着办！我们也不是抠门的人。"我又把球踢回去了。这个球里面装着火药，胖子老板知道。说少了怕我们咔嚓蹦给他来那么一下，说多了那就成了白痴了。他环顾左右不知该怎么办，赵镇平又恰到好处地稍微显现一下不耐烦的样子。胖子老板开口说："三千？"我举起手在空中扬了扬五个指头，没说话。胖子老板咬咬牙说："行！"然后回过头给吧台的服务生打了个响指。那个服务生很快赶来，胖子老板对他说："给我点五千元！快！"

服务生跑着去了。没多会服务生就送来五千元放到小桌上，我收起钱，给胖子老板点点头说："谢谢！谢谢了！后会有期！"最后又给他抛出一句江湖用语，慢慢走了出去，赵镇平头都不抬地跟着。胖子老板跟我们到了外面，一看自己的保镖全都蹲在墙边，我对同伙们也打了个响指，大家跟上我和赵镇平来到马路边，挡了两辆出租车大家回到旅馆。

回到旅馆邓小建喊了起来，我当时就看着你们不平凡。我绝对没看错。你们几位哥哥太厉害了，在西安这块地盘，什么场子都有人砸，就是没有砸酒吧的知道吧？都知道开酒吧的老板黑白两道都通。你们就那么轻轻松松敲了他一杠子。美得太！我以后不干偷偷摸摸的事了，我跟定你们几位哥哥跑，我不要钱，我就跟着你们混个前途，跟你们绝对有前途。温三军苦笑着说："你还跟我们跑，我给你说，我们这是最后一回了，我们全部退出江湖。不干了！你跟我们？"

邓小建摇摇头说："我不信！你们是不要我，嫌我没本事，你们哥哥每个都身怀绝技，不同凡响，当然看不上我。你们嫌我是小偷，我以后如果再偷人就把手剁了！我说到做到。我太想跟着你们了。"

他近乎祈求地对我们说着。我心中暗笑，小偷要跟着骗子跑，什么逻辑嘛！还佩服得五体投地，还怕我们不要。真是世界太疯狂了——耗子都给猫当伴娘了。赵镇平看到邓小建难受的样子，诚恳地说："兄弟，谢谢你看重我们几个！你不知道我们确实退出江湖了，但是以后我们还是好朋友，好兄弟！你说是不是？"邓小建这回相信了，他说："你们退出江湖不干了就有大道理在那里。我也不懂。

我没有亲人,就觉得几位哥哥亲,我们一面之交你们就给我看病,一下子拿一千块给我看病。你们是这个世界上对我最最好的人,我就想认几位哥哥。以后我不偷不抢好好做人。就是求你们收下我,你们不干了回家。我也去跟你们去务农,我不怕苦。"

赵镇平苦笑着说:"嗨!你要跟我们,我们又不是不要你,只是没事情干不行。不说了!你跟着吧。只是以后你们这几位哥哥的脾气都不好,收拾你可不要生气,我提前给你说好了。"邓小建高兴地说:"我知道!哥哥们打我我都不生气,你们是为我好!我知道!跟着你们好好学本事,学做人!"温三军说:"那你先好好养伤,咱俩伤养好了就回去。你碎碎跟我们回去没你好果子吃,先跟你福厚哥挖地基,先下几天苦把力气使出来再说。"邓小建高兴地答应了。

刚刚打了胜仗大家都兴奋得睡不着,温三军对大家说:"我看大家都睡不着,干脆大家出去溜达溜达。老孙你给咱们跑个路,去买几斤牛肉,两斤花生米,两瓶西风酒,拿到咱们住的对过马路上面的天桥上面来。我们去天桥上喝酒去。去!那谁,孙青你也跟着老孙去!"来到天桥上,虽然是后半夜了,大街上的车还是川流不息地从天桥下面跑过。周围的高楼上面霓虹灯闪烁着花花绿绿的颜色照到天桥上,如梦幻般让人陶醉,我们围成一圈坐下,凉风习习,仿佛幸福拂过全身。邓小建说:"美太!我和你们几位哥哥在一起,有种特别安全的感觉。美太!"温三军说:"那是你不干好事,就感觉不安全。"

邓小建说:"不是的,不是你说的,就是不作案,我和西安的朋友出去到哪里都感觉不安全,心里不踏实。和你们在一起,心一下子放下了!光剩下快乐了,美太!"正在这个时候天桥上面过来两个警察,我忙对大家说:"一会警察问话不要说我们是渭南华阴的。"温三军和我顶嘴说:"外面人说话我们什么时候开过口。那是你的事情,我们不敢越权。"说完大家都笑了。这个时候那两个警察走到我们跟前问:"你们是干什么的?在这里干什么?"大家没有人说话,邓小建把他那头低得不能再低了,我回答他们说:"凉快!"

警察说:"凉快?这都后半夜了,你们还不休息,还在这里凉快。明天怎么工作?"我不阴不阳地说:"工作!我们找了一辈子了都没找到工作。还工作。可惜呀!可惜!西安的警察都像你们这样认真工作,治安就好多了,可惜大多数都是混日子的!"警察厉声说道:"不许你这样评论我们警察!你到底是干什么的?"我轻轻地说:"自由职业,给报社写小道消息。"

警察知道给报社写小道消息的是这个社会最最麻烦、最最难缠的人，这些干公家事情的人碰见这种人都绕道走，这几个巡警知道再不能和我对话下去，礼貌地说："晚上注意安全！"说完他俩就走了过去。等他们走下天桥邓小建才开口说道："美太！哥！哥你不知道我和西安这帮子朋友晚上出来，碰到这情况大多数是先发烟再点火，满脸给他们笑。然后让他们舒服地吸着我们的香烟再糟蹋我们、骂我们。要么我们就是遛、跑！谁敢这样和警察说话。你刚才和他们说话把我吓得。你看我连头抬起来都不敢，你看你们连烟都不给他们发。你们还是胆正。你还说自己是干什么自由职业，哎呀我的亲哥！我都没听过这个职业。我估计警察也没听过，但是他们猜你是给报社什么的干活！你说对不对！哥！你美太！"

我笑了笑对他说："人首先要有正气，有了正气什么就都不怕了。我们在这里乘凉，警察来了就是保护我们来了，你怕什么？警察就是让你们这些坏东西惯坏了。"邓小建笑了说："我们乘凉警察保护我们。我的爷爷佬呀！谁敢这么想！只要不打我就吉星高照了。"我对邓小建说："只要你不干违法的事情，公安局就是专门保护公民的合法权利的。平平常常的，怎么能怕他们?"我说完赵镇平对邓小建说："知道了吧！关键是你要干正事情。你难业哥和你去偷人家东西让警察抓住了，他还能那么理直气壮地和人家说话吗?！他敢吗?！"邓小建笑着点点头说："我明白了。我以后一定走正路。"这个时候孙西往和孙青来了，大老远就闻见那牛肉的香味。我们铺开报纸，把牛肉和花生米摆好，放上两瓶西凤酒，大家用手撕开牛肉，又用手抓起花生米大嚼大咽地吃起来！邓小建连声地说："美太！美得太！今天是我这辈子最高兴的一天！美得太太！跟过生日一样一样！"

人生在世苦难的日子多，快乐的日子少之又少。能像今天这样大家快乐聚到这个天桥上面，看着脚下亮着灯光的车流，任凭凉爽的夜风拂过身边，大家无忧无虑地大口吃肉大口喝酒。这样的生活能有几回？我觉得好像还缺什么。哦！"对了！"我喊道："何福厚，你给大家来段老腔，就听'白毛'的'人面桃花相映红'。"

何福厚喝了酒站在天桥上吼了起来，赵镇平和孙青靠在围栏边上说话，我听见赵镇平给孙青说你给范柯玲投资一千块，钱不够了我贴，在渭南也摆个衣服摊。苏宁的生意不错，这回回去我弄的钱准备投资给苏宁，和她合股在渭南租个门脸，苏宁真是做生意的料。范柯玲的生活太苦了，你俩是一根藤上的苦瓜。你这回回去办两个事，一个把庄基地要申请下来，将来弄几个钱就能盖房。二一个给范柯玲投资，让她去渭南做生意，苏宁带着她。我看范柯玲对你有意思，你说是不是。

孙青嗨了一声说，我和她的家境你看坏得没法再坏了，我怕范柯玲想找一个家境好的。人家娃长得那么好看，人又勤快，像我这环境，我给你说我心里装着范柯玲，但是表面不敢露一点点，怕将来成不了事人笑话。我给她家帮忙干活都是晚上偷偷去地里。她太苦了，想到这里我给你说我心里都疼得打战哩！一个女孩子摆弄四亩多地，你看她的手，满手都是茧子，我一想到这，我都想去抢银行。你说咱们几个朋友说起来顶天立地，连自己心中的女人都保护不了，我们是干啥的？我……嗯！想到这都想死去！赵镇平看到孙青难受的样子，拍拍他的肩膀说："慢慢都会好的，不要急，我回去也看看范柯玲给她说说。刚才给你说的叫范柯玲去渭南就可以让她脱离苦海。我知道你心里难受。我给你说，自从上次我和难业在渭南看了苏宁，我的心里就放不下这个女子了，她那么柔弱的个性又那么刚强地跟不公平的命运搏斗，我看都算是奇女子。你不知道她看见我的样子，在大街上哭得跟泪人似的，她太需要我去保护了。你不知道她现在一边挣钱养活自己，一边还报了函授大学学习。这点都是我们学习的榜样。人啊！只有不断地学习才能进步，才能有好生活等你。"

温三军和何福厚两个聊着回去咋样盖几间瓦房的事情，孙西往和邓小建聊着他们在各地的见闻。我站起来仰头看着风景，脚下来来回回地踱步享受这人生难得的幸福。当我面向东边的时候，不经意地向天桥的入口看了一眼，突然发现天桥的入口有很多人待在那里，我回过头看看西面入口，发现也有很多人待在那里，我心中顿时一惊，坏了，他们是针对我们来的。他们也不过桥也不走，一定还在等更多的人。我对赵镇平说："大家都不要慌张，不要胡看，不要起来。振平，不对！我看天桥两边的人是冲着咱们来的，你看他们手里都拿着家伙！"

赵镇平随意地向两边看了看，给我点头说："咱们从东面下，孙青、西往哥，你两个拿着酒瓶子。走！"孙青给赵镇平说："我刚才夺的砍刀还拿着呢！你拿上。"赵镇平说："给三军！走，大家沉住气！"我们好像玩累了的样子，一个个吊儿郎当地随意地向东面走去。到了东面桥头下踏步的地方我们看见有二十多个家伙把住了过道，他们一个个手拿砍刀笑嘻嘻地看着我们。赵镇平说："返回！"

我们又向西面走去，走出有十多米我回头看见刚才把住路口的家伙们跟了过来。到西面那个过道里又是十几个人手拿砍刀，他们一个个抽着烟勾着脑袋向上翻看着我们。有几个手拿长柄斧头的家伙并排向我们压来，他们没有一个人说话。我们只有慢慢往回退。退到了我们刚才乘凉的地方。两边的坏蛋们距我们十多米就不往前压了。看到这个危险的局面,我们知道今天要玩完了。

赵镇平看到这个阵势向四面看了看,知道没有别的路可以逃走了,天桥到地面的距离也就是四五米高,从天桥上面跳下去我们大家是有这个胆量的,但是下面车流太多,摔不死,也要让车碾死,看到这里他低声说:"任何人不许往下面跳,跳下去摔不死过来的车辆你也躲不过。今天是死仗,没有什么可怕的,桥面这么宽窄他们人多也不顶啥。我和孙青、孙西往对付东面,温三军、难业、何福厚对付西面。邓小建不许参战。你们看他们都是拿的砍刀,我们就是拼着被他们砍一刀就要夺过砍刀,直接就要砍死一个,知道吧!"大家都点点头说知道。温三军喊道:"拼了,早死早托生,代代都年轻,还不一定谁死哩!他们人多都是草包,怕个鸟!"我对赵镇平说:"看样子他们好像在等什么人?要么早该动手了。是不是等那个胖子老板?我分析不来咱们是等胖子老板来了动手,还是现在动手。胖子老板来了有可能是谈判和解,有可能是更加凶残!你看是等,还是现在就动手?"

我把这性命攸关的问题说给了赵镇平,也就是说给了大家。温三军说:"现在就整,他们群龙无首一冲就散。"孙青说:"等一会也好!大不了给他们把钱退了。今天打仗看样子需要几万块钱的治疗费。"矛盾!我的思想激烈地斗争着。进攻,没有人知道现在进攻是好事情还是冲进坟墓。等待,没有人知道现在等待的是平安还是惨不忍睹的杀戮和灭亡。

就在我们还没有决定是进攻还是等待的时候,他们等待的人好像来了。两边同时向我们压来。我们立即分成了两个阵营。各自面对从对面压来的敌人。邓小建脑袋摇得像拨浪鼓,看了这边看那边,心跳得嘭嘭直响,慌忙跑步看了桥栏的这边看那边,两只手摸摸这个桥栏扶手,摸摸自己那个膝盖,又摸摸脑袋。可怜的小伙子命不好,跟上我们还以为找到了靠山,觉得安全。一天都没过就碰到了要命的事。他的心里不由得叫起了屈,偷人家东西让人家抓住了大不了关进去或让人家好好来一顿胖揍。我们这,这是直接要命。他恐慌得不知道怎么办,是蹲在地上还是跟在赵镇平后面,还是跟在我们后面。他想着蹲在地上比较好,等他们把我们全部砍翻完,自己不承认和我们是一伙的。蹲在地上,他又想着这打仗的时候没有人说话,手中的砍刀只要见到不认识的就是敌人,上去直接砍翻。他惊恐不安地蹲在地上,用手在地上摸索着,一会儿又惶惶不安站了起来,惶惶不安地向我这边靠过来,看到我们对面的混混们手中的砍刀在夜色中发出幽幽的暗光,不由得倒退着又到了赵镇平那一边。赵镇平这边情况更糟,混混们有拿长柄斧的，有拿砍刀的。赵镇平站在中间空着手拉开架势，两边的孙青和孙西往每人拿了一个空酒瓶。空手对砍刀，妈妈呀！还不如我们这边好，我们这边起码还有温三军拿的那把砍刀。邓小建忧愁恐怖地哭丧着脸又退回到我们这边，向前看去那些混混们脸上露出淫邪的笑容，一个个和狼一样的眼睛发出凶恶的毒光，在那砍刀幽幽的光亮下更加恐怖。

贼胆包天的邓小建吓坏了！我瞪起眼睛看从西面压过来的手拿砍刀的混混，心跳得砰砰直响。我和何福厚的手中没有任何东西，空着手和这些小混混打架咋弄？在天桥上面这么宽窄的地方，人挪腾不开，躲避不成。只有按赵镇平说的，先让人家砍一刀，然后才能看有没有机会夺过对方的砍刀。温三军手拿砍刀站在我和何福厚的中间，两眼瞪圆拉开拼命的架势。他给我两个打气说："你两个不要怕！我和他们一交手就砍死一个，他们就都不敢动了，你们两个就可以捡一把砍刀拿到手里，没问题！跟杀一个鸡娃子一样。他们人多不要紧，你看他们都是草包。"我和何福厚同时回答他说："知道！"温三军到了这个危险的时刻，还忘不了拿捏何福厚。他眼睛盯住前面给身旁何福厚说："福厚！你一会不敢直接用脑袋往前冲，那砍刀比菜刀利火，你那铁头直接冲过去人家瞄准了一下就砍断你脖子了，下一回你就没法顶了！"何福厚听到这生气地骂道："温三军今天叫你娃知道你爷的拳脚不比你娃弱，看谁打倒的混混多。你爷就是这还是空手。"温三军呵呵笑着说："福厚！你娃不知好歹，我是为你娃好哩！怕你不知道啥毁了你娃的名声。"

在这危急关头，他两个还斗嘴，我觉得是好现象。证明他两个心中根本就不怕我们面前压过来的对手。温三军说："我们冲过去，冲过去我一刀直接就砍死前面那三个。"

我和何福厚没有说话，他要冲我们就跟着冲。就在温三军准备冲锋的时候，对方逼近我们也就是五六米的样子，一个走在前面的家伙向后扬了扬手，那些混混们都停住了脚步。他从口袋里摸出带过滤嘴的香烟，优雅地用火柴点着吸了一口，淡淡地吐出吸进的烟雾，把火柴棒在空中绕了绕扔下天桥，接着就用低沉的声音说："你们去了我的酒吧，拿了点钱。我是魏振海！可能你们不知道我，今天认识认识！你们谁拿的钱？自己把手和那条胳膊砍下来，就算完！我要你们自己人砍下来！不要叫我们的人给你们动手术！我们的人弄不好，把别的小零碎切下来就麻烦了。"

魏振海！我们听了这个名头好像晴空打了一个霹雳。好家伙，魏振海，我们陕西当代最大的黑社会老大,身上的人命就背了好几条。倒霉催的,今天让我们碰到这个真正的西北狼。看样子今晚在劫难逃了。我的脑子迅速过了一下电,往前走了几步大声地对魏振海说:"魏振海!陕西没有人不知道你的名号。我们今天能栽在你手里也是我们的荣幸。好!钱是我拿的,我跟你们走。你们喜欢怎么整就怎么整。但是求你放过我的弟兄们!""你跟我们走?你知道跟我们走的后果?"魏振海说。"后果!不就是剁了胳膊要了命吗!我只要你放过我的弟兄们就行。在酒吧是我的主意,和我这些弟兄没有关系,你高抬贵手放过他们,我跟你们走。"我说。魏振海仰天大笑,完了大声地说:"好!是条汉子!我听你的,走!"

魏振海的话音刚落,温三军把我往后推推,用胳膊拦住我接口大声说:"不行!难业,不行!你要跟他们走,我就和他们拼了!要活都活!要死都死!""你不能走,我不愿意,温三军说的对,要活一起活,要死一起死,你不能跟他们走。"何福厚也喊叫地说。魏振海轻轻地说:"还挺仗义!"这时候在离我几米远的后面,赵镇平大声问我:"难业,你说是谁来了?"我大声地回答他说:"是魏振海!"赵镇平听完大声喊道。"魏振海你听着,我是华山的赵振平!你说到西安招待我,就是这样招待。"魏振海听到赵镇平的喊声问我:"你们是华阴的,兴建乡兴乐坊村的!"我回答说:"是的!"魏振海回头对他带来的人说:"自己人,都放下东西。渭南华阴的一帮朋友。"然后他又大声向东面围堵赵镇平的那帮子人喊道:"胖子!不要动手,是自己人。"喊完他穿过我们几个,走过去拉住赵镇平就打了一拳说:"你想死我了。来了就给我下马威,今天差点让阿庆嫂把沙奶奶打了。"

然后魏振海对胖子说:"你叫谁带弟兄们先撤,要好好招待招待!你来!我给你说,这就是我常给你说的华山的赵镇平。咱们的'垫圈'正名也叫振平不过是姓郭。他两个都是顶天立地的人物。这兄弟不错,前半年风声紧我在华阴待了段时间认识的。"赵镇平赶忙给胖子伸出手,握着他的手连赔不是。看到这个情景我摸了把额头上面的冷汗,连连庆幸自己命大。魏振海拉过他的一个兄弟小声说:"你下去联系一下金华饭店,看有没有房间,完了赶紧来!我们先去巴黎酒吧等你。"说完他又拉住赵镇平的手开玩笑地说:"走!巴黎酒吧,这回不许砸场子!"我们大家都笑了。

魏振海和赵镇平走在前面说说笑笑的。我们几个跟在后面,完了他回过身子拍了我一下说:"行呀!"又对赵镇平说:"你的兄弟们够意思,蛮义气!今天这么大的场子不乱套,还和我想拼。不瞒你说一般情况下像我今天下的这个阵,在西安任何人碰到了没有不草鸡的,这个阵很明显抵抗是死,不抵抗是残。”赵镇平大声笑着说:“你高估自己了,我们今天拼了你知道结果是什么吗?”魏振海摇摇头等待着赵镇平的估计结果。赵镇平停住脚步说:“今天如果开战,我们绝对全部受伤,至于我们谁把命丢了那是运气不好。但是我可以打包票,你们最少死七八个人,受伤的不算。”魏振海呵呵笑着说:“你高估自己了,你就那么有信心可以砍死我们七八个人。”赵镇平狂笑道:“不是有信心没有信心的问题,是我们没有退路,唯有死战才能逃跑。”魏振海大笑着拍拍赵镇平的肩膀说:“你这才说到点子上了,我没有看错,你是真正的关中冷娃!今天我最看重你的兄弟他,他叫什么?”他指着我说。“难业!他叫难业。我们每个兄弟都是好样的!”赵镇平给他说。

我这个时候才仔细看了看魏振海,他有一米八的个头,上衣穿了件高尔夫布料做的中山装,里面是一件雪白的确良衬衣,上衣口袋插了两支笔。他长得和我们华阴那个黑老大曹锋钢很像,就是他的脸面比那曹锋钢黑了一些,斯斯文文的,像个文化人。一双炯炯有神的眼睛透出睿智的内涵。虽然他的装束是文化人的样子,但是每个面对他的陌生人都会感觉到他身上透出来的阴邪寒气。这可能就是杀人犯的气质了。后来我们知道这次魏振海身上已经有把勃朗宁手枪,所以他的身上更是杀气逼人。

流氓不可怕,可怕的是流氓有文化。

魏振海的兄弟们早叫好了出租车,我们大家坐上一溜子又来到巴黎酒吧。到了酒吧刚坐下,魏振海就给我们说:“对不起,近来风声紧,我不敢和你们大家久坐,我叫人给你们联系了当下西安最豪华的酒店——金华饭店,把房间都定好了,你们爱住几天就住几天,我马上要走。完了你们没见我先不要走,我有时间就叫人来喊你们。你们来了不要急着走,我要好好地和你们坐坐。”

我听到这里赶忙把刚才敲诈胖子的五千元拿出来给他说:“黑哥,不好意思!这是刚才的那些钱,你拿上。”魏振海在西安的外号叫小黑,所以我把他叫黑哥。

“哎!难业,你把我看成啥了吗?这钱你们拿着,给弟兄们每人明天去康复路卖一身衣服。来了我不能没个地主的样子,你们住的酒店我叫人把钱都交了,你们可不许掏钱。好!我走了!你们也走吧!”说完他松开赵镇平的手,依依不舍地转身向外面,走去,我们大家跟了出来,到了外面那个招呼我们的小兄弟拦住我们说咱们去酒店,走!说完他带着我们来到马路边拦住两辆出租车,我们大家坐了上去。

到了金华酒店的时候天色已经慢慢亮了。折腾了一个晚上，大家来到这个金碧辉煌的酒店都顾不得看了，一个个走进房间倒在床上就睡。这往床上一倒赶紧又都起来了，妈妈呀！这床软和得不得了。那时候我们还没见过席梦思床垫，这玩意太舒服了。大家又躺下去，这一觉睡得大家到了下午三点多才纷纷起来，孙青和我走出房间看看，好家伙，外面热得像火炉一样。我们又折回凉爽的房间，走进卫生间，妈妈呀，还有洗澡的家伙事儿，什么洗发精、肥皂、香皂、牙刷都有。真是美咽！我们平常住的小旅馆哪里能和这里相比。洗完澡泡了一杯茶水放到床头柜上，打开彩色电视机看着。人生的最高享受可能也就是这样了，我们不由得感叹这个魏振海真是个好哥们，够意思。一会儿温三军、邓小建、赵镇平他们也来到我和孙青的房间，大家就像刘姥姥逛大观园一样，感叹这个酒店的豪华高贵和舒适。温三军说："你们看有了钱就是美，咱们没住过大酒店，这里的环境不得了！乖乖！我们什么时候才能住起这样的地方。看样子我们回去要好好想办法挣大钱。"我说："温三军，你钻到钱眼里了！你以后有钱了不敢说买天安门城楼，你把代表陕西的钟楼买了，那才能满足你！""昨天晚上把我能吓死！他们手里都拿的是砍刀，这帮子都能下黑手。我以为我毙了！绝对活不了！后来镇平哥认识魏振海！大家没事了，从阎王爷那走了一遭又回来了。这就是人们说的大难不死必有后福，你们看我们现在住进了大酒店，就和皇宫一样。以后我们大家的好生活就要开始了，你们就留在西安，魏振海是西安的老大，没有人敢惹一下！昨天我们就敢和他们打架。我们还是空手，就没有投降，硬顶硬。这事情到今天全西安的闲人都知道了，镇平哥你现在在西安的名头也不低。就在西安混吧！"邓小建长篇大论地胡说乱侃一绷子，把大家的目光都引向了赵镇平。大家都希望赵镇平带领大家在西安打拼。

赵镇平笑了笑淡淡地说："看！住到这里你们都不知道自己姓啥了，我给你们说，人们口前话说，见过贼吃饭，没见过贼挨打！在这里混？昨晚的事情你们忘了，安安的！咱们是小地方人，不知道西安的水深浅，还在这里混！咱们几个好弟兄安全地来，安全地回家是最好的事情了，你们不要好高骛远，今天我给你们说，咱们在西安混不到一年发家是肯定的，但是这一年咱们弟兄绝对就不全了，不是谁遭混混们的毒手，就是被公安砸上镣铐。人家魏振海说叫咱们爱住几天就住几天，我看咱们今天就退房。你们住在这里我怕把你们'烧坏了'！"

赵镇平针对大家的腐败思想倾向，深恶痛绝地进行狠揭猛批。是的，人们常常看到那可爱的花花绿绿的钞票,但是看不见那些钞票上面的斑斑血迹。

这时候孙西往带了个人进来说:“小黑安排的人来叫大家去前厅吃饭。”孙西往说完那个小伙子说:“走! 大家吃饭! 黑哥交代了一定要把你们招呼好。”我们大家说说笑笑向外面的大厅走去,刚到包间外面又来了个干瘦干瘦的哥们,他小声对那个叫我们吃饭的哥们耳语几句,然后把赵镇平叫到一边给他说话。只见赵镇平微微点头应声,完了赵镇平对大家说:“你们先去吃饭,我和难业有点事,一会就回来了。你们吃完了在房子里看电视等我们,不要乱跑。”

说完赵镇平拉着我向外面走去,到了外面有一辆伏尔加小卧车停在酒店门口。那个瘦子哥们把我和赵镇平让进车内。坐进车子,我看里面除了司机再没有别的人,我心中明白是魏振海叫我两个过去。伏尔加车绕了几个弯到了一个楼群跟前停住了,瘦哥们把我们带上一个楼房的第四层,叫开房门,魏振海乐呵呵地站在门内欢迎我和赵镇平的到来。我和赵镇平赶忙叫道:“黑哥! 黑哥!”他点点头说:“你们刚起来吧? 休息好了没有?”“休息好了,舒服得很,黑哥安排的那个酒店豪华得很。昨天折腾了一宿,今天就要多睡会。你看样子也是刚起来?”赵镇平高兴地说。

“刚起来! 起来我就打电话叫兄弟把你们接来,咱们一块先吃饭。来! 来! 坐! 坐到桌子上谝。”我和赵镇平坐下来,赵镇平笑着说:“昨天晚上真危险,要是没碰见你,现在我估计我们全部都在医院里的病床上,说不定谁还去了太平间。”魏振海微微笑着说:“你不是嘴硬哞! 说不定谁吃亏吗!”“哈! 哈哈! 昨天在战场上觉得没有什么,今天睡醒赖在床上看看胳膊腿都好好的才知道后怕。真危险!”赵镇平答。“是你命大! 今年你知道我根本就不敢在西安待,一直在外面。昨天回来办一件重要的事,有个弟兄说谁砸了酒吧的场子,我想了想绝对是外地人,西安本土的借谁几个胆子都没人敢来捣乱。你们两个把酒吧胖子吓得不轻,他顺溜地就把钱掏了。他也是见过世面的人,你两个就把他给镇住了,要么你叫镇平。哈! 哈哈哈!”

说话的工夫一个女人微微笑着端来了稀饭馒头和几个菜。魏振海笑了笑接着说:“来,来! 一边吃一边谝。我听了这个情况心说谁有这么大胆子,敢在太岁头上动土。胆子太肥了! 我要会会。就组织了一些弟兄们去了。哈,哈哈! 没想到是你们。好! 你这些兄弟可以,昨天晚上我算见识了和我一样硬的哥们。我这辈子就佩服英雄。你不要看我平常手下这些哥们嘴硬得跟钢一样,打架也都凶猛得狠,但是像昨天晚上我们把你们堵在天桥上面,你们能那么淡定,我手下的弟兄们我想没那个胆量。如果换过来的话我想我的人会投降的。尤其难业这位兄弟很是仗义,愿意让我剁了,只要放过你们大家。什么叫'义'? 这就是义。只有经过血与火锤炼的人才是最为可靠的弟兄。我如果有几位像你们这样的弟兄,我在西安早把事情都干成了。可惜呀! 可叹! 认识你们太晚了。时也,命也,运也。可惜我现在身背几条人命,只能亡命天涯。嗨! 你们早干什么去了?"

"大海浮萍都有碰见的时候,何况人呼! 关键是缘分。我们现在相见、相识也不为晚,能和黑哥认识是我们的荣幸。以后来日方长,我们相处的日子在后面。我们平常不愿意交新朋友,是因为我们只要是朋友都会真心相待,朋友有了麻烦,只要我们能主张绝不避让。上个月我们认识了一个小兄弟,这次在西安碰见他受了伤,镇平就把他弄到医院里花了一千多元给他看了病。黑哥你现在和我们这帮子弟兄认识了,我们就是过命的朋友。你不管有什么事情我们都愿意共同为你担待。不要说你背负几条人命,就是再可怕的事情,我们都不惧。天这么大,哪能没有你英雄的地盘。你看是这样,现在国家改革开放,不管什么地方,每天都在突飞猛进地变化。法律、行政常常跟不上这个社会发展的需要,你的文化底蕴很深厚,犹若海洋中的鱼,谁能把你怎样。人常说乱中出英雄。你现在的名号响彻陕西全境,人活一辈子能达到这么风光,足矣! 但是我们更希望你能干出更加灿烂的事情来。我们会给你加力呐喊,为你助力分忧的!"我胡乱说着一些不靠边的话。

"好,好! 有难业你这句话就好! 好! 那谁? 我们吃完了给我们弄两个下酒菜,一会我要和他们好好谝谝。赶紧吃饭,来,来,赶紧吃了谝!"魏振海高兴地一边给屋内的小妇人说,一边招呼着我们。

吃了饭,那个小妇人赶忙过来收拾了桌子,又重新摆上几个下酒菜。取来西凤酒,打开放到桌子上,又走进屋内。魏振海招呼我们碰了三杯酒就开始说。

我现在才感觉的学习的重要性,没文化的人不论干什么,他到了一定高度就无法再发展了。这两年我虽然很忙,但是只要有时间就抓紧学习,到现在我看完了《毛主席文选》(五卷)、《资本论》,还有列宁、斯大林的好多东西,我给你们说,我现在成立了一个组织叫'星火联合体'。干大事必须要有缜密的计划,要有组织,有步骤,不能蛮干。我想想都后悔原来年轻,干啥不用脑子,给现在造成了无法弥补的困难。但是孙中山先生说过"愈挫愈勇",我就要顽强地干下去。魏振海说完吃了口酒,看看我们继续说:"一会你们走的时候我给你们写副字。我这两年有时间还坚持练书法。”

赵镇平说:“那好! 难业会玩篆刻,完了给你刻几方印。你一会给我和难业一人写一副字,就不戳印了,别人的印我还看不上。你下一回来华阴给你把印拿上。你可以看看难业的印。”魏振海听到我会篆刻更是高兴,放下筷子说:“来,来! 我现在就写。镇平、难业,你们看看我的字。”

魏振海清理了客厅一张书桌,倒出墨水铺开宣纸抡起毛笔一挥而就写了“愈挫愈勇”四个字。然后不慌不忙地题上落款。我看了心中不由得感叹,一个每天手拿刀子看谁不听话就白刀子进红刀子出的人! 一个心狠手辣、杀人如麻的人。一个拿枪、拿刀子的手抓起毛笔也能行云流水的人是什么样的人。天啊! 你咋生出这样的人啊! 魏振海看到我沉思的样子就问:“难业,你看咋样? 镇平,你看看!”

我说:“这四个字如果看字不看人的话,不管哪个内行人看了都会说是位将军写的。你这一副字给人的直觉感受是遒劲、苍茫、霸道。我的神呀! 你不要闯社会了,你做学问吧! 你这方面的天赋太高了,非一般人所及。你们知道练习书法要的是时间,玩这玩意就是人们常说的‘十年磨一剑’。练十年写的字还拿不出手,你刚才说是近两年才练,厉害,厉害! 你给我和镇平多写几幅,美! 劲道!”魏振海听了我赞美的话脸上笑开了花,是的,夸人也是一门艺术。只见他美滋滋地说:“没问题! 给你们每人一幅! 现在就写,难业你要写个啥你说?”“什么都是浮云!”我说。“禅味太重! 就是你要写的这幅字我知道你让‘道学、佛学’拿住了,你这辈子赚不到几个钱,要受一辈子苦的,兄弟! 好! 我给你写! 好人多遭难呀!”他脸色凝重地说完提笔写下我说的几个字。他写完,赵镇平看了看,哈哈大笑说:“你说难业禅心重,他叫你写的字你看看,你看看你写的字,那个字不是杀伐之气往出冒! 哪有禅味了! 和刚才的那幅一样。”魏振海笑笑说:“这就对了,我要的就是这个效果。难业常常看到我的字就会改掉自己太过理性的毛病。走! 继续喝酒。”

赵镇平一边跟着魏振海往酒桌跟前走一边说:“我和难业都喜欢学习,都喜欢文学。但是听了你的话、看了你的字,我知道我们和你的距离不是西安到华山,我看最少距离都到喜马拉雅山了。”

魏振海不慌不忙地说:“距离不是问题,关键是思想问题。一个人有没有上进心,有没有改造自己不足的心很是关键。和自己的懒惰思想做斗争是关键。我给你说,懒惰是一个人与生俱来的阻碍自己进步的坏毛病之一,你看一般人都是站着想坐下,坐下想躺下,躺下还想有个丫鬟给自己捶捶腿。就说我吧!手抓住毛笔练字,你以为我喜欢玩这个,我告诉你们,我牙咬得每回都想把毛笔折断,把桌子掀翻了。我的内心一点都不愿意练习这个玩意。但是我每回都要战胜自己,必须练够多少字才可以休息。你们看,两年时间过去了,刚才我写字就得到你们的夸奖。我现在也不讨厌抓毛笔了。这就是胜利!呵呵!"魏振海长篇大论地给我们上了一课。

魏振海看到我两个很是欣赏羡慕他,又接着说:"我仔细研读过《资治通鉴》这本关于治理国家的书,我还研究过咱们国家现在和将来在世界上的发展趋势。你翻开咱们国家的历史看看,每一代皇帝或掌权者给国人灌输的都是叫人勿用武力,这是儒家思想。清静无为,这是道教思想。忘我与博爱,这是佛家思想。……"

好家伙研究了这么多东西,厉害!西北黑老大的名头来得不容易。一个西安闲人能说这么深奥的话真是不易。我和赵镇平听呆了,没有接魏振海的话。他看了看我们又问说:"你们看过《资本论》吗?我给你们说《资本论》。那么厚的书我看了只记住一句话'资本的原始积累是血淋淋的'。这个情况适合于现在创业的你们和我们。"

他说到这看看赵镇平,赵镇平更不说话了,赵镇平你们记得他前面给大家讲过《资本论》的。但是他们两个对这本书的看法是不一样的,简直是背道而驰。赵镇平说的是通过正当劳动或擦法律的边球完成原始积累,魏振海则是直接抢、杀来完成原始积累。他没想过!他忘了完成原始积累的目的是什么。是追求幸福。他这样完成的原始积累最后还是要让政府没收的,什么都没有了。连命都没有了你积累那财富有啥用,他这歪道理我听得明白,但是为了照顾面子,我不便和魏振海理论。看我两个不说话,他知道把我们喷住了。在魏振海正要更加深入和我们论道,门外响起了敲门声。顿时魏振海的脸色就掉了下来,给瘦哥们说:"菜耙子,问问是谁?"菜耙子来到门口小声问:"谁?"我们也听不清门外说了什么?菜耙子就打开了门。进来一个哥们慌里慌张地说:"西山挠的一个手下被抓走了,今天早上抓走的。黑哥你赶紧走!这里不能待了,他知道你经常来这里。"

魏振海赶忙对我和赵镇平说:"你看兄弟们,命运不要咱们多接头,怕我们的队伍壮大了。今天咱们就谝到这里,改天我来华阴专门请教二位。好!我闪了!难业记得给我刻印。"说完就头也不回地走了出去。送走魏振海我两个在菜耙子的帮助下把魏振海写的两幅字卷起来装好,也准备离开了。那个女主人出来把我们送出门,我和赵镇平给她点点头,表示了对她热情招待的谢意。

菜耙子挡了一辆出租车,又把我两个送回金华大酒店。弟兄们看到我两个回来都很高兴。邓小建看见我手中提的袋子以为是给他带的什么好吃的,欢快地跑过来接过袋子翻找起来。他看见是两张字画,只把它看成是两张纸,失望地说:"哥,你咋拿了个空袋子吗?我还以为你给我带什么好吃的了!"

我笑笑说:"长这么大了不害羞,光惦记吃!我拿的是宝贝,你说空袋子!"邓小建手拿那两张作品喊道:"就是两张纸还宝贝!嘿嘿!嘿嘿!啥也没有噢!"温三军接口说:"拿的谁的字画!"赵镇平说:"魏振海!"温三军瞪起他那豹环圆眼惊讶地说:"魏振海会书法!魏振海会写字!来,来,来!洒家看看!"说完他夺过手中邓小建的袋子,拿出一幅作品铺在床上仔细地欣赏起来。孙青、何福厚都围了过来看着。温三军给我说:"难业,把'愈挫愈勇'这幅字给我吧。"我说"魏振海一共写了两幅,你说的这一幅是镇平的,你给他说!"温三军又给赵镇平说:"哎!镇平!这幅字给我。"赵镇平说:"本来准备给每个人写一副,魏振海忙不过来就没写,下一回,下一回我一定给你要一幅。没问题!"

温三军说:"下一回!没问题!没问题就是有问题,今天这幅字给我,下一回是你的。这幅字我给你买一条烟,你说啥烟都成。"赵镇平说:"哎,三军你的毛病又犯了。一条烟,现在商店里最贵的烟才六十块钱一条,这幅字不说话现在拿到外面随便卖一千元。你的烟有多好,没门。难业你给咱收好了,不要让这几个贼娃子看了。看了就想要哩!啥人吗?赶紧收拾了。"

我赶忙把魏振海的字画往起收。孙青又说:"难业哥,我又没有开口就是看看都不行,这就过分了吧!按说兄弟对你不错吧,不就是一幅字吗!你难道还要小弟我要,我想你就开口给我就得了。兄弟给你买一身衣服,咱不像有些人爱占便宜,兄弟看上的东西愿意花血本。这字兄弟真喜欢得紧,本来君子不夺人之美。但是你现在和镇平都和魏振海熟悉,我现在还不认识人家。你们以后有得是机会。我和三军就不一定了。你两个说是不是?"

何福厚开口说:"哎!哎!你两个别不要脸,你两个要去了我咋办?老实人不开口就把老实人忘了!不就是两幅字吗!算了!你们都不要争了,全部给我了,下一回分钱的时候,哪怕每个人分一万我都不要。你们把我的那份钱分了。对了!难业来!给我!"

平常我们这些朋友到一起就是喜欢民俗、字画、古玩一类的东西。现在拿的这两幅字确实他们都喜欢。我看到是这个情况，回头看看那个送我们的哥们还在就对他说："菜耙子兄弟，你看黑哥的字拿来惹这么大的事情。你能不能联系一下黑哥，给他把我两个回来的情况说说。你看黑哥好心给的两幅字惹得兄弟们不美气。你想办法联系一下，黑哥没时间写就把他送给别人的字先给我们拿四份。你！……你！……看？"

菜耙子兄弟说："我看你们确实喜欢黑哥的字，那好！我就现在联系他去。但是我给你们说，我长期跟着黑哥，没见过他给谁写过字，今天我看见他第一回给人写字，所以别人那里就不要找了，绝对没有。你们玩，我去了！"我说："好！那好！谢谢你了兄弟！""谢啥哩！不用客气，自己人嘛！我走了！"

他一走，温三军哈哈大笑着问："难业，他咋叫个菜耙子！把人还笑死哩！"我说："我到哪里人们也说，那个家伙咋叫'难业'，把人还笑死哩！"我说完满房子人都哄堂大笑。邓小建笑完神秘地问我说："难业哥，现在没外人，你说刚才是你们专门夸魏振海给菜耙子听，还是这幅字真的值一千块！"我点点头给他解释说："字画这东西，有个前提叫名人字画。魏振海现在在陕西犹若天上的月亮般红遍了天，所以他的字绝对值钱。赵镇平说一千，那是低得不能再低的价钱，随便卖几千元那是要的。你想想你家如果在西安，你家里的墙上挂了魏振海的字，你们一些哥们和随便什么人要欺负你，他就要想想了，这家伙家里挂了魏振海的字，没准真的和魏振海是什么特殊关系，尽量地少招惹你，惹了就意味着超级麻烦来了。你在你们那一片就有魏振海罩着。所以魏振海的字从另一个角度来说有保护伞的作用。和你家挂上大领导的字是一样的。你说值钱不值钱?！再说魏振海这个人的情况是走钢丝的，不定哪个时间就掉下来摔个稀巴烂。书法这玩意人死了那写的字价钱也往上翻。"

"哥，你这么说我相信了，魏振海的字还真有用途的。我的乖乖！但是我还有点不信！照你说他现在就不用干啥了，没事一天专门写字还不写几百幅字，挣几万元，还用去抢人哩！呵呵！你开玩笑！你们开玩笑！这个我不信。"我知道这个家伙糊涂了，我继续给他说："你笑！你懂个啥吗？你以为魏振海想写就能写？随便写的那叫'字'。那要情绪到了，灵感来了，环境合适了才能写出好东西，那叫作品。只有作品才能上墙观赏，才能变钱。刚才我和赵镇平在南边魏振海的朋友家聊得热火。说到书法了，他的情绪灵感都来了，才写出来两幅字。赵镇平知道你们几个都喜欢字,刚才给魏振海说了要他多写几幅,但是人家写了两幅就收笔了。那是感觉到尽头了,就不能再写了,你非得叫他写,那他写出来的字就平凡了,啥也不是。一块钱都没人要。擦屁股都怕墨水把屁股擦黑了。"

我笑着给邓小建白话完,赵镇平接着给邓小建说:"真正的书法作品拿出来,你就是不认识字,你看白纸上那些黑道道黑坨坨都会感觉到一种舒服感,越看越舒服越美。刚才你三军哥打开纸直接就感觉到了杀气。他就知道我们拿了个宝贝,这幅字挂到家里绝对避邪!就这幅字我们几个人没钱。不管谁拿上,你给一万块钱都不会卖的。真正喜欢艺术的人,不会看上你那几个糟钱的。"赵镇平说得邓小建的嘴张得老大合不上:"真的!是真的!你说你们拿上谁给一万都不卖。我的爷爷佬呀!我看你们不正常,呵呵!不爱钱!爱那么张纸,想不通,我想不通。"

何福厚接着赵镇平的话说:"咱们中国自古以来最大的书法家、书圣王羲之写的《兰亭序》是最美的字。他后来咋样写都写不出像他第一回写的那样好。就是这第一回写的《兰亭序》里面还有二十六个墨掉的错别字。他后来临死都没写出来那么好的字了,所以灵感对一个书法家最为重要。但是灵感那玩意不好捉,总是捉不住。"

就这样我们谝起了关于书法作品的好多掌故和法则。到下午三点多,菜耙子回来了,他告诉我们说,联系到了魏振海,魏振海说这几天没有时间,改天一定来华阴专门给我们几个写字,每个人都写一幅。叫难业给他把印刻好,他一定来。

后来我们再也没有见过魏振海,西安市公安局专门成立了专案组,专门收拾他。临到 1990 年 3 月 20 日武警们压着他上刑场的那天,赵镇平一个人站在围观的人群里和他见了一面。他那一天站在解放牌卡车上,一边一个武警押着。虽然他的生命已经到了尽头,但是他在车上还是比较清醒的,在人山人海的围观群众里看见了赵镇平,给赵镇平笑了笑,这件事是后来赵镇平对我说的。

魏振海逃命去了,我们住在这里好像就不合适了,赵镇平说:"哎!我给你们说,现在我就去退房,咱们转移阵地。去火车站附近住小旅馆。这里不能再住了,再住大家都不想走了。温三军都要抢人了!"温三军接口说:"镇平,咱们明天走,这里真美,你看有卫生间,卫生间里面能洗澡,一天到头有热水,美!你就发发慈悲,让我们再住一天。"赵镇平说:"三军,不是我不要大家住了,你看咱们住到这里是人家魏振海掏钱,咱们这么住着我觉得有些不合适。你们大家看还住不住?"赵镇平说完看看我,我知道他的意思,是要我动员大家走,但是我想想温三军身上有伤,温三军非常希望再住这么一天,既然这样多住一天也无妨,就说:"是这,大家都愿意住一天,镇平你就满足大家的希望吧！让大家好好享受享受!"

赵镇平看到我都愿意多住一天,也就没什么说的了,就说:"那大家就多住一天,好好玩玩,看看电视,洗洗澡。"

我们大家就尽情地享受只有高级人才能享受的生活,何福厚一天就洗了六回澡。到了第二天,我们给菜耙子兄弟打过招呼,就离开了这个金碧辉煌让人流连忘返的高级酒店。

第十二章

来到火车站广场的小旅馆,我们就像一个富翁又掉进肮脏的贫民窟一样,那个心情顿时都难以言表地难受。没有一个人说话,大家都好像打了败仗一样无精打采。邓小建的表情最为明显,本来他长的是圆脸,这会儿都变成驴脸,掉得老长老长的。这就是人的本性。都喜欢吃好的住好的,游手好闲不劳动成天玩。这个是不行的,除非你生在官宦之家帝王之家,那么你该享受的都在那儿放着呢。一般般的人你就要通过自己的辛勤劳动才能享受到美好的生活。

赵镇平给我说:“看样子我们在这里再住几天就可以回去了,温三军和邓小建的伤这两天恢复得很快。等他们恢复得差不多了,小建脸上的伤好了大家就赶紧回去。待在这里都有些急了,一会咱们出去到新华书店转转买些书回来,大家看看书也就不急了。我也想练书法,一会你给看看该买什么字帖、毛笔什么的你给买上。你看魏振海把学习抓得很紧,我们出来就会认识好多人,只要是优点我们都要学习。魏振海的人生方向我不赞成,他那是飞蛾扑火自取灭亡。他的人生定位可能也就是若流星划过天空。我们不能走他那条路子,但是他的学习精神值得我们尊敬和效仿,你说呢!”

我说:“你分析的对,昨天我还怕魏振海要留我们大家在西安跟他混,怕你答应人家。后来他有紧急情况走了,我松了口气。你知道跟他混的最后结局只有一条:‘死!’你看见大家住到金华饭店的样子了,都不愿意走。只要你说留在西安,我敢保证每个人都会高兴得蹦起来赞成,但是最后会害了大家,所以你的心里必须亮堂,才不会把大家带到沟里去!”赵镇平说:“我知道他魏振海想把大家留在西安。我都想好了推脱的办法,后来他没时间提就走了。那就好!我知道跟他走的结果,咱们跟上他不是抢人就是杀人,早晚叫政府毙了。”

我说:“你心里明白就好,没准哪一天他来华阴叫我们,当然不能跟他的。行了!一会大家都去书店转转,今天买书我给大家报销,每人一本书一本时兴杂志。哎!你们大家说咋样?”大家听到我和赵镇平说到这里,去新华书店,一个个脸上又显出了笑容,我们这些人里面除了孙西往和邓小建以外大家都是书虫,都喜欢看书得厉害。平常我买了报纸大家都喜欢轮换着看,挣来抢去的,报纸旧了都舍不得扔。精神食粮对一个有上进心的人来说也很是重要。

大家吃了饭快乐地去书店买了好多书,几乎每个人都拿了本不同时期出版的《读者文摘》,大家最为喜欢的杂志就是它。回到旅社我们每个人都像要参加高考一样津津有味地看起了书,孙西往和邓小建两个百无聊赖地胡乱地翻看书上面的画像,没多会就迷迷瞪瞪大睡起来。

到了第二天,我不能把大家整天关在房子里,后来给他们建议,大家可以拿着书去公园转转,邓小建就给大家建议去兴庆公园、动物园转转。这样时间也好打发。后来温三军给我出了个难题,说他想到西北工业大学转转,自己没考上大学,想看看学子们都是啥样的环境。我想了想,那大学的校园轻易是进不去的,只有到那里试试。我给邓小建说:“小建,你三军哥说的话你听见了吗?你说起来在西安混得多么好,要是连一个学校的门都进不了,你还有啥说的吗?这个办法你想!去拉上你三军哥到校园转一圈。嗯!”

邓小建说:“我不认识大学的人,那我想办法。行!三军哥咱们走!”邓小建拉着温三军出去了,看到他两个的背影我心中暗笑,两个伤员做搭档蛮有意思的。这个时候孙西往看见他两个出去了,自己不爱看书待着急。他就不断干扰何福厚,要何福厚陪自己去街上转悠。何福厚被他干扰得看不下去书,就无可奈何地和他出去了。

剩下孙青、赵镇平我们三个贪婪地看那可以激励自己的《读者文摘》。干自己喜欢干的事情,玩自己喜欢玩的东西,时间过得就格外快,我们几个不觉地肚子就饿得咕咕叫。看了看窗外已经是后半天了,这几个出去游玩的还没回来。我正这么想,温三军和邓小建回来了。温三军进门就说:“大学里面的环境就是美哞!光那图书馆就好大,好……”温三军说到这被冲进门的何福厚打断了。“走!把狗东西店砸了!你们都起来!走!”赵镇平放下手中的书乐呵呵地说:“咋了?咋了?

谁把你咋了？”何福厚挤着那对细小的老鼠眼，怒气冲冲地说：“我和老孙转到五路口，看到一个商店就进去转转，想回去给我姐家娃娃买个小玩意，还没看好，谁知道柜台上面放的一个水晶马不知道咋回事掉到地上了，老板就说是我碰到地上了，叫我赔。我说我离柜台一米多咋会碰了水晶马，但是老板说店里再没有别人在这里，你说不是你碰到地上的谁信，不是你碰的是谁碰的。我就和那个老板说不清，缠住我就不要我走，后来就给人家赔了两百块钱。”

“赔了钱我心不甘，把他那个放水晶马的柜台再详细看了看。你猜咋回事？他给马腿上面绑了一根绳子，他坐到里面，看见我转到水晶马跟前就拉绳子，水晶马就掉下柜台摔坏了。老孙也不帮我，嗯！后来我咽不下这口气，就去火车站派出所报案，人家派出所说那里不归他们管。我问归哪里管，他们说不知道？你看气人不气人。临出派出所的门，那个接待我的警察又给我说去工商所报案。我又和老孙找了半天工商所。到了工商所给人家把这情况说了说。工商所说五路口和站前这一带经常发生这样的事情，他们管不住，没人听。你去派出所报案吧，这类事情归派出所管。我就给他们说我去过派出所了，人家派出所叫我来工商所找他们来的。工商所的人开口大骂派出所，说不该把这样的事情推到他们这边来，然后说派出所不管，你们去市公安局报案，看他们还管不管。我的爷呀！我和老孙跑了将近一天就是这个结果，叫我到市公安局报案。你们说气人不气人，我咽不下这口气，又和老孙去了那个商店，那个柜台上面又放了一个水晶马。我……嗯！……嗯！我一看就知道我着套了，我就给老板说我是魏振海的朋友，叫他们把钱退了，他说魏振海！魏振海现在公安局天天找他哩！来了刚好，公安局还给奖金！人家就不信咱们和魏振海有关系嘛！你们看这狗东西无法无天了，没人能管得住了。走！今天把他店给砸了。走！你们起来嘛！把人的肺能气炸！”

何福厚说完，赵镇平哈哈大笑对孙西往说：“老孙，我就知道你把福厚带出去不得好，你给福厚下套，你就知道那里有问题叫他上路？你说是不是？你就闲不住，这回给大家找下事情干了！嘿嘿！”老孙操作东北话说：“哎！镇平你可不敢冤枉人，何福厚比我脑袋灵光多了，我能把他往套里引？”

何福厚听到他两个的对话，瞪起他那对气蒙眼，迷瞪了。老孙带自己没安好心？不对吧？自己是自愿进入人家商店的，是那个商店老板坏透了。赵镇平给我说：“给小建十元钱，小建你出去给我和你难业哥每人买一双拖鞋回来。去！”

邓小建迷惑地看着他说：“福厚哥的事情你还没说咋办，叫我卖拖鞋，你……

你……”赵镇平对邓小建说:“以后叫你弄啥,麻利点! 不要这个那个的! 去!”邓小建赶紧拿上钱出去了。赵镇平问我说:“难业,你看这事咋办?”我无奈地笑了笑说:“这回何福厚又给大家找下事情了,咋办? 还是咱俩去嘛! 到那再看? 这些商店就是专门敲诈外地人的,他们看何福厚老实厚道,就狠狠敲了一杠子。我最恨这些欺负外地人、扒住锅沿子行事的人,今个咱两个去敲诈他去。看看他有多大的能耐。当然要狠一点好给福厚报仇。”

“行! 到那里再看。我也讨厌这些无风起浪、无洞掘蟹的光棍货了。我叫小建买的拖鞋一会咱两个穿上,你就穿个背心。我看西安的闲人都是这样过于随便穿着。咱们要干啥像啥哩! 小建来了咱们就先去吃饭。吃了饭咱两个去。”我们等小建回来,我和赵镇平换上拖鞋就招呼大家出去在外面找个饭店,吃了饭赵镇平对弟兄们说:“你们回去吧! 不要乱跑。我和难业去商店,老孙给我们带路。”我和赵镇平拖拉着拖鞋一走三摇地晃悠着走进那个黑店。这个店面里面积真不小。不好好做生意,净玩歪门邪道的,可惜了这块地方,我想。一个中年男子坐在柜台里面用浓重的河南口音问:“要看点啥?”我们两个没有说话,来到那个水晶马跟前看他咋样掉下来。温三军给我说:“何福厚的眼光不行,啥水晶马,纯粹是玻璃的!”我还没有答话,那个老板就拉动了绳子,咣叽! 那玩意掉下来了,摔得粉碎。我哈哈大笑说:“这是看‘地雷战’来了!”这个时候坐在门口的一个女人冲了进来,恶狠狠地喊道:“你们干啥? 你们干啥? 赔! 这个水晶马一千三百块,你们那么不小心,你们赔!”

赵镇平看了看周围的摆设,找了个箱子坐下来,我又哈哈大笑说:“我们就是专门赔东西来了,还让你们发财来了!”

那个男人到现在才明白来的不是旅客,是本地闲人。他每天坐在这个柜台后面专门盯着走进商店的游客,一有顾客走近这个柜台他就拉动手中的绳子,柜台上面的那个玻璃工艺马就会掉到地上摔个粉碎,然后他会黏住顾客不依不饶地慢慢理论,最后总是能敲诈不少钱财。这个家伙的长相和温三军有些像,都是长得五大三粗有些彪悍,但是他的身上整个儿冒邪气,臃肿的身板上面那张脸透出一股不公平的样子,方正的脸盘横肉迭起,那对圆环眼睛充满没睡醒的血丝。

他知道来他店里的每个顾客在自己把玻璃马拉下来的时候,都会惊慌失措地不知所以然,都会急着想尽办法尽快脱身。根据经验,越急的顾客被宰的钱就越多。这都几年了,从来没有碰到过像今天这个样子的旅客。自己“地雷战”这个拉线动作都爆炸了，对方反而坐下来不走了，也不辩白说不是自己把水晶马碰掉地的，一个个还乐呵呵地像吃了喜欢妈奶一样高兴。怪了！这绝对是有麻哒的人，他百思不得其解。

实际我们出门后干的好多事情都让这些无良商人们想不通看不明。当然我和赵镇平安然的样子是他没见过的。赵镇平看着外面走过的人流，跷起二郎腿，把穿在脚上的新拖鞋慢慢摇着淡淡地说："今天就是专门看你拉弦来了，赶紧给柜台上再摆一个，摆好了赶紧拉，我喜欢听这玻璃掉在地上的声音。美！比崔健的摇滚曲子都好听。"我接着赵镇平的话茬说："'地雷战'上面的台词是'不见鬼子不挂弦！'他今天就是挂错弦了。"那个柜台里面的男人走出来说："我看你们活得不耐烦了，你们是来找茬的？"我赶紧停住翘起的二郎腿说："不！不不！我们是送钱来了，找茬！不敢！不敢！""我是道北的二狗门！你们打听打听，谁敢来我这里找茬，我给你们说，敢找我茬的人还没有生下来。"这个家伙狂妄至极的话让我心里非常愤怒。我没有理这老板说的话，吸了口长气对赵镇平大声说："哎呀！我的神呀！不得了！二狗门那么厉害。得！他这样说我倒有些不喜欢了，得！得！我给他说道说道！"我转过身对这个丧尽天良的家伙说："老板我知道你在道北混得好，刚才我的兄弟来你的店里让你敲了……"我说话的这个档口，那个娘们带进来四五个混混胡乱喊着进来了。"谁吃了豹子胆了，敢到这里闹事。活破烦了！让我把眼睛先抠出来，扔出去叫狗吃了。"一个说毕另一个接着说："是你两个找事来了，把东西弄坏不想赔是不是，你们不赔钱走不了。"我只能把给老板说的话变了，坐在那里没动，挺起脑袋又对这几个混混厉声说："喊啥哩！喊！我们就是专门赔钱来了，只看你娃的嘴有多大。开多大的口，你们说要多少钱！"说完我对赵镇平说："镇平！你说是不是？"

我最后一句话说完，这些家伙傻眼了。他们知道魏振海的军师叫镇平。人家是重量级人物，他们这些下三烂家伙没见过，不认识。今天撞到硬茬上面了。立马这些混混们不说话了，一个个戳到那里不动了，好像马路边的电线杆子一样，顿时没了刚才那熊熊大火般的嚣张气焰。这个二狗门老板也瞪起他那专业亏人的贪财眼不知所以然。

他毕竟是老板，见多识广反应也快，立马变换了角色，把扮演的皇军模样快速变成了汉奸样，不停地点头哈腰，满脸堆笑一走一点头地说："自己人！自己人！没事没事！打了一个水晶马碎碎个事，碎碎个事。不要你们赔了。一会我请客，大家去老孙家吃羊肉泡馍。”我接口厉声说:“碎碎个事,别呀！看电影还要门票呢！哪能叫你白白扔一个玻璃马,让我们听那好听的声音不给钱呢！如果每天都是这样,你还不是会赔死不成。大家都来白看‘地雷战’,这还得了！”

我慢慢地揶揑着二狗门,玩够了我改变方式调下脸来厉声说:“你没事！嗯！你没事！你们没事！我有事哩！你今天敲诈魏振海的一个兄弟,他回去给魏振海说了,我和镇平就是专门解决这个事情来了,说！咋办?”这回我又抬出来更大的凶神。我看他说什么?我看这个喜欢把住锅沿子行事的坏东西怎么说。没有等二狗门回答,我厉声又对刚进来的几个混混说:“你们几个不喜欢搅和这个事情吧！出去！”

那几个混混恹恹的一句话都不敢说地出去了。剩下二狗门老板和他那个靠在商店门口的老板娘,他两个像老鼠掉在面缸里——翻起了白眼。二狗门慌乱走来走去,突然明白过来,赶忙取出一盒金丝猴香烟给赵镇平和我发烟点烟。这会儿电影里那些个日本鬼子叫我和赵镇平扮演了一回,二狗门继续扮演那个汉奸走狗的模样,他给赵镇平点上烟,赵镇平对他说:“你说这事情咋办?别啰唆！”二狗门说:“我把你们兄弟的钱退了,退了再请大家一顿。”

我说:“你好像说得轻松了吧！我两个来也不想把事情闹大,但是你也要主动一些是不是。钱哖！是个啥吗?是个王八蛋！没有了可以再挣,人,人要没有了,你说还能再有?人的脑袋不能像地里那韭菜一样,割一茬子再割一茬子。你说是不是?我们来时魏振海交代了,说你们都是道北的,给你一次机会。你如果态度好就算了。态度不好就不要我们管了,他哪一天来看看你,他亲自处理这事情。”我又给他施加压力。“你们看我的生意也不行,每天弄不了多少钱,我们确实没钱！”二狗门哭丧着脸说。“得是你不想了结这个事情,没钱！没钱说个鸟！走！”赵镇平说完站起来装作就要走的样子。二狗门赶忙拦住赵镇平说:“咱们再商量,商量！急啥吗！走,咱们去饭店吃饭去！”赵镇平说:“吃饭！吃啥饭！赶紧的！说咋弄?”

二狗门又开始了哭穷,我说:“哎！对了！对了！哭啥穷哩！你一天拉一个水晶马下来最少敲诈两百块钱,不算有时候一天拉十几回的。一个月就六千,一年就将近十万块。哭啥穷哩,不愿意到头这件事就算了。镇平咱们走！我们不为难你,有人会来给你说好听的！”“哎呀！你算的那帐把我还高兴死哩！哪能挣那么多,哪能?”二狗门哭笑不得,可怜巴巴地说。赵镇平又赶着说:“废话！你到底咋弄？快点！我还没那个时间陪你。”二狗门在我两个语言配合的重压下崩溃地说：“那你们说多少钱？多少钱你们说！”我接口说：“我们说！我们说你别干了。滚！”“我把你们叫爷哩，我确实不知道今天那个人是魏振海的兄弟。我……我……我真的没有多少钱，我……给你们拿一……万……你们看。”他满脸旧社会的穷苦样，好像比那杨白劳都可怜，欲哭无泪地装着最是可怜穷愁模样地断断续续说。

“一万！你哄小孩来了，得是你这玩意就是爱钱不爱命的东西。镇平走！和他说啥哩！把钱看得比命都重的货。叫他把钱带到阴司去。走！”我把这个不通人性的专门开黑店干黑事的家伙往死里逼。“那我再给你们借一万，一共那拿……拿……两万，你们看成不成？”我说：“你把我们看成啥了，我们是买菜来了？你想解决事情就要痛快点！麻利地说。别磨磨叽叽的，像个老娘们。“那你们说拿多少，你们说！”这个家伙急了说。

我给他和上次在酒吧对胖子老板的样子一样，给他扬了扬一只手。“五万！我的商店卖了都没有这些钱？”二狗门瞪大他那狗眼看人低的专门亏人的眼睛说道。门口站着的那个老板娘听到这里待不住了，跑进来恶声恨气地对二狗门说：“把你卖了都没那么多钱，把你就吓死了！吓死了！白披了个男人皮。”

我一看原来这个二狗门是个怕老婆的主，这臭娘们原来是幕后主事的，这件事后面麻烦着呢。混账臭娘们不知道害怕，不知道危险性。赵镇平看到心里没有理那个娘们，直接说：“你以为把商店卖了就没事了，你还能跑到京城里去？烦不唧唧！没意思！走！难业我还有事，不说了！你完了把这货打听打听，看他家里还有谁，都在哪住着呢。走、走、走！”

赵镇平又给他那并不坚强的神经加了恐惧量。“我给！我给还不行！”二狗门满脸显出忧愁欲哭的样子，有气无力地回答说。“时间？”我问。“三天！我三天给你们凑齐。”

赵镇平一句话都不说，站起来就向门外走去。我想给这个家伙再补充些什么，想了想，没有再合适的话了，也快步走了出去。那个商店的老板娘愤怒地看着我们离去。

走出商店我就看见温三军他们站在五路口向这边张望，见了他们赵镇平说：“走！回旅社。”完了又对孙西往说：“老孙断后，看看有没有尾巴。”我们大家回到旅社，何福厚着急地问：“咋样？咋样？把他拿住没有？”我说：“差不多！给你把仇报了。敲他五万块!”我的话一说完,顿时大家就像炸了马蜂窝一样,更像那足球场上面我们进了球一样,欢呼加拥抱、拥抱加欢呼地热闹狂欢。邓小建更是蹦得老高,喊道:“我就知道你们不平凡,我就知道你们是最厉害的人。啊!不是!是我们。我给你们说弄下钱我不要!”不要!孙青问他说:“为什么?为什么不要。”

邓小建说:“跟上你们光高兴了,美太!我学本事哩!钱买不到本事。我不要钱!我刚才听了福厚哥的语气坏了,但是我没办法,我知道在这火车站和五路口附近开店的大部分都是道北的,像我们这些贼就惹不起那些人,我们有的还要孝敬他们!平哥和难业哥太厉害了,要是我们那些哥们处理这件事情,刚才就把弟兄们全叫去给我扎势,我才敢和他们说话。你两个就去了,还不叫大家去。美太!去了就敲他五万!我的妈呀!我一辈子都偷不下这么多钱。美太!你们刚才应该把大家都叫上给你们扎好势,没准还能多要些,没准给他要十万!不!二十万!”

温三军眉开眼笑地对我说:“啥时候拿钱?”我回答大家道:“店老板说三天,三天给我们凑齐。”

赵镇平一只手放在背后,抬起另一只手对大家说:“没那么简单的事,我估计这个钱也不好拿。但是只要开口了,开弓没有回头箭。我们不管有多大困难都要把这个工程拿下马,难业你说是不是?”“依我看就是不容易,刚才走的时候,你没看那个烂婆娘的脸都气成青茄子了。这个婆娘不是东西,她绝对不会让二狗门把钱顺溜地给咱们。现在我估计二狗门已经行动了,他绝对会从道北找人去给魏振海说话,让少些钱。这个咱们不怕,不要说他找不见魏振海,就是找见,魏振海也会帮助咱们的,会给他说些怕怕。让我操心的是他们去找那个郭镇平叫‘垫圈’的,垫圈郭镇平都不知道是咱们弄的事情。那就有个小麻烦。”赵镇平想了想说说:“不要紧,咱两个现在就去找那个‘垫圈’,我倒想会会我的一家子,看看他什么样。”

我说:“那行!把衣服换了,走!”换完衣服我两个就走出去到街上,先找了个商店卖了些糕点糖果一类的东西,然后就叫了个出租车来到那天魏振海招待我们的那个楼上。叫开门,那个那一天招待我们的女人把我们请进他的客厅,我把那些东西放下,女主人客气地说我们不应该来拿东西什么的。赵镇平和她客气地说:“你们西安人讲究大,到谁家去讲究不空手,我们也就客套了。”他两个客套完,我就把我们在五路口发生的事情给她说了一遍,完了就说是想见见郭镇平。她说这太简单了，说完她站起来推开卧室门喊："哎，黑哥的朋友要见你，你出来！"话音落地，就从卧室里面走出一个人，他长得威武精神，和赵镇平的高低胖瘦都差不多。赵镇平赶忙迎上去说："久仰，久仰！我是华阴的赵镇平。和你一个名字。今天见了你我才知道愧对这个名字，冒犯，冒犯！"郭镇平忙不迭地说："哪里！哪里！我就听黑子说过华阴有个和我叫一样名字的朋友，只恨无缘相见。今天见到你真是相见恨晚，果然一副英雄气概。在下佩服，佩服！"

你看看，你看看有文化的流氓就是不一样吧！你听听他们的对话把人能麻死！完了他又拉住我的手问："朋友，你就是那个难业了。我听几个朋友说过那天晚上在天桥的事情，大家都承认你是英雄。好好！好！今天两位高人朋友来我这，我非常高兴，那谁？你去外面弄些东西，我们哥几个好好坐坐。"他的老练完全写在脸上和待人接物上。

垫圈给那个妇人说我来沏茶你赶紧去吧！那个女人就赶紧放下暖水瓶换了鞋出去买东西了。待那个女人出去后垫圈就说："现在我们还没有喝酒，你们有什么事说吧！看我能不能帮上忙。"果然厉害，我心中暗想，我神秘地笑笑说："我给哥哥来送份富贵！"

垫圈接口说："我咋感觉这句话是《水浒》里面的？"我和赵镇平郭镇平呵呵大笑。完了我就说："果然名不虚传，大家都说你是员儒将，果然才思敏捷。是的，我引用了《水浒》里面的话。是这样：我们离开这里后就去了金花大酒店，黑哥给我们在那里订了房间，但是我们住了两天觉得这样不好，那里消费太贵。不怕你笑话，我们就搬到火车站附近小旅馆去住，今天我们的一个兄弟在五路口的一家商店买东西，后来发生了件不愉快的事。……就是这么回事，那个商店的老板愿意给我们五万元，把这件事情了结了。今天来给你说一下，你要给弟兄们撑腰。完事了给你拿一万元。""是火车站那一帮子怂货，那些玩意平常就爱欺负外地人。我早都看不惯了。好！你们这回专门收拾收拾这帮子瞎怂，给外地人报仇。你们要我帮忙没问题，钱，我不能拿，我拿钱成啥事情了。"垫圈说。

赵镇平说："你不要推脱，这是我们商量好的，以后这样的事情多着呢，大家共同发财。这一回人家最后不管给几万，但是你拿一万块。我们第一回打交道，你要给弟兄们面子，不要再推脱。就是这样！不说这个事情了。咱们谝闲传！"

垫圈接口说："行！行！日久见人心，路遥知马力，以后你们就知道我垫圈是个什么样的人了，我对弟兄那是没的说的。做人义字当先，这弟兄们都知道，以后你们就把我当成自己的弟兄,有啥事不要客气,直接来就是。这儿就是我家,刚才那个就是我媳妇,以后你们来西安,这里就是你们的根据地。"

我和赵镇平赶忙表示感谢。赵镇平说:"我刚才给你说了,以后共同发财。我们今天出去让商店敲诈了的那个朋友叫'铁头!'"人的长相老实,别人见了总想欺负,尤其在西安这块地上,他要碰见那些不地道的老板绝对要吃亏,吃了亏咱们就出面。咱们跟到后面专门收拾那些黑心烂肠子的家伙,你说咋样? 论武功我们有四个高手,一般的对手根本不用你出手,我们随便一个就给它拿下了。再说那些黑心烂肠子的家伙,都是嘴硬手软,专门欺负外地人,扒住锅沿子行事的人,你说是不是? 我最恨这些玩意!"

"我也最恨那些欺负外地人的东西,见了就想收拾。"这当口那个女人把酒菜弄回来摆上桌了,我们客客气气热热闹闹地猜拳吃酒。等一瓶喝完,垫圈又拿了一瓶就要扭开瓶盖,赵镇平坚决拦住了他给他说:"这一瓶不能再喝了,你知道的,还有事情,不能再喝了。"垫圈说:"来我这里让你们没喝好这不行,再喝这一瓶。"我赶紧也拦住说:"喝好了! 喝好了! 不能再喝了,明天我们再来,今天就先到这里,我估计那个商店的老板那个外号叫二狗门的要找人来给你说话,待会在你这里碰见了不美。我们明天下午过来,弟兄们都还在那等着呢,说完我站了起来,赵镇平也站起来。垫圈一边一个拉住我两个的手送到了楼下。到了楼下赵镇平拦住他不要他再送了。垫圈还是表现依依不舍的样子,把我们送到了马路边,看到我们叫到出租车坐上他才返回身去。这出来才知道天已经黑一会了,我和赵镇平到了旅馆,弟兄们都焦急地等待我们回来,没有一个人睡觉,眼睛都瞪得像牛铃一样大。温三军看见我两个进来,坐起来忙问:见到垫圈没有?"我说:"见到了,说得不错,看样子我们的事情成了。"我和赵镇平来到我们睡的床板跟前,脱了鞋子,屁股刚坐下,还没有坐舒服,他们一下子全围上来。温三军说:"哎! 我给你两个说,你们看西安的钱就是好弄吗! 就是何福厚这烂事情,咱们天天都可以碰到的烂事情,就能弄不少钱。还真不少呀! 我说你们胆子也忒大,开口就敢要五万! 那些专门害人、亏人的东西居然答应给咱们。你看看他们这些横行霸道的人,就是伟大领袖毛主席说的'纸老虎'! 他们说起来横得很,你们看,实际也不过尔尔。也怕挨刀子嘛! 今后我们要做的就是毛主席说的——要扫除人间一切害人虫! 我们要扫除混账鬼! 扫除敲诈黑心鬼!"

何福厚接着温三军的话说:"对! 就是的! 我以后天天出去让他们欺负敲诈,

你们专门跟在后面收拾坏鬼，给我出气报仇！这样咱们不少赚钱的。我看一年咱们每个人都成万元户了。”赵镇平说：“现在八字还没见一撇，事情到底咋样还不知道。要按你们说的那就太简单了，不要说一年赚一万，我看每人弄十万都没问题。呵呵！哪来那么美的事情，你们想得太简单了！我给你们说，我和难业刚才给垫圈说了，人家帮忙把这件事情弄完，给人家拿一万元。你们没意见吧？”

温三军说：“你两个办的事情谁啥时候有过意见。你两个说咋办就咋办！大家都心服口服。”“那就好，咱们现在要商量商量情况，做到心中有数。不要把事情想得太好了，先要从坏的方面想想。到时候就不会手忙脚乱没主意。我反正心里觉得这件事不是容易，你们想想，那些都是手拿刀子成天割别人的人，他们能乖乖地叫咱们割他们身上的肉吗？呵呵！今天我们在这里再住一晚上，明天早上起来先要转移住的地方，这里离‘战场’太近。”

赵镇平说完我接着说：“我把这件事来回想了想，觉得有个大问题没法解决。”赵镇平翻起来问：“啥问题？”我沉思了一会说：“何福厚去派出所告商店敲诈，人家派出所不管。但是我们去敲诈人家商店，派出所不会不管的。我们弄不好这就犯法了，是敲诈勒索罪。不是闹着玩哩！一定要计划好，不能有一点漏洞。”孙青说：“这口肉看样子还不好吃到嘴里，但是我可以断言反正它跑不了！他要是敢不掏钱就把他那商店放把火烧了。”

“孙青你不要管，他这回跑不了。我看这口肉吃定了。他商店的老板那脑袋不是铁打的、没有用铁包起来就好办。每天去两个人到那里捶他一顿，打完就走。派出所来了我们早都走了。他派出所就是有关系，来一个警察他也不敢抓我们，他要抓我们连他一块收拾，往死里整，看他以后还敢包庇坏人不敢。二狗门他开商店开锤子哩！净亏人哩！这祸害不除不知道要害多少人。要听我说，这回五万不少一分钱，他要给钱就算了，要不给就是按孙青说的，晚上去把他一把火烧了。看他再亏人。这家伙坏得很吗！比咱们这里面最坏的何福厚都坏！”温三军牢骚满腹地说着，最后还不忘了把何福厚捏捏。

赵镇平说：“难业说的对，我们还是要多长个心眼。就是毛老说的‘战略上藐视敌人，战术上重视敌人’。明天早上出去咱们分成两摊子，我和难业、何福厚在一块，你们在一块。大家住一个旅社，分两个房间。难业明天把咱们手中多余的现金存到银行交给温三军保管。公安局很有可能插手管这件事情的，何福厚叫人家敲诈了两百元，我们要敲诈五万元。这从本质上不一样。以后这件事由我和难业出面,最多加上何福厚,其他人不要露头。”

我说:“你说的对,分开了好,公安局来抓就我们三个。到了那里只要牙口紧,没有一点事情。我们不承认给他要五万,只说给何福厚要那敲诈去的两百块钱。他们不给,还把咱们抓来了。咱们敲二狗门,跟前又没有证人,他那臭婆娘说话做证人不算。咱们这就是一件说不清的事,完了他公安局连一天都不敢关咱们。”

赵镇平又补充说:“虽然我们有信心能打过二狗门,但是我们还要防备二狗门做最后的反抗。坚决不能掉以轻心,那玩意能胡作非为,后面就有一帮子人给撑腰。现在我们要说一下明天咋办,去不去他的商店催看,如果去,谁去合适,到哪里,有什么样的风险,这些我们都要商量好。”

“你说的对!我们一定要多想想,出现任何情况都在我们的掌控范围,那我们就能取得最后的胜利。镇平,我给你们说,明天我们不到那商店去,咱们睡到中午,完了起来就换旅社,换完住的地方吃饭,大家吃完饭,咱两个就去垫圈那里喝酒。垫圈会上心的,他会把商店的情况打听清楚,我们不要多操心。你今天看到了垫圈的智商和经验都是很高的。这个我们只管放心。最后二狗门愿意掏钱了,也要他自己亲自送过来,咱们不能去他那里拿。如果二狗门非得让我们去他那里拿钱,那就是陷阱。”我说。

赵镇平突然笑了笑说:“哎!我给你们说,以后找媳妇难看好看不要紧,关键是要找一个清白人。我想起来有一回咱们在渭河渡口玩牌,一对夫妻路过咱们的摊子,两口子看了一会,那个媳妇就要她丈夫压钱,她丈夫不玩,让那媳妇臭骂一顿。那男人就压了,后来叫孙青赢了。再后来那娘们非得让他男人给孙青要钱,那男人不要。臭女人把男人又骂了一顿,说吓死鬼!胆小鬼!羞先人哩!她男人被骂得下不来台,就给孙青要自己输了的钱,最后让三军打了几拳,两口子老实了。我不是劝架来着,我送他们走,那男人把我当成好人,让我给他两口子还评理来着,那男人说‘我!你不知道我是公家人,在石油公司上班,咋的说也是一个有身份的人,她看着那钱好赢非得让我压钱,你说人家在这里摆摊是为什么吗?你一个过路的随便能赢,那不可能的事情嘛。她叫我压就压了!输了就输了!你看她骂骂咧咧非得我给人家要,你不要看他们都是一伙的,把戏演得跟真的一样。我敢给他们要钱,明显地钱要不到,最后还让他们打一顿,输了钱、丢了人、挨了打,你看!坏事情占全了。你看都是这婆娘把我逼的!嗨!跟上这样的婆娘是倒了八辈子霉,最后非得把人给弄死不可。’我觉得这个哥们说的是实话。你们看这女人要是混账东西就不得了,非得把自己的男人送到狼嘴里不可。以后我们可不敢找下这样的媳妇。我看这个商店老板的媳妇就是那样的狗东西,最后非得把二狗门送到火葬场不可。我估计最后不给他们弄个人财两空,这娘们不会停止喊叫的。你们看这回就是这个二百五娘们不知道一点点害怕,绝对要想办法阻挠二狗门掏钱给咱们。嗨!真是不见棺材不落泪!”

温三军说:“混账娘们要不得,但是谁知道哪个女娃娃是混账鬼呀?这就跟在集市上逮猪娃子一样,看着不错抓回家。到咱圈里了你看着才知道是个麻迷子,呵呵!这就晚了。你要离婚赶麻迷子走,呵呵!这辈子能不能再找下个女人还不知道哩,还嫌弃混账麻迷。这要靠好运气。你镇平站着说话不腰痛,人家给你说媳妇你坚决不要,眼睛高得不得了。多少在咱们十里八乡看不上个合适的茬口,要自己找中意的人。我和福厚可怜得没有一个人给说个相,我两个就不敢挑,只要是个女娃娃就想收到圈里,哪怕是麻迷混账鬼都能行。”

赵镇平听完温三军的话生气了,板起脸来厉声地给温三军说:“三军你说这话是羞先人哩!你天天看书都看到鼻子里去了。古语说得好,男子汉大丈夫,生于天地之间何患无妻。嗯!……嗯!没一点出息。成天不想着咋样把事情往好地弄,想的都是些啥嘛?”温三军听了赵镇平的话,脸一下子红到耳根子上面,一句话都不敢说,慢慢退回到自己的床上,靠在墙上不说话。孙青对赵镇平说:“我看苏宁那娃不错,你两个是天生的一对,第一回在旅社见那阵,你看她又干又瘦的,后来跟上咱们跑几天,吃得好,心情也好了,就是人们长说的居养心、食养体,整个人都变了,看起来亭亭玉立、白白净净的,蛮有气质,还像个官宦人家的女子。她真是个招人喜欢的女子。镇平你要好好待人家娃,那是个好娃!”

孙青说到苏宁这里,赵镇平的脸上就像那盛开的花朵,换了脸孔美滋滋地洋溢起着幸福的笑容说:“范柯玲也不错,人长得漂亮又做事勤快,你要好好挣钱,她就是太苦了!”孙青听到赵镇平说到范柯玲太苦,心猛地一揪,疼得眼睛都冒火,接着就握住两只拳头,生气得咬牙切齿地说:“我给你们说——赵镇平、难业,这回必须给二狗门要五万,一点都不能少。我……嗯!……嗯……!弄死哩!都弄死!都!都弄死哩!”

说完话孙青收住,因为痛苦而扭曲的脸,收住愤恨潮红的、放着绿光的、绝望的眼神。他用力躺在床上,蜷缩起来,愤恨地猛力拉起床单把头蒙住。他这在床单里还委屈地恶狠狠地又恨了几声。大家看到这情况,没有一个人再说话。赵镇平知道自己这回闯了祸，他站在那里尴尬地苦笑着小声说："嗨！我……我没有……没说啥……啊……"

这人世间一个人所受的苦难和煎熬并不可怕。最为可怕的是自己爱的人在受苦难，这才是世间最大的悲哀。孙青每每想到在这个世界上，最最心爱的人每日里所受的煎熬就痛不欲生。我看到我亲爱的兄弟那难受的样子，我的泪水不由得挂成两行。苦啊！苦难的人们。

大家看到孙青的情况和我一样，也是看在眼里疼在心上。我们疼孙青的艰难处境和钻心的疼痛，但是谁也没有好的办法。一个个都悄悄回到自己的床上。

到了第二天起来我们退了房，赵镇平问我说："难业你看咱们去哪一带比较合适？"我想了想说："我看金华饭店南面那一带有几个小旅馆，那里离垫圈也近，去那里比较合适。"赵镇平想了想问我说："你看离垫圈近了好不好？"我回答说："没事，不要紧。"赵镇平就招呼大家说："走！这里离金华南路不远，咱们走着去，一路看看风景。"说不远也有七八里地，我们走着看见路边有个小饭馆就进去吃饭。完了大家又跟上赵镇平向南慢慢走去。到了金华南路，邓小建看见有小旅馆就进去看房间，我们大家站到门口等待。完了赵镇平说："我看南边还有一家，你们几个进去，我和难业、福厚去南边看看住到哪里。三军你要给小建教教，首先要管住自己的嘴，包括是非话不能说，到派出所不能说，与我们不相干的人不能说，我们的家在哪里、真名真姓的不能说。好吧！你们好好给娃教教。"

赵镇平说完，我们几个向前走进这家旅馆。西安的旅馆都这样，好也好不到哪去，差也差不到哪里！凑凑合合我们开了个三人间。完了赵镇平对我们说："现在把房子定了，你们认住房号，大家就去他们那边。一会何福厚带孙青来认认我们的房子。一般情况下他们不能来这边。我们没事就去他们那边。就是公安局来抓，咱们这边就咱们三个。旅馆的老板不会知道那边还有咱们的人。"赵镇平说完我们就站起来走了出去，来到北边的旅馆，他们还是和过去一样，定了一间通铺。大家躺在床上歇歇。

我对赵镇平说："走吧！垫圈一定等急了！"赵镇平懒洋洋地站起来对大家说："你们听着，从现在开始你们任何人都不许走出这个大门一步，不要毁了大家的好事。"到门口我招了辆出租车，没多会就到了垫圈的楼下。到了楼道上我敲敲门，垫圈拉开门看到是我两个，他这热情得不得了。一手一个抓住我们就往里面拉，一边嘴里问："你两个吃了没有，叫你嫂子给你两个做饭。你看热得不行，风扇，你两个坐风扇下面。你两个坐。赶紧倒水,给赶紧倒茶!"

朋友啊!你不要看垫圈对我们热情得不得了,他平常在外面可不是这个样子。他在外面成天冷着个脸,好像谁欠他钱似的。这就是西北人的个性,叫暖水瓶个性——内热外冷。西北人平常总是屌着脸,就是人们说的冷着脸,但是你如果去他家,那么他就变了,会非常热情地招待你,就像今天的垫圈一样。

我再给你们说个西北冷娃的秘密,如果你在外面和西北人闹意见,甚至打架。那么你去他家——你首先不要怕,他绝对不会动你,我敢打保票。你去他家,他不但不会伤害你,还会给你发烟倒水,好像你们就没有发生过特大矛盾似的。我们这里的风俗叫——有理不打上门客。就是你们做得再不对,来到家里了就要以礼相待。你的麻烦事情都可以商量下来。如果你以后这样做,不要说是我给你说的,要么他们就会骂我难业是汉奸。

我和赵镇平坐了下来,垫圈一边给我两个倒水,一边给媳妇说:"你切西瓜,不!你先洗几个水果。"我忙说:"平哥!你坐!不要忙了!我们来刚吃过。""你们吃过,再吃几个水果,来,来喝水。"等他忙完坐下,我和赵镇平都没有问那边商店的情况。有时沉稳是一个经历风雨男人的标志,尤其在外面和并不熟悉的朋友打交道这相当重要。

垫圈忙完安然坐下来才开口说:"他们那边来人找过我,来的是我的一个朋友,我给他说我没去,是渭南的一个朋友和我叫一个名字。他来的意思就想少掏些钱,说看能不能拿一万块钱到头。我给他们说这件事情我管不了,这是小黑的朋友吃亏了,小黑这几天还在西安,我不能阻挡朋友的事情。你们如果能见到小黑,你们亲自给他说说。到后来他们问你们的情况,我就说了你们那天在天桥上面的事情。给他们说你们敢和小黑对阵,骗他们说你们也是身背几条人命的亡命徒。来的这几个朋友他们说,知道你们渭南来的这一帮子有功夫,天不怕地不怕,是真正的冷娃。我看你们那天在天桥上面弄出了名气,西安的闲人都知道这件事了。"赵镇平接口说:"你把我们说得都上到天上去了?谢谢平哥的夸奖!""不是我夸奖你们,是你们确实硬邦!我不过说出了该说的,再说嘛!我们道北出来混的,哪个不是天不怕地不怕的,一个个都是老天第一自己第二。我不这么说镇不住这些王八羔子嘛!"说完他哈哈大笑,完了继续说:"我最后给我的朋友说,他二狗门这回没退路,他完了赶紧凑钱,要么就有灭门之灾。关键有两个人要他的命,一个是小黑,人家买东西提过魏振海,二狗门以为是吓他的,还敢胡说公安局正在抓小黑,说来了刚好公安局还给奖金。这让小黑相当恼火,要灭了他二狗门。一个是渭南的人来无踪去无影的,没法对付,不定哪天就灭了他全家。嘿嘿！把他能吓死！嘿嘿!”

我们两个都哈哈大笑,赵镇平说:“平哥的意思是咱们这回的生意简单,不会费神的!”郭镇平面带微笑地说:“你看你！你换位思考一下,如果换了你,得是你是不是天天担惊受怕担不完心。他这回得罪的是两帮子亡命徒,度日如年啊！兄弟！他现在还怕你们不要钱了,你不知道！我给来传话的朋友说了,小黑和你们随便哪一个随时都可以把它那商店没收了。”我说:“那！听说他后面有公安局给撑腰,不要紧吧!”垫圈说:“你看你！他爷就是省长他娃这回都没办法,更不要说一个小小的警察了。公安局派出所能管住好人和坏人,但是他们管不住你们这些江湖人,你们他能管住？上哪里去管。你们是没根、没底、没面的人,你们就像一阵风,这一会飘到这里来了,一会又飘到那里不见了,他们上哪里去管你们。”

赵镇平听到这里说:“那这件事就多劳你了,我们就不操心了,你去周旋吧!完了他们送钱的时候你要在场。”“你们不要管,哥哥就给你们摆平了,你们只听信,明天吗？明天就到期了。我估计今天他们还要来找我,来了我会把事情想周全的。你们只管等着拿钱好了!”听到这里我说:“本来今天没事,还想和哥哥喝一天酒,看样子不行了,没准他们什么时间就来,那我们就先走吧,明天中午我两个过来,你看咋样?”垫圈说:“行！就按你说的办。”

我两个站起身就准备走,忽然我想到了一件事情对垫圈说:“郭哥有件事情想给你说说,看你能不能帮上忙,又怕伤了兄弟的脸。”垫圈笑了笑严肃地对我说:“你看兄弟！咱们的关系都到啥时候了,你还说这话！信不过哥哥不是。得是哥哥对兄弟有啥理情不到你说这话。现在你两个就是要哥哥的不管什么东西我都会答应的,大家都是兄弟,需要帮忙了命都不要了,还有啥比这个重要的,你说?”我赶忙说:“哥哥言重了,我们上次和小黑哥聊天,他给我和赵镇平写了两幅字回去,弟兄们都喜欢得紧。不知道你这里有没有小黑哥的字,如果有了我想拿上给弟兄们,你以后见到小黑哥叫他给你重写。你们方便,天天在一块。”

“哦！是这事,得是你们都喜欢书法,我也喜欢玩玩这些东西,但是我写的不行赶不上小黑,我这里没有小黑的字。但是兄弟开口了不能叫兄弟落空,我这里有一幅贾平凹的字给你们拿去。呵呵！不比他小黑的差吧！我准备装裱哩还没去,你们拿上,你们坐我给你们去取。”说完他转身返回里屋出来手里拿了一幅字。

说:“你们拿回去欣赏!”

我对垫圈说:“这不合适吧,听你的意思你也喜欢书画,君子不夺人所爱!我们好像贪婪了,不好,不好!哥哥你留着。”垫圈愠怒地说:“拿着!我给你们的东西只要你们喜欢我就高兴,改天来我给你们多要些名人字画。我毕竟在西安省城嘛,比你们那里寻找这些好东西方便。拿上!”

垫圈又是热情地把我们送到了马路边,看着我们坐上出租车才返回。我们直接回到温三军住的旅社。走进门我把手中的字画递给温三军对他说:“三军!给你把事情办了。今天你要做东请客。”温三军高兴地一边打开字画一边应声着。“没问题,你们说想吃啥都行!哎呀!哎呀!我的神呀!你拿的是我最最景仰的人的字,我的妈呀!贾平凹!妈呀!贾平凹的字原来也上了档次,我还以为他光能写小说,我这回把真神的印信抓住了。我要把他当爷地敬到家里。美!哎呀,难业就是对我好!知道我做梦要啥宝贝哩。美咩!撩太太!”

孙青和何福厚嘴噘脸掉地看着我和赵镇平,何福厚说:“下一回你两个不给我,可不要说你们的字我从你们家里拿去了呵!”温三军说:“看把福厚气死了,难业给我要了幅字把你娃气死了!气眼短呀!”孙青说:“气啥哩!哎!还讲理不讲理,你们现在每人一幅好字,就我两个干瞪眼。还不说句牢骚话!温三军你张狂张狂,小心我给你的字收拾了,把它给你卖了你就不张狂了。”我坐在床上高兴地看着他们斗嘴,这时孙西往到我跟前踢了踢我的脚,暗示我到外面有话说。

我和他就走了出去,来到旅馆门口的大街上,我对老孙说:“说吧!什么事?”老孙说:“是这,我今天没事和小建聊天,知道了一件他们伤天害理的事情你听听。小建说在西安南郊这一块,有好几个外省人他们抱成一团,专门敲诈那些没有营业执照的小诊所。”我笑了笑说:“哦!那咱们和这件事没关系,爱敲不敲地咱们又不是工商所?”“不是!你不知道他们是怎么干的,我给你说,他们一般偷一个几岁大的小孩到家好吃好喝地管着,管一段时间和娃娃熟悉后,有一天他们就给孩子用冷水洗澡。娃娃就感冒了,他们装成两口子去那些没有靠山的诊所给孩子打针,连打两天,到第三天他们自己偷偷给娃娃打一针那个叫什么的虎狼药。完了娃娃就昏睡不醒,他们就赶紧抱到诊所去。诊所的医生看了当然不知道什么情况,很是用心抓紧处理,但是医生咋样处理的结果都是娃娃断气了。他们就哭就闹,小诊所的医生当然也就吓坏了。后面和他们一伙的托子也就进门了,装作是娃娃的舅舅什么的,把医生弄在房子里连打带吓。最后医生都是拿钱了事,听说他们干了好多回,已经弄死了好几个娃娃。我觉得这件事情咱们不管心里过不去,所以我给你说说。你看咋办?"

我一下子气塞填胸说不出来话来,城里咋就这么恶心可怕呀!咋就这么多肮脏事情!居然还有做这样伤天害理的事情的人。他们还是人吗?还是人吗?我真不敢相信有这样的事情。孙西往看着我瞪起眼睛不说话就说:"我给你说过我就不难受了,你看着办?""办个鬼!你也没有心了,这样的事情不管管啥?管啥?你的心叫狗掏吃了!还看着办?我要把那些畜生弄死。一个都不能活,不是人嘛!"

我瞪起眼睛对老孙嚎叫着,老孙吓坏了,一步步向后退着。自从我和他认识以来,他还没有见过我这样失去理智地对任何人发过火。今天咋了?他老人家让我咆哮糊涂了,不知道该怎么办?我失态的样子让好多过路人停下脚步向我们看来。我怒气冲冲地向他们咆哮道:"看啥哩?死人了!活泼烦了!再看,再看!都走!走!"过路的人看到我疯狂的样子,一个个低下头赶紧走了。我回过头定定神对老孙又小声说:"走!进去!"

进到房间我看到大家伙还在讨论着贾平凹的字。就对后面跟进来的孙西往说:"老孙把门弄上。"然后就站在门口对房间里的同伙们说:"有一件事现在我必须给大家说说。"大家看到我脸上难看的样子不知道发生了什么事情,一个个停下正在热闹聊天的话题,一脸凝重地看着我。我说:"是这,刚才老孙给我说了一件非常可怕的事情,我给大家说说,该怎么办,每个人各拿各的意见。"

"是这样的事情!老孙说邓小建在西安南郊认识一帮子畜生,他们专门偷小孩然后自己养起来,他们对那些偷来的小孩特别好,买好吃的,买好穿的,把娃娃打扮得和城里人一样。但是后来他们就给娃娃洗冷水澡,娃娃感冒了就去提前摸准情况的诊所给娃娃看病打针。到第二天他们自己就给娃娃打一针那什么虎狼之药,然后就抱娃娃去诊所打吊瓶。在诊所挂上吊瓶没多会娃娃就不行了,医生咋样捣治都不行,娃娃就殁了。他们就敲诈钱财,你们说该怎么办?"

我的话刚落地,赵镇平上去一把抓住邓小建的领口就提了起来连住煽了俩耳光,咬牙切齿地说:"我把你看成个好娃娃,原来你是个豺狼,我今天就送你去西天!"邓小建两只脚丫子在空中不着地乱蹬着,极是惊恐地喊:"哥!我没干过,我没干过!他们叫我,我没去,我没去,我一回都没干过……哥!"温三军放下心爱的字画冲过去瞪起他那对张飞圆环大眼怒喝道:"我一脚把你踢死。你自己死!畜生！畜生！死！”孙青躺在床上，突然翻起身拿起床边的一双筷子就向邓小建扑去，我赶忙上去抱住他，我知道孙青上去一下子就会把小建扎死。何福厚爬起来上去一下子抓住邓小建的头发，怒目看着邓小建说：“我先把你眼珠子抠了！”

我赶忙又拦住他，何福厚看邓小建的目光就想把他一口吃了。赵镇平听到邓小建说自己没有干过这件事情，放下抓住邓小建领口的手。邓小建看到大家这个样子吓坏了，赶紧跪在地上浑身直打哆嗦，对大家不断分辩说自己没干过这事，从来没干过。我看到这个样子已经从刚才的癫狂状态恢复过来，理智地对邓小建说：“你起来！坐到床上，我有几句话要问你。”可怜的小建子看到大家愤怒的目光不敢起来，拉着哭腔弱弱地说：“难业哥！我跪到这里你问，我不敢起来，我都给你说实话。我不哄你，你问！”我刚才听到老孙给我说情况时，愤怒地差点把老孙吃了，现在我的朋友们听到情况和我的反应是一样的，大家都愤怒地失去理智了。邓小建虽然年龄小，但是在江湖上面跑的时间长了，善于察言观色，他看到今天的情况，知道确实弄不好小命难保。这里每个平日里都非常和善的哥哥们，一个个像疯了的公牛，不是想上来踏一脚就是想顶一角。这都是咋了？妈妈呀！我自己又没干呀？我上前拉起跪着的小建对他说：“你不要怕，你这些哥是叫你说的事情气坏了，气糊涂了，来，来！坐下你不用怕！”邓小建抬起头偷偷看着周围每个人的脸色，诚惶诚恐地在我拉动下尖着屁股坐到床板上。我给他说：“小建你详细给我们说说情况，他们都是些什么人？是哪里的？一共有几个人？一般都住哪里？你是怎样知道这件事情的？他们怎么干坏事情？你详细给我们说说。”

邓小建抹了一把眼泪说：“那一天我在南郊的边家村朋友家玩，来了一个人是安徽的，他和我的朋友认识，他们关系不错。后来我那段时间没事经常去，也就和他熟悉了，他知道我是‘查户口的’，有天对我说，让我偷个小孩六七岁以下的，不管男娃女娃都行，他说我偷一个娃给我三千块钱。我问他偷人家娃娃干啥？他没有给我说，我就没有应承他。我嫌烦，娃娃家爱哭爱闹我哄不了。后来时间长了，我知道他们原来是把娃娃往死里整，我越发不敢了。他们干这个行当的好像一共四个人，里面有一个女人，长得风骚得很，到人跟前一股子香水味，我受不了，爱穿旗袍，大冷天有时都穿，把她那长腿喜欢露出来。他把我当小孩子看待，有的时候开玩笑她把我搂住，她那对奶大得很，把我憋得气都透不出来。”

“你不要说这个女人了，继续往下说！”我怕大家听下去谁又要打小建，赶紧阻止他说女人。我们这帮子人不喜欢讨论那些风骚女人。邓小建左右看看，哆哆嗦嗦显出为难的样子说:“不说不行,关键是这个女人平常带孩子。她叫姬美珍,和他好的那个人就是安徽的,是他们的头,姓高。那两个平时都听他的。他们偷来孩子一般先养半个月左右,把娃娃收拾得干净得很,给买好奶粉叫娃喝,比对自己的娃娃都好。有一回他们把偷的娃娃带到我们经常玩的边家村来,那个娃娃真好看,长了一双水灵灵的大眼睛,好看得很!有两岁左右,我一逗就咯咯地笑。没几天我就听说那个娃娃殁了。”

温三军听到这里,愤怒地冒起来抓住邓小建的脖领子说:“走!现在就走,孙青把砍刀带上,咱们现在就去,把他们都砍死。走!”他说完就拉住邓小建的衣领往外拉。我急忙拉住温三军抓住邓小建的手说:“你叫我问清情况再说嘛,叫我问清。”温三军愤怒地回嘴,“问锤子哩!到那里先叫我把那些狗东西砍死再说。”赵镇平对温三军大声喊:“三军你喊叫啥哩!放下手叫难业问完。急啥哩!”温三军不情愿地放下手对我恶狠狠地说:“你问!你问!”我拉过邓小建给他说:“不要怕,今天大家都气死了,我问你,那他们就不怕公安局抓住了枪毙?”邓小建惊恐地看了我一眼,又吓得失声哭出来,抽搐着低声说:“他们不怕!他们门道大得很。我听说他们是这样的,先把娃娃养好,熟悉了就由那两个家伙去外面寻找合适的医疗所,踩好点,这对狗男女就给娃娃拿凉水洗澡。把娃娃洗感冒了就叫个出租车去那个看好的诊所给娃娃打针。去的时候他们两个收拾得像有身份的人一样。姓高的还要给上衣口袋插两只钢笔。到诊所你们知道,一般连住两天娃娃的烧都退不了,他们回到家给娃还拿凉水洗,怕娃娃抵抗力高自己好了。用冷水激了,娃娃就说啥都好不了!然后到第三天去诊所,那个女人的小包包里就装了药,那个药不是毒药,是和什么抗生素犯冲的西药,如果用了抗生素坚决不敢用这药,用了人就殁了。到医院还查不出来原因。公安局就是查也没办法查出来,那个姓高的说那个药和抗生素是一个成分,打到人身上就发现不了。他们拉我干的时候给我说的。我真的没和他们干,嫌杀人哩!然后那个姓高的男人给娃偷偷打针。一打娃娃就昏迷了,不出一天娃娃就死了,然后医生就吓坏了,他们的亲戚就是那两个同伙也就来了,说是娃娃的舅舅什么的,抓住医生先收拾一顿,然后要去报案什么的,把医生吓得。诊所就关了门,他们在里面把医生整到最后,有多大的能力就用多大的能力,把找来、借来全部的钱给他们。诊所也就再也不敢开了,关张了,谁还能想到报案。”

“你现在还能找见他们那一伙子人吗?”赵镇平问。“能!能找见。”邓小建答。赵镇平严肃地对邓小建说:“那就好,邓小建我告诉你,如果你配合我们灭了这帮子畜生,我就同意你正式加入我们,成为我们的兄弟。”“没问题,没问题,我绝对能找见他们。只要你们要我。”邓小建听到这里,赶紧又跪到地上,泪流满面地给大家磕头作揖说:“只要你们要我,我以后犯了错误,你们不论哪个哥打死我我都没怨言。我要跟你们!”“起来! 以后对任何人不许再磕头,要做个真正的男子汉。我就看不惯你那奴才相!”何福厚说。

赵镇平沉思了一会对大家说:“是这! 不管干啥脑子不能发热。大家先冷静考虑考虑这件事。我认为有一点现在就要弄好。我问你们为什么江湖人都要起外号? 那玩意听起来威风? 好听? 不是这样的,我告诉你们,那些名号是为了防公安局的。现在我们每个人都要有个江湖名号,你们大家串串看都起什么好。我们这回是要打一回恶仗,看样子要动血手了,我们把什么都想好。”

我说:“温三军就叫‘虎痴’,你们看咋样?”“我看叫个‘病猫’还差不多,‘虎痴’还和《三国演义》里的曹操卫士一样,不怕人笑话。”何福厚调侃着说。“对! 何福厚你就叫‘病猫’,这个比较合适。”我说完,大家都笑了,认为他两个的名号很上口还好记。孙青说:“我就叫‘钢镚’你们看咋样?”温三军说:“你以前不是就有吗! 我常听人家叫你‘夹子’,我觉得夹子这个名字还是蛮顺口的,这个可以。”我说我就不要了,本身我的名字难业就是绰号。大家没有说什么就是认可了。后来大家给孙西往定的名号是“死鬼”,赵镇平的身体魁梧,大家最后叫他“门神”。邓小建的名号是“老鼠”。定完名号,赵镇平说,从今往后大家在外面就互称名号,不能再叫真姓名了。

完了赵镇平又说:“难业,那天人家魏振海给咱们留的钱叫给弟兄们卖衣服,你看今天大家都没事,是不是咱们去康复路给大家每人买一身西服。完了回来叫老孙和小建去打听情况。你们看咋样?”没有一个人反对,大家都高兴地愿意去整副行头。来到康复路,大家每人看了一身蓝西服买上,然后再每人弄件白衬衣。最后每人再看了一双黑皮鞋蹬上。回来的路上邓小建高兴地嘴都合不拢,不停喊这个夹子哥,哪个死鬼哥的,还有病猫哥加门神哥的,好不热闹。

我观察了温三军和邓小建的身体,看他们的伤势都恢复得差不多了,心里感觉稍微能好点。嗨! 赵镇平叫大家买衣服是因为又要大战了,在西安打仗不是好玩的,这里的混混都是经历了大风大浪的人物,要开战就是人命加残废,不定就把那个弟兄伤了。正在我低头寻思往后的战斗情况,赵镇平对我说:“难业,你给死鬼一百块钱,叫死鬼和老鼠去南郊打听情况,把他两个的衣服给我拿上。这个事情越早越好,没准咱们还能救一条性命。”我突然听到这些名号,一下子还反应不过来,邓小建快乐地抱住我说:“是叫我和孙哥去南郊哩!难业哥!”我这才明白过来,笑了笑给老孙一百块钱说:“那好!那好!”

邓小建领着老孙去了,我们拿着买的衣服在街上慢慢晃悠着。看到人家商店门口有人在下棋,我们都围了上去看人家楚河汉界地厮杀。看了会,有个下棋的不来了,剩下那个左右看了看说:“都看啥,看啥哩?是个男人来两盘。”

孙青听到这不服气了说:“下棋是细活,你看你说的话!”谁知道这个家伙更损地说:“驴槽伸出你这个马嘴,你娃有胆量了一盘五十块钱,我陪你玩玩。”孙青没了退路,看了看我说:“来就来,摆棋!”第一盘孙青因为有些紧张,很快就败下阵来,我掏出五十块钱给了对方。这家伙接住我给他的钱就对商店里喊道:“来一瓶啤酒,再来包烟。”我看了这玩意的行为,就知道这又是个纯粹的混混,口袋里可能就没有一分钱的家伙。待会孙青赢了我看他拿啥给孙青。

果然第二盘孙青赢了。这个家伙对张开两只手的孙青说:“欠着,下一盘给你。”孙青哪里能行了,立逼着就要刚才输给对方的那五十块钱。这个家伙根本就不理孙青的话,一边吸口烟淡淡地往出吐着放着,一边抓起啤酒瓶咕咕喝几口酒。完了眼睛看住对面马路上的过往人群,好像漫不经心地说:“给我要钱。我告诉你,给我要钱的人还没有生下来哩,得是你活腻歪了,告诉你魏振海是我的哥们,在西安还没有人不买我的账!”孙青气得眼前发晕看了看我说:“难业哥,你说现在补一颗牙多少钱?”

我知道孙青就要动手了,他嫌这个家伙的口臭,想敲这玩意的牙口。我想看个热闹就轻轻地给孙青说:“好像一颗十多块钱,如果需要补多了,牙医可能还能优惠些。你干事情可不要瞎胡闹,够本就行了,我知道满地找牙这个词,但是从来没真正见过,很是惋惜。嗨!再说掉就掉了,满地找回来还能用吗?孙青你说能不能用?”孙青用舌头舔舔嘴唇笑笑说:“你想看,你想看给兄弟说嘛!那兄弟今天就给你圆了这个梦。我知道你也不喜欢口气比脚气大的人,那好!我玩玩!”

我和孙青的对话这个混混是听明白了,毕竟是西安市的混混。他知道今天不是过去的那些平常日子。一般情况下带行李的外地人就是人再多也不愿意惹事。今天他看我们每个人都拿着行李,依葫芦画瓢想当然地照样欺负外地人。到了这个时候,他感觉到好像这个小伙子敢和自己闹腾,他赶紧掏出剩下的那四十多块钱给孙青,孙青看都没看钱,顺手接住转递给了我说:"不够!欠我一分钱都不行。你说话咋就那么横。今天小哥哥我想看看你的真本事,可不要装鳖!你说和魏振海是哥们,我咋不认识你这个二蛋子货?天桥大战你知道吧?"

温三军和赵镇平靠在我身后的大树上,怀抱衣服抽着烟也想看看热闹。何福厚站在我的身旁看看孙青,又回过头看看混混,好像在研究一个搞不明白的问题似的。我就对他说:"病猫呀!你不要看,有些事情你看不明白的。这个世界上好多好多事情就是没道理。你知道吧!哪里来的输赢啊!关键是做人要地道,不能欺负软的怕硬的,不能扒住锅沿子行事。你看看他今天就是遇到克星了不是?"何福厚就像更加不明白似的摇摇脑袋,好像越听越糊涂了。我调侃着给他像对孩子一样地说:"你去马路上挡个车,看完戏咱们打车回府你看好不好?"

我和孙青的对话这个混混听明白了,他傻在那里不知道是跑还是怎么办?但是他没有听明白我给何福厚说的话。我只能给他解释说:"我给他说的意思就是,你不好好说话,横得很。满嘴脏话这个不好,我们这个和你下棋的人要把你打一顿,敲掉几颗牙,然后我们打出租车回去。这回你明白了吗?"

西安的混混都比鬼都精明,他这会就是脑子乱了,这和我写文章一样一样的。没有灵感了。他这回只能像一只待宰的羔羊良善地站在那里。他知道我们这是在洗刷他的,这会好像他又来了灵感,堆起脸上的横肉笑笑地发烟、点头、微笑。我看了更加愤恨这帮子欺负软的怕硬的主。

当我轻声说完,孙青一只手接住混混发给自己的香烟,一只手对着混混一个嘴锤就打了过去,顿时混混就被揭翻在地,不等他爬起来,孙青连踢带踏地就把这个家伙弄得满脑袋都是血,打斗中孙青把混混给自己的香烟掉在地上,赶紧捡了起来,怕弄脏了吹吹点着,吸了一口烟,在嘴角优雅地把香烟用舌头从左面滚到右面。看了看躺在地上的癞皮狗,摆开长腿继续给力地踢。没多会这个家伙就趴在地上装死狗不动了,路人围拢了一大圈看热闹,没有一个出来拉个架或帮帮混混,好像就知道我们是惩罚坏蛋似的。何福厚已经挡好了出租车,我给孙青摇摇手,说:"对了!对了!走!"

我们大家挤上了一台出租车扬长而去,留下了趴在地上装死狗的混混,继续温暖那马路边的石头牙子。回到旅馆就数孙青舒服,打了一个混混过了瘾,满身疲惫地躺在床上哼哼唧唧美吧唧地休息。我们几个歇不下干脆玩起扑克。

到了晚上邓小建和老孙回来了。他们找见了那几个畜生,老孙说:"我和小建去的时候他们在打麻将，就是小建说的那婆娘骚得很。我打听了情况，他们白天出来玩耍，别的地方不去，就喜欢来边家村，他们在北沙坡住着。他们租了一个院子，就他们四个人住在一起。你们不知道他们穿得都好得很！看起来是有文化有教养的高级人，就像那些大老爷高级官员一样齐整很很。那个骚娘们长得富态，看起来就像个官太太。小建给他们说我是他师傅，专门从吉林来西安看他的，他们没有对我起疑心。他们里面有一个也是我们辽宁锦州的。说是在家犯了案子跑路出来的。给我们东北人都丢了面子了，咱们去的时候我要亲手清理门户，把我们东北的这个害群之马除了。"

赵镇平说："好！找见了就好！老鼠立了一功，给你记上。今天给你发了衣服，你现在就是我们的弟兄了，以后不论干什么都要入规，不能因为有几个哥哥就欺软怕硬的知道吧！你们都在这里我给你们说，谁愿意参加这次活动就参加，不愿意参加就待在旅馆。反正这回弄不好就要出乱子，还不挣钱！你们想清楚。"大家纷纷表示绝对要参加，没有一个退缩的，就连小建都扑地跟母猫一样，不断给大家表决心，要打、杀、灭了那些没有人性的东西。

完了赵镇平给邓小建说："你知道哪里可以买到杀猪刀？明天早上和你老孙哥去买几把牛耳尖刀，不要太大的，可以装在袖筒里的最好。这个大小尺寸老孙知道。"老孙问道："买几把？""买五把就可以了，我平常不喜欢带那玩意！不是还有一把砍刀吗！老鼠拿上。那谁，难业，你把明天的事情给大家说说，咱们过去休息。"我就说："明天中午咱两个去垫圈那里看看，不知道二狗门愿意掏钱不，再没有别的事情，走！睡觉！其他人继续休息。"

到了第二天中午，我和赵镇平打车来到垫圈的家里。垫圈热情地把我们迎进他的客厅，我和赵镇平坐下就看见还有几个客人。垫圈给我两个作了介绍。说都是道北的朋友，他们来就是给二狗门说话的，我和赵镇平站起来，一一地和他们握握手表示了一下友谊。看到来的这几个人直接想和我们对话，我和赵镇平的心里顿时感觉很不舒服。我两个都不说话，看他们到底想怎么办。这个时候我们对面的一个家伙操着河南母音说着陕西话对我们说："你们看我老乡这回弄下这啥事情吗？把你们得罪了！对不起！不管咋样说都是我老乡做得不对，今天我见到你们两位很高兴，一看你们都是爽快人，是这！我也就不啰嗦了，你看你们看在我们几个的面子上给二狗门少些，少些就到头了。"

赵镇平看了看我意思叫我说，我寻思了下说："啊！是你老乡！你们知道我们好几个人前面说好的事情,今天你们来了说想少些,你看不给面子是不行的,是这样,我想听听你们的意思,拿多少钱到头。”那个家伙就说:“两万！给你们拿两万不少了,得是?”我听到这里生气得很,就板下脸说:“呵呵！两万！是不少,是这,干脆全免了。我们哥几个不缺这几两碎银子。”

我说完他们听了都静住了。没有一个人再说话。垫圈看到这个样子,赶忙打圆场说:“你看难业咋能说不要?毕竟你们吃亏了,我们这边不给钱过不去嘛！少点,给少要点!”

我说:“少！是可以的,但是关键要有度,不能说少就给几个小铜板,这样不好。我给你们说,看在你们大家的面子上少一万块。给我们拿四万。行了今天就拿钱,不行就免了。郭哥我给你说,郑州有个朋友有难。让东北的一个伙计来叫我们,本来今天就走了,考虑到我们给二狗门说的是三天拿钱也就没催。我们急得很。看样子今天不把这件事到头是不行了,郭哥你说!”垫圈为难地说:“你说少一万也就不少了,我觉得差不多你们几个看?”垫圈对那几个人说。那几个家伙想了想对我说:“是这,我们回去还要给二狗门说,完了我们给你回话,可以吗?”

我笑了笑回答他们说:“你们看！换了是你们这样行不行?说好的今天拿钱,二狗门倒是叫你们谈判来了,呵呵！有意思,你们看这样对不对?他二狗门要看得起你们几个,就应该早点叫你们来说,现在说好了到拿钱的时候叫你们几位来说话。就是这情况我也给你们让一万元,把弟兄们的面子都搁住了吧！你们看!”那几个家伙说不上来了。有个家伙说:“行！四万就四万。明天在兴庆公园见,我们给你把钱拿来。”兴庆公园?我听到这里就知道二狗门没安好心,在那里给我们摆阵。但是我们要是不答应就显得我们胆小了。想到这里我说:“可以！在兴庆公园的什么地方见?”那个家伙回答说:“兴庆公园里面有个用竹子插的八卦阵,我们在八卦阵边上的小树林里见,十二点。咋样?”“来带多少人?”我突然问他们说。那个家伙想了想说:“最多十个人。”“十个人那是打架还是给钱?送钱要不了那么多人吧!”我反问。“啊！我是说最多十个人,当然是送钱来了,打什么架?不会！不会!”“好吧！那就这样,你们在！我们走了!”说完我和赵镇平站起来就向外面,走去！垫圈慌忙拉住我们说:“你们不要急,今天大家在这喝一顿。”我说:“郭哥！我们今天还有事情要处理,改天请大家喝。”说完我就和赵镇平走出了垫圈的家,垫圈还是热情地要送我们,我说:“你家里有客人,你不送了。”垫圈一边走一边说:“没事,自己人。我咋能不送你们,走！走!”

到了楼房外面垫圈继续给我们说:“二狗门找了两个体校的学生,专门练散打的,听说在全国拿过名次。明天他们可能要去,你们小心点。”我和赵镇平笑了笑没有说话。回到旅馆,赵镇平气得不说一句话。大家就知道事情办得不顺利。

温三军说:“干脆不要钱了,我去把他弄残,叫他拿钱看病去!”我说:“还到不了这一折,你的身体恢复得咋样了?明天看样子有场恶战。”温三军说:“没问题,我现在完全没事了,你说明天是咋回事?咋样和他们开战?”赵镇平开口说:“他们叫明天去兴庆公园拿钱,很明显到那里非得打架,咱们打输了钱就没有了,赢了他们一分钱都不会少。咱们现在就去吃饭,吃完饭小建去南郊玩耍,盯着那帮畜生,剩下的去兴庆公园看战场。走!”来到公园,我们信步走着来到八卦阵跟前,赵镇平说:“难业,你不是一天到头爱看那些玩意吗?这个阵你能破了吗?”我笑了笑说:“你把这园子当真了,这是小孩子玩的,进到里面就是绕圈圈,净跑路了!不过这个公园的前身我给你们说说,这里原来是唐朝皇帝李隆基没当皇上以前的家园,那家伙当了皇上这里就修得更美了,再后来就是……”

我们看了八卦阵跟前的小树林,顺着小路慢慢地散步,把这个公园的情况全部摸清来到一个假山上,坐在亭子里赵镇平对大家说:“他们明天叫两个体校的学生来打斗。这个我倒不怕。你们看这公园这么大,藏几百人不显山不露水的,这个危险。难业我是这样安排的,一会叫老孙和孙青出去到哪里买两条棍回来,明天他两个藏到周围不远的地方,我和你、三军、福厚四个人来取钱。大家每个人都穿上咱们新买的衣服,找一张黄板纸做成刀鞘装到袖管里面,扣住钮子,这样拔刀快。明天他们来了,你们要看清楚谁是玩武术的,如果蹦跳胡来,你就直接给他们的前胸拉一道口子,不要深了。不要认为他们会什么真功夫,叫我看就是一个嫩娃娃,他们娃娃家没有见过真正的打架,还以为和咱们比武来了,到时候咱们出手让娃娃见到血口子就傻了,失去抵抗力。完了快速收起刀子。他们如果还有想挑战的,福厚要提前动手,最好一脑袋就顶飞对手。到这个时候咱们就可以撤退。如果周围他们暗藏人,孙青和老孙应快速冲来,人多了长武器还是应手。咱们几个没有后援,但是有棍在手里,可以轻松冲出去。孙青和老孙如果看咱们处于下风,也可以一边向我们奔跑,一边大喊警察来了。难业你们看还有啥补充的。”我说:“你安排得蛮仔细,没问题,他们成不了精!”温三军笑呵呵地说:“我就没把他们往眼里放,来多少死多少!”何福厚憨厚地嘿嘿笑着说:“我想明天抽准一个,给他脸上爆爆米花,给他爆开花看他谁还敢上。把咱们当成乡下人了,要叫西安的这帮子狗熊知道英雄在民间!"何福厚说完挺起了胸膛,我看了看他没有了往日的邋遢样子,那黑不溜秋的脸上长的那对老鼠眼,配上厚厚的两片嘴唇,也没有了往日瓜娃样,从某些地方看还有一股英雄气概哩!

实际真正的打架和两国军队打仗是一样的,没开战前双方的将军们都觉得自己想得很周到,要开仗自己绝对有取胜的把握。等打完了,自己输了,将军们不会想到是因为自己的愚蠢而让跟随自己的人死了那么多,他们总是想"没想到,这一点真没想到,对方从这个方面出手"。我们大家知道这个道理,平常我们讨论《三国演义》的时候大家形成了一个共识就是"诸葛一生唯谨慎"这句话是这部书的精华,所以在打架的时候,赵镇平对大家的部署精细度抓得很紧,凡是能想到的都做了准备。

我们大家在兴庆公园的土山上看东来西往的人们休闲地散步,时不时商量明天打架的具体细节,这个时候时间不觉得已经到下午了,我四处闲看,看见公园的小路上邓小建和孙西往东张西望地寻找我们。他们一定是回到旅社没有见到我们,就判断我们还在公园里就来了。我给温三军说:"三军你看那两个来了,去喊喊!""老……鼠……"温三军拿出张飞当年当阳桥的那声怒喝,差点把我们坐的亭子给震倒了。他大声地喊叫完了还问我们说:"你们说我的底气咋样?"

温三军的这声叫喊引来了满公园游人的目光,游客们都扭头看向了我们闲坐的亭子。我和赵镇平都皱起眉头心说真是的!嗨!邓小建和孙西往咧着嘴笑着,一路小跑向我们跑来。邓小建跑得快,他先到了亭子里,没停下脚步就一边大声地喘息着,一边迫不及待地说:"今……我今!……今天我们去……去了坏蛋家……我……"赵镇平掉下脸上说:"不要说了!什么时候你能说清楚了再说话!干啥事情都慌里慌张的,什么时候能改?"邓小建喘着粗气,给我们吐了吐舌头做了个鬼脸,坐在亭子的护栏上喘气。等他能平静一些,孙西往也上到了亭子里。

邓小建怕孙西往抢了发言权,急急地又说:"我们,我们两个今天到边家村,他们,他们都在玩麻将。后来不玩了,那个女人姬美珍叫我和我孙哥去他们家吃饭,这几天他们没有偷到娃娃,想叫老孙哥给他们偷一个,老孙后来答应了他们,说愿意给他们偷娃娃。我没有,我还是给他们说我不爱听娃娃叫唤。我坚决没有答应他们去偷娃娃,老孙答应了。"邓小建说完觉得自己没有答应人家偷娃娃,是很高尚的,他得意地摇着脑袋。孙西往给我们说:"我们不能大意,我看那几个东西不好对付,我在那里把环境好好看了,他们租住的院子里我看过有一块地方好像每天都有练家子活动的痕迹。地上像温三军家后院里你们练功的那个地方一样光溜。我从他们几个走路的架势看也是练家子。我到那里小心得很,他们看着越随便,我的心里觉得越要小心,反正和他们在一块我感觉有压力。是什么原因还说不上来。”“哦!知道了!不错!你做得很对,活干得挺细,好!你有压力很正常,你想想杀了几个娃娃的人身上能没有煞气,是不是?你两个歇一会咱们去吃饭。”

我招呼了老孙和邓小建一下说:“来!我给你两个说这里的情况。你们看前面那个用竹子隔开的那个弯弯绕就是‘八卦阵’,它的西北方向那里那片小树林,可能就是我们明天接头的地方。你两个明天不要分开,就站在这里看敌情,如果没有打乱我们就是胜利者,你两个不要急着过来。就是我们顺利拿到钱往出走,你们也要远远地跟着,要跟在他们那群人后面,可以了解他们的情况。如果打乱了,你两个就手拿棍子嘴里喊着“公安来了”,“公安来了”地冲过去。和我们接住后把你们手中的棍子交给振平,另一个给三军。你们就跟在后面知道吧?”完了我笑笑补充说:“可不敢让谁把棍给夺去了,那就麻烦大了。走!吃饭!今天还是温三军选饭馆。”温三军听了我让他选饭馆,高兴地说:“听说西安老孙家羊肉泡馍弄得美,那咱们去尝尝,咋样?到底有没有我们华阴县的好。”大家齐声说道:“走!”

到了第二天早上,我和赵镇平没有睡懒觉,早早就起来在房子里活动活动手脚,把腿伸直担在窗台上拔拔筋,脑子里还不停想一会儿去打仗的事。我们口前话叫多想想不吃亏。到了九点多,赵镇平把大家全部赶起来了。大家赶忙起来洗漱,完了每个人都穿上崭新的衣服,一个个精神抖擞的很是威武,大家都小心把前几天邓小建买来的剔骨刀放进叠好的黄板纸刀鞘里,慢慢放进雪白的衬衣袖筒内,扣住钮子。为了方便到时候使用,我们就不断试着怎样能更加快速地拔出来。然后又慢慢放进去。看看大家都很老练地使用这个利器,赵镇平就喊大家出去要吃饭了。来到饭店我们弄了四菜一汤外加一盘馒头,大家好好吃一顿,饭间我说:“一会去公园接火的事我安排一下,我和赵镇平走前面,温三军和何福厚跟后面。孙青提前去装作游客,看见我们过去就慢慢往跟前凑,站在那帮子坏蛋身后,孙青的主要工作是监视全盘动向。不要我们任何人吃亏,防止坏蛋偷袭我们四个里的某一个。你动手要最晚,不能急着动手暴露自己,如果我们几个没有危险,你就可以偷袭他们了,最好是他们那边最强悍的,擒贼先擒王。如果局势对我们不利,你可以偷偷用剔骨尖刀直接给他们肚子上面扎眼,也可以快速给他们前额头开刀,前额头流血了把眼睛就挡住了,也就失去反抗力。你的工作最为重要,记住。孙青给我点点头说知道了。

我又给老孙和邓小建说,孙哥和小建一会买三条棍想办法拿进去,提前上到昨天的亭子里观察公园的全部动态。如果我们赢了,你们就扔了,那几条棍,如果出现混乱你两个想办法把棍送到三军和振平手里。

完了我看看赵镇平,对他说你看还有什么问题给大家说说,给大家再交代交代。”赵镇平微笑着看看大家说:“我们或许把他们看得高了,但是我们准备细致一些还是好。大家也不是没打过架,就是那回事。昨天难业已经给大家分析得很细致了,刚才难业又给大家都安排一遍,你们就按他说的去做,但是也不要固执了,要随机应变！就这些。吃完饭你们几个就可以先出去买东西,完了你们几个就直接去公园。我们四个人十一点半进来。”

吃完饭我们四个返回旅馆,他们三个完事直接就去公园溜达。我们几个在旅社里没有一个人说话,大家各自都盘腿端坐在自己的床上闭目养神、调息理气,迎接一会儿到来的大战。到了时间,赵镇平抬腕看看手表慢慢站起来,轻声说道:“咱们走吧!”我们到了门口招手叫了辆出租车,赵镇平坐前面,我们三个坐后面,很快向兴庆公园那个未知的战场驰去。

走进门口我仔细向“八卦阵”旁边的小树林望去,看见有几个人待在那里。我知道他们来了,回头四处看看没有什么怪异的地方,孙西往和邓小建已经坐到亭子上去了。孙青就在八卦阵旁边溜达。一切都到位了,我和赵镇平走在前面,何福厚和温三军跟在后面。我们一边走着赵镇平给我说:“难业我给你说,昨晚上做了个梦不太好,今天起来心里觉得很不美气。我梦见苏宁对着我不停地笑,这绝对不是好梦。咱们这几天脱不了身,要么今天……不行,嗨…咋！…不行,咱们抓紧把这几件事情办了,你和我赶紧去渭南看看。你知道我的第六感觉不错,上次咱们在陕北给你说心里感觉不好,你看回去我姐的饭店就让人给封了。这回苏宁怕也好不到哪里去。”我说:“不管啥情况,当下这件事情缓不了。南郊那几个畜生没准就又弄个娃娃回去,我一想一个小娃娃可怜无助地叫人害了,一点都不想停,直接去把那几个畜生灭了。”

我们一边往小树林那里走,一边聊着后面的事情。温三军和何福厚离我两个三四米远地跟着。温三军总是给何福厚下套,我这时听他瓮声瓮气地对何福厚说:“病猫！你这娃啥都好,就是贪财得很。”何福厚迷瞪地说:“我啥时候贪财了?”“你不贪财谁信哩吗?地球人都知道沉默是金,你整天不说话,你是不是就有很多金子。”何福厚木讷地说:“我有金子就是地主老财,你娃还不叫我爷,成天胡搅蛮缠啥哩?”

温三军说:“你有钱,我没钱我凭啥叫你哩?”何福厚说:“那……那我把我的钱全部给你,你就叫我爷!”温三军说:“你把钱给我了,我就有钱了,你娃还是穷鬼,我又凭啥叫你哩!”何福厚又叫温三军逼急了,开口骂道:“温三军,你先人!叫你先人!”

我们几个热闹地走过八卦阵旁边,对面小树林里的人看见我们几个来了,都慢慢向一块围拢。温三军和何福厚的论战还没有完,我听见温三军又对何福厚说:“你娃不要骂,我给你说个谜语你猜猜,猜出来了我就服你,猜不出来了你娃以后要听话,知道不!我先给你说个简单的。”“说!一个女人洗完澡,坐在石头上,打一生活常用语。”何福厚想都没想说:“你考三岁娃哩,这是——般实。”温三军呵呵笑着说:“好!你娃鬼精鬼精的,平常就装,我叫你娃装。我再给你娃说一个你听着。第二个是……是你福厚子洗完澡坐在石头上,打今天的战斗情况。”

何福厚这回难住了,看着对面小树林的对手们想不出所以然来。这个时候我看见垫圈也来了,他看见我们大老远就走过来,热情迎接我们几个。小声说:“兄弟!今天看样子有些乱,你们当心些!”我说:“知道!郭哥费心了!”我们一块和垫圈热情聊着天,一边慢慢向那些围拢成一大圈的人走去。我粗落地数了下,他们十几个人,那个二狗门的麻迷子媳妇也来了。到了跟前,我看见那天谈判的几个家伙,他们热情地向前迈出步子一一和我们握手。

城里人到底不一样,玩的跟真的一样。人家热情得像中日友好会见似的,我们当然也不能像个瓜娃,起码的礼貌还是要得,不能因为对方想霸占咱们的钓鱼岛就不礼貌了对不对,握手还是要得的。寒暄完毕我知道这样的现场一定要抓住主动权,我和赵镇平没法直接说要钱,可以说说话儿搅搅局,我回头给温三军指了指二狗门说:“这个老板就是二狗门,你问个好呀!没一点礼貌!嗯!”温三军明白了我的意思,大声地对他喊道:“二狗门!你咋样?把钱准备好了没有?看样子叫这么多人是不是不想给了?”

二狗门木讷着回答不上来。一个十七八岁的小伙子接口说:“钱!准备好了,肉!准备好了,只看你们有没有好牙口,啃得动啃不动?”

又一个学生模样的穿了一身运动服的小伙子回答说:“什么意思?听说你们几个身手不错,我们哥几个想见识见识。有真本事了,钱,你们拿去!没真本事了就算了,拉平!别在这里充大尾巴狼!"温三军问:"咋样试?""第一单对单,第二空手对空手,第三刀子对刀子。一边出三个人,三打二胜,敢不敢?"温三军回答说:"敢!打就打!"

我的眼睛盯住何福厚回答这个体育生说:"和你们玩还要真本事?不用,不用!"何福厚明白了我的意思,走上去拉住这个狂妄的学生说:"好哗!好!咱两个先玩玩。来……来……哎呀!"何福厚拉住对方的两只手,一边说着话,一边偷偷调整好进攻的角度。只见他微微向后仰头,然后突然脑袋向前往对方的脸上死命磕去。对方"啊"、"哦"的呼喊了小半声,脸上顿时像开了酱菜铺子,花红柳绿的不成样子,一句话都不说,双手捂住脸蹲在了地上。这下何福厚偷袭成功,对方的阵营马上就炸了锅。那时候的江湖还有些讲究,打斗前要说一些话,然后讲究单打独斗不能突袭。不像现在任你东方不败来了乱砖也拍死你。我示意何福厚攻击的这一下实际是有些不地道。没办法!我们是异地作战,人家是主场,不玩阴谋那就没法赢。你说是不是?这时候对方另一个体育生立马站出来抗议,强烈要求我们赔情道歉。我对他说道:"喊啥哩?喊啥哩?三军和他比一比!"

温三军就大声对这个家伙喊道:"来来!我陪你玩玩。输了不许叫唤!不许哭!"这个体育生听了温三军的话气坏了,对方就没有把自己当盘菜吗。简直是让,嗯……不说了,拉开架势就要和温三军单打独斗。温三军大喝一声蹦起老高,落在我们围住的场子中央,瞪起那双豹子眼扬起左手,前弓后箭拉开架势盯住对方眼睛。这个体育生真不简单,他看着温三军的架子也显出一副不屑对付的架势。慢慢地活动一下腿脚就猛地向温三军攻去,只见他上来就是电影里经常看到的成龙经常用的那个旋风腿,猛踢温三军的脸面。这个旋风腿我们村子里的八岁娃娃们都会这个动作,他使用起来看着威风、进攻力强,实际这都是假象。我们真正经常打架的都知道这玩意就是锻炼的时候玩玩,碰到练家子千万不能用的,一是这个动作幅度大特别费劲,体能消耗大,二是一般情况下这个腿法在使用时漏洞百出,对方容易抓住弱点,要反击一下子就叫你翻车。

这个体育生猛烈的旋风腿打出去,都叫温三军轻易化解了,温三军并不急着动手,只是慢慢绕着圈子。他们两个在我们围住的圈子里转悠。这个体育生看这招不行踢不住对方,瞬间又化为长拳向温三军盖去,温三军上阵的时候没有把胳膊里的牛耳尖刀拿出来,对方长拳进攻的时候只能用一只右胳膊阻挡,那个左胳膊不得力,让这个体育生一记摆拳打到耳朵下面,顿时一个趔趄倒在地上。他恼羞成怒的脸上马上气成了猪酱色，他一个鲤鱼打挺翻身起来就想进攻。对方不会给他机会了，向脸上跟上一记正踢，他脸向一边急歪躲了过去，但是对方用的是鸳鸯连环腿法，紧跟上第二脚就踢向他的胸部。温三军刚站起来还没站稳，这里迎面飞来一脚，他歪着脑袋躲过。后面这重重的一记狠踢没法躲挡，只能硬硬地接受了，顿时身体又向后倒去，“咣当”的一声，脑袋在身体的重力引导下重重磕在地上。体育生这回得手看见对方被自己踢翻，蹦起老高，用一招老鹰展翅双脚向温三军肚子踩去。温三军知道自己这回没办法快速地翻起身来了，双手抱臂急速翻滚身子躲过空中降下来要命的双脚。体育生看见对手躲过自己踩下的双脚，又在地上快速翻滚，又紧追狠踢地踏过去。温三军在地上翻滚着，这个体育生紧追着。

你知道温三军在这节骨眼上想的啥？后来我们闲聊的时候才知道，这狗东西摔在地上，心中很是担心自己这辈子第一回买的好看衣服会不会弄坏。这受到第二波脚的攻击，他倒在地上就没想起来，双腿快速收回，眼睛盯住对方就等他又来踩踏。谁知道对方还来了个小儿科——鹰击长空。这回没有悬念了。温三军反击的方法也就最为简单，咱们西北冷娃都知道的“兔蹬鹰”，就是反击这招鹰击长空的最佳方式。在对方踩踏的双脚就要落下的时候，温三军双臂支向地上，蜷缩的双腿一只脚对准对方小腹，一只脚对准对方的撩裆向上猛力蹬去，体育生向下的双脚想阻挡迎上来的双脚，在空中只能稍微阻挡了一下，也就是向下的双脚和向上的双脚碰了那么一下，因为两双脚的力度都是无比大，就滑过继续蹬向对方。温三军的双脚有大地做后盾，所以没有悬念的双脚比对方快那么零点几秒就实实地蹬到了对方的小腹和裤裆。

“嗷！”体育生在空中叫了一声，就被摔向一边的地上，顿时他的脸上就冒出豆子大的汗珠抽搐着，双手抱住小腹，身体弯成虾米，哼哼唧唧地不起来了。温三军一个鲤鱼打挺站起来，看都没看被自己蹬飞了的体育生，慌忙地拍打新衣服上的尘土。他这胡乱地拍打不要紧，要紧的是不注意把袖子里的牛耳尖刀“咣叽”掉地上——图穷匕见。

围观的大家顿时把目光都投向那个冷冷的杀人利器。何福厚这回终于看看见温三军的不是了，开口喊道：“温……你先人，你……嗯！”他差点喊出温三军的真名，感觉不对，又把后半截咽回去重新骂道：“虎痴！你……你……给你说让你小心点，小心点！你看你把刀子叫人见了。我看你咋弄？门神给你说刀子出来就要见血，我看你拿刀子捅谁呀？你看！你看这周围的哪个人你能捅？”

那一边两个传说中最会打架的体育生，一个捂住脸让陪同来的同学搀扶着出去看医生了，剩下的这个让温三军“兔蹬鹰”蹬飞了，捂住下身蜷缩在地上，他的同学还拉不起来他，全让我们废了武功。这样一来剩下的人再也不敢动手，这就达到了我的目的。

二狗门这边看到花钱叫来的两个武林高手还没有正式开仗，就让我的阴谋加阳谋把武功给废了，再下来不知道该怎么办的时候，我们这里的温三军又早不掉晚不掉地把那寒气逼人明晃晃的刀子掉到地上。掉到地上不要紧，何福厚又说什么刀子必须见血什么的混账话。二狗门戳到那里不知道怎么办了，他今天来就没想过给我们拿钱，那两个体育生昨天夸口说，到这里见了我们几个几下就把我们摆平了，现在他一双手不停地搓着，看看这个看看那个，不知道是想让谁下一个叫阵开打，还是……就在二狗门没有主意的时候，二狗门这个无知的惹事糟婆娘尖着嗓子喊道：“你们逞啥能？都给我上！”我听到这个话马上给何福厚说：“去！弄死这婆娘！”何福厚轻移脚步弯下腰挺硬脖子，就像军事强国造的那好导弹飞毛腿一样，脑袋照准那臭娘们的肚子顶去，一发命中。这娘们被何福厚的脑袋顶个正着，飞起老高来就咣叽掉地上，“哎呀”地喊了一声就躺倒在地。完了何福厚瞪起他那对老鼠眼，发出凶光恶狠狠地抬起大脚，猛力向这臭娘们最软的地方——肚子踏了下去，臭娘们张大嘴巴“啊”的一声尖叫，手脚上举好像一个好学生发言前必须要举手似的。这不知道害怕的、不见棺材不落泪的傻女人举起手不说话了。嘴里吐出红红的血水，叫人看了觉得恶心，好像烂口红抹多了，都流出来了！赵镇平悠闲地站在垫圈的身旁，冷眼看着我调度两个兄弟游刃有余地打倒这个打那个，玩了阳谋玩阴谋地向胜利奋进。

二狗门看见自己的婆娘叫何福厚踩在脚下，再也不能无动于衷了，他从腰里拉出一把大号三棱刮刀就要奔过去捅了何福厚。他刚走了一步赵镇平就怒喝道：“站住！”二狗门到这一折子也急了，听到赵镇平的喊声回过头就拿刮刀刺向赵镇平。赵镇平平常打架不喜欢带东西，这可能也就是艺高人胆大或者就是鬼知道什么原因的原因。他看到二狗门刺来的刮刀不慌不忙地飞起一脚踢向二狗门的下盘，二狗门慌忙用刀刺向踢向自己的腿脚。但是还是慢了，自己的腿上着了对方一脚，身子趔趄一下差点倒了，不由得骂道：“我跟你们拼……”

赵镇平不给他拼的机会，顺手一记左勾拳打在二狗门的下颌上，二狗门被揭翻在地。赵镇平然后用力踩向二狗门拿刀的右手腕。二狗门疼得喊叫一声松开刀子,赵镇平抬眼看看周围没有愿意上来帮助二狗门的,他用眼睛的余光看看二狗门,用一只脚狠狠踩住二狗门的脑袋对大家说:“谁敢动手！就把他的气给放了!”这声口令我们知道就是要我们大家全部拿出家伙威慑对方。我给赵镇平说道:“留下二狗门那颗狗头,哪天把他全家都弄到一起再剁了。咱们走!”

我说完,赵镇平松开踩住二狗门的脚,对垫圈说:“郭哥,兄弟先走了!”

赵镇平抬起脚放开二狗门,二狗门没有一点要继续反抗的勇气,抬眼偷偷地、怨恨地、无奈地看看赵镇平,又看看和自己一样睡在地上的婆娘,那把掉在地上的三棱刮刀他已经没有勇气再看了,他爬起来弯腰扑向那个总是把自己往火坑里推的、口里流血沫子的、这个世界上最为阴毒的,也是最为可爱的女人。他带着痛苦悲惨的声音,呼唤着只有眼睛眨巴,眨巴的,进气不顺、出气有阻碍的终身臭娘们军师,把她亲亲,抱在怀里看着她的脸。何福厚恶心地看着二狗门的行径,一蹦老高,腾空飞起身子,抬起胳膊弯起肘,照住二狗门的后背心用力顶了一下。二狗门趴在坏女人的身上本来不知道说什么好,这下倒好,在何福厚的偷袭下本能地低沉说了一个字“哼”便昏死过去。他们都一样嘴角流出了肮脏的血沫子。一对狗男女这会儿都闭气了,要说话或要敲诈游客这样的坏事情好像一时半会不可能再发生。你不要嫌何福厚出手狠,好多出门在外的人都让这些坏家伙整得惨荡荡!惨荡荡得很！车站码头这帮子碰瓷的商店太坏了。

赵镇平的虎眼向周围围拢的人逐个看了看,他们一个个赶紧低下头避开温三军的目光。到了这个时候,他看看我,轻轻地给我点点头,我拍拍手看了看温三军和何福厚。赵镇平又给垫圈点点头,我们两个就向外面走去。何福厚和温三军手拿牛耳尖刀从容地跟在我们两个后面,还没有离开是非之地,温三军就问何福厚说:“哎！病猫！我给你出的谜语你还要等到啥时候才能想出来,脑子不行就不行！不要成天地装得跟刘伯温一样。”何福厚还没有说话,赵镇平头都没有回就接住问:“啥谜语?”“我给他说他福厚娃脱光衣服光屁股坐在石头上,打一句今天打仗的总结语,你们看把厚娃难怅的。”赵镇平问我说难业你知道谜底吗,我笑了笑摇摇头说:“谁知道这个老虎娃又出到哪里去了?”温三军听到我这么说大声笑道说:“谜底是——以卵击石！哈哈,哈哈哈!”

我们虽然看着是轻松地说笑,但是每个人的那双眼睛还是警惕地四处看着,怕有什么不利的情况发生。西安城里的二彪子贼也就是表面现象,看着很是凶悍,那也就是对外地游客和过往的外地人凶悍,真正遇到那么个敢于反抗的还是能保住自己的利益的。你看二狗门就没有我们想象的那么强大和复杂,大家伙顺利地走出公园来到马路上,温三军挥手叫了一辆出租车,我们顺溜地回到了旅馆。

后面陆陆续续地,孙青、邓小建他们也都回来了,大家热闹评论着刚才公园里何福厚和温三军的强悍打斗。赵镇平轻声对我说:“难业,我现在想到渭南去转转,看看苏宁。你在这里招呼住大家别再闯什么麻烦。我和孙青去,你看行不行?”我想了想说:“行!那你们什么时候回来。”“我和孙青到那里不停,看看就行。马上就返回来。”赵镇平说。“好!那你两个现在就走吧!”

赵镇平和孙青把新买的西服归整归整,照照镜子梳梳头刷刷鞋,看看都能照见人影了才急急忙忙出去。剩下我们大家待在旅社也没什么事,邓小建缠住温三军和何福厚说要学功夫,这两个家伙对视了一下,相视坏笑着答应了,首先说要给邓小建拔拔筋,说要练好功夫不能筋骨太老、太硬。温三军抓住邓小建的身体让站直了,何福厚提起邓小建的一条腿只管往起搬,邓小建像杀猪似的疼得妈妈老子地直喊叫。何福厚可不管这个,只管把那条腿往上搬,大家伙关住门围住邓小建,一个个咧着嘴看笑话。我看着他们瞎胡闹没多大趣味,就拉开被子蒙住脑袋大睡起来。

第十三章

躺在床上我的脑袋回想这几天的事情,理不出个什么头绪,二狗门这个事情不知道怎么个办法收场,南郊那些伤天害理伤害娃娃的凶手是今天晚上去结果他们还是……迷迷糊糊中我睡着了。我这一觉也能睡,一下子就睡到了下午五点多钟,是赵镇平和孙青回来叫醒我的。我揉揉眼睛看了看大家伙儿,他们全都围住我看,好像我发生了什么事情似的。我说道:“咋哩!你们都咋哩?又出啥事了?”赵镇平愤怒地递给我一张纸说:“你看!这是苏宁给咱们的信。苏宁叫她老家人绑回去了,这是她给咱们留的信。”我慌忙拿起这张纸凑到眼前,只见苏宁的信写道:

尊敬的镇平哥以及关心爱护我的诸位大哥哥们,您们好!

我非常想念你们每一个哥哥,我无时无刻不在想念你们——我的恩人们!从分手后难业哥给我指出谋生的方法,大家伙帮助我支起了这个服装摊,我就对前途充满了信心,每天的生活充满了阳光。每天最难熬的就是思念你们——我最最亲的亲人。我每天都祈祷着你们平安安康。

不知什么原因,我家乡的婆家知道我跑到这里,他们今天和我的家人从我的老家沈河发源地河源村开来一台三轮车,强行把我要带回去成婚。我今年十九岁了,一直生活得很是艰难,很是不快乐。直到碰见你们,我才有了我人生中这极为短暂的幸福时光。我回去逃避不了的那就只有——死。这是最后一条路了。永别了,我最亲爱的亲人们!小妹深深地祝福你们每个哥哥平安幸福。

您们最苦命的妹妹苏宁绝笔!我会在阴间祝福您们平平安安!

我看着这张皱巴巴的曾经被泪水湿透的信，心中顿时感觉很是酸楚。温三军他们拿过我手中的信，大家围拢在一起，也神情凝重地看着。赵镇平看我看完苏宁的信说："你安排一下，我的脑袋乱完了。我必须去救苏宁，你把西安这些事安排好，明天早上我们就去渭南沈河救人。这娃在信上也不写日子，不知道现在到什么程度了。我问过苏宁的房东，她说刚走几天。"温三军他们说："走！都走！我们去救苏宁。走！晚了我怕苏宁有个三长两短，我们终生都要后悔。"

我沉思了一会儿对大家说："是这！南郊那几个坏家伙我们没时间去收拾了，本来我听到他们干的这伤天害理的事情，准备动个血手，亲自手刃了这几个家伙，但是现在是太平盛世，我们大家手上一个人背上一条人命总不是好事情。干脆给公安局写个条子，要么去打个电话也行。公安局只要抓住这些瞎锤子他们也绝对活不了。我们这样做也算对这个事情有个交代，不管也就是那样了。

二狗门这个事情看样子当下也没办法解决，这一对狗男女看样子要在医院里最少要待个半年三个月的。我们先去救苏宁，大家现在去吃饭，吃完饭直接返回渭南，今天晚上咱们住到渭南小桥附近。先打听一下沈河上面那个叫河源村的情况。你们看我说的咋样?"

赵镇平应声说："就按你说的办，我先出去和小建给公安局打电话去，完了就赶紧走，直接去渭南，到渭南小桥再吃饭。小建，走！咱两个去打电话，孙青你去把那边旅馆的手续先结了。完了把这边的也一结，我回来了咱们就直接赶紧走。"

赵镇平心急如焚拉着邓小建出去了。

我们想着现在的天色已经不早了，不知道还有没有去渭南的车。后来商议干脆搭出租车去东郊的十里铺路边等过路车。到了十里铺的大马路边，我们眼巴巴地看着过往的长途车，看哪一个写有去渭南市的车辆。人急了的时候等待最是叫人焦躁，左等右等就没见有过往去渭南的车辆，我们急了，邓小建说："看样子没有车来了，如果等不来，我们往前再走一段路，看到往东去的大卡车我们就拦一辆坐上。到渭南也不远就是整一百里路。你们看咋样?"

温三军接口说："能行，没办法了这就是办法。今天一样到渭南市。"就在我们焦急地要往前走路，邓小建看见了由西边开来的一辆中型长途车，我们大家伙儿全部上去拦住它，这个车上已经挤满了旅客，售票员对我们说坐不下了，你们不要上来了。我们没有人听他在这瞎白话，温三军不由分说地就往上挤，后面我们一个推一个往上挤。只听车上传来一片喊叫声，一个个拥挤得都快成相片了，好不容易关上车门,司机加起油门打开汽车大灯,急急向前驶去。

晚上的十点多,我们来到了渭南的小桥。在一个小旅馆我们安顿下来赶忙出去吃饭,大家伙吃完的时候我说:“是这！咱们三三两两出去打探河源村在哪里,那里的情况都是什么？完了大家回旅社商量明天的事情。”

我和赵镇平吃完饭没有出去溜达,直接回了旅馆。等到十二点多,大家陆陆续续都回到这里。我们把搜集来的信息做了个汇总,大体情况是这样的,这个河源村在渭南市的正东南方向的土塬上,顺着沈河西岸向南只管走就到了沈河水库。往南就不通车了,只有一个可以经过小三轮车的小道通过。这个村子居住的人稀稀拉拉,不是多么集中,但是那里的人很是团结,基本上都是亲戚,多少辈子他们大都封闭在那地方互相通婚繁衍。

孙西往说:“照大家搜集来的情况看,咱们硬行进入村子抢人是不现实的,要想个办法才行。要么咱们只要进入村子,那些个村民好家伙会呼啦地全围上来,抢到人他们阻挡咱们出手狠了不对,他们全是善良的老百姓。出手轻了走不出来。那叫个难呀！出手重了,把哪个村民弄成重伤,那麻烦就更大了,你们看怎么办?”孙西往说完,大家陷入沉思之中。是的,他说的对。我们几个进了村子一定会引起村子里人的好奇,大家一定会围上来看稀奇,那个时候农村人干完农活就没一点事情干,一个个在村子里三五成群地闲坐聊天,就喜欢出点什么动静热闹热闹。我们强行要进去带人是不现实的。想到这我说:“是这,我和孙西往、邓小建三个进村去。装着是县上的干部,把人带出来,你们在村子外面接应,你们看行不行?”赵镇平说:“暂时没有好的办法,只能按你说的办法去了,那好！明天就按这个办法弄。大家早早休息,明天天亮就出发。”邓小建高兴地说:“难业哥说的这个办法美得很,就跟电影里的游击队一样,化装成敌人去到敌人的心脏里活动。我就喜欢这样的故事,没想到自己真的干了一回。我明天去就装着是公社的通讯员,你们看对不对?”

天麻麻亮,赵镇平就把大家喊了起来,大家来到街上,找了一家开门早的羊肉泡馍馆吃了一家伙。抹了嘴,赵镇平走在前面,大家纷纷跟在后面,就向渭南市西南角的小桥走去。在小桥桥头已经有好几辆跑出租拉人的三轮车停在那里。我对邓小建说:“去！给咱们联系一辆三轮车。是包车,就说到沈河水库南面的河源村。”

没多一会就看见邓小建坐上一台三轮车开了过来,大家都上到车上,车子向南面的土路开去。三轮车我们当地人也叫蹦蹦车,意思是坐上这玩意人在里面不停地蹦。那时候的道路没有现在那么好,好多县道都是土路,更别说通乡路了,那三轮车走在路上不停地颠簸,把人的屁股差点就颠成把八瓣了,大家一会儿坐着,一会儿站着,一会儿蹲着。三轮车有车棚,人的腰站不直,一只手要抓住车帮,一只手一会儿捂屁股,一会儿捂肚子,那肚子让颠得好像里面的肠子要断了似的疼。

大家纷纷向三轮车司机喊着开慢点,可是开得再慢那难受劲还是要受的。到了中午,我们看见了沈河水库,大家伙再也不愿意坐这个三轮车了,纷纷喊着不坐了,下面的路愿意走着,这个难过受不下来。大家蹦下三轮车,一个个伸腰踢腿地在水库坝堤上面活动身体。这一路上大家伙儿钻在三轮车上受罪,没顾得看马路两边的风景,赵镇平给开三轮车的发了根烟,和他聊着去河源村的道路和周围村子的情况,我们大家一边活动着身子一边看风景,只见两边低矮的山峰苍翠碧绿,映衬着河谷川道里的水库,形成了一幅巨大的画卷,美得让人窒息。大家顿时看呆了,没有一个人说话,怕打搅了这个精美的画卷。我信步走下道路,来到这并不高大的拦水坝上,面对静静的水面,愉悦地欣赏着。赵镇平来到我的身后静静地坐下,抬起眼睛观看着周围的山峦,随口吟出几句诗来:

坝横山巅丽谷间,一泓清水洗青山。

风吹水皱人影现,忧思倩影在心田。

我说什么?我什么都没法说,只有静静地观看这醉人的风景和慢慢品味着他的诗词。这个时候他们几个也都来到了坝上,围拢在我的身后。大家眼睛盯住那蓝莹莹的水面,尽情地受着大自然最美的赐予。何福厚给温三军说:“三军娃,你敢下去游泳不敢?我看这水这么美,都想下去游一圈。”

温三军说:“你发了干了!现在天已经凉了,你娃娃下去非得把你娃冻死不可!再说这是水库,这里的水是供渭南城市人吃的水,你下去你看人家不把你抓起来才怪!瞎怂娃吗!一天净胡想啥哩!一看你娃都是你先人挨砖了!你说你娃平常睡觉不枕个枕头,睡觉专门要找个汉砖枕上,看把你娃喔脑袋都冰成啥了?瓷劲大得很嘛!”

何福厚没想到一句话引来温三军这么多损自己的话,愤恨地扑过去用胳膊夹住温三军的脑袋,把温三军扔出去摔了一跤。温三军倒在地上呵呵笑着继续骂道:“厚娃娃!你敢把你爷都放到地上了,不肖啊!不肖!我咋养下这个不肖的子孙。”邓小建笑哈哈地赶紧上前拉起温三军。

大家的到来给这个寂静的山道增添了活力，大家说着笑着，我给何福厚说："哎！给大家来段老腔"顿时川道里回响起了何福厚那沧桑、悲悯、恨天恨地，狂放不羁的对苍天的呐喊腔调。赵镇平觉得休息得差不多了，一个人起身慢慢向南走去，我们大家缓缓跟在后面。往前走了大约有三四里地，赵镇平回过头来喊道："孙青你看见西面那个村子了没有？咱们今天到这里来，这里没有卖饭的，你去村里的小卖店给大家买一些副食。我们在前面拐弯的河边等你。小建你也跟上去，多买些，小心到前面没有吃的了。"

孙青和邓小建向那个村子走去，我们继续往南走着。到了前面那个拐弯的地方，大家伙下到河道里面捡那干净的石头坐了下来，等着孙青他们。这里静极了，连一只小鸟都没有，怪怪的"该不会这里经常有大虫出没？"何福厚说。大家听了何福厚的话，纷纷开玩笑调侃说，还大虫哩，该不会来一只大象让你玩玩，要么这里该不会藏了几个美国大兵。

山里面就是这样有动就有静的，一个地方的鸟儿多了燥得慌，就应该也有一块地方一个鸟儿没有的地方静得慌。大家就这样胡侃乱说着，等来了孙青和邓小建买来的副食。让大家高兴的是，邓小建怀中给大家抱来了格瓦斯。大家吃好喝好又准备继续往前走了，我问孙青说："你知道往前还走多远就到了河源村？"

孙青回答说："我刚才问了，人家说差不多再走十几里路就到了。"赵镇平一声招呼都不打，低着头满脸忧郁地走在前面出发了，明显他加快了脚步，我们大家三三两两也不能慢慢跟在后面，大家东看看西瞧瞧，疾步向前跟上赵镇平。

在这里的路上已经很少碰见有行走的人了，偶然碰见有个过路的，我给他们微笑地点点头，他们总会停下来热情地询问是否能给我们帮上什么忙！我们也是真诚地感谢他们。回说不需要帮忙，我们就是出来随便游玩来了。

山里的人是这个世界上最为淳朴的人，他们和大山一样真。

到下午三点多，我们到了这个河源村的外围。赵镇平问我说："难业！你准备进去咋样弄？"我指了指孙西往和邓小建说："我带他两个进去直接找苏宁的家，就说我们是乡上的，接到举报他们这里有买卖婚姻的事情，专门来调查的。然后要求苏宁和我们到乡上去一趟，你们在外面接应。"赵镇平说："我和温三军陪你去，你带他两个能行吗？"

我说："这进到村子里为了扎势要装得文绉绉的样子，要说标准的普通话，他两个这方面都是强项。你不要担心，过去游击队装作日本鬼子，那是真刀真枪地干，要穿帮命就没有了，我们几个穿帮了生命又没得危险，你操啥子心哩！不要管！你们只管在这里耐心等待，保管给大家把人领回来就是。”我带着这一老一少把皮鞋上的土蹭干净，把身上的衣服规整规整，挺起胸膛向村子里走去。

进了村子，我看见巷道里有个小孩在那里玩耍，赶忙弯下腰来向他打听苏宁的家在哪里。乡下的小孩没见过陌生人，瞪起那对天真无邪的眼睛，一句话都不说一溜烟地跑了。我回头尴尬地给他两个笑笑。这时看见一个老年妇女坐在自家的门墩上面，手中端了个大老碗吃饭，我走了上去向她打听苏宁的家在哪里。老嫂子非常热情，一只手端着大老碗，一只手抓住筷子，上下舞动着给我们指明了方向。完了伸出那个抓住筷子的手，非得拉住我们几个要去她家吃饭，把她筷子上的饭粒蹭了我一袖子，我们非常客气地说刚吃过，刚吃过！

你看看在这里问人家个路，人家都要拉你去她家吃饭，你说这里的人好不好？嗨！现在山里的人还是这样好，我前一段时间去山里穿越，碰到了一户山里人家，接住我们还是那么热情。就是现代城里的人哞！嗨！老了老了成天价都要给自己的子女挣钱，讹人。

我们三个走进苏宁家门口，看见她家的前门是由几块土坯垒成的一个栏栅门。可以挡住外面的牛羊，不能让进去打翻里面的坛坛罐罐！或者是让里面的牛羊不能跑出来怕迷失了路途。虽然是大白天，院子里被周围的树木和院墙所挡犹若黄昏一般。她家院子里的东边有两间低矮的厦房，连住上面一间所谓的上房。厦房的门上上着锁子，我们没有作声，我给邓小建使了个眼色，邓小建轻手轻脚地就去那锁着的厦房轻声呼叫：“苏宁……我们救你来了！苏宁！你在不在？”这时我们看见苏宁激动地趴在门内小声说：“我在这里！难业哥，我在这里！”正在这时从最上面的低矮瓦房里钻出来一个中年男人，大嗓子破喉咙地恶狠狠向我们喊道：“你们是干啥的？找谁？在这里胡跑啥哩？胡看啥理？往出走！走！”对于他一连串的提问，我不慌不忙地用普通话回答他说：“我们是乡上的干部，有人举报说你们给孩子包办婚姻。我们是来调查的！”

这个中年人瞪住眼睛说：“谁吃了饭没事干给我胡说哩！哪里有这事情？哪里有？你们走，出去！出去！我家没有，出去！”随着他的高喉咙大嗓门喊叫，门口涌进来好几个村民，我知道看热闹的人一定不会少，弄不好我们几个的任务看样子要完不成了。我对他说：“没有！没有你把娃娃锁在房子里，你给女子把门打开！你要知道你这样的行为是违法行为。把门打开！”这个人说：“我把门打开，打开这鬼女子就跑了，娃娃家不听说我只能关着，我关我娃不管你们的事，你们少管！”

孙西往小声地咳嗽一下，板起面孔厉声说：“只要是中国的公民我们都能管得住，你已经干了违法的事情。你把门打开，和娃娃随我们到乡上走一趟。今天我们来都看见你把娃娃关起来了，还在这里胡说，你要不听我们说就叫公安局来把你抓走。”孙西往说完给邓小建使个眼色。开门扭锁是邓小建的专长，他随手抓起窗台上面的一节小铁棍，咔嚓一下就弄开了关住苏宁的那把锁子。苏宁出了门不知道我们是怎样的安排，站在门口等待我说话。我看到苏宁已经出来，心中暗喜，知道问题已经解决了一大半。我指着苏宁他老爹，还是用普通话对孙西往说：“孙干事！你把他带上。小邓你把这女娃带上，把他两个全部带到乡上去！走！”苏宁她老爹傻了！把自己也带去？他看老孙往自己跟前走吓坏了，没有了刚才那个主人的威虎样子，吓得两只胳膊胡抡着喊：“不去！我哪里都不去。我不跟你们去！”孙西往继续吓唬他说：“走！你必须跟我们走一趟。你不去我们回去没法交差，你要理解我们，我们是吃公家饭的。走！”孙西往操着东北普通话说着，伸出一只手去拉他。苏老爹向后退着抓住身后的柱子，一只手抱起来，一只手在空中抡着不要老孙接近。看到这里我给小建说：“走！把这女子先带走。”邓小建抓住苏宁向外面走去，我跟在后面，回头对孙西往说：“孙干事！你后面把他带来！”

门口已经围拢了好多看热闹的村民，我和邓小建带着苏宁穿过围拢的村民向村口走去。那时候的巷道还没有打成水泥路，坑坑洼洼高低不平，我们一边要看着脚下不要自己摔倒了，一边要注意两边的群众，怕谁出来挡住了我们。没走几步远，后面的孙西往一个人就跟了出来。我们四个人慌忙加大脚步，要走出这危险的地段。就在我们胜利地就要走出村子，大家看见一个小伙子手拿一把铁锹，一摇一拐地急急忙忙挡住了我们，他大声对我们喊道：“你们要把我媳妇带到哪里去？不许走！”

我知道了，啊！原来这个家伙就是苏宁的那个未婚夫。人家苏宁长得跟观世音菩萨一样端庄富态，他这个家伙想没想过自己家有没有那么大的庙，这放肆地都敢想着娶个仙女回家。啊呸！真是一个标准猥琐男，他光有这想法都够猥琐的了，我想。

谁一定给这个家伙通了信，他那张脸因生气扭曲变了形，愤怒地拦住我们。啥玩意！也不瞧瞧自己那扭曲的身板，倒想在这里玩英雄救美的游戏。他这里以为手里拿个破铁锹往那一站高喊一声，自己就是当年三国当阳桥上的猛张飞，就那么随便吼一声，那河水都要倒流的猛男。我应该真诚地告诉他不要在这里玩耍，应该赶紧回家洗洗睡去！这个游戏是少儿不宜节目。想到这我微微笑着，温情脉脉怀揣小阴谋，慢慢走到他跟前，准备给他献上我心中构思的美丽小花招。

一般人都是在对方没有动手之前绝对不会先动手。是的，他不会用铁锹砸我。我有这个信心。我轻轻伸出手抓住他横在胸前的铁锹把，用余光瞄准他那个健康点的腿，偷偷抬起我那很是得劲的，刚刚从西安买的新皮鞋，照住他小腿迎面骨稍稍用力正踢过去。“啊！”他一声惨叫响彻半边巷道，果然我的阴谋得逞了。他喊完，松开那把铁锹把，蹲在地上，抱住自己那条受到攻击的腿，喊出后面的长篇大论：“打人了！打死人了！哎呀！打死人啦！外乡人打人了……打死人了……打！”我和他理论着说：“声音大不代表你就有理，不代表你就能称王。要这样那驴子早登基了。”我和他理论完，不等他答辩就坏笑着对大家说：“跑！”。

苏宁跑在前面，我们几个跟在后面，村民们看见我把那个小儿麻痹踢倒了。这可不得了！欺负一个残疾人，何况还是乡上的干部干的事情，干部是不能打人的，这可是最不应该的事情，村民们都知道这个道理。我回头向走过的巷道看去，村民们自发地都向这边跑来。我急返回身子拔起腿猛追他们几个。

人在逃跑的时候总会觉得危险路段好长，也会觉得用的时间好长好长，实际这逃跑的时间也就一分多钟。很快我们几个到了村口，他们几个接应的已经到了村口，在那里偷偷观望了我们半天。苏宁看见接应的朋友们上气不接下气的，脸上笑开了花，不迭声地叫：“哥，哥……哥哥！恩啊……哥。”这时他看见藏在树后的赵镇平，劫后余生的苏宁大哭着跑上去，他们两个人拥抱在一起。老孙这时候也气喘吁吁地到了我们跟前，说：“赶紧走！大家赶紧走！”赵镇平推开苏宁，尴尬地对我说：“你三个带苏宁前面走，我几个后面断后！他们追上来了。”

我回头向村内看去，好家伙，都有一百多人，男女老少老婆孩子全出来了。一个个喊叫着你们不要走，不要走。有拿镢头的，有拿铁锹、铁叉的，闹闹哄哄地全追了过来。我不愿意看到的场面出现了，这就是农民起义的威力，很是可怕，他们要追上，别说一人给你一家伙，就是一人戳你一指头也把我们戳死了，妈妈呀！跑！没有比这更好的办法了。

但是说起逃跑这玩意，学问可是大了去了，你想追我们的也是农村人，一般般的那都是力气大、耐力长、脚程好。我们几个的优势没有了，因为我们也是农民，都是体力比较好的人。到前面我要想办法拐出去,不能顺着来的这条路跑了。我总是说我们农民善良温和,但是谁要是不把他们当人看,把他们真正地惹怒了,那他们就要让你知道最最温和的也就是最最暴力的这个硬道理。那个什么电影上面的日本鬼子有那么一句台词说得好:"李向阳果然厉害!"

我和苏宁、邓小建、老孙头前面跑着,后面大老远传来温三军的怒吼声和村民的喊叫声、惨叫声。等拐过了一道弯我们都跑不动了,跑得太猛了。我喘着气对苏宁说:"我们这样跑着不对,村里的人不会放手的,你看附近有没有小路可以左右拐着走,我们不能直接往渭南跑。"苏宁说:"现在这条路往东拐就能到华县,往西拐就是蓝田县,你看去哪里?"我想了想对大家说:"现在就往东面拐,小建你返回去,给后面说我们往东面拐跑了,让他们继续往前跑引开村民,晚上大家在小桥旅馆见。你然后赶紧回来追赶我们。去!"邓小建应声折返了回去,我给老孙头说:"你在这里等一下小建,我和苏宁前面等你们。"安排完,我和苏宁就钻进边上稀稀疏疏的灌木丛,往东面的沟内拐去。

荒坡野地的满是一人多高的野草和各种灌木,我在前面闯路,后面跟着苏宁艰难往上爬,苏宁怕我受不了这高一脚低一脚,钻来钻去地把身上这块划个口子那块划个红印就对我说:"难业哥,你不要急着往前走,只要见到放羊的走的路咱们就好走了。你看把你的新衣服都划烂了!"我对她说:"我不急,没事!这不算困难。"后面老孙头和邓小建顺着我们走过的痕迹追了上来。

邓小建上气不接下气地给我说:"后面打得很厉害,温三军和赵镇平都受了伤,我见他两个脸上都有血。"苏宁听到后面的人受了伤,眼泪顿时流了下来,对我们几个说:"为了我叫你们受了伤,我要回去,我放心不下他们几个,如果你们哪个哥哥有个三长两短我咋样活呀!"说完她返回身就要走回去。

这回麻烦大了,她要返回去,那我们所做的一切不都白费了,老孙头赶忙迎住她说:"苏宁!我们这么做都是为了你能脱离苦海,你现在回去把我们的心血都白费了,你不要操心,他们几个都是久经战阵的人,这是对付你们村里的人,他们不能下手重了,要让着你们村的人,所以他们才受伤了。咱们走!他们没事的。"苏宁瞪起她那对丹凤眼倔强地说:"我不走了,我要回去!我放心不下那几个哥哥。"老孙激动地说:"走!你不要管,你要回去只能添乱,你非得返回去,我们几个也跟着你回去,他们要抢你,我们大家伙全部都拼命了,我们就下杀手,那到时候非得死几个人不可,说不好全部都得死!"孙西往吓唬苏宁说。

苏宁听到这恨恨地“嗯”了一声坐在地上，我轻轻走过去对她说：“走吧！没事的，我们走吧！你知道他们都很厉害，对付你们村里的人还是有办法的，很快他们就会脱身。咱们走！你不要操闲心，走！走！”苏宁四处焦急地看了看，又用眼睛盯住我无奈地摇摇头说：“难业哥！你说他们几个没事！”邓小建接口说：“没事！没事！咱们只管走！”

苏宁不愿意走，磨磨叽叽流着眼泪跟着我往前走，他们几个跟在后面。这会儿已经发现了一条山民们踩出来的羊肠小路。大家走在上面已经不是那么困难了，我们几个逃出是非圈，这会儿也放下心来，不慌不忙地向前蠕动着。

大家东瞅瞅西看看，小路两旁的蒿草散发出浓烈的怪味，漫山遍野的树木碧绿碧绿的，当你经过它们身旁时也放出各种味道来，有些野草开出鲜艳的小花，在树丛下面争奇斗艳，好像要留住我们一般。对面的山坡一大片不知名的树长的全是红叶，满山遍野的红红火火，让人在这逃跑中都感到心情愉悦。

邓小建贪玩，从路边摘几棵酸枣一边吃着一边自言自语说真好吃，甜得很。于是一路上见到哪儿有酸枣就忙着去摘，装了满口袋的，给这个几个给那个几个。他赶上前面的苏宁给她手里放几个说：“姐你吃！甜太太！我第一回见到你，我叫小建。我镇平哥经常说你，我没见过。”

苏宁听到赵镇平经常说自己，脸上有了笑容。知道赵镇平心里有自己，很高兴，不好意思地说：“我也很想你们大家，我今天认识个弟弟，你以后就是我亲弟弟。”邓小建高兴地说：“是！是！我没有亲人，这回一下子认了好几个哥哥，今天还认识个姐姐。美！美太！你以后就是我的亲姐姐。姐！姐！”

邓小建连声叫着。苏宁很是高兴。这个时候我听见后面有人赶上来的动静，急忙对他们几个说：“你们前面跑，我断后！”我停下脚步返回去看是什么情况。大老远地我依稀看见是何福厚和孙青追了上来，他的后面没有人了。看到这个情况我对前面高声喊道：“不要跑了，是何福厚。”何福厚气喘吁吁地到了我的跟前，见到我一下子累得再也跑不动了，顺势卧到路边的草丛里不停喘大气。

苏宁他们听到我的呼唤知道没有危险，急忙返了回来，看到何福厚倒在地上，一个个急忙问：“咋样？情况怎么样？他两个人呢？咋不见他两个?!”何福厚喘着气回答说：“公…公…公安局……抓去了。”“啊！公安局？哪来的公安局?”我沉不住气了，吃惊地问何福厚。孙青看到我们等他也不跑了，虽然和我们还有一段距离，却顺势坐在山坡上面休息。

何福厚好像一个做错事情的孩子,低着头慢慢给我说:"我们一边跑着一边和村民打闹着,赵镇平给我们说不敢给村民下狠手,他们都是好人。所以我们总是摆脱不了,有的村民们手里拿着东西,没办法,我们后来在路边折了几根木棍拿在手中隔挡。就是这赵镇平和温三军都受了伤,但是不要紧,都是划了点皮。看到你们往东面这里拐跑了,我们商量着准备往西跑。谁知道刚拐过那个川道的弯就迎面碰到了三个警察,人家一看他两个脸上有血手里还拿着木棍就抓住了我们,后面的村民也很快赶来,看见公安局的干警也不敢打闹了,一个个给公安局的干警说我们把人抢去了。后来赵镇平给干警说明了情况,干警要求苏宁他父亲和赵镇平去派出所说明情况,所以就把他几个带走了。"

我和孙青怕公安局把我们也抓去了,我俩抽空钻到灌木丛里跑过来了。对了,公安局的人还说他们本来是要去河源村抓人,碰见了我们打架,还踢了温三军一脚说影响了他们执行公务。

何福厚说完,用眼睛盯住我,等待我说话,苏宁焦急地喊道:"这!这可咋办呀?"我皱着眉头想了想,这样也好。转身对苏宁说:"不用怕,这是好事情,不用怕的。"苏宁惊讶地问我说:"好事情!让公安局抓去了还是好事!难业哥啊!都到什么时候了你还开玩笑,把我都熬煎死了你还开玩笑。你说咋办呀?咋的还成好事情了?"

我笑了笑对苏宁说:"是这,你不要急,听哥给你慢慢说。凡事都得有个结果。你和你们村上那个小伙子的婚姻,你虽然不愿意,但是你现在跑了,最终还是得有个结果,还得给人家一个交代是不是?要么人家成天在你家找麻烦,你家的日子也没法过,你在外面也不安全,成天提心吊胆的,现在公安局插手了,大家商量一个办法把事情到头了,以后你的生活就会充满阳光。再说你们的婚姻确实是包办婚姻,公安局反而要给你做主。现在他们几个让抓去了,到那里赵镇平会把事情的经过说清楚,大不了咱们现在给人家把你家收的彩礼钱给人家退了。"

说到钱苏宁悲伤地说:"难业哥,我家没有钱,我没钱!我做生意一共才攒了有几百块钱,给人家退钱拿啥退呀?那是几千块钱啊!"我笑了笑说:"你不知道你们几个哥哥们现在都有钱了,你的彩礼钱我们退得起。没有钱我们大家凑,这个你不要操心。现在我们往回返,今天晚上还是住在渭南小桥,在那里等赵镇平他们回来。走!我们返回。"

大家听了我对事情的分析都点点头,老孙对苏宁说:"你难业哥说的对!苏宁你不要想了,你的事情看样子这回要彻底解决,以后再也不会有麻烦了。咱们高高兴兴赶紧往回走。晚了水库那里没有三轮车,咱们今天就要走一个晚上。”邓小建亲热地拉了一把苏宁说:“姐!咱走!不怕!你以后有啥事情都不怕,有弟弟我哩!谁敢欺负你,我打不死他才怪!”苏宁听到小建说的话,脸上也慢慢露出笑容:“那我听你们说,咱们走!”孙青这会儿也慢慢走了过来,看见我们往回走,他就停住了问大家:“你们咋往回走?”

邓小建欢快地蹦跳着快步迎上去,拉住孙青的手亲热地说:“哥!哥,我认了个姐姐,可好了!我姐的事情我难业哥说不要紧,公安局不会抓咱们几个,他们是专门解决麻烦问题的单位,这回我苏宁姐的问题就要得到彻底解决。咱们赶紧走,怕一会到水库没有车了。”“没事了,咋没事了?你们想到啥办法了?”孙青皱着眉头说,邓小建连忙给他说了我刚才给苏宁说的话。孙青脸上露出笑容,点点头嘴里咕哝着说也是的,我咋没想到啊?

大家成一溜了快步向山下走去,到了水库跟前我们就傻眼了,那个停放三轮车的地方光溜溜的,不要说有三轮车,连一个人影都没有了。天色已经马上就要黑了,看样子人家三轮车都回家了。我随口说道:“我的鬼呀!我的神呀!”何福厚对我说:“难业是这!你看东边好像有个村子离这里不远,我去他们村里看看有没有三轮车,没有三轮车了四轮车也行。你看咋样?”我回答他说:“那当然能行了,我们在这等着,你给咱们联系车去,不管啥车多少钱都行。只要把咱们送到渭南小桥就行。孙清你和福厚一块去!”

大家伙听说他两个去找车,一个个累得也不行了,纷纷赶紧找个地方坐下,没有人说话。等了没多长时间,我们就看见从东边路上开来一辆四轮车,车厢上面站着何福厚和孙青。车子到了跟前,邓小建扶住苏宁上到车上。我们几个赶紧也爬了上去。车子蹦蹦跳跳欢快地突突着向渭南颠去。

我们坐的这辆四轮车这玩意比那三轮车更加颠簸得厉害,人就坐不下去,站累了屁股刚挨住车底一下子就给颠起老高,摔下来狠狠地把屁股墩那么一下。没有人坐得住。大家一路站着在车上摇来摇去的手还要抓紧,要不没准就会把你摔出去。多亏大家是饿着肚子,这要是吃一点东西那不给全弄出来才怪。天色已经黑下来了,大家肚子饿了不要紧,迎面的夜风吹来,冷得人直打牙战。四轮车只有一只车灯,但是贼亮,贼亮的,白晃晃地照向道路的远方。路面坑坑洼洼的很不平整,这白晃晃的灯光照在路上好像让土地吸了去,路面上一大截灯光白晃晃的,真正的路面状况反而看不清楚了。司机看不见四轮车前的大坑和石头,有时哪一边的轮胎碾上大块石头就差点翻车了,引得大家一阵惊呼,纷纷高喊要司机慢点慢点。实际一路上大家就没有停过对司机喊慢点慢点。这车子也就是开二三十码,慢得不能再慢了,关键还是路不好。就在我们的惊呼中,四轮车一会儿差点翻向左面,一会儿差点翻向右面。

我看苏宁实在受不了,就高喊好几声要司机停一下车,这四轮车是柴油机带动的,噪音大得很,在车上说话就听不见,你要撕破喉咙地喊对方才能听见。这过了好一会车子才停住,我蹦下去问司机说咋的停不住,司机高声对我喊道没有刹车。

我的神呀!没刹车,那……没刹车这不瞎胡闹吗?我们这是从山里往下面平原开,这没有刹车。这太危险了!我想了想没刹车也没办法,这里离渭南市小桥几十里路,走过去不现实,只有继续坐车。嗨!没办法!继续。

我给司机说后面颠得厉害,让苏宁坐在四轮车头的叶子板上面,那一块颠得不是多厉害,也翻不了。司机点点头,让苏宁坐了上去。这样我们在后面即使翻了车大家也都能跳下去,很有可能避开危险。实际坐在那个车头上也不好受,这个我知道的,那里的噪音一般人是受不了,那柴油机的轰鸣声都能把耳朵震聋。我们大家高声喊叫,互相之间都听不清楚。

今天我们大家坐在这四轮车上面,难受不说还有危险。

车子往前颠着没多会对面迎来一辆卡车,那玩意的车灯比那天上的太阳都亮堂,照得我们全都睁不开眼睛。一个个用一只手抓住车帮,一只手放在脸上遮住对面照来的车灯。我们的司机赶紧松了油门,但是车子正在下坡,那惯性催着车子还是快速向前驶去。

就这会儿突然我们顿感不妙,这车子有了离心力,车子飘起来了,这四轮车不是飞机它咋就飞起来了?

大家急忙四处看看,黑么咕咚的不知道车子外面是什么环境都不敢跳车。怕跳下去坐在那尖利的树杈上面,或是那四楞子饱满的石头上面,更是糟糕。听天由命吧!实际也由不得你多想,这也就是那么一两秒的时间。突地,只感觉到"咣叽"的一下,大家全趴到车厢里了,我们那白花花的只照天空不照路的灯光也随着这一声巨响灭了。我的神呀!没掉到山涧里去把大家甩个稀巴烂。我抬起头向下面瞧瞧黑咕隆咚的什么也看不清,划着一根火柴向下面瞅瞅,原来是冲到农田里了。感谢神！感谢玛丽亚！我们平安着陆了。司机灭了那震天响的发动机，顿时山谷间回归到一片寂静的黑暗之中。

我们的耳朵还是那么沉重，但是说话能听清楚了。我跳下车慌忙去看苏宁的状况。点了一根火柴照照，看见她还稳如泰山地坐在车头的叶子板上面，丝毫没有下车的意思，我对她笑着说："下来吧！飞机降落了，到了飞机场。"苏宁说："难业哥！我的腿坐麻了，动不了，一动疼得劲大。"

我给邓小建说："小建子！来！把你苏宁姐扶下来活动活动。"黑暗中邓小建跑来一口一声姐、姐地喊着，一边扶住苏宁下了车子，站在地上。

四轮车司机划着火柴查看地形，他围住自己的车子转了几圈，我问他说："你看这里离渭南还有多远？""好像不远了，大约也就是十多里路。"司机回答说。"我看是这，你这车没有别的车拉是出不来的，你在这里慢慢等着想办法。我们几个有事情耽误不得，先慢慢走了。这是五十块钱你拿着。"我对司机说。"你看你！你看你！我都没有把你们送到小桥你还给钱，刚才你们的人说送到渭南小桥一共给三十块钱，你看你！我把你们没送到还给五十块钱，多了！多了！"这个二十多岁的司机在黑暗中客气地给我说。"是这，把你的车都掉到地里了。今天晚上你的罪看咋受哩？多给你二十块钱，不多！不多！我们走了。你想办法，啊！"我对黑暗中的司机说。司机感动地回答我说："你的朋友知道我家门，下一回到这里来一定到我家里来，咱们好好喝喝。你们几个真是好人，那你们慢走！"

我们告别司机慢慢向路上爬去，我回头对黑暗中的司机大声喊道："乡党！你在啊！我们走了！"我的话说完自己摸不着脚下情况一下子绊倒在地上，"哎呀！呀"地喊了几声。他们几个笑着说难业哥你小心点。我再小心这一点点都看不见路，咋样小心。我摸索着先要摸到路上，到了路上我喊道："小建，小建你在那里？嗨！你们都在哪里？"小建在不远的地方传来声音说："难业哥，我在路上，我和我姐都来到路上了。"其他几个也都说我们到路上了。这到路上了又咋办呀，一点都看不见路吗。我给小建继续说："小建，你叫大家都往你跟前走，我看这不行，没法走吗。你划一根火柴，大家看看。"我往邓小建跟前摸索的时候，他划着了火柴。我们大家一时就聚拢到一块。我笑了笑说："大家要想办法，这样黑的天色没办法往前走了。这走的每一步都难走得很。"大家你一句他一句地想办法。

邓小建的脑瓜子还是灵光，他说我看是这，我划一根火柴大家看看马路边有小树啥的，完了折一个小树做个拐杖我拿上，你们成行地跟在我后面。你们看咋样？我们都说这是个好主意。完了邓小建叫我们坐在马路上，他就拿着火柴去折拐杖了。没多一会他喊叫着就来了。说我走前面，我苏宁姐抓住我的衣服跟在我后面，老孙跟在我姐后面。大家就这样以此类推啊！黑暗中大家都抓住了前面人的衣服后摆。邓小建像一个盲人一样拿着拐杖在前面开路。大家一字儿摆开跟在后面，小建发现地上有石头坑子的时候给后面的苏宁说小心有石头，苏宁就给他后面的老孙说小心有石头，邓小建发现地下有小坑就给后面说有小坑，他们一个个都给后面的人传话，以此类推地最后轮到我。

这个乡村道路上到了晚上就没有过往的人群和车辆，我们就这样摸索着往前走着。邓小建刚开始像一个小孩一样热情地做向导，他觉得非常好玩，高兴得不停地大声喊叫着，这走了大约几里路时间，邓小建就玩够了，有些烦。

我在最后都听见他牢骚满腹的叫喊。后来何福厚走在最前面和邓小建换了个位置。走到一块比较平坦的路面，何福厚停下来给大家说歇歇。我们又困又乏，围坐在冰冷的马路中间，歇了没多会就撑不住了，一个个身上冷得直打哆嗦，还不如走着，邓小建翻起身喊叫着说冷死了赶紧走，我们一个个坐起来拍拍屁股又往前走开。

就这样走了不知道多少路，邓小建又大声喊起来："我们到了，我们到了，你们看灯光。"我们抬头远眺，果然远处有一片微弱的灯火。看见灯火我们的肚子也都饿得不行了，这会儿口又渴得烦躁。

路是要一步一步地走才能到达目的地，这没有半点虚假，我们除了坚持还是坚持。

从看见灯光那会到上了小桥，我估计最少都需要两个钟头。往前磨蹭走了没多会，天上那稀奇的月亮也慢慢露了出来。大家努力掰开眼睛向地下看，依稀能看见路的大况。有了微弱的月光，比刚才用"探雷器"慢慢往前探快多了，我们围在一起，弯腰低头好像寻找什么东西似的往前走，大家一边走一边聊着，仿佛时间也过得快了，不经意间我们全部高兴地来到小桥。

叫开一个小旅店，它的旁边有个小卖部，我们也把门叫开，买了一些副食和好几瓶格瓦斯拿进旅店的房间。大家坐下来慢慢吃着，没几口都瞌睡得受不住了，一个个拉开被子都懒得脱衣服就躺在床上瞌睡了。

第二天早上苏宁心里有事早早起来了，来到隔壁我们的房间，把我们一个个喊起来就要到派出所去。我想了想说："我和小建、苏宁去就行了，其他人都不用去，继续睡觉。”苏宁说：“难业哥我听你的，你说咋办就咋办。”我三个出了门，急急忙忙赶往派出所。

到了派出所门口苏宁叫住我说：“难业哥，你说他们不会把我再抓回去吧？我有些害怕。”我大声对苏宁说：“你和哥在一起什么都不要怕，我给你说，不要说我们几个，就是小建子现在都有能力保护你。任谁来了都不行，都伤害不了你，放心走，大胆地走！”邓小建听了我的话高兴地那个小胸部也挺得老高。看起来雄赳赳的有了些男人味。

我们走进派出所就看见一群人站在院子里，赵镇平和温三军正在和他们说话。他们看见我们进来，就高兴地迎上来说：“事情都说到头了，一共给人家退三千块钱，双方都愿意。难业你一会给咱取钱去，把钱给人家，在这里通过民警给作个证，事情就到头了。”我高兴地说：“不用取，我身上装的钱有多余的，够给他们的。”赵镇平听了我的话兴奋地返回身，往那堆人跟前走，一边走一边说：“钱拿来了，现在就给你们把钱一点，你们写个东西。”没多会我们就交接完了手续，大家高高兴兴往回走。

苏宁高兴地流着眼泪拉住赵镇平的手不丢。赵镇平看了看这么多的人不好意思，尴尬地想甩掉苏宁的手，但是又不敢甩，或许更是舍不得甩，只是甜蜜地傻笑，那个总是皱起的眉头这会儿也舒展开来。

回到小桥的小旅馆那几个家伙还没有起来，邓小建一个个给喊起来说：“吃饭了，出去吃饭了，我姐回来了，我姐姐的事情到头了。吃饭去喽！”大家揉揉眼睛看见站在床前的赵镇平，一个个翻身起来高兴得乱喊。我们退了这个小旅馆，我给赵镇平说：“看样子咱们要在渭南多住几天，干脆去市中心住着，那里离苏宁的住处也近，你们看咋样？”赵镇平听了我的话，高兴得不知说什么好，连连地点头。我们一边走着，一边高兴地谝着。遇到一个门口聚了好多人的地方，一看是水盆羊肉，大家一哄而上，一人要了一份，温三军的食量大开口就要两份。

来到市中心，老孙看见一家旅馆，就自告奋勇地进去给大家检查去了，没多会他出来向大家摇手喊道：“挺好，这里挺好的。”我们还是开了两间房，一间是我们的大通铺，一间是苏宁的。大家又打了胜仗，一个个眉飞色舞地欢笑一堂，我独自坐在一边沉思着。既然大家都愿意退出江湖，现在我们这一段时间以来在西安遇到的事情还回去处理吗？我们准备在渭南待多少天？还有我们回家后咋样发展，我现在不得不考虑。这个时候赵镇平来到墙角我的床上说：“我看西安那些事情就算完了,咱们不去了。刚才我给孙青说了,叫范柯玲也来渭南和苏宁一块做生意。咱们明天就回家,你看咋样?”我给他点点头没有说话。

见好就收。人啊不能看见花花世界的美丽,就把那把暗中对住自己喋血的刀子忘了。我们的江湖也到该结束的时候。我说:“你说的对,我也是这么想的,明天回家。”赵镇平高兴地给我继续说:“难业,我明天早上和苏宁到西安去,到那里接一辆摩托车,你看咋样?”赵镇平的想法总是出乎我的意料,我高兴地说,那当然好了。到了第二天我们大家起来收拾收拾衣服,一个个兴高采烈地走往长途汽车站,赵镇平和苏宁去了西安,我们返回我们最是可爱温暖的家乡华山。到了下午,赵镇平骑了一辆崭新的摩托车,带着苏宁向着太阳升起的东方驶来。

尾 声

难业说到这里,已经是我来到迷魂台的第三天了。蓝天白云下,我们两个这会坐在悬崖边的一颗柏树下面,让温暖的太阳尽情地洒在我们身上。我一边听着他的述说,一边眼看着下面白雪茫茫的群山,那些华山松在白雪的映衬下更加挺拔苍翠,苍鹰盘旋在山谷之间啼叫着寻觅同伴。我听到难业不说了,收回眼光,这个时候难业给我打了个手势,意思事情到了这里就完结了,他闭起眼睛再不言语。

我听难业说到这里觉得很不满意,就对他说:“哎,难业! 你糊弄人哩嘛! 明显你后面叙述的事情是删繁就简有问题,我就感觉你不想说了。你们在西安碰到的那帮子害娃娃的哈怂,我在你叙述的时候已经感觉到了杀气。你说完了就完了,明显没完呀! 你虽然对你们江湖上的事情最后都做了交代,但是我能感觉到后面的事情更加精彩。就是你出家的最为直接的原因都没有出现和交代,你一丁点儿都不说了,你这是为啥哩吗? 你这是害我,我对后面的事情心里放不下! 你现在不给我往下说,和杀了我没有两样,我告诉你我心里装不下事情。”难业这几天和我说话的时候一直都是盘腿坐在那里,他这会面容憔悴地显出有些难受地说:“嗨! 你不要逼我了,我这几天说的话比我这几十年说的话都多。这样对我的修炼伤害太大了。我这样做已经抵消了十年的功力。我现在如果继续说下去,已经明白地感觉到走火入魔了。可能很快就会崩溃湮灭的。

等！等哪一年我修炼到家了，会来找你，给你把后面的事情交代完。后面的事情更加可怕和纠结。”难业额头纠结在一起淡淡地说着。我听到这里无语了，我还能说什么呢？

后 记

说来难免我也不能免俗，编辑告诉我也须写个后序。思想再三终于想得三瓜俩枣的段子码将下来。

首先非常感谢您花费了宝贵的时间，不厌其烦地看完我絮絮叨叨叙述的故事，您能看到此处我由衷地高兴和感谢。但是我还要得寸进尺地邀请您给在下点个赞，您给点个赞，这个事情对我太重要。您知道的，我难业的老婆刚娶进门那会儿，她那双手像小草一样柔软，后来，后来她果然知道我是个不争气的百无一用的书生，她突然顿悟。她口说教育我不得，便用那只温柔无比的小手，总是甚不温柔地招呼到我的脑袋或脖后颈上面。她偶尔慈善地想起当年的温柔行径，也会在开口教训或下令前所谓很轻地拍打我的后背。经过这几十年在我身上刻苦的练功，如今她那双小草般柔软的温柔小手，已经长成满是茧子的，虽是遗憾没有练成铁砂掌的，让我想起就会不寒而栗的蒲扇般的大手。如果您给在下点个赞，那么家内就会知道我原来是个有用的人儿，她那双满是茧子的蒲扇大手没准又会变回当初的那温柔劲儿呢！谢谢您！救人救到底，送佛到西天，高赞在下一次。我这里祈祷上天保佑您幸福每一天，快乐到永远。

文学，这是个伤人的宝贝东西，就像那美色一样一样的非常可爱，又非常摧残人，她是我终生为之奋斗的目标和理想。就是那谁说的——我的眼睛为什么饱含泪水，因为我爱的深沉。我深爱着她，又深深地恨她，我为她而活又为她而把自己的生活搞得一团糟，为她把自己的身体搞得柔弱无比，那刮起阵风儿，差点就要把我吹了去的糟糕马卡——麻眼得很这文学！

这部小说我在创作之初原本没有想出版来着，只想要写一部更好的作品让大家看看。也是偶然的机会，我们当地的文联主席关宁老师看见了我的书稿，他不厌其烦地给我指导修改方向和方法，然后强力推荐给陕西省作家协会的领导齐亚利老师。在齐亚利老师的关心推荐下这本书得以出版。

在创作之初我们当地的作协主席孟江海先生多次给我打印书稿，也正是在宣传部、文体局多次关心督催下，令人高兴的今天您才能看到这本小说。可喜可贺呀！我不能忘记这些帮助大家看到这本小说的人们。您知道的，现在一个作家出书难得很，没有他们这些热心人的帮助，我拼什么也出不了这本书，我由衷地感谢他们。特别需要高度感谢的还有中铁二十局德简高速的几位领导，我现在是这里的一个农民工，工作生活都非常好，他们几个领导盖峰、赵志华、李旭很是关心我的生活，感恩他们。还有陕西省文学基金会王旭阳，华山地缘文化学会雷红英会长，是他们通力支持我全天候创作，得以让我的作品展现在阳光下。

呵呵！不写了。感恩大家！我媳妇叫我吃饭哩！我不敢违背她的“懿旨”，要么那只手又来了。我要哄她高兴了这就好办了，她不用手扇我，我就写这本书的续本。我肚子里装的这本书后面的故事美得很，给你说比前面还撩！都是你没听说过的事情。关键看家内的心情了，她的心情好了，您就可以看见续本了。实际您不要怪我的家内，都是我不对，你说一个农民不南下广州打工或北上去做个小生意，成天地钻到家写小说，这玩意一没有人给钱，二顶不住饭吃，就是我的乡党们评说的那样，说我就是成天不干正事，总是干些个不着调的事情的人。嗨！你说这芸芸大众啥时候把作家看成不着调的玩意了，悲哀！我内心里想着，作家就是最最正经的人了，干嘛不着调了！我热爱创作，热爱您最是伟大的读者。

二〇〇五年七月二十五日